[redacted]

BASTEI LÜBBE

[redacted]

Bernhard von Muecklich

DIE KINDER DER SONNE

DIE BERNSTEIN-SAGA

BASTEI LÜBBE

BASTEI LÜBBE TASCHENBUCH
Band 14570

Erste Auflage: Juli 2001

Vollständige Taschenbuchausgabe

Bastei Lübbe Taschenbücher ist ein Imprint der Verlagsgruppe Lübbe

Originalausgabe

Umschlaggestaltung: Gisela Kullowatz
Titelabbildung: Archiv für Kunst & Geschichte, Berlin
Satz: KCS GmbH, Buchholz/Hamburg
Druck und Verarbeitung: Elsnerdruck, Berlin
Printed in Germany
ISBN: 3-404-14570-4

Für meine Frau Anne

DANKSAGUNG

Zur Entstehung dieses Buches haben – neben meiner Frau – noch einige andere, mir sehr lieb gewordene Menschen beigetragen, bei denen ich mich ganz herzlich bedanken möchte.

An erster Stelle möchte ich meinen Lektor Marco Schneiders nennen, der mir mit seinem Zuspruch und seinem Verständnis mehr als einmal geholfen hat, ein »kreatives Loch« zu überwinden.

Des Weiteren gilt mein Dank unseren Freunden Thomas Lichter und Ulrike Fink, die mich mit Engelsgeduld in die für mich immer noch rätselhafte Welt des Computers eingeführt haben.

Zum Schluss möchte ich noch meine liebe Freundin und Kollegin, Dr. Monika Prinzessin zu Erbach-Schönberg erwähnen, die mir immer wieder interessante Gesichtspunkte, gerade für die Welt der Bronzezeit, gewiesen hat.

Prolog

Die Sonne ist längst untergegangen.
Ich habe auf meiner Terrasse gesessen und beobachtet, wie das Gestirn langsam am Firmament verschwunden ist. Es ist schon lange her, dass ich diesem faszinierenden und erhebenden Ereignis, alleine oder mit meinen Gästen, bewusst und in andächtigem Schweigen beigewohnt habe. Doch heute tat ich es, da ich wissen wollte, ob ich wenigstens bei diesem, von der Natur doch so großartig inszenierten Schauspiel, noch etwas empfinden würde. Rom als riesiger Schattenriss vor dem glutroten Sonnenball! Wahrhaftig, ein grandioser Anblick. Aber so sehr ich mich auch in diesen Anblick zu versenken suchte, meine Gefühle blieben stumm. Um ehrlich zu sein, hatte ich es auch nicht anders erwartet. Wann habe ich das letzte Mal etwas gefühlt oder empfunden? War ich dazu überhaupt je in der Lage? Ich dachte es einmal, aber auch das war wahrscheinlich eine Selbsttäuschung – eine von so vielen, denen ich in meinem Leben erlegen bin. Vielleicht war sogar mein ganzes Leben eine einzige Täuschung, ein ewig währender Tagtraum.

Mit Einbruch der Dunkelheit bin ich wieder ins Haus gegangen und eine Weile ziellos durch das Labyrinth der hohen Räume geirrt. Dabei ist mir erneut bewusst geworden, wie leer und kalt mir dieses Haus trotz der von mir in all den Jahren liebevoll gesammelten Kunstwerke und kostbaren Möbel erscheint. Vielleicht fällt mir das auch nur deshalb so deutlich auf, da ich in mir selbst jene Leere und Kälte verspüre, die mich eigentlich schon seit meiner Jugend des Öfteren berührt, und die nun, da ich mich entschlossen habe, alleine und zurückgezogen mein nahes Lebensende zu erwarten, vollständig von mir Besitz ergriffen hat. Nun, ich habe mich bis zum heutigen Tage recht erfolgreich dagegen wehren können, indem ich in der Vergangenheit ständig die Gesellschaft anderer Menschen gesucht habe. Das ist mir auch nicht sonderlich schwer gefallen, da ich als letzter und einziger Nachkomme einer alten und edlen Familie über schier unerschöpfliche materielle Reichtümer verfüge, die meine Vorfahren über viele Generationen hinweg angehäuft haben.

Der unverhoffte und allzu frühe Tod meiner Eltern – ich hatte zu diesem Zeitpunkt gerade erst die Feierlichkeiten zur Verleihung meiner Männertoga begangen, als erst mein Vater und kurz darauf auch meine Mutter von dieser Welt gingen – machte mich zum alleinigen Nutznießer dieses ungeheuren Besitzes, über dessen tatsächlichen Umfang ich mir im Übrigen bis heute noch keinen genauen Überblick verschafft habe. Es hat mich, ehrlich gesagt, auch nicht sonderlich interessiert, da ich für Zahlen und sonstige merkantile Dinge keinerlei Gefühl besitze. So habe ich denn eine der wenigen weisen Entscheidungen meines Lebens getroffen und das ererbte Vermögen in die berufeneren

Hände einiger meiner Familie treu ergebenen Verwalter gelegt. Ich habe diese Entscheidung bis zum heutigen Tage nie bereuen müssen, da diese Männer meinen Besitz genauso behandelt haben, als wäre es ihr eigener. Verwöhnt, wie ich erzogen wurde, begann ich nun mein Leben in vollen Zügen und frei von materiellen Sorgen zu genießen. Ich war jung, und ich verspürte das dringende Verlangen, in all die fremden Länder zu reisen, von denen mir Kleanthes, mein griechischer Hauslehrer, den ich wie einen Vater zu lieben und achten lernte, so viel Wunderbares zu berichten wusste. Also begab ich mich in seiner Begleitung auf eine Reise, die uns zunächst nach Griechenland, dann nach Kleinasien und zum Schluss nach Ägypten führte und die über mehr als sechs Jahre dauern sollte. Ich studierte die griechische Baukunst in Korinth und wandelte mit meinem Lehrer auf den Spuren der Sokratiker unter der kühlen, Schatten spendenden Stoa zu Füßen der majestätischen Akropolis von Athen. Dort besuchte ich auch die Ateliers der berühmtesten Bildhauer Griechenlands, deren Genius der göttliche Phidias ist.

An der sonnentrunkenen Küste Kleinasiens verweilten wir in Milet und Ephesos, um dort den süßen Wein der hellenischen Philosophie und von dem würzigen Brot der ionischen Wissenschaften zu kosten. Und endlich Ägypten! Khemet – das schwarze Land, wie es in ihrer blumigen Sprache heißt! Ich wagte es, meinen Blick zu den Statuen der Gottkönige zu erheben, deren Antlitze in gemeißelter Entrücktheit der Ewigkeit entgegenträumten, und ich fühlte ihre zeitlose Präsenz unter den hohen, lastenden Säulenfluchten ihrer Tempel, die in steinerner Erhabenheit an den Ufern des Leben spendenden Flusses in den ewig blauen Himmel ragten. In Sais unterwiesen uns die Priester des Thot in der Kunst der Hieroglyphen, sodass wir bald in der Lage waren, das überaus reiche Schriftgut dieser uralten Zivilisation zu lesen und den ihr innewohnenden Geist wenigstens annähernd zu begreifen. Auch beschäftigten wir uns in dieser Zeit mit der faszinierenden Götterwelt, die dieses Land seit über tausend Jahren in ununterbrochener Tradition beherrscht, und vertieften uns in die Schriften und Mysterien ihres äußerst komplizierten Totenkultes.

In Sais war es auch, wo ich zum ersten Mal erfuhr, dass ich eigentlich gar kein Römer bin, sondern zu einem Volk gehöre, welches schon lange vor dem Eintreffen der trojanischen Flüchtlinge Italien beherrscht und zu einer hohen kulturellen, wenn auch heute weithin vergessenen Blüte geführt hatte. Die Priester in Sais sammeln und hüten nämlich sorgsam seit Jahrhunderten nicht nur das Wissen um die Geschichte Ägyptens, sondern auch das aller übrigen Völker Europas. Ich bemerkte während unseres Aufenthaltes, dass ich von den Priestern im Gegensatz zu den anderen Fremden, wie etwa meine Landsleute oder sogar die als kulturell hochstehend bekannten Griechen, die sich gleich meiner dort aufhielten, um ihr historisches Wissen zu vervollkommnen, äußerst zuvorkommend und nahezu gleichberechtigt den Ägyptern behandelt wurde. Also beschloss ich, Sennofer aufzusuchen, einen der Ältesten des Kollegiums des Thot, um den Grund dafür zu erfahren. Lange schaute er mich darauf schweigend aus seinen dunklen Augen an, aus deren unergründlicher Tiefe die uralte Weisheit des Nillandes in geheimnisvoller Klarheit erglänzte.

»Wer bin ich«, sagte er dann sanft, »dass ich dir Antwort auf eine Frage geben sollte, deren Beantwortung das alleinige und heilige Privileg deiner Eltern wäre? Nun hörte ich allerdings zu meinem Bedauern, dass deine Eltern schon früh den Weg nach Westen beschritten haben und wohl deshalb keine Möglichkeit mehr hatten, dir über deine Vorfahren zu berichten. So werde ich denn, so gut ich es eben kann, ihren Platz einnehmen und dir das weitergeben, was ihnen zu tun verwehrt blieb. Höre also die Geschichte deiner Herkunft.«

Und so erfuhr ich, dass ich ein Rasna bin, also jenem sagenumwobenen Volk angehöre, welches die Römer Tusker nennen, die Griechen Thyrrenoi, die Ägypter aber Turuscha. Staunend vernahm ich, dass die Ägypter einzig sie unter den Völkern des Westens als kulturell ebenbürtig, ja sogar als verwandt erachteten, da die Rasna, gleich den Ägyptern, Kinder der Sonne seien. Die Sonne, belehrte mich Sennofer, trüge nämlich in sich einen weiblichen und einen männlichen Aspekt. Die Völker des Nordens verehrten die Sonne als ihre Mutter, während die Völker des Südens den Sonnengott als ihren Vater betrachteten. Die ursprüngliche Heimat der Rasna sei aber das Gestade des fernen Nordmeeres gewesen, von wo aus sie über Jahrhunderte hinweg die reichen Schätze ihres Landes, Bronze und vor allem den nur dort vorkommenden Bernstein, in den gesamten Mittelmeerraum verhandelten. Sogar bis an den Nil seien ihre Handelsexpeditionen gelangt, denn am Hofe der Pharaonen waren die Tränen der Sonne, wie der Bernstein in Ägypten auch genannt wird, höchst begehrt. Doch dann wurde ihr blühendes Reich wohl von einer fürchterlichen Flutkatastrophe heimgesucht, und ein großer Teil ihres Landes wurde vom Meer verschlungen. Voll Zuversicht seien sie mit ihren Schiffen – aber auch zu Lande – nach Süden aufgebrochen, in der Hoffnung, dort unter der Sonne des Mittags eine neue Heimat zu finden. Auf ihrem Wege trafen sie auf andere seefahrende Völker und verbündeten sich mit ihnen. Unter der Regierung des großen Pharao Ramses, vor über tausend Jahren also, tauchten diese Seevölker mit einer mächtigen Flotte vor der Küste Ägyptens auf und begannen dessen Einwohner mit Krieg zu überziehen. In schweren und verlustreichen Kämpfen gelang es Ramses jedoch, sie in einer großen Seeschlacht vernichtend zu schlagen, und so plötzlich, wie sie gekommen waren, verschwanden sie darauf auch wieder. Sie wandten sich nach Norden und irrten lange Zeit ziellos und angeschlagen über das Meer, bis sie für einige Jahrhunderte Asyl im Reich der Hethiter fanden. Aber dann, wieder erstarkt, bemannten sie aufs Neue ihre Schiffe und fuhren nach Westen, bis sie zu der fruchtbaren Küste Italiens gelangten, wo sie sich endgültig niederließen, den Boden urbar machten und Städte gründeten.

Handel, Kunst und Wissenschaft erlebten bei ihnen bald eine neue, ungeheure Blüte, lange bevor der Same der Kultur Griechenland erreichte. Doch als Rom, welches die Rasna einst vom Dorf zu einer mit wehrhaften Mauern umkränzten Stadt machten und seinen Bewohnern Könige und Gesetze gaben, sich gegen die milde Herrschaft der Tusker erhob, begann der unaufhaltsame Untergang dieser uralten Kultur.

»Du, mein junger Freund«, beendete Sennofer seufzend seine Erzählung, »bist nun der letzte deines Stammes. In dir fließt rein und unverfälscht seit Generationen das Blut der Seekönige der Vorzeit. Und mit dir wird es versiegen!«

Das Letzte sagte er ganz leise, wie zu sich selbst, und aus seinen Augen leuchtete der entrückte Glanz des Sehers.

Ich weiß nicht, wie lange ich bewegungslos auf meinem Schemel verharrt bin, gebannt durch die machtvolle Erzählkunst des Priesters, die mich eintauchen ließ in das unendliche Meer der Zeit. Als der Nebel vor meinen Augen sich endlich auflöste, und ich mich wieder in der Gegenwart fand, sah ich, dass ich allein war und nur das fahle Licht des Mondes in die Kammer schien.

Obwohl mich in den folgenden Tagen tausend Fragen zu dem Gehörten quälten, wagte ich es nicht, mich noch einmal an den alten Mann zu wenden, sondern versuchte vielmehr, einer inneren Eingebung folgend, die Antworten darauf in den Schätzen der Bibliothek zu suchen. Meine Neugier war nunmehr entfacht, und so stürzte ich mich mit Feuereifer in das Studium der zumeist uralten Papyri, die von den Geschehnissen jener Epoche berichteten.

Dabei fiel mir eine Zeichnung in die Hände, die, wie ich aus dem Text erfuhr, eine genaue Kopie eines Freskos war, welches sich in einem Tempel befand, den der Osiris Ramses zur Erinnerung an seinen Sieg über die Seevölker zu Ehren der Götter hatte erbauen lassen.

Dargestellt war die wild bewegte Szene einer Seeschlacht, in der sich Ägypter und die »Barbaren des Nordmeeres« auf das erbittertste bekämpften. Fasziniert betrachtete ich eingehend die Gestalten der nordischen Invasoren sowie deren Schiffe und Ausrüstung. Hoch gewachsene Menschen waren es, die die Ägypter um Haupteslänge überragten. Kronenartige Helme, aber vereinzelt auch einfache, mit zwei Hörnern verzierte Sturmhauben schützten ihre Köpfe, deren Haar zu einem Knoten über dem rechten Ohr geschlungen war. Lange, lanzettförmige Bronzeschwerter, Äxte und runde Schilde vervollständigten ihre Bewaffnung. Im Gegensatz zu den aus Flussschiffen entwickelten Galeeren der Ägypter war die Konstruktion ihrer ruderlosen Schiffe den zumeist stürmischen Verhältnissen ihres heimatlichen Ozeans auf das vortrefflichste angepasst. So wiesen die schmalrümpfigen Bootskörper vorne und achtern jeweils einen steil emporragenden Steven auf. Der Bug war mit einem geschnitzten Vogelkopf geschmückt, während das Heck in einem stilisierten Federsteiß endete. In meiner Fantasie sah ich die Schiffe dann auch, riesigen Seevögeln gleich, wie sie mit gebauschten Segeln und scheinbar schwebender Leichtigkeit die Wellenberge der tückischen Hochsee durchpflügten.

Je länger ich mich so in das Bild vertiefte, desto weniger fremd und weit entfernt erschien es mir. Ja, ich spürte sogar eine seltsame Vertrautheit mit den Bildern in mir aufkeimen, als ob ein vergessener Teil meines Ichs jene Epoche hautnah miterlebt hätte. Auch empfand ich Mitleid mit den heimatlosen Kriegern aus dem kühlen Norden, die, gepeinigt von der ungewohnten Hitze der sengenden Sonne des Südens, ihr Leben auf fremder Erde aushauchten oder von den Kriegern des Pharao unbarmherzig in die Sklaverei verschleppt wurden.

Anfänglich irritierten mich diese Gefühle und Visionen, die mich vordem noch nie heimgesucht hatten, sich aber nun immer häufiger während der Lektüre der alten Schriften zu jenem Thema einstellten. Doch mit der Zeit gewöhnte ich mich daran und ließ meinen Geist ungehindert die Abgründe der Zeit überwinden, um mir so die Vergangenheit bildhaft vor Augen führen zu können. Auch Sagen und Märchen, die mir meine Eltern am Kindbett erzählten, entrissen sich bruchstückhaft meiner Erinnerung und fügten sich allmählich zu dem Mosaik einer Geschichte, die offenbar untrennbar mit meiner eigenen verknüpft war.

Bald schon musste ich allerdings enttäuscht feststellen, dass die historischen Quellen, die in Sais ansonsten so überreich sprudelten, für diesen Teil der Vergangenheit versiegt waren. Ich wollte jedoch alles über das Schicksal der Rasna wissen, und so begab ich mich zu den Hütern der Bücher und befragte sie, wo ich denn mehr darüber in Erfahrung bringen könnte. Die Priester verwiesen mich an die Bibliothek von Alexandria, die, wie mir Kleanthes bestätigte, als die größte und vollkommenste der bekannten Welt galt.

Dieser Vorschlag ließ mein Herz höher schlagen, hatte ich doch schon so viel Erstaunliches über jene schillernde Stadt im Nildelta gehört, jene Stadt, die von dem vergöttlichten Makedonen vor fast dreihundert Jahren gegründet worden war und seither als der

Schmelzpunkt zwischen den Kulturen des Ostens und des Westens angesehen wurde.

Also war es beschlossen, und wir bereiteten freudig unsere Abreise nach Alexandria vor. Als ich mich von Sennofer verabschiedete, ermunterte mich dieser, meinen Forschungen gewissenhaft nachzugehen, und ermahnte mich eindringlich, das Wissen um mein Volk dereinst aufzuschreiben, da es sonst für die Nachwelt unwiederbringlich verloren gehen würde. Die Tage von Sais seien gezählt, verkündete er düster, und mit den Priestern würden auch die Bücher sterben. Auch würde all das, was ich in der Bibliothek von Alexandria noch vorfinden würde, in nächster Zukunft zu Asche werden. Die Prophezeiung des alten Mannes sollte sich zum Unglück für die Menschheit späterhin tatsächlich erfüllen, denn die Bibliothek fiel samt dem größten Anteil ihres unersetzlichen und unschätzbaren Inventars der fürchterlichen Feuersbrunst zum Opfer, die während der Kämpfe zwischen den Legionären des göttlichen Cäsar und den Söldnern des ptolemäischen Usurpators im Hafen der Deltametropole entfacht wurde.

Mir jedoch war das Glück beschieden, meinen Wissensdurst an den kostbaren Schätzen der alten Bibliothek uneingeschränkt stillen zu dürfen. Oh, hätte ich doch damals nur diese einmalige Gelegenheit bis zur Neige ausgekostet! Um wie viel reicher an Erfahrung und Wissen wäre ich heute! Gewiss, zu Beginn unseres Aufenthaltes befolgte ich die Mahnungen Sennofers und Kleanthes und begab mich täglich in die Bibliothek, um dort bis spät in die Nacht meine Studien zu betreiben. Mein anfänglicher Eifer wurde auch belohnt, denn ich erfuhr nicht wenig Aufschlussreiches über die Geschichte und Kultur meines Volkes. Doch dann – die Götter mögen dem unreifen Jüngling, der ich damals war, noch heute verzeihen – erlag ich den weltlichen Reizen und Vergnügungen, die diese Stadt in prallem Übermaß zu bieten hatte. Rom wirkt auf mich übrigens bis heute im Vergleich zu dieser leichtlebigen Perle des Hellenismus geradezu eng und provinziell.

Es fügte sich nämlich, dass ich mich mit Ktesippos anfreundete, einem lebensfrohen jungen Alexandriner, der wie ich täglich die Lesesäle aufsuchte, um die Geschichte Ägyptens zu studieren. Ktesippos entstammte einer der angesehensten Familien der Stadt, und es ließ nicht lange auf sich warten, da lud er mich zu einem Gastmahl ins Haus seiner Eltern. Dort lernte ich seine Freunde kennen, die mich, den Römer, mit offenen Armen in ihrem Kreis willkommen hießen. Nachdem ich ihnen erzählt hatte, weshalb ich mich in Alexandria aufhalten würde, nannten sie mich lachend einen törichten Bücherwurm und forderten mich auf, sie bei ihren nächtlichen Streifzügen durch die Stadt zu begleiten. Ich sollte Athene abschwören und vielmehr dem Dionysos opfern. Für die Erforschung der Vergangenheit bliebe noch genug Zeit im Alter, sagten sie, das Jetzt aber gehöre der Jugend. Ich ließ mich allzu bereitwillig von ihren verführerischen Reden überzeugen, zumal sie mir gleichzeitig all die Zerstreuungen und Lustbarkeiten, die diese Stadt einem reichen und verwöhnten jungen Mann, wie ich es war, zu bieten hatte, auf das verlockendste anpriesen. Schnell hatte ich so meine ernsten Vorsätze, mich um das Erbe meines Volkes zu kümmern, vergessen und traf mich stattdessen tagtäglich mit meinen neuen Freunden, mit denen ich nach und nach die sichtbaren, aber vor allem die verborgenen Reize dieser sinnenfrohen Metropole kennen lernte. Ohne Wirkung blieb der strenge Tadel des besorgten Kleanthes, der mir bei jeder Gelegenheit die Pflichtvergessenheit meinen Ahnen gegenüber vorwarf. Ich schlug seine Ermahnungen in den Wind, schalt ihn gar einen vergreisten Narren und verbrachte meine Tage weiterhin unverdrossen in der weinseligen Euphorie des Augenblicks. Kein Tag verging, ohne dass ich zu einem festlichen Gastmahl oder zu einem ausgedehnten Symposion eingeladen wurde – oder selbst dazu einlud, da ich mir schon in den ersten Wochen unseres Aufenthaltes eine schmucke Villa im feinsten Stadtteil von Alexandria gekauft hatte. Ich nippte nicht nur vom süßen Trunke des weltstädtischen Lebens, ich schüttete ihn geradezu gierig in mich hinein. Wohl wissend, dass ich mir um die nötigen Geldmittel keine Sorgen zu machen brauchte, gab ich mich in vollen Zügen all den Genüssen hin, die in Rom bis heute als lasterhaft und dekadent verschrien werden, während sie in Alexandria zum festen Bestandteil der mondänen Gesellschaft gehören. So verkehrte ich zwanglos in den Häusern der schönsten Hetären, die nicht nur in den exquisitesten Praktiken der körperlichen Liebe bewandert waren, sondern dazu noch die exklusiven Gäste mit ihrer glänzenden Bildung und ihrem sapphischen Intellekt unterhielten. Auch lernte ich mich der schwärmerischen Erotik samthäutiger und glutäugiger ägyptischer Knaben wollüstig hinzugeben. In allem was ich tat, trachtete ich dem luxuriösen Lebenswandel meiner Gefährten nachzueifern, oder sie gar hierin zu übertreffen. Zurückschauend kann ich unumwunden zugeben, dass ich mir diesen freizügigen Lebensstil, den ich mir während der drei Jahre, die ich in Alexandria verbrachte, zu Eigen gemacht hatte, bis heute nicht nur beibehalten, sondern ihn, trotz aller Verunglimpfungen, die ich deshalb durch die ehrenwerte römische Gesellschaft insgeheim ertragen musste, noch ständig verfeinert habe. Aber noch etwas anderes, Höheres als diese doch eher dem Weltlichen zugetanen Erfahrungen, prägte damals nachhaltig den Jüngling, der sich trotz der unzähligen materiellen und fleischlichen Gelüste, denen er zu jener Zeit nicht unfreiwillig ausgesetzt war, einen Weg in die Welt des Geistes und dessen Ideale ebnen wollte. Es war die Kunst, jene schönste, vollkommenste und wertvollste unter all den Gaben, welche die Menschheit seit ihrem Entstehen von den Unsterblichen verliehen bekommen hat. Als Knabe vermochte ich wohl die zarte Knospe in mir zu erahnen, doch in Alexandria erblühte mir die Rose des Apoll in all ihrer vielblättrigen Pracht, und ihr betäubender Duft entfesselte meine Leidenschaft, der ich bis zu diesem Tage in brennender Ergebenheit verfallen bin. Nirgendwo sonst auf dieser Welt sollte ich einen Ort finden, an dem die Musen eine glanzvollere Heimstätte gefunden hätten als zu Füßen der Feuer des Pharos. In der gleichen Vollendung, in der sich Theater, Dichtung und Musik der Hellenen mit den uralten Mysterienspielen des Ostens zu einer kristallenen Harmonie emporschwangen, leuchteten die pastellenen Fresken, die allenthalben die Räume der Villen und Tempel schmückten, in fast überirdischer Durchsichtigkeit. Auch die erhabenen Werke der Bildhauer zeugten mit ihrer marmornen Ästhetik von dem hohen Schaffensgeist ihrer Schöpfer, der in zwei Welten zu Hause war.

Ich hatte mich so sehr an das lichtvolle Leben dieser Stadt gewöhnt, dass ich beschlossen hatte, meinen Wohnsitz dort für immer einzurichten, als mich beunruhigende Nachrichten aus Rom erreichten und mich jäh aus meinen elfenbeinernen Träumen rissen. Polytes, mein alter getreuer Verwalter, dessen unschätzbare Dienste schon mein Vater zu würdigen wusste, war verstorben. Beigefügt war ein amtliches Schreiben des göttlichen Cäsar, der zu jener Zeit allerdings nur den eher profanen Titel eines Ädilen führte, dessen Inhalt mir in hartem Latein klar und eindeutig zu verstehen gab, mich unverzüglich nach Rom zu begeben, um meine Vermögensverhältnisse zu regeln und sie dem Zensus zwecks Neueinstufung meiner Steuerlast detailliert vorzulegen. Andernfalls, hieß es weiter, würde der Staat seine Hand während meiner Abwesenheit auf mein Vermögen legen. Die harte Realität hatte mich wieder eingeholt, und ich besaß wenigstens noch so viel Verstand, um dieser unmissverständlichen Aufforderung augenblicklich Folge zu leisten. Ich buchte die nächste freie Schiffspassage nach Rom, nicht ohne zuvor Ktesippos mit dem Verkauf meines Hauses samt dessen Inventar zu betrauen und ihn zu bitten, mir den Erlös zu überweisen.

Nachdem ich nach Rom zurückgekehrt und meinen Verpflichtungen dem Staat, den ich, nach allem, was ich über die traurige Geschichte meines Volkes gelernt hatte, nicht länger mehr als den meinen ansah, gebührend nachgekommen war, zog ich mich völlig ins Privatleben zurück und führte meinen alexandrinischen Lebensstil ungeachtet der prüden römischen Gesellschaftsnorm unbekümmert weiter fort. Wie um mir die hellen, glücklichen und fruchtbaren Tage meiner Jugend für immer zu bewahren, versammelte ich nach und nach einen Kreis junger Künstler und Intellektueller um mich, denen ich in meinem Hause die Gelegenheit bot, ihrem Genius und ihrer Schaffenskraft unbeschwert von materiellen Sorgen freien Lauf zu lassen. Zu diesem Zwecke ließ ich mein Elternhaus, welches meine Vorfahren vor Generationen auf dem bis heute spärlich besiedelten Esquilin errichtet hatten, von Grund auf renovieren und für diese Belange großzügig umbauen. Das für die herkömmlichen Verhältnisse in Rom schon sehr weitläufig angelegte Anwesen verfügte zwar über eine beträchtliche Anzahl von Räumen, die aber, bedingt durch den völlig überalterten Baustil, insgesamt viel zu klein und niedrig geschnitten waren, sodass das ganze Haus eng und bedrückend düster wirkte. Ich beauftragte den besten Architekten Roms – natürlich war es ein Grieche –, das Haus derart auszubauen, dass hohe, lichtdurchflutete Räume entstünden. Dazu kaufte ich einige umliegende Grundstücke auf, teils um auf ihnen die dafür notwendigen Gebäudeerweiterungen durchzuführen, teils um sie in fantasievolle Gärten zu verwandeln. Während des Umbaues brachte ich nicht nur meine eigenen geschmacklichen Vorstellungen ein, sondern ließ auch einigen meiner Künstlerfreunde bei der Gestaltung der Räumlichkeiten freie Hand, sich mit ihrem individuellen Stil zu verwirklichen. Für die Bildhauer ließ ich dazu eigens ein Atelier in Form eines kleinen, runden Pavillons errichten, welcher sich harmonisch in die zum Teil exotische Ästhetik der neu entstandenen Gartenlandschaft, die vor allem die Fantasie der Dichter und die Gedanken der Philosophen beflügeln sollte, einfügte. Auch ein kleines Odeum ließ ich nach meinen Vorstellungen in den Gärten erbauen, das an warmen Sommerabenden zum Schauplatz von Theaterstücken und der später von der Gesellschaft so hoch gelobten Dichterlesungen wurde.

So pflanzte ich abseits des grauen römischen Alltagslebens einen zarten Schössling jenes strahlenden Baumes der Kunst, von dessen süßen Früchten ich in Alexandria gekostet hatte, in die raue Erde am Ufer des Tibers.

Es war natürlich nur eine Frage der Zeit, dass all das, was sich hinter den weißen Mauern meines nunmehr zu einer stattlichen Größe angewachsenen Besitzes tat, in den Mittelpunkt des misstrauischen Interesses der römischen Gesellschaft rückte. War es zunächst der unkonventionelle Baustil meines Hauses, der in seiner Vollendung mit jeder bis dahin in Rom vorherrschenden traditionellen Architektur brach, an dem sich die Gemüter erhitzten, so machten alsbald auch die wildesten Gerüchte um die angeblich zügellose Lebensweise seiner Bewohner die Runde.

Zuerst hinter vorgehaltener Hand, dann ganz offen, wurde von ausschweifenden Orgien gesprochen, die allnächtlich in meinem Hause stattfänden, während denen fremden, dämonischen Gottheiten in obszönen Ritualen gehuldigt würde. Das gipfelte zuletzt sogar darin, dass man mir und meinen Freunden unterstellte, im Geheimen mit diesem Tun die althergebrachten Tugenden Roms zu verhöhnen und damit sogar in umstürzlerischer Weise an den Grundfesten des Staates zu rütteln. Gerade Letzteres war nun nicht ganz ungefährlich für mich, gingen doch seit den Zeiten eines Marius oder Cinnas Menschen auf der Basis weit weniger brisanter Anschuldigungen ihres Lebens und ihres Besitzes verlustig. Diese bedrohliche Entwicklung im Denken meiner Mitbürger machte sich vor allem in ihrem Verhalten meiner Person gegenüber bemerkbar, wenn ich mich, was nicht allzu oft geschah, in der Öffentlichkeit zeigte. Waren es zu Anfang nur verständnislose oder auch oft missliebige Blicke, die mir, wann immer ich mich in meinen farbenfrohen und nach neuester alexandrinischer Mode geschnittenen Gewändern durch die Straßen der Stadt tragen ließ, zugeworfen wurden, so traf mich alsbald schon so mancher harte Kiesel, den man mir, begleitet vom gröhlenden Beifall der aufgebrachten Menge, entgegenschleuderte.

Durch diese wenig erfreuliche Wendung der Dinge sah ich mich vor die missliche Wahl gestellt, entweder Rom zu verlassen oder meine ursprüngliche Absicht, mein Leben in Muße und Beschaulichkeit zu genießen, fallen zu lassen und mein Haus der feinen römischen Gesellschaft zu öffnen. Ersteres wäre einer Flucht gleichgekommen, und mein nunmehr wieder erwachter etruskischer Stolz gegenüber den römischen Emporkömmlingen ließ mich diese Möglichkeit auch sofort verwerfen. Ich empfand es im Gegenteil geradezu als mein natürliches Recht, in dieser Stadt, an deren Entstehung und Aufstieg mein Volk nicht unmaßgeblich beteiligt war, zu leben. Also entschloss ich mich, den Sprung nach vorne zu wagen und meine Hand in den Rachen der Wölfin – welche im Übrigen ursprünglich ein etruskisches Staatssymbol war – zu legen. Ich begann damit, in meinem Haus prunkvolle Gastmähler auszurichten, zu denen ich nach und nach die Reichen und Mächtigen Roms einlud. Dabei rechnete ich mit der sensationslüsternen Neugier, die dieser Gesellschaft schon immer zu Eigen war, und selbstverständlich mit der magischen Anziehungskraft, die meine skandalumwitterte Person übrigens bis heute auf jene Kreise ausübt. Meine damals schon sehr ausgeprägte Erfahrung mit den Abgründen der menschlichen Seele ließ mich auch nicht im Stich, denn alles, was Rang und Namen hatte, fand sich bei mir ein: Crassus, Pompeius oder Lucullus, sie alle beehrten mein Haus mit ihrer erlauchten Anwesenheit, um dort, wie sie hofften, von der süßlichen Lasterhaftigkeit des Orients zu kosten und so für eine Weile Ablenkung von ihrem catonischen Alltag und ihren vestalisch tugendhaften Ehefrauen zu finden. Und ich tat das meinige, sie hierin nicht zu enttäuschen. Ich erquickte ihre Sinne mit den erlesensten Gaumenfreuden und den edelsten Weinen und erfreute sie mit den lasziven Darbietungen meiner alexandrinischen Tänzerinnen. Fraglos begründete ich damals meinen bis zu diesem Tage fortbestehenden Ruf, ein dekadenter, in sich verderbter und lasterhafter Mensch zu sein, der so gar nichts mit den cincinnatischen Idealen eines echten Römers gemeinsam hatte. Auch späterhin, als ich längst als der ernste Förderer und Wegbereiter der schönen Künste, die bis dahin in dieser Stadt als eher anrüchig und zersetzend betrachtet wurden, angesehen war, blieb mir dieser Ruf erhalten. Immerhin gelang es mir aber dadurch zu beweisen, dass meine Lebensweise bar jeder politischen Ambition war, und man ließ mich fortan weitgehend unbehelligt in meiner Welt leben. Anfangs dachte ich, dass ich für sie die Rolle eines Narren verkörpern würde, dessen Spiegel ihnen immer wieder mahnend vor Augen führen sollte, was ein ausschweifendes Leben in Luxus und Völlerei aus einem Menschen machen kann. Doch in Wahrheit wurde ich eher zu ihrem schlechten Gewissen, welches man ja bekanntlich braucht, um sich seines guten bewusst zu werden. Ich meine das weniger auf meinen verruchten Lebenswandel bezogen als auf die Tatsache, dass ich ein Tusker bin, dessen bloße Existenz sie immer wieder peinlich daran erinnerte, wie unrühmlich sie sich diesem Volk gegenüber, dem sie letztendlich ihre Stadt und ihre Kultur zu verdanken haben, über die Jahrhunderte hinweg verhalten hatten.

Tatsächlich vermied man es tunlichst, in meiner Gegenwart dieses heikle Thema auch nur annäherungsweise zu berühren.

Rückschauend betrachtet, war das aller Wahrscheinlichkeit nach auch der Grund, warum die meisten von ihnen mich bis zu diesem Tage nie wirklich als einen der Ihren angesehen haben, so sehr ich mich anfänglich auch darum bemühte. Nicht dass ich deshalb gemieden wurde, im Gegenteil, mit den Jahren gehörte es geradezu zum guten Ton, in meinem Hause zu verkehren, ja, man buhlte förmlich danach, zu meinen viel gerühmten Gastmählern eingeladen zu werden. Zu Anfang schmeichelte mir das ungemein, bis mir irgendwann schmerzlich bewusst wurde, dass das Interesse meiner illustren Gäste weniger meiner Person galt als vielmehr meinem Reichtum, von dem sie auf diese Weise auf das angenehmste profitierten, ohne selber ihren Geldbeutel strapazieren zu müssen. Wussten sie doch, dass ich zum einen mein Haus nur äußerst ungern verließ, und waren sie doch zum anderen allzu bereitwillig der Meinung, eine Einladung ihrerseits könne, gemessen an dem exotischen Luxus, der sie bei den von mir ausgerichteten Festlichkeiten immer wieder in bewunderndes Erstaunen versetzte, nur eine Beschämung meiner Person darstellen. In gewisser Weise hatten sie damit sogar Recht, denn in der Tat wirkten die wenigen Einladungen, denen ich Folge leistete, eher bemüht auf mich und zeugten leider häufig von der protzigen Geschmacklosigkeit der zumeist neureichen Gastgeber, zumal der künstlerisch intellektuelle Aspekt, auf den ich großen Wert lege, hierbei kaum zur Geltung kam.

Mit der klaren Gewissheit dieser Erkenntnis begann ich also von da an nach außen die Rolle des skurrilen Gecken zu spielen, dessen materielle und intellektuelle Extravaganzen von der feinen römischen Gesellschaft zwar, wie um ihre aus provinzieller Engstirnigkeit geborene Missgunst zu ummänteln, mit überschwänglichen Lobeshymnen toleriert wurden, dem man aber letztendlich, als einem Fremden in ihrer Mitte, echte menschliche Wärme versagte.

Natürlich erfuhr ich von all den Künstlern, wie etwa Horaz, Sallust oder dem unglückseligen Ovid, deren Förderung ihrer göttlichen Begabungen ich zu meinem Lebensinhalt gemacht hatte, eine tiefe, fast kindlich liebende Dankbarkeit, aber nur mit einem Menschen verbindet mich eine bis zu diesem Tage andauernde und von beiden Seiten als innig empfundene Freundschaft. Es ist Oktavian, den sie heute Augustus nennen. Ich kann mich sehr genau an den Tag erinnern, an dem ich ihm das erste Mal begegnet bin. Es war ein Jahr vor der Ermordung seines Adoptivvaters, des vergöttlichten Cäsar, und Oktavian war damals ein blasser, pickliger Jüngling, der gerade erst achtzehn Jahre alt geworden war. An diesem lauen Frühsommerabend veranstaltete ich eine Dichterlesung in meinem Auditorium, zu der ich der Form halber auch Cäsar einlud, der sich zu diesem Zeitpunkt, was selten der Fall war, in Rom aufhielt. Ich rechnete überhaupt nicht mit seinem Kommen, da der Göttliche bisher nie auf meine Einladungen reagiert hatte, weil seine mannigfaltigen Pflichten dem Staat gegenüber ihm kaum Zeit zu solchen Zerstreuungen ließen. Wie erstaunt war ich deshalb, als der Göttliche in Begleitung seiner Frau Calpurnia und seines jüngst adoptierten Zöglings ganz unvermutet dann doch in meinem Haus erschien und, ohne viel Aufhebens um seine Person zu machen, zwischen meinen Gästen Platz nahm. Ich muss gestehen, dass ich in dem Maße, wie ich im ersten Moment vor dem Charisma der Macht, das den Julier umgab, erschauerte, im weiteren Verlauf des Abends von dem mondänen Charme dieses Mannes überrascht und völlig in Bann geschlagen wurde. Bei Oktavian indes, der sich anfänglich äußerst zurückhaltend, ja geradezu scheu zeigte, faszinierte mich bald schon der für sein Alter ungewöhnlich wache und scharfe Verstand, den er während eines philosophischen Disputs über Platons *Politeia*, der sich zu vorgerückter Stunde zwischen einigen meiner Gäste entspann, an den Tag legte. Selbst Cicero, der an diesem Abend ebenfalls in meinem Hause weilte und sich an dem Disput beteiligte, zollte den klugen, aber in achtungsvoller Bescheidenheit vorgebrachten Kommentaren des Jünglings zu diesem doch recht anspruchsvollen Thema seinen anerkennenden Beifall. Kurz bevor er sich von mir verabschiedete, bat mich Cäsar, ihm und den Seinen mein Haus und meine Kunstsammlung zu zeigen, von der er schon so viel Rühmenswertes gehört hätte.

Während ich ihn also, begleitet von Calpurnia und Oktavian, durch mein Haus führte, konnte ich zu meiner freudigen Überraschung feststellen, dass der Göttliche meine kostbaren Sammlerstücke mit einem feinsinnigen Kunstverstand betrachtete, der weit über dem stand, was ich sonst von meinen römischen Mitbürgern gewöhnt war. Danach bedankten sie sich ausgesprochen herzlich ob der ihnen von mir so reichlich gewährten Gastfreundschaft und schickten sich gerade an, mein Haus zu verlassen, als Oktavian mich unvermittelt fragte, ob er nicht öfter zu mir kommen dürfte, da er meinen Lebensstil bewunderte und von der lichten Atmosphäre, die in meinem Hause herrschte, ganz verzaubert sei. Nur zu gerne entsprach ich seiner Bitte, denn mir gefiel die liebenswürdige und lautere Art, die seinem Wesen noch heute innewohnt. Natürlich fragte ich Cäsar nach seiner Zustimmung, die er auch ohne zu zögern gab. »Geh nur oft zu diesem Etrusker, mein Sohn! Hier kannst du vieles Schöne und Gute für dein Leben lernen!«, ermunterte er ihn noch lachend, dann gingen sie. Von diesem Tag an besuchte er mich fast täglich, und so wurde ich mit den Jahren nicht nur zu seinem Mentor, sondern vor allem zu seinem Freund. Auch als er später in den Wirren des Bürgerkrieges damit beschäftigt war, das Erbe seines Vaters zu verteidigen und danach zum ersten Bürger des Staates wurde, vergaß er es nie, mich, so oft es seine wahrlich knapp bemessene Zeit zuließ, aufzusuchen, um sich bei mir verwöhnen zu lassen oder sich mit mir über anstehende politische Entscheidungen zu beraten. Letzteres war ihm besonders deshalb wichtig, da er um meine neutrale Haltung dem Staat gegenüber wusste. Bisweilen übertrug er mir auch heikle diplomatische Missionen, weil ich der Einzige in seiner nächsten Umgebung war, dem er freundschaftlich verbunden war und der deswegen sein uneingeschränktes Vertrauen genoss, von seiner Frau Livia einmal abgesehen. Auch war ich der Einzige, den er an seinem nach außen sorgsam abgeschirmten Familienleben teilhaben ließ. Und er ist der einzige Mensch, der mich jetzt, da ich alt geworden bin und mein Körper langsam in einem zehrenden Siechtum verfällt, fast täglich besucht, um mich mein Leiden und meine innere Leere und Kälte in der vertrauten Heiterkeit unserer Gespräche wenigstens für ein paar Stunden vergessen zu lassen. All die anderen, die unter meinem Dach gefeiert, meine Großzügigkeit gepriesen und mich fortwährend ihrer dankbaren Freundschaft versichert haben, sie alle blieben meinen Einladungen in den letzten zwei Jahren immer zahlreicher mit zum Teil äußerst fadenscheinigen Entschuldigungen fern und vermieden es geflissentlich, dem kranken alten Prasser und Knabenschänder, für den sie mich im Grunde ihres

Herzens immer gehalten haben, angesichts meiner immer deutlicher zu Tage tretenden schwärenden Krankheit nun ihrerseits ihr Haus zu öffnen. Vielleicht, dass sie in ihrer Häme meine Leiden als gerechte Strafe der Götter für meinen verderbten Lebenswandel ansahen. Wie muss es sie allerdings im Nachhinein beschämen, dass ausgerechnet ihr Princeps, ihr Augustus mich nicht hat fallen lassen!

Aber er ist es auch, der mich seit geraumer Zeit bestürmt, die Geschichte meines Volkes aufzuschreiben, was ich seit jenen fernen Tagen in Alexandria trotz der Ermahnung Sennofers bisher so sträflich verabsäumt habe. So mögen die Götter meiner Vorfahren nunmehr meinem Geist und meiner Hand Kraft verleihen, um während der Zeit, die mir vielleicht von ihnen noch vergönnt ist, all das niederzuschreiben, was ich einst darüber erfahren habe, damit das Andenken an den Ursprung und das Erbe der Rasna nicht der Vergessenheit anheim fällt.

So erfülle ich, Kaie Kilnie Maeknas, aus dem Geschlecht des Tarchun Rumach, den die Römer Maecenas den Glücklichen nennen, den Eid, den ich einst nach dem Tod meiner Eltern geschworen hatte.

Kapitel 1

»Du wirst also nicht mit ihnen ziehen?«

In den Worten des älteren der beiden Männer oben auf dem hohen Dünenkamm schwang unverhohlene Enttäuschung.

Der Jüngling neben ihm zeigte keine Reaktion, sondern zog es vor, seinen Blick weiter über den flachen, breiten, mit vielen Prielen durchzogenen Strand zum jetzt noch weit entfernten Meer schweifen zu lassen, dessen nahezu spiegelglatte, bleigraue Oberfläche in der Ferne mit dem Horizont zu verschmelzen schien.

Es war die Zeit zwischen Ebbe und Flut, und gerade begann es im Osten allmählich hell zu werden.

Mit dem Morgengrauen setzte eine laue Brise ein, die den würzigen Geruch von Salz und Tang landeinwärts trug und die einsetzende Flut ankündigte.

Der junge Mann war von schlanker, hoch gewachsener Statur.

Sein volles, schwarzlockiges Haar fiel ihm über die Schultern.

Aus den leicht schräg gestellten Lidern leuchteten große, hellblaue Augen, die das ebenmäßig geschnittene und glatt rasierte Gesicht beherrschten.

Unter der schmalflügeligen, geraden Nase schien

ein zynisches Lächeln das volle Lippenpaar zu umspielen.

Um die Hüften trug er ein zu einem knielangen Rock gewickeltes Tuch aus grober, weißer Wolle, welches von einem breiten Ledergürtel mit einer scheibenförmigen Bronzeschließe gehalten wurde.

Um die Schultern des bloßen Oberkörpers lag ihm ein bis zu den Waden fallender Mantel aus dem gleichen Stoff, der auf der linken Schulter mit einer wulstigen Bronzefibel befestigt war.

Ganz ähnlich war die Tracht des alten Mannes, nur dass er zusätzlich noch mit einem langärmeligen grauen Leinenhemd bekleidet war und seine Füße in einfachen Stiefeln aus Seehundleder steckten.

Das hohe Alter – er mochte die sechzig weit überschritten haben – und das Leben hatten ihn gezeichnet, denn unzählige Falten prägten sein von Wind und Wetter gegerbtes Gesicht, dessen Züge denen des Jünglings nicht unähnlich waren.

Es waren vor allem die Augen, welche unter den buschigen, schlohweißen Brauen gerade seinen Begleiter nachdenklich musterten, die auf die Verwandtschaft der beiden schließen ließen.

Schlohweiß war auch das kurz geschnittene, immer noch volle Haupthaar und der sorgfältig gestutzte Vollbart, der das markante Antlitz umrahmte.

»So kann dich nichts von deinem törichten Entschluss abbringen?«, versuchte der alte Mann noch einmal in den Jüngling zu dringen.

Dieser wandte nun sein Gesicht dem Alten zu und sah ihm mit klarem Blick in die Augen.

»Nein, Großvater! Es bleibt dabei! Ich werde Laruna nach der Sonnenweihe heiraten und Vaters Hof übernehmen.«

Der alte Mann schaute daraufhin leise mit dem Kopf schüttelnd zu seinen Füßen, wobei er resignierend aufseufzte.

Heute sollte das drei Tage währende alljährliche Frühlingsfest beginnen, bei dem traditionsgemäß alle Mädchen und Jungen, die in diesem Jahr ihren siebzehnten Geburtstag feierten, ihre letzte, heilige Sonneninitiation erhielten, die sie zu mündigen Mitgliedern der Dorfgemeinschaft machte.

Danach sollten einige ausgewählte Jungmänner zusammen mit erfahrenen Händlern unter der Führung von Luknies ihre beschwerliche Reise in den Süden antreten, um dort mit den Kostbarkeiten aus den Essen der Bronzeschmiede, vor allem aber mit dem seltenen, nur an dieser Küste vorkommenden Schatz des Meeres, dem Bernstein, Handel zu treiben.

Die Menschen, die hier lebten, waren von jeher Fischer und Bauern gewesen, doch vor einigen Generationen waren Fremde aus dem Süden gekommen, die nach Bernstein suchten. Sie erzählten den Ältesten, dass vor einiger Zeit Seefahrer, deren Heimat die Gestade am großen westlichen Ozean seien, den Bernstein mitgebracht, aber über seine genaue Herkunft geschwiegen hätten. Man wüsste nur, dass er im hohen Norden zu finden sei. Sie sagten, dass die Völker im Mittag ihn als Schmuck begehrten und ihn sogar mit Gold und Silber aufwiegen würden, welches hierzulande wiederum selten war.

Seit dieser Zeit zogen nun alle zwei Jahre die Wagemutigsten aus den Dörfern an der Küste hinaus, um den Bernstein in die heißen Länder der Südvölker zu bringen. Oft blieben sie über mehr als ein Jahr aus, aber wenn sie dann endlich zurückkamen, waren ihre Ledersäcke immer prall gefüllt mit Barren aus Gold, Silber und Bronze. Natürlich kam es auch vor, dass keiner oder nur wenige wieder in die Heimat gelangten, sei es, dass sie räuberischen Menschen in die Hände fielen oder an unheilbaren Krankheiten oder Seuchen, die sie sich in der Fremde zuzogen, starben. So erging es vor vier Jahren auch dem Sohn des alten Mannes, dem Vater des störrischen Jünglings neben ihm. Die Zurückgekehrten berichteten, er sei – kurz bevor sie den Heimweg wieder antreten wollten – von einem heftigen Fieber befallen worden, und man habe ihn aus Angst vor einer Ansteckung zurücklassen müssen. Wahrscheinlich sei er am Fieber gestorben.

Wehmütig dachte der alte Mann an die Zeit zurück, als er so jung war wie sein Enkel und das erste Mal mit den Händlern mitziehen durfte. Seine Vorfahren zählten seinerzeit zu den ersten, die mit dem Fernhandel begonnen hatten und so war es eigentlich schon zu einer Tradition geworden, dass der Erstgeborene seiner Familie der Zunft der Bernsteinhändler angehörte. Über Generationen hatte man diesen Brauch gepflegt, und die Familie war darüber zu einer der reichsten im Lande geworden.

Nun, da sein Sohn Lareth nicht mehr da war, hatte der alte Mann all seine Hoffnung in seinen Enkel Tarkon gesetzt. Nicht nur, dass er seinem unglücklichen Vater äußerlich ähnlich war, er verfügte auch über dessen Kraft und Willensstärke.

Anfänglich schien sich der Wunsch des Großvaters

auch zu erfüllen, denn das, was die Reisenden nach ihrer Rückkehr an Abenteuern und Wunderdingen, die sie in der Fremde erlebt hatten, zu erzählen wussten, begeisterte den Jungen über alle Maßen.

Mit ungläubigem Staunen hörte Tarkon, dass die Menschen im Süden in großen Ansammlungen von dicht beieinander stehenden Häusern lebten, die sie Städte nannten. Die Häuser der Reichen waren aus Stein gebaut, mit großen Fenstern und mit tönernen Ziegeln gedeckt.

Aus Stein gebaut waren auch die riesigen Heiligtümer, in denen sie ihre unzähligen Götter verehrten, die zumeist die Gestalt von Tieren hatten.

Noch weiter im Mittag, über dem großen Meer des Südens, lebte ein Volk an einem Strom, das seinen Herrscher als Sohn des Sonnengottes verehrte. Starb der König, dann wurde sein Leib mit Binden umwunden und in einem aus dem Felsen gehauenen, prächtig mit Gold und Edelsteinen ausgestatteten Grab beigesetzt.

In früheren Zeiten hatten sie ihren Königen sogar gewaltige Grabberge aus tausenden von Quadersteinen errichtet, die so hoch waren, dass sie den Himmel zu berühren schienen.

Dies alles ließ Tarkon den Traum hegen, dereinst mit seinem Vater auf die Reise zu gehen, und so begann er schon frühzeitig, sich im Gebrauch von Waffen zu üben.

Doch dann kehrte Lareth nicht mehr aus der Fremde zurück, und Turna, seine Frau, beschwor in ihrem Schmerz den Jungen, sich doch den Gedanken aus dem Kopf zu schlagen und hier bei ihr auf dem Hof zu bleiben.

Zu Anfang fruchteten die Bemühungen Turnas allerdings wenig, bis Tarkon vor einem Jahr diesem Mädchen aus dem Nachbardorf über den Weg gelaufen und sich Hals über Kopf in sie verliebt hatte. Verständlicherweise wurde sie daraufhin zur natürlichen Verbündeten seiner Mutter, sodass er bald seinen Traum aufgab und seither nur noch an ein beschauliches Leben mit Frau und Kindern auf dem väterlichen Hof dachte.

Ärger stieg in dem alten Mann auf, während er so darüber nachdachte, und schließlich rammte er unvermittelt seinen Stab mit einer heftigen Bewegung in den Sand.

»Weißt du eigentlich, was du dir entgehen lässt, Junge?«, fragte er zornig.

»Ja, das Schicksal meines Vaters!«, entgegnete Tarkon trocken.

»Ach, sie haben gesagt, sie hätten ihn zurücklassen müssen, doch ob er wirklich tot ist, wissen wir nicht. Aber selbst wenn: Jeder, der sich auf diese zweifellos gefahrvolle Reise begibt, muss damit rechnen, dabei ums Leben zu kommen, aber dafür wird ihm, wenn er Erfolg hat, unermesslicher Lohn zuteil. Sieh mich an! Habe ich nicht …«

»Lohnt es sich deiner Meinung nach also, sein Leben für Gold und Silber aufs Spiel zu setzen? Sieh lieber meine Mutter an! Ich möchte nicht, dass Laruna dereinst um mich weinen muss, wie sie es jetzt Vaters wegen tut!«, wurde er von seinem Enkel rüde unterbrochen.

»Du Narr!«, fuhr ihn der Alte unbeherrscht an. »Wenn das alles wäre! Nein, ich spreche von den vielen wunderbaren Dingen, die du im Süden sehen und erfahren würdest. Denke an die weißen Handelsstädte der Kreter mit ihren Tempeln und Palästen, oder denke an jenes reiche Land Khemet mit seinem Gottkönig ...«

»Ja, ja, und an die steinernen Grabhügel, die den Himmel berühren und deren Spitze aus purem Gold besteht. Ich will gerne zugeben, dass diese abenteuerlichen Geschichten, die Vater und du mir erzählt haben, mich früher ungemein beeindruckt haben – aber nun, da ich Laruna begegnet bin, verspüre ich nicht die geringste Lust, den Preis, den mein Vater für dieses zweifelhafte Vergnügen gezahlt hat, ebenfalls zu zahlen. Halte dich doch an meinen Bruder Kieruns! Der ist zwar etwas jünger als ich, aber vielleicht begeisterst du ihn für deine Sache. Ich für meinen Teil habe mich entschieden.«

Eine Weile herrschte eisiges Schweigen zwischen den beiden.

»Kieruns wollte immer schon Bauer werden. Nie hat ihn das, was ich, dein Vater oder die anderen Händler von ihren Fahrten zu berichten wussten, sonderlich interessiert. Außerdem verfügt er nicht über den Mut und die Ausdauer, die notwendig wären, um die Strapazen unterwegs zu meistern«, sagte der alte Mann mehr zu sich selbst.

Dann wandte er sich in einer plötzlichen Bewegung seinem Enkel zu, packte ihn mit beiden Händen an den Schultern und schüttelte ihn heftig.

»Tarkon! Überlege, was du tust! Mit deiner Weigerung beschmutzt du das Andenken deines Vaters! Du vergehst dich an der Tradition unserer Familie«, schrie er ihn mit zornbebender Stimme an.

Tarkon löste die klammernden Hände seines Großvaters mit einer sanften, schnippenden Bewegung seiner Fingerspitzen, und sein Antlitz wirkte wie versteinert.

»Wage es nicht noch einmal, mich anzufassen, du gieriger alter Mann!«, zischte er dabei gefährlich leise.

Der Alte erbleichte und wich zwei Schritte zurück. Er fuhr sich mit verkrampften Händen mehrmals nervös über Augen und Wangen, wie um das Geschehene abzuwischen.

»Ich mache dir einen Vorschlag«, lenkte er dann hastig ein. »Du gehst dieses eine Mal mit, und wenn du zurückkommst, magst du dich endgültig entscheiden. Das Mädchen wird doch ein Jahr auf dich warten können?« Er leckte sich über die Lippen und die List verengte seine Lider.

Tarkon fing lauthals an zu lachen.

»Wenn ich zurückkomme … Gib dir keine Mühe, Großvater! Deinen Sohn mochtest du seinerzeit vielleicht mit deinen verführerischen Erzählungen von Abenteuern in fremden Ländern überzeugen können, bei mir stößt dein Gerede auf taube Ohren.«

»Ach, Tarkon! Weißt du, ich glaube, dass du einfach nur feige bist«, sagte der alte Mann scheinbar leichthin, doch in seiner Stimme lag höhnende Verachtung.

Tarkon schaute ihm daraufhin mit einem Blick, in dem gleichermaßen Scham und Hass zu lesen waren, lange und intensiv in die Augen. Doch dann entspannten sich seine Züge, und seine Lippen formten sich zu einem feinen Lächeln.

»Großvater, du weißt in deinem Herzen, dass das nicht wahr ist. Es ist der Schmerz der Enttäuschung, der dich dies hat sprechen lassen. Deshalb kann und will ich dir das nicht übel nehmen«, erwiderte er gelassen.

»Schon als Kind bin ich mit den Fischern selbst bei stürmischem Wetter hinausgefahren, um den Wal zu erlegen«, fuhr er weiter fort. »Was du für Feigheit nimmst, nenne ich Vernunft.«

Diese in sachlicher Form vorgebrachten Worte Tarkons verfehlten ihre Wirkung nicht, denn der alte Mann musterte daraufhin seinen Enkel mit einer Mischung aus Erstaunen und aufkeimendem Verständnis. Schmerzlich wurde ihm hierbei bewusst, wie sehr der Enkel auch in seiner beharrlichen und überlegenen Haltung seinem Vater glich.

Nein, der Junge hatte seinen Weg mit Bedacht gewählt, und nichts würde ihn davon abhalten können, ihn zielstrebig bis zum Ende zu gehen.

»Hm, nun gut«, räusperte er sich nach einer Weile verlegen. »Ich werde deine Entscheidung von nun an respektieren. Ob dein Entschluss der Richtige ist, wird die Zukunft dich lehren.«

Die beiden schauten wieder schweigend hinaus auf das Meer, wobei sich Tarkon ein heimliches Grinsen nicht verbeißen konnte.

Die Flut hatte inzwischen eingesetzt, und die flachen, sich sanft kräuselnden und bis dahin bleigrauen Wellenkämme begannen sich allmählich zartrosa zu verfärben.

Hinter ihnen, über den Dünentälern, war gelbrot leuchtend die Sonne aufgegangen.

Kapitel 2

Der Morgen war angebrochen, und es versprach, dem anstehenden Frühlingsfest angemessen, ein klarer, sonniger Tag zu werden.

Die Sonne, die im Mittelpunkt der sich über drei Tage hinziehenden Feiern stand, strahlte von einem nahezu wolkenlosen, blassblauen Himmel über das flachwellige Land hinter den Dünen.

Die feuchtschwarzen Schollen der jüngst eingesäten Äcker, die um das Dorf angelegt waren, dampften, und über den noch traurigen Wiesen war das emsige Gesumm der Bienen zu hören, die Nektar aus der üppigen Blütenpracht sammelten.

In dem lindweiß leuchtenden lichten Birkenwald unweit des Dorfes ästen träge ein paar Rinder, und überall aus den Baumkronen ertönte das werbende Gezwitscher der Vögel. Auch die Elritzen in dem mit knorrigen Weiden gesäumten Bach, der sich eilig plätschernd durch die Wiesen schlängelte, schossen voller Lebensfreude durch ihr Element.

Die Häuser und Gehöfte der Siedlung, welche von einer hohen Palisade geschützt wurde, gruppierten sich in einem losen Rund um den mit hohem Schilf umwachsenen Dorfanger.

Die einzelnen Gebäude waren in solider Blockbauweise errichtet und mit Reet gedeckt worden. Das Holz, das dazu nötig war, wurde in den dichten Laub- und Kiefernwälder weiter im Landesinneren geschlagen und mit Ochsenfuhrwerken an die Küste verfrachtet.

Für den Hausbau verwendete man zumeist Buchen- oder Kiefernholz, während die Rümpfe der Schiffe aus Eiche gefertigt wurden.

Sollte ein Haus gebaut werden, so wählten die Zimmerleute zunächst schlanke, gerade Stämme, die von der Rinde befreit und an zwei Seiten leicht abgeflacht wurden.

Nun stellte man auf der Außenlinie der zuvor eingeebneten Grundfläche mehrere im Durchmesser dickeren Stämme, die als Stützbalken dienen sollten, in regelmäßigen Abständen auf und verkeilte sie mit Steinen. An diesen schichtete man sodann an der zum Hausinneren gerichteten Seite die schmalen, abgeflachten Balken lagenweise waagerecht aufeinander, wobei jede Lage sowohl mit der darunterliegenden als auch mit dem jeweiligen Stützbalken durch Seile verbunden wurden. Die auf diese Weise entstandenen Außenwände hatten den Vorteil, nicht nur sehr stabil zu sein, sondern gleichermaßen über so viel Elastizität zu verfügen, um auch dem stärksten Sturm standhalten zu können, obwohl die Stützbalken nicht im Boden verankert waren.

Für die Konstruktion des Daches wurden zunächst in Abständen firsthohe, kräftige Balken auf der das Haus in Längsrichtung teilenden Mittellinie aufgestellt und mit dicken Steinen abgestützt. Auf ihnen wurden die den First bildenden Längsbalken mittels starker

Taue von Giebel zu Giebel befestigt. Danach brachte man von den Seitenwänden bis zum First wieder in regelmäßigen Abständen Streben an, die wiederum von quer verlaufenden Streben stabilisiert wurden, sodass eine Art Gitterwerk entstand, auf dem dann die Reetbündel in mehreren Lagen aufeinander ausgerollt wurden.

Zum Schluss wurden noch die Fugen der Innenwände mit Lehm ausgestrichen und der Boden festgestampft.

In den Häusern der reicheren Dorfbewohner wurden zudem noch aus Bohlen bestehende Schlafkammern gezimmert, die sich hinter der zentral angelegten Herdstelle im rückwärtigen Teil des Hauses befanden. Auch waren Fensteröffnungen in Seiten- und Frontwände eingelassen, die, wenn es kalt wurde, mit einer Kuhhaut verschlossen werden konnten. Der Eingang befand sich ebenfalls an der Frontseite des Hauses.

Die Stallungen, die sich neben dem Wohnhaus befanden, waren aus grob bearbeiteten Brettern errichtet, wurden aber auch von einem dichten Reetdach geschützt. Genutzt wurden sie eigentlich nur im Winter, da das Vieh, bedingt durch das fast das ganze Jahr über anhaltende milde Klima, im Freien belassen werden konnte.

So vermittelte das Dorf dem Betrachter einen einladenden und heimeligen Eindruck, vor allem heute, da seine Bewohner es anlässlich der Festtage besonders liebevoll geschmückt hatten. Um die Hofeingänge und Türen waren Blumengirlanden gewunden, und frische Birkenreiser mit bunten Wollstreifen steckten an den Firsten oder waren an den Zäunen angebracht.

Aber auch die Menschen hatten sich festlich herausgeputzt.

Die Frauen, soweit sie verheiratet waren, trugen bunt bestickte weitärmelige Blusen und knöchellange Röcke aus gebleichtem, fein gewobenen Leinenstoff. Um die Hüfte war ein breiter Gürtel aus Leder oder Wolle geschlungen, welcher vorne von einer tellergroßen Scheibe, deren Rand und Mitte mit halbkugelförmigen Ausbuchtungen versehen war, geschlossen wurde. Die Scheibe war zumeist aus Bronze, bisweilen aber auch aus Silber oder Gold gefertigt.

Auch für die wulstigen Schmuckreifen, die an den Hand- und Fußgelenken glänzten, sowie die prachtvoll ziselierten Fibeln und Gewandnadeln wurden jene seltenen Metalle verwendet.

Das lange Haar war zu einem dicken Zopf geflochten worden, der dann, gleich einer Krone, um den Kopf gewunden und mit dünnen Haarnadeln aus Walbein oder Bronze festgesteckt wurde.

Vervollständigt wurde das reizvolle Erscheinungsbild durch Ketten aus Bernstein, die den Frauen in mehreren Reihen um den Hals lagen und manchmal bis zum Gürtel herabhingen.

Die Tracht der Mädchen ähnelte der der Frauen, nur dass sie einen bis knapp zu den Knien reichenden Rock trugen, der aus vielen, dicht aneinander genähten Wollschlingen bestand.

Das Haar floss lang über die Schultern oder war zu einem oder zwei losen Zöpfen geflochten.

Weit weniger aufwändig fiel die Kleidung der Männer und Jungen aus. Die älteren Männer trugen neben dem Wickelrock noch ein linnenes oder wollenes

Hemd und darüber einen dunkel gefärbten Umhang. Dazu hatten manche auch noch einfache, aus Leder gefertigte Bundschuhe an den Füßen und eine schlichte, randlose Kappe aus Leder oder Wolle auf dem Kopf.

Die jüngeren Männer und die Knaben verzichteten jedoch in dieser Jahreszeit zumeist auf Hemd und Schuhwerk, die Jungen auch oft auf den Mantel, und begnügten sich mit dem Rock und dem breiten, mit einer oft mehr als handtellergroßen, gewölbten und blank polierten Schließe verzierten Gürtel.

Ihren wichtigsten Schmuck indes, ihre aus Bronze geschmiedeten Schwerter und Dolche, Äxte und Lanzen, durften sie heute nicht bei sich führen, denn die Festtage geboten den Frieden überall im Lande.

Schon seit den frühen Morgenstunden herrschte rege Betriebsamkeit, und der würzige Duft frisch gebackenen Brotes durchzog das Dorf. Am Vortage waren etliche Rinder und Schafe geschlachtet worden, die sich nun über offenen Feuern am Spieß drehten.

Die Mädchen und Jungen rannten singend und lachend hinaus in die Wiesen und pflückten Blumen, die sie zu Kränzen flochten und sich gegenseitig um die Stirn wanden, während die Erwachsenen die letzten Vorbereitungen für das am Mittag beginnende Fest trafen.

Als die Sonne ihren höchsten Stand erreicht hatte, traten zwei Männer auf die Balustrade über dem Tor des hohen Versammlungshauses, welches seinen Platz unmittelbar neben dem etwas abseits gelegenen Hof des Dorfältesten erhalten hatte.

In ihren Händen hielten sie jeweils ein aus schimmernder Bronze geschmiedetes Blasinstrument, welches sich, einer Schlange gleich, vom Mund um die Brust herum zum Rücken hin wand, um sich dann fast um Armeslänge über den Kopf zu erheben. Der nach vorne gebogene Schalltrichter endete mit einer breiten, kreisrunden und gepunzten Zierscheibe, in deren Mitte sich das Schallloch befand.

Diese Luren waren so gefertigt, dass ihr Klang um eine Oktave verschieden gestimmt war.

Als nun die Männer in ihre Instrumente bliesen, erklang ein warmer, lang anhaltender und getragener Ton, der noch weit über die Grenzen des Dorfes zu hören war.

Daraufhin stellten die Dorfbewohner ihre jeweilige Tätigkeit sofort ein und strebten schweigend dem Versammlungshause zu.

Bald war die Halle gefüllt, und eine feierliche Stille erfüllte den Raum.

Gemessenen Schrittes betraten als letzte der Dorfälteste, gefolgt von den sechs anderen Ratsmitgliedern der Dorfgemeinschaft das Gebäude und nahmen – bis auf den Ältesten – auf den etwas erhöht stehenden, mit verschlungenen Schnitzereien versehenen Lehnstühlen am Kopfende der Halle ihre Plätze ein.

Beruns, der Dorfälteste, war eine in jeder Hinsicht beeindruckende Persönlichkeit.

Er war von hünenhaftem Wuchs, und trotz seiner dreiundfünfzig Jahre bewegte er seinen muskulösen Körper mit der gleichen kraftvollen Geschmeidigkeit, die gemeinhin nur jüngeren Männern zu eigen war.

Das war vor allem auf den Umstand zurückzuführen, dass er sein gesamtes Leben als Walfänger und später als Schiffsführer eines Fernhandelsschiffes auf dem Meer verbracht hatte.

Das ehemals volle schwarze Haar war nun ergraut und hatte sich über der Stirn schon sehr gelichtet.

Sein bartloses, etwas kantig wirkendes Gesicht wurde von zwei langen, tiefen Furchen geprägt, die sich von den Flügeln der schmalen Adlernase bis zu den Winkeln des breiten, vollen Mundes zogen.

Seine warmen, tiefbraunen Augen ruhten liebevoll auf den in erwartungsvoller Stille harrenden Menschen.

Der mächtige, nackte Oberkörper, wie auch die Arme wiesen teilweise dicke Narben auf, die von den vielen Kämpfen zeugten, die Beruns während seiner wagemutigen Fahrten hatte bestehen müssen, die ihn, an den im Westen liegenden Zinninseln vorbei, bis weit in den Süden geführt hatten.

Gekleidet war er wie alle übrigen Männer, nur dass er als Zeichen seiner Würde eine aus dicken Gliedern geschmiedete Goldkette um den Hals trug, in deren reich verzierter Schmuckscheibe ein selten großer, rund geschliffener Bernstein gefasst war, in dessen Innerem eine Biene eingeschlossen war. Es kam zwar äußerst selten vor, aber dann und wann fanden die Sammler schon einmal einen Stein, in dem irgendetwas, sei es ein Stück Rinde oder eben ein Insekt gefangen war, aber dieser Stein war einzigartig. Nicht nur wegen seiner Größe, sondern vor allem deshalb, weil die Biene wie aus dem Fluge heraus in vollkommener Weise in den Stein gebannt schien. Vor Generationen war dieser Stein gefunden worden, und nie wieder hatte man seither ein ähnliches Kleinod entdeckt.

Durch solche Einschlüsse im Bernstein, wie auch durch seine Farbe, die vom hellen Gelb bis zu einem tiefroten Farbton reichte, waren die Menschen hierzulande überzeugt, dass es sich dabei um zu Stein gewordenes Harz längst verschwundener Bäume handeln musste. Den Fremden erzählten sie allerdings, dass es die erkalteten Tränen der Sonne waren, die das Gestirn allabendlich vergoss, wenn es vom Tage Abschied nehmen musste und im Meer versank.

Beruns schloss nun für einen Moment die Augen und räusperte sich vernehmlich. Dann hub er mit seiner ruhigen, volltönenden Bassstimme an zu sprechen.

»Ich begrüße euch alle, die ihr euch heute, wie in jedem Jahr zu dieser Zeit, hier versammelt habt, um die Sonnenfeier gebührend zu beginnen.

Und wie in jedem Jahr gilt es auch wieder, die Mädchen und Jungen aus unserer Gemeinschaft, die bis zu diesem Zeitpunkt ihren siebzehnten Geburtstag gefeiert haben, aus der Kindheit zu entlassen, um sie, nachdem sie ihre letzten, schweren Prüfungen auf der heiligen Insel erfolgreich abgelegt haben, mit allen Rechten und Pflichten in die Welt der Erwachsenen aufzunehmen.

Wir haben während der letzten Tage die Saat in die Äcker gelegt und hoffen, dass uns der Spätsommer eine ebenso reichliche Ernte bescheren wird, wie er es uns im vergangenen Jahr beschert hat.

Wir hoffen aber auch, dass der Same, der vor siebzehn Jahren die Schöße der Mütter befruchtet hat, nunmehr herangereift ist, sodass die Eltern dieser Kinder den wohlverdienten Lohn für ihre oftmals doch als so mühevoll – und vor allem als in einigen Fällen so hoffnungslos empfundene Erziehungsarbeit erhalten können.«

Während Beruns den letzten Teil dieses Satzes mit besonderer Betonung formulierte, fixierte er einige der direkt vor ihm stehenden Initianten mit einem gewollt streng wirkenden Blick, was mit einem wissenden Gelächter der versammelten Dorfbewohner belohnt wurde. Die Betroffenen, darunter Tarkon, gaben sich zwar den Anschein der Zerknirschtheit, indem sie ihre rot angelaufenen Gesichter dem Boden zuwandten, konnten sich aber ein verlegenes Grinsen nicht verkneifen.

»Lasst uns also sehen, welche Früchte diese Mühen haben gedeihen lassen«, fuhr er dann schmunzelnd fort. »Tretet nun vor, ihr, die ihr Anspruch erhebt, ab jetzt zu den Erwachsenen zu zählen!«

Es waren dreizehn Mädchen und Jungen, die sich in diesem Jahr dem letzten und damit schwierigsten Teil ihrer Initiation unterziehen wollten.

Sie standen, ganz in weiß gekleidet, vor ihren Eltern, die ihnen bis zu diesem Zeitpunkt ihre Hände auf die Schultern gelegt hatten.

Stellvertretend für den verschollenen Vater Tarkons hatte der Großvater den Platz neben seiner Schwiegertochter eingenommen.

Auf die Aufforderung Beruns hin zogen die Eltern nun ihre Hände zurück und entließen so ihre Kinder symbolisch aus ihrer Obhut in die Welt der Erwachsenen.

Sieben Mädchen und sechs Jungen traten also drei Schritte nach vorne und erhoben den Blick zu Beruns.

Dieser schaute, die Daumen in seinen Gürtel gehakt, mit halb geschlossenen Lidern auf sie herab.

»Wer seid ihr? Nennt uns eure Namen, damit wir euch erkennen können«, sagte er leise.

Natürlich kannte er jeden einzelnen von ihnen von Kindheit an, aber der uralte Brauch erforderte diese Befragung, da die jungen Menschen sich in diesem Augenblick einerseits losgelöst vom Elternhaus sahen, andererseits aber noch nicht zur Dorfgemeinschaft gehörten.

Nacheinander nannten sie laut und vernehmlich ihren Namen und ihre Familienzugehörigkeit.

»Wer spricht für euch?«, wollte Beruns nun wissen.

»Ich, Laruna, Tochter der Ethla und des Truns!«, antwortete das Mädchen stolz.

Laruna war die im Jahreszyklus zuerst Geborene und besaß somit das Anrecht, als Sprecherin für ihre Gefährten zu gelten.

Tarkon sah seine Freundin einen Moment lang voller Liebe an.

Laruna war das einzige Kind des Schiffsbaumeisters Truns, eines vierschrötigen, wortkargen Mannes, der wegen seiner seltenen Fähigkeit im ganzen Land gerühmt wurde. Er hatte seine Tochter während der letzten Jahre erfolgreich in der hohen Kunst des Schiffbaus unterwiesen, sodass auch Laruna heute dieses schwierige Handwerk meisterlich beherrschte.

Sie war von hohem, schlankem Wuchs, der ihre Körperkräfte, über die sie aufgrund ihrer Arbeit verfügte, kaum erahnen ließ.

Ihr bronzefarbenes Haar und ihre eisblauen Augen kontrastierten auf seltsame Art mit dem tiefbraunen Teint ihrer Haut.

Sie war zweifellos das schönste Mädchen in der Umgebung, und Tarkon empfand um ein anderes Mal dankbaren Stolz, dass Laruna gerade ihn zu ihrem zukünftigen Ehemann erwählt hatte.

Viele hatten um sie geworben und waren abgewiesen worden, denn schon seit alters her war es das Recht der Frau, sich frei und ohne Zwang für einen Mann zu entscheiden, den sie für würdig befand, der Vater ihrer Kinder zu werden. Dabei spielte eine für die meisten Männer oft nicht nachzuvollziehende gefühlsmäßige Intuition eine ausschlaggebende Rolle. Als Tarkon ihr damals das erste Mal begegnet war, war es dann auch Laruna, die, der Stimme ihres Herzens gehorchend, sehr schnell die Initiative ergriffen und ihm sofort zu verstehen gegeben hatte, dass er der Richtige für sie sei.

Tarkon musste lächeln, als er sich an die Situation erinnerte, in der sie ihm ganz beiläufig erklärt hatte, dass sie ihn nach dem Frühlingsfest zu heiraten gedachte. Sie waren beide im Meer um die Wette geschwommen, und als sie sich danach triefnass und atemlos vor Anstrengung in den warmen Dünensand hatten fallen lassen, sagte sie ihm, dass sie zwar im Schwimmen die Schnellere gewesen sei, er aber dennoch einen Preis davontragen dürfte: sie selbst nämlich! Und dann hatte sie ihn auf eine Art geküsst und gestreichelt, wie er es noch nie zuvor erlebt hatte.

»Seid ihr bereit für eure Fahrt?«, hörte er die Stimme Beruns fragen, was ihn aus seinen Träumen abrupt wieder in die Realität versetzte.

Alle bestätigten dies mit einem lauten, einhelligen Ja!

Das Ritual der Initiation, mit der schon vor der Pubertät der Kinder begonnen wurde, sah für diesen letzten, entscheidenden Abschnitt vor, dass die Mädchen und Jungen als Erstes gemeinsam und ohne die Hilfe der Erwachsenen ein Boot bauen mussten, mit welchem sie dann, allein auf sich gestellt, zur heiligen Insel fahren sollten. Dies geschah, damit sie für ihr künftiges Leben in der Welt der Erwachsenen lernten, dass Mann und Frau die gleichen Rechte und Pflichten zu erfüllen hatten, denn zu dieser Zeit war die Frau dem Manne ebenbürtig.

Natürlich hatte diese Fahrt zudem auch noch einen spielerischen Aspekt, denn die jungen Leute segelten auf der Rückfahrt mit den anderen Booten, die von den Nachbardörfern entsandt wurden, um die Wette, was gerade bei stürmischem Wetter nicht ganz ungefährlich war, da die jugendlichen Besatzungen im Wetteifer zu Nachlässigkeiten neigten, die den erfahrenen Seeleuten nicht unterliefen.

Beruns wies mit seiner Rechten zum offen stehenden Eingangstor.

»Ihr habt von uns all das Rüstzeug erhalten, was für euer zukünftiges Leben unbedingt notwendig ist. Nun geht und wendet euer Wissen zum ersten Mal in eigener Verantwortung an. Wenn ihr von eurer Fahrt zurückkehrt, werdet ihr eure behütete Jugend endgültig hinter euch gelassen haben und euren Platz als vollwertige Mitglieder unserer Gemeinschaft einnehmen. Jetzt beweist uns aber zuerst einmal, dass ihr euch dafür auch als tauglich erweist«, ermahnte er sie.

Daraufhin bildeten die hinter den Initianten Stehenden eine Gasse, durch welche die Dreizehn ins Freie hinauszogen. Gefolgt von allen Dorfbewohnern gingen sie zum Strand hinunter, wo das neu gebaute Schiff, von vier Balken gestützt, lag.

Es war ein kleines Boot, welches aber in seiner Konstruktion den großen Vorbildern weitgehend angeglichen war.

Die Planken, die den schmalen, nach Bug und Heck sich verjüngenden Rumpf bildeten, bestanden aus Eichenholz und waren zum Teil mit Holz-, an einigen wichtigen Punkten aber auch mit Bronzenägeln in Klinkerbauweise an den Spanten befestigt worden, was dem Boot eine besondere Elastizität verlieh, die notwendig war, wenn das Schiff bei hohem Seegang gleichsam über die Wellen ritt.

An Bug und Heck reckte sich jeweils ein schlanker, runder Steven in die Höhe, welcher am oberen Ende fast rechtwinklig nach vorne beziehungsweise nach hinten gebogen und abgeflacht worden war.

Der Mast sowie die Rahe, an der das große, reffbare Segel aus Leinen angeschlagen war, lagen längs der Kiellinie am Boden zwischen den Ruderbänken, denn der Mast wurde erst auf hoher See auf dem Kielschwein aufgerichtet.

Mehr als drei Monate waren seit der Kiellegung vergangen, bis die Mädchen und Jungen ihr Werk vor einigen Tagen unter der umsichtigen und erfahrenen Anleitung Larunas hatten vollenden können.

Keiner der Dorfbewohner hatte das Schiff bis zu diesem Zeitpunkt zu Gesicht bekommen, denn es gehörte zu dem Ritual, dass das gesamte Werk von der

Planung bis zur Fertigstellung allein in den Händen der Initianten lag, die damit den Erwachsenen unter anderem zum ersten Mal ihr erlerntes Wissen und ihre praktischen Fähigkeiten selbstverantwortlich unter Beweis stellen konnten.

Als sie sich nun alle am Strand versammelt hatten und das Boot mit seiner eleganten Linienführung und seiner soliden Verarbeitung begutachten konnten, wurden allenthalben Rufe der Bewunderung laut. Selbst der ansonsten mit Lob eher sparsam umgehende Truns pfiff anerkennend, als er mit seinen schwieligen Pranken über die glatt gehobelten Planken strich.

Die Stützen wurden entfernt, und das Boot wurde von den dreizehn hoffnungsvollen Seeleuten mittels zweier Taue am Bug ins Wasser gezogen. Dadurch, dass das Schiff einen relativ flachen Kiel besaß, schwamm es bereits, als das Wasser etwa Brusthöhe erreicht hatte.

Dann kletterte die Besatzung von beiden Seiten gleichzeitig an Bord, um das Boot nicht zum Kentern zu bringen.

Als jeder seinen Platz auf den Ruderbänken an Back- und Steuerbord eingenommen hatte, wurden an jeder Seite jeweils fünf lange Riemen durch die Löcher des Dollbordes geschoben.

Laruna hatte sich indessen selbstbewusst an die achtern an Steuerbord angeflanschte Ruderpinne gestellt, wie es ihr in ihrer Position als Schiffsführerin gebührte.

Mit ihrer klaren hellen Stimme intonierte sie ein traditionelles Ruderlied, worauf die Rudergasten ihre

Riemen aufnahmen und im Rhythmus der Melodie zu pullen begannen.

Mithilfe der einsetzenden Ebbe trieben sie so rasch in die offene See hinaus, wo sie, den günstigen Ostwind nutzend, die Riemen einholten, den Mast aufrichteten und das Segel setzten.

Noch lange schauten ihnen die am Strand Zurückgebliebenen hinterher, bis das Schiff nur noch als winziger Punkt am Horizont auszumachen war.

Endlich erhob Beruns segnend seine Arme gen Westen.

»Auf dass die Sonne ihren Weg leiten und sie alle wohlbehalten wieder zu uns zurückführen möge«, rief er und drehte sich dann zu den anderen um.

»Das Fest hat seinen Anfang genommen. Lasst uns nun freudig zurück ins Dorf gehen und die Tage der Sonne gebührend, aber vor allem ausgelassen feiern.«

Kapitel 3

Die Abendsonne berührte schon fast die Meeresoberfläche, als sich das Schiff mit den dreizehn jungen Pilgern der heiligen Insel näherte.

Der frische, stets aus Ost wehende Wind hatte ihre Fahrt begünstigt, und so hatten sie das Ziel ihrer Reise früher erreicht als vermutet.

Anfänglich, nachdem sie in See gestochen waren, sangen und scherzten sie noch miteinander, doch je näher sie der Insel kamen, desto stiller wurde es an Bord, und ein jeder hing seinen Gedanken nach.

Tarkon hatte eine Weile am Heck neben Laruna gestanden und sich am Achtersteven festgehalten, da sich das Boot, bedingt durch den hohen Wellengang, immer wieder aufbäumte, gleich einem jungen Pferd, das zum ersten Mal seinen Reiter auf dem Rücken spürt.

Trotz der Tatsache, dass Tarkon seit seiner Kindheit mit der See vertraut war, blieb er dennoch anfällig für diese tückische, schon beim geringsten Schlingern des Bootes auftretende Übelkeit, die man gemeinhin Seekrankheit nannte. Von seinem Vater wusste er jedoch, dass nur das beständige Fixieren des Horizontes hilfreich war, um sich gegen dieses lästige Ungemach zu behaupten.

Diesen guten Rat hatte er auch jetzt befolgt, indem er seinen Blick beharrlich auf jene Linie in der blau dunstigen Ferne gerichtet hielt und darüber nachsann, was ihn und die anderen wohl auf der heiligen Insel erwarten würde.

Das Ritual der Initiation hatte seine Wurzeln in einer Zeit, als die Menschen noch heimatlos im Lande umherzogen und sich von der Jagd und dem Sammeln von Früchten ernährten. Sie wussten noch nicht Häuser zu bauen oder Äcker anzulegen, und ihr Leben wurde allein von dem Wechsel der Jahreszeiten und von Sonne und Mond bestimmt.

Sonne und Mond aber waren die Geschöpfe des großen, namenlosen Schöpfergeistes, der selbst vor Anbeginn aller Zeit aus der Ewigkeit und der Unendlichkeit geboren wurde.

Aus der liebenden Vereinigung zwischen Sonne und Mond war dann die Erde hervorgegangen. Die warmen, fruchtbaren Böden zeugten von der Mutterschaft der Sonne, die kühlen Wasser sowie die Felsen und Berge indes von der Vaterschaft des Mondes.

Und nachdem der Schöpfergeist den Samen des Lebens auf der Erde ausgesät hatte, teilten sich Sonne und Mond in elterlicher Pflichterfüllung die Aufgabe, das nun in Fülle aufkeimende Leben auf dem Land und in den Gewässern zu ernähren und zu behüten.

Auch der Mensch, der als letztes aller Lebewesen dem Samen des Schöpfers entsprossen war, lebte zunächst, genau wie die anderen Tiere und Pflanzen, in Harmonie mit den Gesetzen, die die allgegenwärtige Natur, jener kleine Teil seines Ichs, welches der Namenlose zum Schutze seiner Saat zurückgelassen, ihnen vorgegeben hatte.

Doch als der ewige Geistwanderer wieder einmal auf Erden erschien, bemerkte er mit Freude, dass die Menschen sich als verständiger und klüger vor allen anderen Wesen ausnahmen.

Er beschloss deshalb, ihnen mehr Anteil an seinem Geist zu geben, sodass sie in der Lage wären, fürderhin ihr Geschick und damit das der Erde selbst in die Hand zu nehmen und sorgsam zu verwalten.

Er zeigte ihnen die Macht des Feuers und ermahnte sie, nicht zu vergessen, dass sie die Kinder der Sonne und des Mondes seien, und dass sie es an Demut vor den Naturgeistern nicht mangeln lassen sollten, denn ihr Körper sei, wie der ihrer Mitgeschöpfe, allein deren Gesetzen unterworfen.

Da sie nun Anteil an seinem Geist hätten, sei zwar ihre Seele unsterblich geworden, nicht aber ihr Leib.

Und obwohl sie nun über ein eigenes Bewusstsein und Verstand verfügten, so blieben sie doch mit den Tieren und Pflanzen verwandt und sollten nie deren Sprache vergessen, damit sie sie benennen könnten, denn jedes Lebewesen hatte einen eigenen, nur ihm bekannten Namen, und wenn irgendjemand um diesen Namen wüsste, so hätte er die Möglichkeit, sich des in dem Namen innewohnenenden Zaubers im Guten zu bedienen. Aber der Geistwanderer hatte es außerdem so gefügt, dass neben dem jeweiligen Menschen noch ein weiteres Lebewesen, es konnte aber auch ein Stein oder ein Stern sein, denselben Namen in sich trug, sodass die beiden gleichsam Geistgeschwister in ihrem untrennbar verbundenen Schicksal waren.

Und seit dieser Zeit musste ein jeder Mensch, wenn er auch späterhin gelernt hatte, in Häusern zu leben, die Äcker zu bestellen und sich die Schätze des Bodens nutzbar zu machen, beginnend mit dem fünften Lebensjahr sich dem langwierigen Ritual der Initiation unterziehen, um so seinen eigenen, geheimen Namen in der Natur zu suchen und zu finden und damit auch seinen Geistbruder oder seine Geistschwester.

Doch war es ein langer Weg bis dorthin, und nicht alle erreichten das Ziel.

Die sich über viele Jahre hinziehende Unterweisung nahm ihren Anfang zunächst im Elternhaus, wobei die Eltern den kleinen Mädchen und Jungen Schritt für Schritt das wunderbare Wirken der Natur begreiflich machten.

Tarkon erinnerte sich daran, wie er einst mit seiner Mutter durch die Wiesen und Wälder in der Umgebung des Dorfes gewandert war. Sie hatte ihm dabei all die Bäume und Pflanzen, die sie fanden, und auch die vielen großen und kleinen Tiere, auf die sie bei diesen Streifzügen trafen, gezeigt und ihre Lebensweise erklärt. Mit der Zeit begann er so zu verstehen, dass jedes Geschöpf, und sei es auch noch so klein und unscheinbar, eine wichtige Aufgabe in dem ihm anfangs so kompliziert und verwirrend erscheinenden, aber in seinem sich am Ende als sinnvolle und harmonische Ganzheit darstellenden Gefüge der Natur, übernommen hatte.

In dem Maße, wie er sein Wissen um die Geheimnisse, die das Leben barg, vermehrte, wuchs auch seine Achtung vor der Kreatur, sodass er selbst den Käfer, der seinen Pfad während seiner ausgedehnten Wanderungen kreuzte, sorgsam auflas und ihn am Wegesrand absetzte, damit er nicht zufällig zertreten würde.

Und als er später mit auf die Jagd ging oder zum Fischen hinausfuhr, lernte er sich bei dem Geist des Tieres, das er notwendigerweise zu seiner Ernährung hatte töten müssen, zu entschuldigen, um damit seine Demut vor der Schöpfung zu zeigen.

Irgendwann aber begann sich das Interesse für den eigenen Körper zu regen – und für den des anderen Geschlechtes.

Damit war die Zeit gekommen, die eigene Persönlichkeit und deren Aufgabe im ewigen Kreislauf der Natur zu erkennen.

Dabei konnten die Eltern nur noch bedingt Hilfestellung leisten, zumal sie wussten, dass damit auch die allmähliche Loslösung vom Elternhaus eingeleitet wurde, die sie, so schmerzlich das oftmals war, zu unterstützen hatten.

Von diesem Zeitpunkt an begann die eigentliche Initiation, und die Unterweisung der Heranwachsenden wurde deshalb auch weitgehend von einigen älteren Frauen und Männern des Dorfes übernommen, die wegen ihrer weisen Erfahrung eigens dafür von der Dorfgemeinschaft erwählt wurden. Auch wurden die Jungen und Mädchen nun immer öfter getrennt voneinander unterrichtet, da es trotz der völligen Gleichstellung der Geschlechter gewisse Geheimnisse um das Frau- beziehungsweise Mannsein gab, die nur von Frau zu Frau oder eben von Mann zu Mann weitergegeben werden durften. So mussten sich die Mädchen in dieser letzten und wichtigsten Phase ihrer Initiation mit den uralten Mysterien, die sich um das Entstehen neuen Lebens und die Mutterschaft rankten, vertraut machen, wohingegen die jungen Männer in die nicht minder geheimnisvollen Riten der Jagd und des Kampfes eingeführt wurden.

Einige wenige durften zudem noch das hoch geachtete Handwerk der Bronzeschmiede erlernen, die ihre Kunstfertigkeit und das damit verbundene geheime Wissen um die Seele der Metalle ansonsten mit einem strengen Tabu für alle Außenstehenden belegten, dessen Bruch mit dem Tode bestraft wurde.

Die Initiation der Frauen stand naturgemäß unter dem Zeichen der Sonne, deren segnende Strahlen alljährlich aufs Neue das Leben zum Keimen brachte, während die Männer ihre Initiation unter dem Zeichen des Mondes erlebten, dessen kühles, silbernes Licht an den Tod, aber auch an die Gesetze des Metalls erinnerten. Doch wie die Frau etwas Männliches in sich trug und der Mann etwas Weibliches, so nahmen die beiden Gestirne in diesem Maße auch Einfluss auf die Initiation der beiden Geschlechter. So wurde der Regelzyklus der Frau vom Mond bestimmt, das schmelzende und formende Feuer der Essen hingegen hatte seinen Ursprung in der nie erlöschenden Glut der Sonne.

Gleichwohl aber erfuhr die Sonne von allen Menschen die höchste Verehrung, gab sie ihnen doch neben ihren Leben spendenden Strahlen auch noch Wärme und nahm ihnen die Angst vor den unheimlichen Schatten der Nacht.

Um dieser kindlichen Verehrung Ausdruck zu verleihen, hatten ihre Vorfahren vor langer, langer Zeit jenes geheimnisumwitterte Heiligtum auf der einsamen, mitten im Meer gelegenen Insel errichtet, welches die Jungen und Mädchen nun ansteuerten, um dort ihre Initiation zu einem wie auch immer gearteten, endgültigen Abschluss zu bringen.

Absichtlich wurden sie von ihren Eltern und auch später von ihren Lehrern über das, was sie dort vorfinden würden, im Unklaren gelassen. Man hatte ihnen lediglich erklärt, auf welchem Kurs sie ihr Ziel erreichen würden.

Zuletzt, nachdem das Schiff fertig gestellt worden war, hatte sich noch ein jeder, der an der Fahrt teilnehmen würde, weitab vom Dorf einen einsamen Ort gesucht, an dem er für drei Tage und drei Nächte ohne zu essen und zu trinken, ganz alleine mit sich und der Natur ausharren musste, um sich in Ruhe auf diesen großen Moment in seinem Leben vorzubereiten.

Dies alles war gerade an Tarkon vorbeigezogen, als er unvermittelt durch den Ruf: Land in Sicht! aus seinen Gedanken gerissen wurde.

In der Tat war die Insel, die im Wesentlichen von einem einzigen, gewaltigen Felsblock aus rotem Sandstein gebildet wurde, dessen hohe, steile Seitenwände schroff und abweisend in den Himmel ragten, am Horizont aufgetaucht.

Laruna ließ daraufhin beidrehen und das Segel reffen. Für einen Moment verharrte die Besatzung in ehrfürchtig staunendem Schweigen und versenkte sich in den Anblick der heiligen Insel, die sich in dem vom Abendrot gefärbten Meer schattenhaft vor der untergehenden Sonne abhob.

Doch dann unterbrach die Stimme Larunas die andächtige Stille. Sie ordnete an, dass nun alle wieder die

Riemen aufzunehmen hätten. Erneut stimmte sie ein Ruderlied an und, wie um ihre aufsteigende Unruhe und Beklemmung zu besiegen, begannen sie alle in gleichmäßig kraftvollem Takt zu rudern.

Laruna wusste von ihrem Vater, dass es an der im Westen zugewandten Seite der Insel eine kleine Bucht geben müsste, die als Ankerplatz infrage kam.

Die Insel war umsäumt von schmalen Stränden und hohen Dünen, hinter denen sich karges, flachwelliges Grasland befand, welches sanft ansteigend bis zum Fuße des Felsens reichte.

Nur im Südwesten galt es Obacht zu geben, da es dort keinen Strand gab und der Felsen nahezu übergangslos aus der Brandung ragte, sodass der Bootsführer allenthalben mit Untiefen oder, schlimmer noch, mit tückischen, scharfkantigen Klippen dicht unter der Wasseroberfläche zu rechnen hatte.

Doch Laruna manövrierte das Schiff geschickt und unbeschadet um die Gefahrenstelle herum und bald hatten sie die kleine, seichte Bucht entdeckt, in die sie hineinruderten und hernach das Schiff an Land zogen.

Nachdem sie die Dünen erklommen und sich umgesehen hatten, gewahrten sie, dass noch zwei weitere Schiffe langsam um die gefährliche Felsnase bogen und auf die Bucht zusteuerten, worauf sie beschlossen, zurück zum Strand zu gehen, um die Neuankömmlinge zu begrüßen und ihnen beim Festmachen ihrer Boote behilflich zu sein.

»Ist euch aufgefallen, wie still es hier ist?«, fragte Tarkon, bevor sie hinuntergingen.

Tatsächlich lastete eine ungewohnte, aber nicht unangenehme und fast physisch spürbare Lautlosigkeit auf diesem seltsamen Ort, in der selbst das leise Geräusch der Brandung, das der Wind gelegentlich herübertrug, zu einem Teil verschmolz. Auch fehlte das laute und penetrante Gekrächze der Seevögel, die ansonsten die Inseln in weißbunter Vielzahl bevölkerten.

Außer ihnen selbst und den zwei Besatzungen, die gerade mit ihren Booten in die Bucht einliefen, war weit und breit nichts Lebendiges zu hören oder zu sehen.

»Das Heiligtum muss irgendwo da oben sein«, flüsterte Marths, der Sohn des Schmiedes Nums, und wies auf die steile Felswand hinter ihnen.

»Und es muss auch irgendwo einen Weg geben, der da hinaufführt«, ergänzte Laruna spitz. »Aber lasst uns zunächst zu den anderen gehen, dann sehen wir weiter«, ermunterte sie ihre Gefährten und sprang übermütig lachend den weichen Sand der Dünen hinunter.

Mit einer gewissen Erleichterung im Herzen folgten sie ihr daraufhin zurück zum Strand, fühlten sie sich doch seit der Ankunft der beiden anderen Boote nicht mehr so allein mit diesem für den im Augenblick so unlösbar erscheinenden Problem.

Inzwischen hatten die zwei Schiffe die seichte Uferzone erreicht und ihre Besatzungen wurden von den am Strand Wartenden freudig begrüßt, denn wenn sie auch aus verschiedenen, zum Teil entlegenen Ortschaften des Landes stammten, so kannten sie sich doch alle von den Festen her, die die Gemeinden im Laufe des Jahres ausrichteten und zu denen man sich in gut nachbarschaftlicher Art und Weise gegenseitig einlud.

Für die Fahrt zu der heiligen Insel war ein hochseetüchtiges Fahrzeug vonnöten, welches gegebenenfalls auch widrigen Wetterverhältnissen standzuhalten vermochte. Deshalb wurden die Boote auch in einer Größe gebaut, die eine Besatzung von mindestens zehn Leuten notwendig machte, um sie an den Wind zu bringen.

Nun fiel die Anzahl der Jugendlichen, die sich dieser Prüfung unterziehen sollten, in den einzelnen Dörfern naturgegeben alljährlich unterschiedlich aus, sodass es bisweilen nicht möglich war, dass jedes Dorf jedes Jahr aufs Neue ein Schiff, welches ausschließlich mit den eigenen Söhnen und Töchtern bemannt war, zu der heiligen Insel entsenden konnte.

So war es zum guten Brauch geworden, dass sich die jungen Leute aus denjenigen Gemeinden, bei denen dies in dem jeweiligen Jahr zutraf, zusammentaten, um gemeinsam ein Schiff zu bauen. Da sich nach der erfolgten letzten Initiaton auf der Insel traditionsgemäß das Wettrennen der Boote zur heimatlichen Küste anschloss und man jeder Mannschaft die gleichen Chancen zum Sieg einräumen wollte, war für diesen Anlass sowohl die Größe des Fahrzeugs als auch die Besatzungsstärke – sie durfte die Zwanzig nicht überschreiten – streng festgelegt worden.

In diesem Jahr gab es nur im Dorfe Beruns so viele Prüflinge, um ein eigenes Boot zu bemannen, während die Besatzung der zwei gerade einlaufenden Schiffe von den Jungen und Mädchen aus sechs anderen Dörfern gebildet wurde.

Das eine wurde von Rullo, dem wortkargen und stets mürrisch dreinblickenden Sohn des Dorfältesten einer großen, weiter im Norden gelegenen Siedlung geführt, das andere von Urms, dem Sohn eines Fischers aus dem Nachbardorf. Tarkon und Urms verband seit einigen Jahren eine innige Freundschaft, nachdem letzterer ihm einmal während einer Jagd auf einen Pottwal das Leben gerettet hatte. Die Fluke des harpunierten Tieres hatte damals das Boot, in dem Tarkon saß, in seinem wütenden Todeskampf zerschmettert, und Tarkon wurde dabei von einem zerbrochenen Ruderblatt derart am Kopf getroffen, dass er besinnungslos in dem vom Blut des Wales rot gefärbten, gischtenden Wasser zu ertrinken drohte. Geistesgegenwärtig hatte Urms sich darauf, jede Gefahr missachtend, aus seinem Boot, welches sich zu diesem Zeitpunkt glücklicherweise dicht hinter dem Tarkons befand, in das brodelnde Chaos gestürzt, um den ohnmächtigen Körper des ihm bis dahin nur oberflächlich bekannten Menschen unter Aufbietung all seiner Kräfte vor dem sicheren Tod zu bewahren.

An dies und an so manches andere Abenteuer, welches die beiden danach noch miteinander erlebt hatten, musste Tarkon denken, während er seinem Freund dabei zusah, wie dieser in aller Seelenruhe seiner Mannschaft letzte Anweisungen zum bevorstehenden Landemanöver gab.

Sobald die zwei Boote Sand unter den Kiel bekamen, sprangen ihre Besatzungen ins hüfthohe Wasser und zogen, unterstützt von Larunas Leuten, ihre Fahrzeuge mit vereinten Kräften auf den Strand, wo sie sie an mitgeführten Pfählen sorgsam vertäuten.

Hoch oben auf dem Felsplateau stand indes ein einsamer Mann und beobachtete aufmerksam, die muskulösen Arme vor der breiten Brust verschränkt, das emsige Treiben auf dem Strand zu seinen Füßen.

Er mochte etwa vierzig Jahre alt sein, und außer einem dunkelrot gefärbten wollenen Rock trug er nichts weiter an seinem athletischen Körper.

Sein von Askese geprägtes Gesicht und die Handflächen waren ebenfalls tiefrot gefärbt.

Dichtes, schwarzes, an den Schläfen schon leicht angegrautes Haar quoll ihm, nur von einem schmalen goldenen Reif auf der Stirn gebändigt, bis zu den Schultern.

Große mandelförmige, graugrüne Augen blickten wach über die scharfe, hochgezogene Wangenpartie.

Der anfänglich schmal verlaufende Rücken der geraden Nase verbreiterte sich im letzten Drittel merklich zu den Flügeln hin.

Das ungleiche Lippenpaar – die Unterlippe war wulstiger als die Oberlippe – gab den an sich angenehmen Zügen etwas Spöttisches.

Es war Moruns, der Erwählte, der Diener des namenlosen Schöpfergeistes und dessen strahlender Tochter, der Leben spendenden Sonne.

Moruns lebte ganz allein auf der Insel, um sich mit Leib und Seele dem Dienst des Namenlosen und der Sonnengöttin zu widmen.

Er war der alleinige Wahrer des letzten Geheimnisses der Schöpfung, welches ihm der Namenlose, indem er seinen Erwählten einst mit seinem Blitz berührte, anvertraut hatte.

So war es seit Urzeiten, und Moruns wusste, dass auch er kurz vor seinem Tod durch einen neuen Erwählten ersetzt würde, denn als er damals durch die

Weisung des Gottes zur Insel gelangte, fand er seinen Vorgänger stumm und sterbend vor.

Es gab nur zwei Anlässe im Verlauf eines Jahres, zu denen Menschen die Insel besuchen durften, ansonsten unterlag das Anlaufen oder gar Betreten der Insel einem strikten Verbot, welches nur in extremen Notzeiten seine Gültigkeit verlor.

Der eine Anlass war die immer zur Wintersonnwende stattfindende Zusammenkunft der Dorfältesten, während der man die Ereignisse des vergangenen Jahres besprach und Pläne für das kommende schmiedete. Bei dieser Gelegenheit wurde der Erwählte auch mit Holz und Lebensmitteln versorgt, die bei dessen asketischer Lebensweise für ein Jahr ausreichten.

Der andere Anlass war die heilige Initiation, zu deren geheimnisvollem Abschluss sich alljährlich, wie auch jetzt, die Jungen und Mädchen versammelten, um ihre Bestimmung zu erfahren.

Moruns vermisste zwar die Gesellschaft anderer Menschen nicht sonderlich, freute sich aber dennoch, wenn er zweimal im Jahr Besuch erhielt, von dem er über all das unterrichtet wurde, was im Lande gerade geschah.

»Diese da werden den Weg hierher finden«, murmelte er, nachdem er sich einen ersten Eindruck von den jungen Leuten gemacht hatte, und warf einen letzten Blick hinunter zum Strand.

Dann wandte er sich um und schlenderte leise singend zum Heiligtum zurück.

Dieses Gotteshaus war zwar auch aus Holz gebaut worden, aber in seinen Abmessungen und seiner Pracht übertraf der Tempel der Sonne alle Bauten, die von Menschen je in diesem Land errichtet worden waren.

Sein äußeres Erscheinungsbild war dem profanen Versammlungshaus, wie es in jedem Dorf stand, angeglichen, doch war allein die zentrale Halle in ihrer Mitte so hoch, dass zehn Männer aufeinander stehen müssten, um den First berühren zu können.

Ihre Länge maß über fünfzig Schritte, und von Seitenwand zu Seitenwand konnten bequem mehr als dreißig Männer Schulter an Schulter stehen.

Die schwere Balkenkonstruktion des breiten, ausladenden Walmdaches wurde von acht, parallel zur Firstlinie angeordneten Säulenpaaren getragen, von denen jede einzelne Säule einen solchen Durchmesser besaß, dass zwei Männer Mühe hatten, sie mit ausgestreckten Armen zu umfassen.

Sie – wie auch die schlanken, die Seitenschiffe tragenden viereckigen Stützbalken – waren aus Eichenstämmen gezimmert und mit üppigem Schnitzwerk versehen worden.

In der Mitte der Halle stand ein ganz aus Bronze gefertigter dreiachsiger Wagen mit sechs hohen vierspeichigen Rädern und einer langen Deichsel. Auf seiner Lastfläche war eine zwölf Fuß im Radius messende Sonnenscheibe aus massiver, blank polierter und mit reichlich Gold intarsierter Bronze aufgestellt.

Das Kostbarste aber, was dieser Tempel in seinem Inneren barg, waren zweifellos seine ursprünglich mit hellem Lehm verputzten und mit der Zeit über und über mit Bernstein besetzten Innenwände.

Seit Anbeginn des Bernsteinhandels schon hatten die Menschen dieses Landes Jahr für Jahr einen Teil ihrer Ausbeute zu ihrem Heiligtum gebracht, um es zu Ehren der Sonnengöttin damit zu schmücken.

Dieser prachtvolle Wandschmuck bewirkte aber noch ein Schauspiel von ganz besonderer Art. In die beiden Giebel der in seiner Längsachse genau von Ost nach West ausgerichteten Halle, wie auch in der Mitte des Daches, war jeweils eine große runde Öffnung eingelassen worden, durch die an klaren Tagen am Morgen, am Mittag und am Abend die Sonnenstrahlen fielen, sich in den mattgoldenen und nahezu durchsichtig geschliffenen Steinen brach und so das Innere der Halle für einige Augenblicke in ein überirdisch, golden funkelndes Licht getaucht wurde.

Für Moruns waren diese, wenngleich auch nur kurzen Momente, die schönsten und erfüllendsten in seinem einsamen, kontemplativen Leben.

Jedes Mal, wenn er sie erleben durfte, war ihm, als wäre es das erste Mal, da sich die Lichteffekte in Farbe und Intensität immer wieder aufs Neue völlig anders darstellten.

Moruns hatte unterdessen die Halle betreten, welche, bedingt durch die einsetzende Abenddämmerung, nur noch spärlich erhellt wurde.

Trotzdem glimmte es an den Wänden hie und da noch manchmal golden auf.

An den seitlichen Stützpfeilern waren einfache Bronzehalterungen befestigt, in denen mit Waltran getränkte Kienspäne steckten. Moruns entzündete sie mittels eines dünnen Holzes, das er in dem vor dem Sonnenwagen stehenden, mit glühender Holzkohle gefüllten Feuerbecken in Brand gesetzt hatte.

Die unruhig flackernden Flammen der Fackeln bewirkten im Gegensatz zu dem hellen, steten Licht der Sonnenstrahlen, dass die Wände der Halle, bedingt durch die ungleichmäßige Reflektion der Steine, zu einem rotgold wabernden Leben erwacht zu sein schienen.

Als er damit fertig war, setzte er sich auf seinen auf einem Podest unterhalb der westlichen Giebelöffnung stehenden Lehnstuhl, dessen hölzerne Teile vollständig mit Goldblech überzogen waren.

In die lange Rückenlehne war über Haupteshöhe eine Verzierung in Form eines Strahlenkranzes in das Blech gehämmert, in dessen Mitte ein besonders großer, rund geschliffener Bernstein eingelassen worden war, welcher nun ebenfalls das tanzende Licht der Kienspäne zurückwarf.

Als Moruns auf seinem Sessel Platz genommen hatte, spiegelte sich der warme, flackernde Schein des Steines in dem Goldreif, den Moruns auf seiner Stirn trug, auf eine wundersame Weise wieder, sodass die Illusion entstand, das Haupt des Erwählten würde von einer schimmernden Krone aus lebendigem Licht geziert.

Moruns lehnte sich entspannt zurück, schloss die Lider und erwartete so in sich versunken die Ankunft seiner jungen Gäste.

Kapitel 4

Die, die Moruns erwartete, hatten zu diesem Zeitpunkt ganz andere Sorgen, mussten sie doch einen Weg finden, der zu dem Hochplateau hinaufführte. Ihre Eltern und Lehrer hatten ihnen nicht verraten, auf welche Art und Weise sie diese hohen und schroffen, zumeist sogar überhängenden Steilwände des Felsens überwinden konnten.

Diesen Weg zu finden gehörte zu den letzten Aufgaben, die sie zu lösen hatten, um sich ihrer letzten, großen Initiation würdig zu erweisen.

Dass es einen Pfad nach oben gab, wussten sie, nur wie – und vor allem, wo – sollten sie ihn finden?

So standen sie eine Weile ratlos zu Füßen des steil vor ihnen aufragenden Kliffs und schauten ein wenig beunruhigt in die Schwindel erregende Höhe.

Die Zeit begann ihnen nämlich davonzulaufen, denn nicht nur, dass sie bei Einbruch der Nacht im Heiligtum eingetroffen sein mussten, es schien ihnen auch ein hoffnungsloses Unterfangen zu sein, den Pfad in der Dämmerung zu finden und ihn dann womöglich im Dunkeln auch noch zu begehen.

Hektisch begannen sie über einige meist waghalsige Lösungsmöglichkeiten zu debattieren.

»Bei der Herfahrt habe ich festgestellt, dass sich die Nordostseite der Insel weniger steil zeigt als an dieser Stelle. Wie wäre es, wenn wir dahin aufbrächen, und den Aufgang dort versuchen?«, schlug Rullo vor.

»Ach ja? Bis wir dorthin gelangt sein werden, ist es wahrscheinlich schon dunkel«, verwarf Virina, ein Mädchen aus Urms Boot, den Plan.

»Und wenn wir hier einfach den Morgen abwarten würden …«, fragte Ethra, eine Freundin Larunas, zaghaft.

»Hast du vergessen, was man uns gesagt hat? Wir *müssen* noch heute Abend das Heiligtum betreten, sonst war alles, was wir bisher getan und erkannt haben, umsonst«, wurde Ethra sofort von Urms unwirsch zurechtgewiesen.

»Ich glaube, ich habe die Lösung gefunden«, meldete sich da Tarkon zu Wort. »Es gibt auf dieser Insel nur einen einzigen Ort, der für eine Landung in Frage kommt, und das ist dieser hier. Ich habe mir nämlich die Insel, während wir sie umrundeten, sehr genau angeschaut. Und wenn dem so ist, dann bleibt uns nur übrig, genau hier nach dem ominösen Aufstieg zu suchen.«

»Genau hier, meinst du, hm?«, erwiderte Rullo lachend. »Genau hier, mein neunmalkluger Freund, ist zufällig die Stelle, an der der verdammte Felsen am höchsten und am steilsten ist!«

»Na und?«, kam Laruna ihrem Freund zu Hilfe. »Mir leuchtet Tarkons Gedanke ein. Erinnert ihr euch an unsere Unterweisungen? ›Wenn du denkst, deine Lage ist hoffnungslos, und du willst dich schon verloren geben, so schaue noch einmal genau hin, und du wirst letztlich doch einen Ausweg finden.‹ War es nicht so?«

»Genau daran musste ich denken«, nahm Tarkon den Faden Larunas dankbar auf. »Wir sollten ausschwärmen und jeden Fußbreit dieses Kliffs vor uns untersuchen. Ich bin mir sicher, dass der Pfad hier ist, ganz in unserer Nähe. Wir …«

Er verstummte plötzlich und sah mit zusammengekniffenen Lidern angestrengt nach oben, während alle anderen, bis auf Laruna, die das plötzliche Stocken in seiner Rede wohl bemerkt hatte, von der Idee Tarkons überzeugt, johlend zum Fuße des Felsens liefen und fieberhaft mit ihrer Suche begannen.

»Komm, Laruna, ich möchte mir da etwas anschauen«, sagte er kurz und ging eiligen Schrittes zurück zu den Dünen.

Nachdem sie eine der höchsten erklommen hatten, begann Tarkon die Wand aufmerksam und intensiv zu mustern.

»Kannst du mir vielleicht erklären, was du da so interessiert betrachtest?«, fragte ihn Laruna ungeduldig nach einer Weile.

»Ich weiß nicht, Liebes, aber als ich vorhin den anderen meinen Vorschlag unterbreitete, glitt mein Blick wie zufällig an der Felswand entlang. Dabei bemerkte ich plötzlich eine Art Schatten oder feinen Riss, der stetig ansteigend quer zur Wand verläuft und der mir vorher nicht aufgefallen war. Der Riss ist, wie ich meine, erst bei Sonnenuntergang, gleichsam mit den letzten Sonnenstrahlen sichtbar geworden, und jetzt will ich wissen, wo er seinen Ursprung hat, denn ich bin mir fast sicher, dass dieser Riss unser Pfad nach oben ist!«

»Du hast Recht, Tarkon. Jetzt sehe ich ihn auch. Aber die anderen können ihn ja gar nicht bemerken, da sie viel zu dicht am Felsen suchen!«, rief Laruna aufgeregt.

»Ja, die anderen suchen nach einem Teil, während ich zuerst das Ganze sehen möchte«, zitierte Tarkon lachend einen Spruch Beruns', dessen Stimme er dabei imitierte.

Dann, wieder ernst geworden, versuchte er noch für einen kurzen Moment den in seinem Verlauf wegen des Schattens, den der Fels in der aufkommenden Dämmerung warf, nur noch schwer auszumachenden Riss, bis zu dessen unterem Ende mit den Augen zu verfolgen.

»Ich meine, wir sollten unsere Suche dort hinten, bei den Büschen beginnen«, sagte er schließlich und wies auf eine rechts von ihnen, etwas weiter entfernt und unterhalb des Kliffs gelegenen Senke, die mit dichtem, etwa mannshohem Strauchwerk bewachsen war.

Sie rannten Hand in Hand zu der genannten Stelle und mussten sich zunächst durch das zum Teil dornige Unterholz quälen, bis sie endlich, ein wenig außer Atem gekommen und aus einigen Kratzern blutend, vor dem nackten Fels standen.

Aber da hatte ihre Suche auch schon ihr erfolgreiches Ende gefunden, denn als sie sich endlich aus dem wuchernden Gestrüpp herausgearbeitet hatten, gewahrten sie schon einen Lidschlag später zu ihrer Linken den Aufgang zu einem sehr schmalen und an seinem Rand schon leicht verwitterten Saumpfad, der sich vom Fuße des Kliffs ziemlich steil ansteigend in die Höhe zog.

Laruna konnte ihre Freude kaum verbergen und küsste Tarkon überglücklich auf den Mund.

Dann bahnten sie sich, so schnell sie eben konnten, wieder einen Weg durch das widerspenstige Buschwerk und riefen mit ihren Armen winkend die Gefährten herbei.

Kurz darauf hatten sich alle vor dem Aufgang versammelt.

»Es ist hier unten zwar schon recht dunkel geworden, aber ich denke, wir sollten jetzt dennoch den Aufstieg wagen. Wir werden einzeln, einer hinter dem anderen, gehen. Ich gehe als Erster, und du, Rullo, wirst als Letzter gehen und dafür sorgen, dass niemand zu Schaden kommt oder zurückbleibt. Der Pfad ist, wie ihr sehen könnt, nicht nur sehr schmal, sondern an seinem Saum auch ein wenig brüchig. Achtet also auf eure Füße!«, bestimmte Tarkon knapp und begann dann ohne Zögern seinen Aufstieg.

Wie viele Menschen mochten wohl diesen Pfad schon vor ihnen benutzt haben, musste sich Tarkon unwillkürlich fragen, als er bemerkte, wie ausgetreten der Weg doch war.

So stiegen sie eine geraume Weile schweigend hintereinander her, wobei sie sich an einigen Stellen, die nur wenig mehr als Fußesbreite maßen, nur ganz vorsichtig vorantasten konnten.

Aber endlich hatten sie es geschafft und standen schwer atmend auf der Hochfläche.

Die Dunkelheit war zwar schon hereingebrochen, doch hoben sich die Umrisse der mächtigen Halle, die auf einem kleinen, ziemlich in der Mitte des Plateaus befindlichen Hügels errichtet worden war, deutlich gegen den sternenübersäten Himmel ab. Warmes, freundliches Licht, welches aus den Giebelöffnungen und dem großen, zweiflügeligen Eingangstor strömte, wies ihnen außerdem noch den Weg.

Als befürchteten sie, vielleicht doch zu spät zu kommen, rannten sie wie ein Mann los und hielten erst vor dem Tor inne.

Sie nahmen in drei Reihen hintereinander Aufstellung und gingen dann, geführt von Laruna, Rullo und Urms, gemessen in das Innere des Heiligtums.

In der Mitte der Halle blieben sie stehen, und es dauerte einen Moment, bis sie Moruns wahrnahmen, der immer noch meditierend auf seinem Sessel saß.

Das durch den Bernstein goldrot gefärbte, funkelnde Licht ließ die statuenhafte Gestalt auf dem Stuhl für den Betrachter überirdisch erscheinen, was von der schimmernden Aureole um Moruns' Haupt noch unterstützt wurde.

Von diesem Anblick völlig überwältigt, verharrten die jungen Leute eine kleine Ewigkeit in stummer Gebanntheit.

Es war Moruns, der das Schweigen brach.

»Sagt mir, wer ihr seid und was ihr hier wollt. Es sollen die sprechen, die dazu befugt sind«, ließ er leise seine melodische Stimme vernehmen, wobei er die Augen immer noch geschlossen hielt.

Natürlich wusste er, wer vor ihm stand und was man von ihm wollte, doch das uralte Ritual der Initiation verlangte diese Formel.

Die drei Sprecher traten vor, neigten den Kopf und erhoben ihre Arme zum heiligen Gruß, der allein dem Erwählten entgegengebracht werden durfte.

»Wir haben unsere Namen verloren und sind gekommen, unsere wahren Namen zu finden«, antworteten sie gemeinsam.

Jetzt öffnete Moruns seine Lider und begann jeden einzelnen der fünfunddreißig jungen Männer und Frauen nacheinander prüfend anzusehen. Tarkon fühlte ein leichtes Erschauern, als ihn der unwiderstehliche Blick Moruns traf.

Er spürte geradezu physisch, wie die machtvolle Aura dieser charismatischen Persönlichkeit in seine Seele und sein Bewusstsein drang und kurzzeitig von ihm Besitz zu ergreifen schien.

Gleichzeitig aber merkte er auch, dass seiner sich überschlagenden Gedankenflut Einhalt geboten wurde und eine nie gekannte Ruhe in seinem Herzen Einzug hielt.

Als sich der Geist Moruns aus Tarkons Bewusstsein zurückgezogen hatte, waren mit einem Male all seine Ängste und Sorgen verschwunden, und es blieb in ihm nur dieses wunderbare Gefühl einer ruhevollen Leichtigkeit.

Wie aus weiter Ferne hörte er auf einmal die klare Stimme des Erwählten.

»Zieht jetzt eure Kleider aus und seid, wie ihr geboren wurdet. Kniet euch nieder und wendet euer Gesicht nach Osten. Harrt so in Erwartung aus, bis der Morgen anbricht und die Strahlen der Sonne euch zu neuem Leben erwecken.«

Mechanisch befolgte Tarkon diese Anordnung – dann zogen sich Nebel in seinem Kopf zusammen, und sein Geist war von einer angenehmen Leere erfüllt.

Plötzlich war da ein gleißender Lichtpunkt, der aus dem Nichts heraus mit atemberaubender Geschwindigkeit auf ihn zuraste.

Längst hatte Tarkon jedes Gefühl von Raum und Zeit verloren, und willenlos gab er sich dem, was das Schicksal für ihn bestimmt haben mochte, hin.

Der Lichtpunkt hatte ihn nun erreicht und drang in sein Gehirn, wo er mit ohrenbetäubender Lautlosigkeit explodierte.

Als die grelle Helligkeit gewichen war, fand Tarkon sich schwebend in einer grenzenlosen Schwärze.

Irgendwann – für Tarkon schien eine Ewigkeit vergangen zu sein – materialisierten sich zwei spiralförmige und fast durchsichtige Nebelgebilde, das eine eisblau, das andere in zartem Rosa schimmernd, in der schwarzen Unendlichkeit und bewegten sich langsam rotierend aufeinander zu.

Als sie sich endlich berührten, hielten sie in ihrer Bewegung für einen Moment inne, um dann, wie in inniger Zärtlichkeit tanzend, ineinander zu fließen.

Dabei dehnte sich das nun zu einer Einheit gewordene Nebelwesen stetig im Rhythmus des Herzschlages pulsierend aus, wobei es sich ständig in Form und Farbe veränderte.

Schließlich hatte es sich zu einem gewaltigen, purpurrot leuchtenden Ball aufgebläht, welcher sich wie irrwitzig um die eigene Achse drehte, bis er mit einem Male abrupt zum Stillstand kam.

Der Nebelball begann sich nun einige Male konvulsivisch auszudehnen und wieder zusammenzuziehen, um sich dann noch ein letztes Mal zu einem gigantischen Volumen aufzublähen und danach lautlos unter ungeheuren Kaskaden aus Myriaden rot glühender Funken zu vergehen.

Tarkon wurde unvermittelt von einer Woge unbeschreiblichen Glücks und tiefer, in ihrer Hingebung von ihm fast schon als schmerzhaft empfundener, Liebe durchflossen, als einer der Funken seine Seele traf.

Geblendet von den gleißenden Entladungen und überwältigt von den intensiven, innige Geborgenheit vermittelnden Gefühlen, die sie aussandten, schloss Tarkon die Augen und ließ sich treiben in dem tiefen Frieden, der seine Seele umfing.

Als er die Augen wieder öffnete, sah er, dass das schwarze Nichts erhellt wurde von unzähligen funkelnden Lichtpunkten, und mitten darin schwebte die rotgoldene Scheibe der Sonne, die von dem weißsilber leuchtenden Mond begleitet wurde.

Und dann sandte die Sonne einen einzelnen feurigen Strahl aus, und der Mond sandte diesem einen kräftigen dunkelblauen Strahl entgegen.

An der Stelle, an der sich die Strahlen im Nichts trafen, vereinigten sie sich zu einer kreisenden, blaurot pulsierenden Sphäre.

Doch bald verebbte das Pulsieren, und die Sphäre löste sich allmählich bis auf wenige weiße Flocken auf. Aus ihrem Inneren aber war die Erde geboren worden, die nun, geformt aus rotem Land und blauem Wasser, ihren Platz zwischen Sonne und Mond einnahm. Die Flocken der Sphäre aber bildeten sich zu Wolken, die über die Erde zogen, um das Land mit ihrem Regen zu befruchten.

Tarkon spürte, wie er zuerst ganz sachte, dann aber immer schneller auf die Erde zuflog, bis sein Fall von den Wolken gebremst wurde und er gleich einer Feder sanft dem Boden entgegenschwebte.

Das Letzte, was er bewusst wahrnahm, war, dass sein Geist, von einem Sonnenstrahl eingehüllt in das Innere des Heiligtums gezogen wurde, wo er eintauchte in die in der Morgensonne rotgold glühende Pracht der Bernsteine und im Schoß vollkommener Harmonie in einen friedvollen Schlaf gewiegt wurde.

Um die Lippen Meruns spielte ein zufriedenes, wissendes Lächeln, als er wieder einen der vor ihm liegenden Bernsteine in seinem Inneren kurz und intensiv aufleuchten sah.

Kapitel 5

Es war schon später Vormittag, als Tarkon aus seinem traumlosen, aber gleichwohl erquickenden Schlaf erwachte.

Klar und lückenlos war das, was er in seiner Trance hatte erfahren dürfen, in seinem Gedächtnis haften geblieben, und er fühlte sich unendlich ruhig und glücklich.

Seltsamerweise verspürte er überhaupt keinen Hunger, obwohl er seit der gestrigen Abfahrt keine Nahrung mehr zu sich genommen hatte. Er sehnte sich jetzt nur nach einem Schluck Wasser und nach einem kühlen Bad im Meer.

Er stand auf und reckte sich.

Dann schaute er sich um. Einige seiner Gefährten schliefen immer noch tief, und ein selig traumverlorener Ausdruck lag in ihren Gesichtern, während die anderen meditierend um den Sonnenwagen knieten.

Vergeblich bemühte er sich, im Halbdunkel der Halle Laruna unter den Anwesenden ausfindig zu machen.

Seine Augen suchten Moruns, der zusammengesunken auf seinem Stuhl saß. Die Züge des Priesters wirkten müde und abgespannt, hatte er doch die ganze

Nacht hindurch gewacht. Aber seine Augen, die in eine ziellose Ferne gerichtet waren, leuchteten wach und gütig.

»Laruna ist hinausgegangen. Du wirst sie bei den Klippen am nordostwärtigen Kliff finden«, sagte er leise, den fragenden Blick Tarkons richtig deutend.

Tarkon nickte kurz und wandte sich dann dem Ausgang zu.

Als er ins Freie hinaustrat, musste er einen Moment innehalten und die Augen schließen, denn das grelle Sonnenlicht blendete ihn.

Blinzelnd öffnete er wieder die Lider und hielt, die Hände schützend über die Augen gelegt, Ausschau nach seiner Verlobten.

Da er sie aber auf den ersten Blick nicht ausmachen konnte, machte er sich auf den Weg zu dem ihm bezeichneten Ort.

Wie er so eilig seinem Ziel zustrebte, wurde er von einer plötzlich aufkeimenden Unruhe gepackt, und ein Gefühl von ängstlicher Sorge um das Geschick Larunas machte sich in ihm breit. Das Herz schlug ihm auf einmal bis zum Halse, und er fing an zu rennen.

Bald hatte er das Kliff erreicht und spähte, vor Anstrengung und Erregung heftig atmend, die Steilwand hinunter.

Doch sie war nirgends zu sehen.

Verzweifelt schrie er ihren Namen, doch er erhielt keine Antwort.

Die Angst schnürte ihm die Kehle zu, und er begann mit zittrigen Beinen an dem Kliff entlangzuhasten.

Es schien ihm eine Ewigkeit vergangen zu sein, als er sie schließlich fand.

Sie stand auf einem kleinen Felsvorsprung, der etwas unterhalb des Kliffrandes hervorragte.

Für einen kurzen Moment spürte er Erleichterung in seinem Herzen, und sein Mund öffnete sich schon, um sie liebevoll zu begrüßen, als das zarte Gefühl in ihm jäh wieder erstarb.

Es war die verschlossene Unnahbarkeit, die ihre Haltung ausdrückte, die ihn verstummen und gleichermaßen frösteln ließ.

Aufrecht und mit vor der Brust verschränkten Armen stand sie da und starrte traumverloren auf das Meer, während der laue Wind in ihren Haaren spielte.

Er spürte instinktiv, dass es besser wäre, sie jetzt lieber nicht anzusprechen, doch trat er gleichwohl neben sie und legte ganz sacht und zaghaft einen Arm um ihre Schulter.

Lange standen sie so schweigend nebeneinander, bis sie mit einem Male ihr Gesicht dem seinen zuwandte und ihm gerade und offen in die Augen sah.

Tarkon blickte in ein bleiches, übernächtigtes Antlitz und nahm zwei einzelne Tränen wahr, die aus ihren rot geweinten und tränenüberschwemmten Augen langsam zu ihren Mundwinkeln rannen.

»Ich … ich habe nichts gesehen, weißt du! Mein Stein blieb matt«, flüsterte sie mit leiser, erstickter Stimme.

Tarkon hörte die Worte, doch konnte oder wollte er den für sie äußerst fatalen Inhalt nicht begreifen.

Stattdessen umfing er ein wenig unbeholfen ihre Hüften und drückte sie vorsichtig, wie um nichts zerbrechen zu wollen, an seinen Körper.

»Du darfst dem keine große Bedeutung beimessen, Liebes«, sagte er und bemühte sich, seiner Stimme einen festen Klang zu verleihen, während er selbst mit dem salzigen Nass, das in seine Augen schoss, zu kämpfen hatte.

»Vielleicht warst du einfach zu aufgeregt, als dass du dich dem Traum hättest ganz hingeben können«, versuchte er sie weiter zu trösten.

Laruna löste sich daraufhin mit einer abrupten Bewegung aus seinen Armen und packte ihn mit ihren Händen so kräftig an den Schultern, dass sich ihre Fingernägel schmerzhaft in sein Fleisch gruben.

In ihren dunkel umflorten Augen erschien ein irres Flackern, und sie fing an, ihn mit all ihrer Kraft zu schütteln.

»Du redest mit mir wie mit einem kleinen, dummen Mädchen, das von nichts eine Ahnung hat und erst einen Mann braucht, um sich über ihre Gefühle im Klaren zu sein!«, schrie sie ihn mit sich überschlagender Stimme an. »Geh und lass mich allein. Ich habe mich offenbar in dir getäuscht, denn du bist genauso ein Klotz wie all die anderen ... Männer!« Das letzte Wort spie sie ihm förmlich ins Gesicht.

Völlig verstört stand Tarkon nach diesem unerwarteten und ungewohnten Gefühlsausbruch noch eine geraume Weile da und sah sie mit einer Mischung aus Verzweiflung und Verständnislosigkeit an.

Er zitterte am ganzen Leib, und alles Blut schien ihm aus den Adern gewichen zu sein, während sich ein immer dicker werdender Kloß in seinem Hals bildete und seine Kehle zuschnürte.

Da Laruna ihn keines weiteren Blickes mehr würdigte und wieder wortlos aufs Meer hinausstarrte, wandte er sich ab und schickte sich an, mit hängendem Kopf und wackeligen Beinen wieder zurück zu den anderen zu gehen.

Auf seinem Weg versuchte er Ordnung in die über ihn hereinbrechende wirre Gedankenflut zu bringen und eine Antwort auf das rätselhafte Verhalten Larunas zu finden.

Aber wie er es auch anstellte, es wollte ihm einfach nicht gelingen, und so beschloss er, sich Moruns anzuvertrauen.

Als er das Heiligtum erreicht hatte, bemerkte er zu seinem Erstaunen, dass seine Gefährten nicht mehr da waren.

Sein Blick fiel auf Moruns, der mit geschlossenen Augen dicht neben dem Eingang an der Wand lehnte.

Tarkon trat ehrerbietig vor ihn hin und wollte gerade damit beginnen, ihm sein brennendes Anliegen vorzutragen, als Moruns abwehrend seine Rechte erhob und ihm so zu schweigen gebot.

»Ich weiß, was du von mir willst, Tarkon, doch will ich dir keine Antwort geben. Du selbst wirst zu gegebener Zeit, vielleicht schon sehr bald, mit der Lösung dieses für dich sich jetzt so verwirrend darstellenden Problems konfrontiert werden, und dann wirst du auch verstehen, warum es für dich und Laruna das Beste gewesen war, dass ich euch heute die Antwort verweigert habe«, sagte er, während er sich aus dem Halbschatten des Tores löste und ins Freie trat. »Geh jetzt hinunter zum Strand zu den anderen und bade im Meer. Es ist bald Mittag, und dann müsst ihr euch wieder in der Halle eingefunden haben. Für das, was ihr dann zu tun habt, müsst ihr euch äußerlich und innerlich reingewaschen haben.«

Die kargen Worte Moruns' vermochten ihm natürlich in keinster Weise zu helfen, ja, sie steigerten sogar noch sein seelisches Unbehagen, doch zwang er sich dazu, während er der Weisung des Priesters Folge leistete, die quälenden Gedanken fürs Erste aus seinem Kopf zu verbannen und Ruhe einkehren zu lassen.

Am Strand angelangt, erleichterte er seinen Darm und seine Blase und rannte dann mit einem befreienden Schreien zum Ufersaum, wo er sich in die Brandung warf. Er tauchte unter ein paar Wellen hindurch und schwamm eine kurze Strecke aufs Meer hinaus. Die salzige Kühle, die ihn umgab, tat ihm gut, und er spürte, wie der dunkle Schatten, der sich um seine Seele gelegt hatte, allmählich fortgespült wurde.

Plötzlich hörte er, wie jemand seinen Namen rief. Er schaute zum Strand und sah seine Gefährten, die ihm zuwinkten und auf die Sonne deuteten. Siedend heiß fiel ihm wieder ein, dass er ja pünktlich zum Mittag wieder im Heiligtum zu sein hatte. Mit kräftigen Schwimmstößen und mitgetragen von der anlaufenden Flut strebte er, so schnell er konnte, dem Strand zu.

Als er ihn erreicht hatte, stand nur noch Urms da, der ihn schon ungeduldig erwartete.

»Die anderen sind schon auf dem Weg nach oben. Wir müssen uns jetzt ganz schön beeilen, wenn wir es noch rechtzeitig schaffen wollen«, rief Urms ihm ein wenig gereizt zu, als Tarkon gerade festen Boden unter den Füßen spürte. »Du scheinst wohl über deine persönlichen Sorgen den eigentlichen Zweck unseres

Hierseins vergessen zu haben«, fügte er noch hinzu, dann wandte er sich um und lief, ohne ein weiteres Wort zu verlieren, dem Aufgang zu.

Für einen Augenblick glaubte Tarkon in den Augen seines Freundes so etwas wie Hass gelesen zu haben, doch verwarf er sofort diesen Eindruck und entschuldigte das ungewohnt barsche Verhalten Urms' ihm gegenüber damit, dass er ihn und die anderen durch die Vernachlässigung seiner Pflichten in ihrer Andacht gestört hatte.

Während er Urms hinterher den Pfad hinaufhastete, gelang es ihm endlich, seine Gedanken wieder ganz auf die noch vor ihm liegenden Aufgaben seiner Initiation zu richten, und er betrat noch zur rechten Zeit mit den anderen das Heiligtum, wo sie sich auf Moruns' Geheiß im Kreis um den Sonnenwagen aufstellten. Zu seiner freudigen Überraschung bemerkte Tarkon, dass auch Laruna sich wieder zu den Gefährten gesellt hatte, doch als er ihr zulächelte, verriet ihre Miene mit keiner Regung, dass sie etwa von ihm Notiz genommen hätte.

Der Erwählte erhob sich von seinem Stuhl und wies auf die Öffnung im Dach der Halle.

»Wenn die Sonnenstrahlen die große Scheibe vor euch entflammen, dann werdet ihr diesen Wagen ins Freie schieben und ihn dreimal ohne Halt um die Hochfläche ziehen. Wenn ihr damit fertig seid, bringt ihr ihn wieder hier an seinen Platz zurück, und dann werde ich mit jedem Einzelnen von euch ein Gespräch führen, worin ihr mir euren Lebenswunsch äußern werdet«, befahl er ihnen knapp. Dann verschränkte er die Arme vor der Brust und schloss die Augen.

Die Worte Moruns' waren noch nicht verklungen, als die gleißenden Lichtbündel der nun im Zenit stehenden Sonne auf die mächtige Scheibe trafen und sie zu feurigem Leben erweckten. Die auf beiden Seiten gewölbte Bronzescheibe reflektierte die Strahlen derart, dass die Halle von einer lodernden Helligkeit erfüllt wurde, die so intensiv war, dass alle für einen Moment geblendet die Augen schließen mussten.

Doch dann begannen sie zunächst vorsichtig, teils ziehend, teils schiebend, den schweren Wagen aus der Halle zu bewegen. Vor dem Gebäude, neben dem Tor aufgehängt, fanden sie zehn lange, aus Leder geflochtene Seile, die sie an den zehn Ösen befestigten, die längs der langen Deichsel paarig gegenüber angeordnet festgeschmiedet waren.

Zu dritt nahmen sie jeweils ein Seil auf und legten es sich über die Schulter, während die übrigen fünf sich bereithielten, den Wagen nötigenfalls zu schieben oder für einen Gefährten am Seil einzuspringen, sollten dessen Kräfte nachzulassen drohen.

Auf Rullos Zuruf legten sie sich in die Seile, woraufhin der Wagen schwerfällig anruckte und sich dann langsam und holpernd in Bewegung setzte.

Die Mädchen intonierten eines der Lieder, die sie im Wechselgesang während ihrer Prozession zum Lob und Preis des Muttergestirns zu singen hatten.

Es waren Litaneien in einer für sie kaum noch verständlichen Sprache, die vor Urzeiten eigens für diesen körperlich wohl anstrengendsten Teil der Sonneninitiation entstanden waren.

Doch sehr schnell erkannten sie, dass der monotone

Wechselgesang äußerst hilfreich war, da sich ihr Atmen und ihre Bewegungen dem Rhythmus des Gesanges in einer Weise anglich, dass sie mit ihren Kräften unbewusst haushalten konnten.

Der Weg, der vor ihnen lag, war nicht schwer auszumachen. Die Spuren der Räder wie auch die Schritte der unzähligen Generationen, die vor ihnen den Wagen gezogen hatten, hatten sich unauslöschlich in den weichen Sandstein gegraben. Wind und Wetter hatten die Fahrspur im Laufe der Zeit zudem noch ausgewaschen, sodass sich der Weg gleich einer schlecht verheilten Narbe in dem nur spärlich mit Gras und Heidekraut bewachsenen Gelände abzeichnete.

Von der Halle ging es zunächst geradewegs zum südlichsten Punkt des Plateaus und von dort, dem Lauf der Sonne folgend, in westlicher Richtung rund um die Hochfläche, wobei der Weg in seinem weiteren Verlauf immer in gefährlicher Nähe zu den steilen Abhängen des Plateaus blieb.

Obwohl der Weg über die Jahrhunderte eingefahren worden war, stellten dennoch selbst kleinste Höhenunterschiede des Geländes oder die allenthalben in den Weg einklaffenden Felsrisse Hindernisse dar, deren Überwindung, bedingt vor allem durch die Schwere und die Sperrigkeit des Wagens, ihre ganze Kraft und Aufmerksamkeit erforderten.

Und wie sie es während der Schiffsreise erfahren hatten, mussten sie auch hierbei lernen, ihr Tun immer aus Neue aufeinander abzustimmen, um das gemeinsame Ziel zu erreichen.

Eine Zeit lang kamen sie so gut voran, bis sie zum nordostwärtigen Teil der Insel gelangten.

Dieser wurde von einer schmalen, sich stark verjüngenden Landzunge gebildet, an deren Ende sich ein steil aufragendes Felskap auftürmte. Es erinnerte ein wenig an einen Steven auf dem Bug eines Schiffes.

Bis knapp unterhalb dieses Kaps stieg der Weg ziemlich steil an, um sich dann, nach einer engen, spitzen Kehre wieder hangabwärts zu wenden.

Den Wagen an sich zu ziehen stellte schon für alle ein mühseliges Unterfangen dar, aber nun wurde jeder Meter hügelan zur Strapaze.

Dazu kam, dass die Mittagssonne ihre Strahlen gnadenlos auf sie herabsandte, sodass ihnen der Schweiß in Bächen über die nackten Körper floss. Schmerzhaft schnitten die Riemen in die dünne Haut der Schlüsselbeine, und die schweißnassen Hände hatten Mühe, die Zugseile zu halten.

Das Singen wich bald einem rhythmisch keuchenden Atmen, welches sich pfeifend aus ihren Lungen quälte.

Sie hatten kaum die Hälfte der Strecke nach oben hinter sich gebracht, als ihnen klar wurde, dass sie es allein mit Zugkraft kaum bewerkstelligen würden, zumal sie wussten, dass sie dieses wohl schwierigste Teilstück ihrer Prozession noch zweimal zu bewältigen hatten und sie sich deshalb beim ersten Mal nicht schon verausgaben durften.

Es war Rullo, welcher sich an der Spitze der an der linken Seite der Deichsel Ziehenden befand, der als erster diese Situation richtig einschätzte und eine Maßnahme traf.

»Jeweils … die Ersten … an den Seilen … zu den Rädern!«, japste er, während er selbst leicht taumelnd seinen Platz verließ, um mit den anderen unterstützend in die Speichen zu greifen.

Diese Umverteilung der Kräfte bewirkte, dass das Ziehen wie auch das Schieben von allen als wesentlich leichter empfunden wurde, sodass sie den Wagen nunmehr – ohne weiter ins Stocken zu geraten – hügelan bringen konnten.

Als sie endlich zum Scheitelpunkt der Wegkehre zu Füßen des Kaps gelangt waren, mussten sie feststellen, dass diese schmale Stelle wenig Raum für Wagen und Zugmannschaft zugleich bot und dass zwischen dem abschüssigen Weg und dem brodelnden Abgrund zu ihrer Linken nur knapp drei Schritte lagen.

Und an dieser Stelle war es, dass ihre Prozession beinahe ein jähes und katastrophales Ende genommen hätte.

Denn kaum dass sie die Deichsel herumgewuchtet und den Wagen in seine Fahrspur hangabwärts gewendet hatten, da begann dieser unvermittelt mit seinem ganzen Gewicht derart nach vorne zu drücken, dass diejenigen, die sich direkt vor der Vorderachse aufhielten, ins Straucheln gerieten und beiseite springen mussten, um nicht von den Rädern erfasst zu werden.

Dabei wurde Urms, der sich neben dem linken Vorderrad und damit in unmittelbarer Nähe zum Kliff befand, von einem Gefährten von hinten angerempelt, sodass er seinerseits das Gleichgewicht verlor, hinstürzte und über den Rand des Abgrundes rollte. Er wäre wohl unweigerlich auf den Klippen zerschellt, hätte er sich nicht im letzten Augenblick an einem einsam herabhängenden Wurzelgeflecht festhalten können.

Während Urms schreiend und zappelnd in der Steilwand hing, versuchten seine Gefährten verzweifelt, nachdem viele von ihnen im ersten Schrecken die Zugseile hatten fahren lassen, den Wagen, der sich selbstständig zu machen drohte und polternd den Hang hinabzurollen begann, zum Stehen zu bringen.

Der schmale Streifen Land zwischen Wagen und Kliff bot allerdings nicht den Raum, der in dieser Situation nötig gewesen wäre, um von dieser Seite aus schnell und wirksam eingreifen zu können.

Also packten sie die auf dem Boden schleifenden Seile der rechten Deichselseite und zerrten die Deichsel landeinwärts, um die Vorderräder möglichst quer zum Weg zu richten und so den Wagen abzubremsen.

Dieses Unternehmen führte aber aufgrund der von aufkommender Panik geleiteten und damit hastigen Ausführung nur dazu, dass das Heck des Wagens zum Kliff hin aus der Spur getragen wurde und erst zum Stehen kam, als das linke Hinterrad über den Abgrund rutschte und die Achse mit einem hässlich knirschenden Geräusch auf die Felskante schlug.

Wie gelähmt standen sie da, unfähig, angesichts dieses Chaos auch nur irgendeinen klaren Gedanken zu fassen.

Allein Tarkon zeigte Geistesgegenwart und rannte zu der Stelle, an der Urms immer noch hilflos schreiend an dem nun durch dessen heftigen Bewegungen immer mehr nachgebenden Wurzelgeflecht hing.

Gerade hatte er sich bäuchlings zu Boden geworfen und dem Abstürzenden beide Arme entgegengestreckt, als ihn ein metallisch kreischendes Geräusch dicht neben ihm, begleitet von einem vielstimmig warnenden Aufschrei seiner Gefährten herumfahren ließ.

Aus seinen schreckgeweiteten Augen musste er erkennen, dass der Wagen, bedingt durch die Hebelwirkung der sanft hin und her wippenden Sonnenscheibe, sich langsam, aber stetig, immer mehr über den Abgrund neigte und just an der Stelle, wo er gerade lag, herunterzustürzen drohte.

»Lass es, Tarkon!«, hörte er Rullo brüllen. »Du kannst ihm nicht mehr helfen. Hilf lieber uns. Der Wagen ist wichtiger.«

Tarkons Verstand sah ein, dass Rullo Recht hatte, denn selbst wenn es ihnen gelänge, den Wagen wieder ganz nach oben zu hieven, würde das Rad dennoch über eben diese Stelle entlangrutschen und Urms seinen letzten Halt entreißen.

Einen Augenblick lang schwankte er zwischen seinem Selbsterhaltungstrieb und der Freundesliebe dem Menschen gegenüber, der ihm auch einst, als er in Lebensgefahr schwebte, unter Nichtachtung seines eigenen Lebens beigestanden hatte.

Doch schließlich entschied er sich für Letzteres.

»Urms! Greif zu! Mach schon, sonst sind wir beide erledigt«, beschwor er ihn.

Urms, dessen Gesicht nur noch eine aschfahle, verzerrte Maske war, suchte die Handgelenke Tarkons zu umklammern, was ihm aber nicht recht gelingen wollte, da er an der schweißnassen Haut immer wieder abglitt, sodass Tarkon stets nachfassen musste, was durch das unausgesetzte Strampeln des Freundes noch erschwert wurde.

»Verdammt, halt doch endlich still – und hör mit dem Gekreische auf!«, zischte Tarkon ihn mit zusammengebissenen Zähnen an.

Das schien zunächst zu fruchten, denn das Schreien und Zappeln brach schlagartig ab.

Doch im gleichen Moment nahm Tarkon eine Veränderung in Urms Zügen wahr.

Urms starrte auf einmal mit vor Angst geweiteten Augen auf irgendetwas schräg über ihm, während seine Lippen zitternd lautlose Worte formten, dann kniff er die Augen zusammen und hing nur noch schlaff und ergeben an Tarkons Armen.

Tarkon schaute irritiert in die Richtung und musste zu seinem Schrecken erkennen, dass sich nun mittlerweile auch das rechte Hinterrad in bedrohlicher Nähe zum Abgrund befand und es nur noch eine Frage von wenigen Augenblicken war, bis der Wagen gänzlich abstürzen würde.

Er schloss kurz die Augen und versuchte die in ihm aufkeimende Todesangst mit aller Macht zu überwinden. Das hier, blitzte es durch sein Gehirn, sollte und durfte nicht sein Ende sein. Eine kalte Wut wider das ihm zugedachte Schicksal stieg in ihm hoch, und er mobilisierte seine letzten Kraftreserven, um den in Angst erstarrten Körper des Freundes doch noch zu sich heraufzuziehen.

Mit aberwitziger Verbissenheit riss und zerrte er, bis es ihm schließlich gelang, auf die Knie zu kommen und Urms Schultern in Höhe des Kliffrandes zu bringen.

Schon begannen seine Kräfte nachzulassen, und ein brennender Krampf durchzuckte seine Unterarme, als er aus den Augenwinkeln einer schattenhaften Gestalt gewahr wurde, die plötzlich neben ihm kauerte. Und dann waren wie aus dem Nichts zwei braune Arme und Hände da, die helfend unter die Achseln Urms griffen.

Dankbar wandte er sich um.

Es war Laruna, und sie lächelte ihn ermunternd an.

Gemeinsam zogen sie Urms über den Rand und legten ihn etwas abseits der Gefahrenzone ab.

Nachdem sie sich kurz vergewissert hatten, dass Urms außer ein paar Schürfwunden keine weiteren Verletzungen davongetragen hatte, liefen sie zu den anderen, die tatenlos und wie unter Schock stehend das Geschehen verfolgt hatten.

»Macht euch an die Seile und zieht, was ihr könnt!«, rief Laruna den Zaudernden noch im Laufen zu.

Die gellende Stimme Larunas riss sie aus ihrer Lethargie, und wie ein Mann stürzten sie sich auf die Seile.

Keinen Augenblick zu früh, denn schon scherte das Heck des Wagens herum und begann langsam über den Felsrand wegzusacken.

Sie zogen aus Leibeskräften und kämpften, die Füße in das spärliche Erdreich gekrallt, gegen das unnachgiebig nach hinten zerrende Gewicht des Wagens, der sich schon bedenklich weit über den Steilhang neigte.

»Wir müssen ... müssen ... einheitlich ziehen«, stieß Tarkon zu Rullo gewandt hervor.

»Zuuu-gleich!«, skandierte Rullo lauthals.

»Zuuu-gleich!«

Und so schafften sie es! Mit einer schier übermenschlichen Kraftanstrengung hievten sie den Wagen empor und brachten ihn wieder auf seine Spur.

Ohne sich eine Ruhepause zu gönnen, nahmen sie ihren Weg wieder auf.

Sie fühlten sich auf einmal unendlich leicht.

Kapitel 6

Mit den letzten Strahlen der untergehenden Sonne, die die große Bronzescheibe noch einmal blutrot aufglühen ließen, schoben sie den Wagen wieder in die Halle.

Sie hatten ihre Aufgabe trotz des unglückseligen Zwischenfalls am Kap ohne weitere Verzögerungen in der ihnen vorgegebenen Zeit bis Sonnenuntergang doch noch erfüllen können.

Nachdem sie den Wagen ordentlich abgestellt und gesäubert hatten, ließen sie sich vor den irdenen, schmucklosen Schalen nieder, die in einem losen Halbkreis auf dem Boden vor Moruns, der sie auf seinem Sessel sitzend erwartet hatte, verteilt worden waren.

Sie fühlten sich jetzt, nach ihrem nerven- und kräfteverzehrenden Tagewerk, einfach nur noch müde und erschöpft. Außerdem nagte der Hunger in ihren Gedärmen, und der Durst brannte in ihren ausgedörrten Kehlen.

Über der Feuerstelle inmitten der Halle hing ein großer Bronzekessel, aus dem ihnen der würzige Duft von Kräutern in die Nasen stieg.

»Schöpft euch eine Schale von der Brühe. Sie wird

euch gut tun, denn sie wird euch sättigen und zugleich euren Durst stillen«, sagte Moruns, der bislang ihr Missgeschick mit dem Wagen mit keinem Wort erwähnt hatte.

Einer nach dem anderen verließ daraufhin seinen Platz und füllte seine Schale randvoll mit dem herrlich duftenden Kräutersud.

Schweigend schlürften sie dann langsam und genüsslich ihre Schalen leer. Tatsächlich spürten sie schon nach dem ersten vorsichtigen Nippen an dem seltsamen Gebräu, wie eine prickelnde Frische durch ihre zerschlagenen Glieder zog, und als sie ihre Schalen geleert hatten, war auch das Gefühl von Hunger und Durst vollkommen verschwunden.

Auf diese Weise erfrischt an Geist und Körper, schauten sie erwartungsvoll zu Moruns auf, der sich in diesem Moment von seinem Sessel erhob.

Eine Weile ließ er seinen Blick über den vor ihm hockenden Initianten ruhen, dann fing er mit leiser Stimme an zu reden.

»Heute seid ihr den Weg der Sonne gegangen. Ihr seid dabei an die Grenzen eurer Leistungsfähigkeit gestoßen und habt sie sogar überschritten. Der Weg, den ihr gegangen seid, ist symbolisch für euren Lebensweg, und ihr habt ja erleben können, welche Hindernisse und Beschwerlichkeiten euch auf diesem Weg begegnen können und dass der Tod euch ein ständiger Weggefährte sein wird. Aber bedenkt auch, dass jeder Schritt auf eurem Weg schicksalsweisend für eure Zukunft ist. Jeder von uns hat eine Bestimmung, die er nicht beeinflussen kann. Urms beispielsweise ist heute dem Zugriff des Todes entronnen, aber morgen schon, wenn es denn seine Bestimmung sein sollte, könnte er ihm dennoch erliegen.«

Moruns hielt einen Moment inne und schloss die Augen. Dann fuhr er sich mit der Rechten über die Augen, als ob er ein lästiges Insekt fortscheuchen wollte.

»Ich werde jetzt in meine Kammer gehen und euch nacheinander zu mir rufen, damit ihr mir euren Lebenswunsch nennen könnt.«

Er schaute kurz in die Runde.

»Rullo, wenn du soweit bist, dich mir mitzuteilen, dann komm du als Erster zu mir«, entschied er und zog sich darauf in seine Räumlichkeiten zurück.

Inzwischen war der Mond aufgegangen, und sein fahles Licht fiel durch die große Dachöffnung in das unbeleuchtete Innere der Halle, wo es sich an den bernsteinernen Wänden tausendfach brach, sodass der Raum allmählich von einem geheimnisvollen blauroten Wabern erfüllt wurde.

Aber im Gegensatz zu dem feurig lodernden Widerschein der Sonnenstrahlen am Mittag vermittelte dieses stete, kühle Leuchten das Gefühl tiefer Ruhe, die in ihren Herzen und Köpfen Einzug hielt, sodass sie ihre Gedanken sammeln und sich frei von allen äußeren Einflüssen auf das Gespräch mit Moruns vorbereiten konnten.

Es dauerte noch eine geraume Weile, bis Rullo endlich aufstand und durch die schmale Tür verschwand, die sich hinter dem Sessel Moruns' befand.

Was Tarkon sich für sein Leben wünschte, lag schon lange klar umrissen vor ihm. Er blickte verstohlen zu Laruna, die mit gesenktem Kopf und offenbar völlig in sich versunken neben ihm kniete.

»Ob es wohl auch ihr Wunsch ist, mit mir zu leben, unsere Kinder großzuziehen und das Land zu bebauen?«, fragte er sich und versuchte irgendeine Regung in ihrem von den langen Haaren zum Teil verdeckten Gesicht herauszulesen.

Doch soweit er es erkennen konnte, blieben ihre Züge verschlossen, noch schien sie seinen Blick überhaupt wahrzunehmen.

Also schloss er die Augen und gab sich unter dem Einfluss der friedvollen Stille um ihn her seinen Träumen hin.

Der Schlaf musste ihn schließlich übermannt haben, denn er wusste nicht, wie viel Zeit vergangen war, als er von der sanften Berührung einer Hand auf seiner Schulter geweckt wurde.

»Liebster, du bist der Nächste, den Moruns zu sehen wünscht«, hörte er die Stimme Larunas in sein Ohr flüstern, und gleichzeitig spürte er den warmen Hauch ihres Atems und einen sachten Kuss auf seiner Wange.

»Laruna? Was ...«

»Pst! Frag nicht und geh!«, unterbrach sie ihn und legte ihm den Zeigefinger auf die Lippen.

Tarkon erhob sich taumelnd und ging zögernd zur Tür.

Bevor er eintrat, schaute er sich noch mal zu Laruna um.

Etwas irritiert sah er, wie sie eiligen Schrittes zum Hallentor strebte und den rechten Flügel weit öffnete.

Dann wandte sie sich um und stand für einen Moment einfach da.

Eine zarte, schmale Frauengestalt vor dem sternenübersäten Nachthimmel.

Mit einer linkisch wirkenden Geste winkte sie ihm noch zu, dann ging sie langsam in die Nacht hinaus.

Tarkons Herz krampfte sich dabei zusammen, und wieder beschlich ihn jenes unerklärliche Gefühl aus Angst und Hilflosigkeit, welches er schon am Morgen verspürt hatte, als er sie bei den Klippen gesucht hatte.

Innerlich aufgewühlt und mit unzähligen Fragen, die in seinem Schädel kreisten, betrat er wenig später die Kammer, in der ihn Moruns neben einem bronzenen Kohlebecken stehend erwartete.

Das kleine, niedrige Gemach wurde nur sehr spärlich von der rot glühenden, zischenden Holzkohle erhellt.

Ein grob gezimmerter Holzrahmen an der Wand neben der Tür, darin ein mit Lummendaunen gefüllter Leinensack – die Bettstatt Moruns' – war das einzige Möbel in dem Zimmer, dessen Boden nur aus fest gestampfter Erde bestand.

Eine Weile standen sie sich schweigend gegenüber. Offenbar spürte Moruns die Verstörtheit Tarkons und wollte ihm Zeit lassen, seine Gedanken wieder auf den Grund seines Hierseins zu richten.

»Nun, Tarkon, was willst du mir sagen?«, brach Moruns endlich das Schweigen und lächelte ihn ermunternd an.

Schon wollte Tarkon all seine Befürchtungen und quälenden Fragen auf einmal heraussprudeln lassen, als er sich gerade noch an die Mahnung Moruns' erinnerte, die dieser ihm mit auf den Weg gegeben hatte, als er sich anschickte, nach Laruna zu suchen.

Also schloss er den schon geöffneten Mund wieder und senkte kopfschüttelnd den Blick auf seine Füße.

Da trat Moruns an ihn heran, packte ihn mit beiden Händen an den Schultern und schaute ihm durchdringend in die Augen.

»Du kannst mir deinen Lebenswunsch gar nicht nennen, nicht wahr, da du ihn selbst noch nicht kennst«, flüsterte er heiser. »Das, was du dir wünschst, wird sich nicht erfüllen, denn dir ist anderes bestimmt. Frage deshalb nicht mehr und versuche vor allem nicht, den Lauf des Schicksals zu ergründen, denn es wird sich sowieso alles fügen. Ich aber kenne seit heute deine Bestimmung, und ich verspreche dir, dass auch du sie noch in dieser Nacht erkennen wirst, und dann werden alle deine Ängste von dir genommen sein, und du wirst auch nicht mehr an sie erinnert werden, wenn du diese Insel verlässt.«

Moruns wandte sich mit diesen Worten abrupt von ihm ab, stellte sich mit dem Rücken zu Tarkon wieder vor die Kohlenpfanne und begann, sich über der Glut in aller Ruhe die Hände zu reiben.

Wie angewurzelt verharrte Tarkon nach dieser unerwarteten und rätselhaften Prophezeiung völlig überrascht und gleichermaßen verwirrt an seinem Platz und wagte nicht sich zu rühren, oder gar etwas darauf zu erwidern.

Doch mit einem Male war es ihm, als löste sich ein dicker, würgender Knoten in seinem Inneren, und er fühlte sich einfach nur noch unendlich müde.

»Geh jetzt zu dem hohen Felsen und suche die Stelle, an der du Urms vor dem Abgrund bewahrt hast. Dort erwarte die Sonne«, hörte er noch wie von ferne die Stimme Moruns'.

Wie im Traum und ganz in sich gekehrt, verließ er

die Halle und machte sich auf den Weg zum Kap. In tiefen Zügen sog er die klare Nachtluft ein und betrachtete hin und wieder das Glitzern der unzähligen Sterne, die in ihrer geheimnisvollen und ewigen Ordnung das Firmament über ihm bevölkerten.

An der ihm benannten Stelle angelangt, setzte er sich nieder und umschloss die angewinkelten Beine mit seinen Armen.

Er hob sein Gesicht leicht in den lauen, von Osten wehenden Wind und lauschte dem Geräusch der Wellen, die sich am Fuß des Kliffs brachen. Bald schon schwang sein Körper in dem gleichförmigen Rhythmus der Brandung mit, und auch sein Atem glich sich dem steten Auf und Ab der Wellen an.

Irgendwann verlor sich sein Geist in einem traumlosen Schlaf, aus dem er erst wieder erwachte, als die rosigen Strahlen der aufgehenden Sonne den Horizont färbten.

Im Nu war er hellwach und beobachtete bewegungslos und mit zunehmender Spannung, wie der glutrote Ball langsam höher und höher stieg, bis er den ganzen Himmel auszufüllen schien.

Die feurigen Strahlen brannten in seinen weit aufgerissenen Augen, sodass er sie geblendet schließen musste.

Und dann sah er nur noch die gleißend goldene Scheibe der Sonne vor sich, aus der sich allmählich ein Gesicht herausmodellierte, dem auf den ersten Anblick nicht anzusehen war, ob es eine Frau oder einen Mann darstellte.

Es war ein schmales, längliches Gesicht mit ausgesprochen weichen, fast weiblichen Zügen. Die fleischigen, etwas geschürzten und an den Mundwinkeln leicht herabgezogenen bartlosen Lippen, die dem Antlitz eine gewisse Schwermütigkeit verliehen, sowie die lange, schmale Nase unterstrichen diesen irritierenden Eindruck noch. Unter der hohen Stirn funkelten zwei dunkle Augen aus schräg gestellten, mandelförmigen Lidern, die sich unruhig hin und her bewegten, als suchten sie etwas in der Ferne zu erblicken.

An der rechten Schläfe des ansonsten kahl geschorenen Kopfes hing eine einzelne, zu einem dicken Zopf geflochtene Haarsträhne herab.

Aber schon verblasste die Erscheinung wieder, und das Letzte, was er sah, bevor die Vision sich endgültig verflüchtigte, war die elegante Silhouette eines Falken, der sich mit einem schrillen Jagdruf aus der Sonne löste und auf ihn herabfuhr.

Ohne noch länger an diesem Ort zu verweilen, trat Tarkon nachdenklich den Rückweg zum Heiligtum an. Seine Gedanken kreisten um diese merkwürdige Erscheinung, von der er nur intuitiv ahnte, dass sie mit ihm auf eine sein zukünftiges Schicksal bestimmende Art und Weise verknüpft war.

Wer war die Gestalt, die er gesehen hatte? Bei aller Fremdartigkeit, die diesen Zügen innewohnten, kamen sie ihm dennoch seltsam vertraut vor.

Die Sonne, das Gesicht, der Falke – noch konnte er diese drei Elemente seiner Vision in Bezug auf sein künftiges Leben nicht deuten, aber es war ihm plötzlich ganz klar und selbstverständlich, dass er diesem Gesicht eines nicht allzu fernen Tages leibhaftig gegenüberstehen würde und dass erst diese Begegnung ihn der Lösung des Rätsels, welches zweifellos Teil seiner Bestimmung war, näher bringen würde.

Also beschloss er für sich, dem Rate Moruns zu folgen und sich bis dahin keine Fragen mehr zu stellen und den Ereignissen, die die Zukunft für ihn bereithielt, freien Lauf zu lassen.

Es würde sich sowieso alles fügen.

Kapitel 7

Luvbrassen belegen! Klar bei Leebrassen!«

Laruna hielt das Ruder mit beiden Händen und achtete darauf, dass ihre Befehle sofort befolgt wurden.

»Obacht! Jetzt! An die Leebrassen! Los, bringt es an den Wind!«

Das Segel erschlaffte kurz, als es aus dem Wind kam, dann drehte die Rah nach Lee und das Segel bauschte sich erneut vor dem kräftig aus Südwest blasenden Wind.

Es ging wieder nach Hause.

Als Tarkon an diesem Morgen wieder am Heiligtum eingetroffen war, hatte er seine Gefährten schon in Aufbruchstimmung vorgefunden, und die meisten von ihnen, darunter natürlich vor allem Laruna, Urms und Rullo, waren schon zum Strand herabgestiegen, um mit ihren Besatzungen die Boote wieder seetüchtig zu machen.

Die drei Tage ihrer Initiation lagen nun hinter ihnen, sie hatten die ihnen auferlegten Prüfungen erfolgreich bestanden, und ein jeder von ihnen hatte Gelegenheit gehabt, sich in Meditation, Gebeten und Visionen und nicht zuletzt auch im persönlichen Gespräch mit Moruns auf seinen zukünftigen Lebensweg als Erwachsener vorbereiten zu können. Jetzt segelten sie wieder zurück in ihre Heimatdörfer, um dort feierlich vor der Dorfgemeinschaft die Kleidung der Erwachsenen anzulegen und ihre Verantwortung für das Gemeinwesen zu übernehmen.

Alle waren in heiterer und ausgelassener Stimmung und freuten sich auf die bevorstehende Wettfahrt, vor allem aber lockte sie die Aussicht auf das opulente Festmahl, das sie zu Hause erwarten würde.

Auch Tarkon, der seine dunklen Gedanken mittlerweile vollständig aus seinem Herzen verbannt hatte, ließ sich nur zu gerne von der übermütigen Euphorie seiner Gefährten anstecken.

Doch bevor er zum Strand hinunterging, hatte er noch einmal Moruns aufsuchen wollen.

Er hatte die Halle gerade betreten, als seine Aufmerksamkeit auf die untersetzte Gestalt Urms' gelenkt wurde, der einsam vor dem Kultwagen stand und die große Bronzescheibe anstarrte.

»He, was ist? Da draußen lacht die echte Sonne! Komm, sonst verpasst du noch die Abfahrt«, hatte Tarkon fröhlich gerufen und Urms in die Seite geknufft. Da erst hatte er den abweisenden und mürrischen Gesichtsausdruck des Freundes bemerkt und sich nun doch etwas beunruhigt vor ihn hingestellt.

»Was hast du? Ist dir irgendetwas passiert, was ich wissen sollte?«, war er in ihn gedrungen, doch Urms hatte nichts darauf erwidert, noch schien er Notiz von der Anwesenheit Tarkons genommen zu haben.

»Hör mal, ich bin dein Freund! Ich meine, mir könntest du doch wenigstens ...«

»Tu mir den Gefallen und verschwinde!«, hatte

Urms nur, Tarkon das Wort abschneidend, gezischt, dann war er wieder in Schweigen versunken.

Mit einem verständnislosen Schulterzucken und auch ein wenig beleidigt hatte Tarkon ihn darauf stehen lassen und war zu Moruns gegangen, der sich in seine Kammer zurückgezogen hatte, um vor der Abfahrt seiner Schützlinge noch etwas auszuruhen.

Als Tarkon eintrat, lag Moruns mit geschlossenen Augen lang ausgestreckt auf seinem Bett.

»Ah, Tarkon!«, hatte er ihn begrüßt. »Bist du wieder gekommen, um Fragen zu stellen?«

»Ja ... äh ... nein, ich wollte vielmehr ...«

»Du wolltest dich persönlich von mir verabschieden und mir Dank für meine Ratschläge sagen, nicht wahr?«

Für einen Moment musste Tarkon ziemlich verblüfft dreingeschaut haben, denn Moruns hatte laut zu lachen angefangen, während er gleichzeitig mit einem Satz von seinem Bett aufgesprungen war.

»Tarkon, Tarkon, du bist wirklich von besonderer Art!«, hatte er immer noch lachend gesagt. »Ich muss zugeben, dass ich sehr gespannt darauf war, dich kennen zu lernen, nach allem, was ich von deinem Vater und zuletzt noch von deinem Großvater über dich erfahren habe.«

Die letzten Worte Moruns' hatten Tarkon aus seiner anfänglichen Verlegenheit gerissen und stattdessen seine Neugier geweckt. Zum einen fragte er sich natürlich, welches Interesse der Erwählte gerade an ihm hatte, denn ihm war im Nachhinein sehr wohl die besondere Aufmerksamkeit aufgefallen, mit der Moruns ihn die drei Tage über bedacht hatte. Zum anderen ergab sich hier vielleicht die Gelegenheit, etwas über das Schicksal seines Vaters zu erfahren, nachdem Moruns erwähnt hatte, dass er den Verschollenen gekannt hatte.

Moruns schien die Gedanken Tarkons erraten zu haben, denn er war unvermittelt wieder ernst geworden und hatte ihn eine Weile nachdenklich, die gefalteten Hände vor den Lippen, betrachtet.

»Ich hatte dir – wie übrigens auch den anderen – bereits zu verstehen gegeben, dass du von mir weder Hinweise auf deine Bestimmung noch eine Deutung deiner Visionen, die dir hier zuteil wurden, zu erwarten hast. Aber da du dich bei den Prüfungen, die euch hier auferlegt wurden, auf so außergewöhnliche Weise bewährt hast, erscheint es mir notwendig, dir jetzt schon etwas über dich zu offenbaren, was du bei allen Entscheidungen, die du zukünftig treffen wirst, immer beachten solltest.

Man hat euch gelehrt, dass unser Volk schon seit Menschengedenken an dieser Küste beheimatet ist. Aber das entspricht nicht der Wahrheit, denn ursprünglich lebten unsere Vorfahren in den waldreichen Tälern, die sich zwischen den hohen Bergen im fernen Süden erstrecken. Vielleicht reichten die Erträge des kargen Bodens nicht mehr für die Ernährung aller aus, vielleicht kamen fremde Eroberer, niemand weiß es. Auf jeden Fall verließ irgendwann ein großer Teil des Volkes die heimatlichen Täler und machte sich auf den beschwerlichen Weg nach Norden auf, weil fahrende Händler ihnen erzählt hatten, dass es dort reichlich Land mit fruchtbaren Böden und saftigen Wiesen für das Vieh gäbe. Aber ihre Wanderung sollte lange dauern, denn immer, wenn sie gutes Land gefunden hatten, mussten sie feststellen, dass dort schon andere Völker siedelten, die ihren Besitz gut zu verteidigen wussten.

Schließlich gelangten sie an diese Küste, doch auch hier trafen sie auf Menschen, die in Dörfern lebten und Ackerbau trieben. Diese Menschen aber kannten nicht den Gebrauch von Metall, sondern fertigten ihre Geräte aus Holz und Feuerstein. Auch das Pferd war ihnen unbekannt. Ihre Toten begruben sie in Kammern, die sie aus mächtigen Steinen erbauten, und darüber türmten sie Erde. Du kennst ja die Reste dieser gewaltigen Grabstätten.

Unsere Vorfahren, durch die lange und entbehrungsreiche Zeit ihrer Wanderschaft kampferprobt geworden, hatten nun beschlossen, auf jeden Fall hier zu siedeln, zumal ihnen das Meer das natürliche Ende ihrer Landsuche aufzeigte. Und so begannen sie Krieg gegen die Steinleute zu führen, da diese nicht bereit waren, ihr Land mit den Neuankömmlingen zu teilen.

Dorf um Dorf wurde von den Unsrigen überfallen, die Bewohner, Männer, Frauen und Kinder, wurden rücksichtslos niedergemetzelt und die Häuser in Brand gesteckt. Natürlich leisteten die Steinleute erbitterten Widerstand, aber die Bronzewaffen unserer Ahnen, vor allem die ihnen ebenfalls unbekannten scharfen Schwerter, waren ihren primitiven Steinbeilen und Speeren im Nahkampf weit überlegen.

In ihrem blinden Siegesrausch trieben unsere Vorfahren die überlebenden Steinleute wie Vieh vor sich her bis ins Meer, wo sie dann jämmerlich ertranken.

Nur wenigen gelang die Flucht in ihren kleinen und kaum seetüchtigen Einbäumen, die sie zum Fischfang benutzten.

Dabei geschah es, dass ein alter Mann sich aus der dem Tode geweihten Schar in den Fluten löste und mit ausgebreiteten Armen langsam wieder auf die am Strand harrenden Reihen der Unsrigen zustrebte und sich dicht vor ihnen hinstellte.

»Ihr habt uns unser Land genommen und zuletzt unser Leben. Dafür verfluche ich euch!«, hatte er ihnen mit brüchiger Stimme zugerufen. »So, wie ihr uns im Meer ertränkt habt, wird der Tag kommen, da das Meer zu euch kommt und euch dieses Land wieder nimmt und eure Nachkommen unter sich begraben wird. Nur wenige von euch werden dieses Unheil überleben und auch sie, wie deren Nachkommen, werden für lange Zeit Gefangene des Meeres bleiben. Fried- und ruhelos werden sie von Küste zu Küste irren und dabei ständig die furchtbaren Schrecken des Krieges erfahren.

Und selbst wenn die Heimatlosen irgendwann doch wieder eine neue Heimat finden sollten, werden sie sich nicht lange daran erfreuen können, denn fremde Heere werden über sie herfallen und ihre neu entfachten Herdfeuer wieder zum Erlöschen bringen.

Und wie nur noch die steinernen Gräber unseres Volkes dereinst an uns gemahnen werden, so werden zuletzt auch nur eure Grabhügel übrig bleiben und daran erinnern, dass es euch gegeben hat!«

Nachdem der Alte dies verkündet hatte, wandte er sich um und schritt stumm und unbehelligt von unseren Kriegern, die unter dem Bann der fürchterlichen

Prophezeiung wie gelähmt waren, wieder zurück in die Wellen, die schon bald über seinem weißhaarigen Kopf zusammenschlugen.

Die Zeit verging, aber der Fluch des alten Mannes blieb in unserem Gedächtnis bewahrt und wurde von den Ältesten unseres Volkes über die Generationen hinweg zur mahnenden Erinnerung weitergegeben.

So kam es, dass unser Volk sich mehr und mehr mit den Gesetzen des Meeres vertraut machte und von den Seehändlern der südlichen Meere die Kunst des Schiffbaus erlernte, um, sollte jemals diese Katastrophe über uns kommen, den Gewalten des Meeres nicht ganz hilflos ausgesetzt zu sein.

Nun mehren sich aber die Zeichen, dass der unheilvolle Tag nicht mehr so fern ist, an dem sich die düstere Weissagung des Alten erfüllen soll.

Immer häufiger werde ich von unheilvollen Visionen heimgesucht, in denen ich eine gewaltige Flutwelle schaue, die unaufhaltsam auf unsere Küste zurast und, alles Leben unter sich begrabend, über unser Land hinwegbrandet.

Ich sehe die Überlebenden mit langen Wagentrecks und auch mit ihren Schiffen nach Süden fahren, einem ungewissen Schicksal und einer ungewissen Zukunft unter einer heißen, fremden Sonne entgegen.

Vor langer Zeit wurde von einem meiner Vorgänger in diesem heiligen Amt geweissagt, dass einst, wenn die Zeit reif ist und sich der Fluch erfüllen soll, ein Mann geboren wird, dem es beschieden sein wird, die reichen Länder des südlichen Meeres zu bereisen, weiter, als es unsere Händler jemals gewagt hatten. Und wenn er zurückkehrt, wird eine Frau an seiner Seite sein, die an den Ufern des mächtigen Stromes geboren wurde, der durch das goldene Reich jenseits des Südmeeres fließt. In diesem Land wird der männliche Aspekt der Sonne als Gott verehrt, und die Könige nennen sich stolz Söhne des Sonnengottes. Die Frau, die hierher kommen wird, ist eine Tochter aus dem Hause des Königs und trägt das Erbe ihres göttlichen Ahnherren mit sich. So wird sich in der Ehe der beiden der weibliche und der männliche Aspekt der Sonne glücklich verbinden, und aus dieser Verbindung werden Kinder hervorgehen, die die Reste unseres Volkes und seiner Kultur über das Meer in das Reich des Sonnengottes führen, um dort eine neue Heimat zu suchen.

Sie werden ein Geschlecht von Seekönigen gründen und unserem Volk einen Namen geben, welcher die Vereinigung unserer Mutter Sonne mit dem strahlenden Gott des Südens symbolisieren wird.

Ich weiß von deinem letzten Traum, und ich sage dir, dass du Ihn suchen und finden musst, auch wenn er noch so weit entfernt von hier leben sollte; denn Er ist, wie du in direkter Linie von unserer Mutter Sunna abstammst, ein reinblütiger Spross seines Gottes, und er ist dein Bruder im Geiste.

Und erst wenn du ihn gefunden haben wirst, darfst du hierher zurückkehren und eine Familie gründen.

Dies muss geschehen, damit du die Länder und Völker des südlichen Meeres kennen lernst, denn deinen Nachkommen ist es offenbar bestimmt, unser Volk dereinst in eine neue Heimat zu führen.

Vielleicht werden du und ich die Erfüllung des Fluches nicht mehr erleben, bestimmt aber unsere Kinder oder Enkel.

Und deshalb rate ich dir, alles anzunehmen, was dir auf deinem weiteren Lebensweg widerfahren wird, denn alles, was heute geschieht und dir vielleicht unverständlich, ungerecht oder gar schmerzhaft erscheinen wird, mag morgen eine verständliche Erklärung finden.

Nun geh und lebe wohl, bis wir uns wieder sehen.«

Nach diesen Worten hatte sich Moruns abrupt abgewandt, und Tarkon hatte das Zimmer nachdenklich verlassen.

Zum einen hatten die Worte des Erwählten, wie auch sein letztes Traumbild, ihm zwar unmissverständlich klar gemacht, dass sein ursprünglich gefasster Entschluss, nach seiner Rückkehr Laruna zu heiraten und den väterlichen Hof zu übernehmen, wohl für die nächste Zeit gegenstandslos geworden war, zum anderen aber konnte und wollte er sich sein zukünftiges Leben ohne die Liebe und die Nähe Larunas nicht vorstellen.

Er hatte sich an das sonderbare Verhalten Larunas erinnern müssen, was ihm während der letzten Tage so viel Kopfzerbrechen bereitet hatte. Vielleicht hatte auch sie in ihren Träumen erfahren müssen, dass ihnen zunächst die Hoffnung auf ein gemeinsames Leben verwehrt bleiben sollte.

Den ganzen Weg zum Strand hinunter hatte er angestrengt versucht, eine Lösung für diesen Konflikt zu finden, doch als er dann bei seinen Gefährten angelangt war, die gerade dabei waren, die Schiffe zu Wasser zu bringen und seetüchtig zu machen, hatte er, angesteckt von deren Fröhlichkeit, für sich beschlossen, dem Rat Moruns' zu folgen und dem Schicksal einfach seinen Lauf zu lassen.

Jetzt befanden sie sich also wieder auf der Rückreise, und da dabei gleichzeitig eine Wettfahrt zwischen den drei Booten ausgetragen wurde, arbeiteten alle an Bord sehr konzentriert, denn bei den oftmals rasch aufeinander folgenden Segelmanövern musste jeder Handgriff sitzen, um das Schiff ohne größeren Zeitverlust an den Wind zu bringen.

Larunas letzter Befehl zum Halsen wurde deshalb auch von der mittlerweile gut aufeinander eingespielten Mannschaft schnell und exakt ausgeführt, und das Schiff jagte nun in leichter Schräglage hart am Wind über die gischtenden Wellenkämme.

Tarkon verließ seinen Platz an den Brassen und begab sich zum Achtersteven, um Laruna ein wenig Gesellschaft zu leisten, denn er hatte ja in den letzten Tagen kaum Gelegenheit gehabt, mit ihr zu sprechen.

Der Schiffskörper stampfte bedingt durch den hohen Wellengang, ganz erheblich auf und nieder und Tarkon hatte einige Mühe, sich auf den Beinen zu halten.

Als er sich dann endlich an der Reling und an Tauen hangelnd bis zu Laruna vorgearbeitet hatte, wurde er von ihr in unerwartet guter Laune begrüßt.

»Na, mein Schatz, das ist ein Wind, was? Wenn der anhält, gewinnen wir das Rennen spielend!«, rief sie ihm lachend zu.

Laruna stand mit leicht gespreizten Beinen am Ruder, um so die schlagenden Bewegungen des Rumpfes besser abfedern zu können.

Ihre Haare wehten ihr ums Gesicht, und ihre Augen blitzten ihn übermütig an.

»Schau, die anderen kommen kaum hinterher!«,

sagte sie lachend und wies mit der Linken nach achtern.

Tarkon blickte sich um und gewahrte die beiden anderen Schiffe jeweils in Backbord und Steuerbord in ziemlichem Abstand achteraus folgend.

Die heilige Insel war am Horizont nur noch als winziger Punkt auszumachen, der schon bald verschwunden sein würde.

Dagegen tauchte voraus allmählich der schmale Streifen der heimatlichen Küste aus dem Meer auf.

Ziel der Wettfahrt war eine der Küste vorgelagerte große Sandbank, und wer sie als Erster passierte, war Sieger.

Tarkon musste schmunzeln, als er sich vorstellte, wie gerne Rullo und Urms in dieser Situation an ihren Booten die Riemen ausbringen lassen würden, um mehr Fahrt aufnehmen zu können, aber das war ihnen durch die strengen Regeln, die für das Rennen bestimmend waren, ausdrücklich verboten, es sei denn, es herrschte absolute Windstille.

Da das Boot unter dem Druck, den der kräftige Wind auf das Segel ausübte, jetzt bedenklich nach Lee zu krängen begann, befahl Laruna die Besatzung zum Ausgleich nach Backbord.

»Na, los! Das gilt auch für dich!«, sagte sie knapp zu Tarkon und wies ihm mit einer energischen Bewegung ihres Kinns die Richtung.

Tarkon beeilte sich trotz seiner leisen Enttäuschung, mit ihr wiederum kein Gespräch geführt zu haben, ihrem Befehl nachzukommen, und nachdem er seinen Platz an der Bugreling eingenommen hatte, warf er einen liebevollen Blick auf Laruna und bewunderte um ein anderes Mal ihre Überlegenheit, mit der sie das Schiff und die Mannschaft führte.

Ein jubelnder Aufschrei seiner Gefährten riss ihn unvermittelt aus seinen Gedanken.

»Da, seht! Urms' Boot! Da geht ihr Segel!«

Tarkon reckte sich und spähte über Steuerbord nach achtern.

Tatsächlich. Jetzt konnte er es auch sehen: Die Rah von Urms' Boot war gebrochen, und das Segel flatterte zerrissen und haltlos im Wind.

Für Urms und seine Mannschaft bedeutete dieses Missgeschick auf jeden Fall das vorzeitige Ende der Wettfahrt.

Das havarierte Boot fiel schnell ab, und das Letzte, was Tarkon noch beobachten konnte, war, dass Urms beidrehen und die Riemen ausbringen ließ.

Tarkon wandte sich wieder um, beugte sich leicht über die Reling und hielt jetzt nach Rullos Boot Ausschau.

Überrascht stellte er fest, dass es bereits ziemlich nah achterlich aufgekommen war und nun ansetzte, Larunas Boot zu überholen.

Es war offensichtlich, dass Rullo zu der alten List gegriffen hatte, während der ersten zwei Drittel des Weges absichtlich langsamer zu segeln, um so seine Konkurrenten in der gefährlichen Sicherheit zu wiegen, dass sein Boot die Grenze seiner Leistungsfähigkeit erreicht habe, und erst im letzten Drittel die wahre Schnelligkeit seines Seglers unter Beweis zu stellen.

Mit einem geschickt ausgeführten Segelmanöver brachte Rullo schließlich sein Schiff in Luv hart querab zu Larunas Boot, sodass er ihr buchstäblich den Wind aus den Segeln nahm.

»Du verdammter Bastard, du!«, ereiferte sich Laruna. »Ich werde dich lehren ...!«

Mit einem wütenden Aufschrei drückte sie das Ruder nach Steuerbord, woraufhin das Boot ruckartig nach Backbord einschwenkte und Rammkurs auf Rullos Fahrzeug nahm.

»An die Brassen! Bringt mir das Segel nach Lee!«, rief sie mit überschlagender Stimme.

Doch es war schon zu spät.

Das Segel flappte windlos an der Rahe, und Rullos Boot schoss unbeschadet an ihnen vorbei.

»Wir sehen uns bei der Sonnenfeier, Laruna!«, hörte Tarkon Rullo höhnisch lachen.

»Wart's ab!«, zischte Laruna. »Die Wettfahrt ist noch nicht zu Ende!«

Nachdem sie wieder auf Kurs gegangen war, nahm das Boot zwar rasch wieder Fahrt auf, doch das unbeherrschte Handeln Larunas hatte sie Zeit gekostet, sodass es fraglich erschien, ob sie den mittlerweile erheblich gewordenen Abstand zu Rullos Schiff aufholen würden.

Die beiden Fahrzeuge flogen förmlich über die Wogen, und Laruna gelang es auch, bis auf die Hecklinie zu Rullos Boot aufzuschließen, aber da war die Sandbank auch schon fast erreicht.

Die Spannung, wer den Sieg davontragen würde, war bei den beiden Mannschaften inzwischen unerträglich geworden, und sie machten sich mit anfeuerndem Gejohle und mit wüsten gegenseitigen Beschimpfungen Luft.

Aber schließlich war es doch Rullo, der mit nur einer Buglänge Vorsprung die Zielmarke passierte.

Die beiden Schiffe drehten bei und gingen längsseits.

Obwohl die unterlegene Besatzung ihre Enttäuschung offen im Gesicht trug, gratulierte sie den jubelnden Siegern.

Nur Laruna stand mit versteinerter Miene am Ruder und schaute ostentativ in eine andere Richtung.

»He, Laruna«, rief Rullo fröhlich herüber. »Jetzt sei doch kein Spielverderber! Es konnte nur einer gewinnen!«

Mit aufreizender Langsamkeit wandte sie sich ihm zu und sah ihm mit zusammengekniffenen Augen ins Gesicht.

»Ja, ja!«, herrschte sie ihn an. »Aber mit ganz miesen Tricks! Du glaubst wohl nicht im Ernst daran, dass du dich unter normalen Umständen mit mir hättest messen können, oder? Mein Boot hat nämlich nicht nur die besseren Segeleigenschaften, seine Lenkerin verfügt auch noch über weit mehr seemännisches Können als du!«

»Das mag wohl sein«, entgegnete Rullo darauf betont gelassen. »Aber wieso hat sich dann die kluge Laruna dazu hinreißen lassen, ihr Boot zu wenden und auf Rammkurs zu gehen?«

Rullo hatte mit seinen Worten den wunden Punkt bei Laruna getroffen, denn wenn sie ehrlich zu sich war, musste sie sich eingestehen, dass sie einfach für einen Moment die Nerven verloren und sich mit diesem zeitraubenden und zudem gänzlich unnötigen Manöver letztendlich um den Sieg gebracht hatte.

Ihr Ehrgeiz hatte eine vermeidbare Schlappe hinnehmen müssen, die ihr bisweilen überspanntes Selbstwertgefühl empfindlich verletzt hatte.

Tarkon, der wie die anderen das Wortgefecht der beiden Schiffsführer gespannt verfolgte, kannte Laruna zu gut, um nicht zu wissen, wie schwer es ihr unter diesen Umständen fiel, ihren Fehler einzusehen und Rullo den Sieg zu gönnen.

Am liebsten wäre er jetzt zu ihr gegangen und hätte sie in die Arme genommen, aber nach der Erfahrung, die er mit ihr bei den Klippen auf der Insel gemacht hatte, zog er es vor, damit zu warten, bis sie wieder zu Hause waren und sich eine Gelegenheit ergeben würde, endlich einmal allein und ungestört zu sein.

In Rullos Gesicht erschien auf einmal ein breites Grinsen.

Er hob seine Hände wie abwehrend halb über den Kopf und verneigte sich leicht gegen Laruna.

»Lass es gut sein, Laruna!«, sagte er begütigend. »Ich habe dich ausgetrickst, und du hast einen Fehler gemacht. Wärst du, statt mich rammen zu wollen, auf Kurs geblieben, hättest du mich leicht wieder einholen und letztlich sogar gewinnen können, denn dein Schiff ist wirklich besser als das meine, und – auch das gebe ich hier vor allen neidlos zu – du bist die bessere Schiffsführerin! Sagen wir also, es ist unentschieden ausgegangen, und wenn du willst, wiederholen wir beizeiten das Rennen.«

Es dauerte einen Moment, bis auch der Letzte sich der Bedeutung dieser unerwartet großherzigen Worte des ansonsten eher als bärbeißig geltenden Rullos bewusst gemacht hatte, aber dann begannen alle auf einmal in die Hände zu klatschen und begrüßten das Angebot Rullos mit lautstarken Rufen der Zustimmung.

Laruna stand einfach nur fassungslos und mit offenem Mund da, während ihr die Tränen über das mittlerweile schamrot angelaufene Gesicht flossen.

Als der Beifall sich gelegt hatte, wischte sie sich die Tränen ab und sprang über die Reling auf das Deck von Rullos Boot.

Sie ging zu ihm hin und ergriff seine Hände.

»Du hast mich beschämt, Rullo!«, sagte sie mit brüchiger Stimme. »Ich habe so viel Arbeit in das Boot gesteckt, weißt du. Ich wollte meinen Vater übertreffen und wahrscheinlich auch mich selbst. Deshalb musste ich um jeden Preis gewinnen! Ich gebe meinen Fehler zu und sehe meine Niederlage als Strafe für meine Hoffart an. Wenn du aber wirklich dein Angebot aufrechterhalten solltest, so werde ich es dankbar annehmen. Ich danke dir von ganzem Herzen für diese Lektion.«

Eine solche Reaktion Larunas hatte keiner erwartet, und so erhob sich ein beifälliges Raunen aus den Reihen der Gefährten, während Rullo Laruna sichtlich bewegt in die Arme schloss und sie herzhaft links und rechts auf die Wange küsste.

Für Tarkon aber, der bei dieser Szene ebenfalls mit seinen Tränen zu kämpfen hatte, gab es nur eine Erklärung für diese merkwürdige und friedliche Wendung der Dinge.

Die Ereignisse auf der heiligen Insel hatten sie alle verändert!

Es war etwas von dem Geist der Weisheit und der

Erkenntnis, der während der vergangenen Tage auf so mannigfaltige Art und Weise in ihr Bewusstsein gedrungen war.

Sie waren erwachsen geworden.

Kapitel 8

Mit vielen gegenseitigen Segenswünschen und in bester Stimmung hatten sich die Gefährten voneinander verabschiedet, bevor die Schiffe wieder Kurs auf die bereits in Sichtweite voraus liegende Küste nahmen. Zuvor hatten sie darüber beratschlagt, ob sie noch auf Urms und seine Leute warten sollten, um gemeinsam die Heimfahrt anzutreten. Am Ende aber waren sie einhellig übereingekommen, dass dieses Unterfangen sinnlos sei, da das havarierte Boot sich nur mit Ruderkraft bewegen konnte, sodass sie frühestens bei Einbruch der Dunkelheit zu Hause ankommen würden. Auch war kein Unwetter zu befürchten, welches die sichere Heimkehr der Havaristen beeinträchtigen könnte.

Nachdem sie noch ein kurzes Stück nebeneinander gesegelt waren, drehte Rullos Boot nach Norden ab, während Laruna auf südöstlichen Kurs ging.

Noch einmal winkten sie sich zu, dann ging Rullos Boot über Stag und war schon bald nur noch ein kleiner Punkt am Horizont.

Laruna nützte die gerade einsetzende Flut aus und steuerte das Schiff bis dicht an die Küste heran, wobei sie sorgsam darauf achtete, dass sie die tückischen Untiefen der Brandungsregion querab in Luv ließ.

Durch die auflandigen Winde getrieben, kamen sie gut voran und erreichten am späten Nachmittag die kleine Bucht, hinter deren Dünen das heimatliche Dorf gelegen war.

Kurz bevor die Bucht sich ihnen an Backbord öffnete, hatte Laruna an den Landmarken, die in regelmäßigen Abständen über die hohen Uferdünen ragten, erkannt, dass sie ihrem Ziel schon sehr nahe waren. Sie hatte daher befohlen, das Segel einzuholen und die Riemen auszubringen.

Als sie dann die schmale Fahrrinne in die Bucht hineinruderten, sahen sie zu ihrer freudigen Überraschung, dass sich offenbar nahezu das gesamte Dorf zu ihrer Begrüßung am Strand eingefunden hatte.

Sobald das Schiff in den seichten Gewässern der Brandungszone auf Grund gelaufen war, sprangen alle über Bord und zogen mit Hilfe der johlend herbeieilenden Dorfjugend ihr Fahrzeug bis ganz auf den Strand herauf, wo sie es wieder mit Pflöcken und Tauen sicherten.

Natürlich wurden die Ankömmlinge während dieser Arbeiten von den neugierigen Mädchen und Jungen mit Fragen überschüttet – sie hatten sich ja vordem genauso verhalten –, aber, in Anlehnung an ihre Vorgänger, schwiegen sie über Vorgänge auf der Insel. Dagegen berichteten sie umso lebhafter von dem Ablauf und Ausgang ihrer stürmischen Wettfahrt.

Nachdem sie das Schiff ordentlich vertäut hatten, verebbte das Lachen und Erzählen, und sie bereiteten sich darauf vor, nun vor die Dorfversammlung zu treten, um in die Gemeinschaft der Erwachsenen aufgenommen zu werden, was ja zugleich den krönenden Abschluss ihrer Initiation bildete.

Flankiert von ihren Angehörigen und all den anderen, die sie am Strand empfangen hatten, machten sie sich in einer lockeren Prozession auf den Weg zurück ins Dorf, und während die Heimkehrer still und in sich gekehrt einhergingen, stimmten ihre Begleiter einen feierlichen Gesang an.

Als sie dann allein durch das weit geöffnete Tor des Versammlungshauses geschritten waren – ihre Angehörigen wie auch die übrigen Dorfbewohner blieben nach altem Brauch vor dem Tore stehen –, wurden sie schon von Beruns und den übrigen Mitgliedern des Ältestenrates, die vor dem langen Ratstisch an der Rückwand der Halle Aufstellung genommen hatten, erwartet.

Auf dem Tisch waren die neuen Kleidungsstücke ausgelegt worden, die sie während der nun folgenden Zeremonie aus den Händen der Ältesten empfangen würden. Ihre alten Kleider, die Kleider ihrer Jugend, hatten sie auf der Insel zurückgelassen. Nackt waren sie zurückgekehrt, um die Tracht der Erwachsenen anzulegen, nachdem sie offiziell in deren Reihen aufgenommen sein würden.

»Schließt das Tor!«, befahl Beruns, und sofort wurden die beiden Torflügel von außen geschlossen.

Schweigend standen die dreizehn Jungen und Mädchen nun in der nur von knisternden Fackeln erleuchteten Halle und schauten scheu, aber auch erwartungsvoll zu den weisen Frauen und Männern des Rates auf.

»Vor drei Tagen haben wir euch zu eurer Fahrt zur heiligen Insel verabschiedet, damit ihr euch dort der letzten großen Prüfung eurer Initiation unterziehen solltet«, begann Beruns seine Rede.

»Ihr seid gemeinsam den beschwerlichen Weg der Sonne gegangen, und jeder einzelne von euch hatte Gelegenheit, sich durch Meditation und Visionen auf sein künftiges Leben als Erwachsener in dieser unserer Gemeinschaft vorzubereiten. Ihr habt die Kleider eurer Jugend abgestreift und damit auch all das, was euer bisheriges Leben ausgemacht hat. Der Schmetterling beginnt sein Leben als Raupe, die hilflos am Boden kriecht und ständig Nahrung braucht. Das war eure Kindheit, die ihr sorglos und in völliger Abhängigkeit von euren Eltern verbracht habt. Dann wandelt sich die Raupe zur Puppe, die in einem harten Panzer, auf dem sich aber schon die Konturen des werdenden Tieres abzeichnen, eingezwängt mit fesselnden Fäden an einem Ast baumelt. Das war eure Jugend, während der ihr, nicht mehr Kind und noch nicht erwachsen, von euren Eltern mit den oft strengen Mitteln der Erziehung mit der Welt der Erwachsenen vertraut gemacht wurdet. Zuletzt aber bricht der Panzer auf, und der fertige Schmetterling entfaltet seine schillernden Flügel, um sich damit seine weite, aber auch gefahrvolle Welt zu erobern. Ihr habt auf der Insel die zwingende Hülle eurer Jugend zurückgelassen und steht nun, nackt und rein, wie ihr einst geboren wurdet, zum zweiten Male geboren und geläutert vor uns. Unsere Arbeit an euch ist getan, und ihr werdet von nun an euren Platz in unserer dörflichen Gemeinschaft in eigener Verantwortung und mit allen Rechten und Pflichten einnehmen.

Der Schmetterling mag sich zwar frei in die Lüfte

erheben und fliegen, wohin es ihm beliebt, aber oftmals verfängt er sich im Netz einer Spinne, deren feine Fangfäden er bei seinem unbekümmerten Fluge leicht übersieht! Nehmt dies als Warnung mit auf all euren Wegen, die ihr in eurem künftigen Leben noch gehen werdet, denn überall können Gefahren lauern, die euer junges und hoffnungsvolles Leben bedrohen.

Ich frage euch also zum letzten Male, ob ihr bereit und willens seid, nunmehr die Verantwortung für unsere Gemeinschaft als Erwachsene mitzutragen und alles zu ihrem Nutzen und Schutze zu tun?«

In ihrem Innersten von den ernsten und eindringlichen Worten Beruns' bewegt und sich der feierlichen Würde dieses für ihr Leben so bedeutenden Momentes bewusst, beeideten sie ihre Bereitschaft einstimmig mit einem lauten, klaren »Ja, wir sind bereit!«

»Tretet nun zu uns herauf, ihr Frauen und Männer, und empfangt von uns eure neue Tracht!«, forderte Beruns sie daraufhin auf.

Nachdem sich die dreizehn in einer Reihe vor dem Ratstisch aufgestellt hatten, wurde ihnen die Ehre zuteil, von den Mitgliedern des Rates selbst neu eingekleidet zu werden.

Danach wurden sie von den Ältesten herzlich umarmt und geküsst, begleitet von vielen Glück- und Segenswünschen für ihr neues Leben.

Schließlich bat Beruns um Ruhe, und als diese wieder eingetreten war, ging er zum Tor und klopfte dreimal kräftig dagegen.

»Öffnet das Tor!«

Knirschend schwangen die beiden Flügel langsam wieder auf, und Beruns trat ins Freie.

»Hört und seht!«, rief er den vor dem Hause in andächtigem Schweigen verharrenden Dorfbewohnern mit weithin hallender Stimme zu.

»Hört und seht die neuen Frauen und Männer unseres Dorfes! Mütter und Väter! Vor drei Tagen beklagtet ihr, dass euch dreizehn Kinder auf immer verlassen haben! Und das ist wahr – ihr werdet sie niemals wieder sehen!

Aber nun seht das Wunderbare: Es sind heute dreizehn junge Frauen und Männer zu uns gekommen, die in unserer Mitte ein neues Leben beginnen wollen!«

Beruns wandte sich wieder dem Eingang der Halle zu, breitete beide Arme aus und bedeutete, mit seinen Händen leicht winkend, den immer noch im Halbdunkel der Halle Wartenden herauszukommen.

Begleitet von den übrigen Mitgliedern des Ältestenrates schritten sie, angeführt von Laruna, vor das Versammlungshaus.

Jetzt, wo alle Augen erwartungsvoll auf sie gerichtet waren, fühlten sie sich auf einmal sehr verlegen und unsicher.

Tarkon versuchte, die Gesichter seiner Mutter, seines Großvaters und seines Bruders in der Menge auszumachen, aber er war innerlich viel zu aufgewühlt, um sich darauf zu konzentrieren. Vor seinen Augen begann alles zu verschwimmen, sodass er letztlich nur noch farbige, sich bewegende Schemen um sich herum wahrnahm.

Wie aus weiter Ferne hörte er dann wieder die Stimme Beruns' in seinen wie mit Wachs verschlossenen Ohren, während er fahrig an seiner neuen und ungewohnten Kleidung herumnestelte.

»Erkennt ihr sie?«, fragte Beruns, sich wieder an die Dorfbewohnern richtend. »Gewiss, äußerlich gleichen sie denen, die vor drei Tagen von hier weggesegelt sind. Aber die, die nun vor euch stehen, sind nicht mehr eure Kinder. Es sind erwachsene Frauen und Männer, geläutert durch den Weg der Sonne, die jetzt bereit sind, ihre Aufgaben in unserer Gemeinschaft in eigener Verantwortlichkeit zu übernehmen. Empfangt sie also freudig und mit offenen Armen!«

Tarkon und seine Gefährten hatten dieser Zeremonie von Kindesbeinen an als Zuschauende beigewohnt, aber nun, da sie selbst im Mittelpunkt dieser Feierlichkeiten standen, schien alles so unwirklich und verwirrend neu zu sein, was da mit ihnen geschah.

Mit einem Male fanden sie sich umringt von jubelnden Menschen, wurden umarmt, geküsst und mit Glückwünschen, Blumen und kleinen Geschenken geradezu überhäuft.

Wie in Trance erlebte Tarkon diesen Moment, stammelte immer wieder irgendwelche Dankesworte nach allen Seiten, ohne sich bewusst zu machen, wer ihm was gesagt oder geschenkt hatte. Das ständige Schütteln seiner Hände, das wohlwollende Klopfen auf seine Schultern wie auch die meist stürmischen Umarmungen seiner Verwandten, Freunde und der übrigen Dorfbewohner ließ er apathisch über sich ergehen, und erst der klare, helle und lang anhaltende Klang der beiden Luren, der plötzlich über ihren Köpfen von der Balustrade des Versammlungshauses herab erscholl, riss ihn aus diesem schlafwandlerischen Zustand.

Als das Lurensignal verklungen war, herrschte wieder Ruhe auf dem Versammlungsplatz, und die Aufmerksamkeit aller galt wieder Beruns, der die ganze Zeit über lächelnd und gelassen wie ein Fels in der Brandung inmitten des ganzen Trubels gestanden hatte.

»Die Initiation dieser jungen Menschen hier«, erhob er seine Stimme, »hat nunmehr ihren glücklichen Abschluss gefunden, das Sonnenfest hingegen dauert noch an. Unsere dreizehn Helden dürften nach all den Anstrengungen und dem langen Fasten auf der Insel ziemlich hungrig und durstig sein. Der Abend wird bald anbrechen. Entzündet die Feuer, bereitet das Mahl und lasst uns fröhlich bis zum Morgen feiern!«

Auf die Worte Beruns' folgte ein zweites getragenes Lurensignal, woraufhin sich alle unter Singen und Lachen daranmachten, das Festmahl vorzubereiten.

Kapitel 9

Mitternacht war längst vorüber, doch alle Dorfbewohner, von den Kleinkindern und Kranken einmal abgesehen, waren immer noch auf dem großen Dorfplatz versammelt und feierten ausgelassen die letzte Nacht des Frühlingsfestes.

Sie aßen und tranken unverdrossen, sie sangen, erzählten sich Geschichten und tanzten jauchzend um die hoch lodernden Feuer, die den Platz hell erleuchteten.

Auch Laruna und Tarkon hatten sich bis vor kurzem noch zu den aufpeitschenden Rhythmen der Flöten und Trommeln den übermütigen Tänzen der Jugend hingegeben.

Jetzt saßen sie sich erschöpft, aber glücklich an einem der langen Tische gegenüber und schmiedeten Zukunftspläne.

»Hier, siehst du, das ist unser Schlafzimmer.«

Tarkon deutete eifrig auf ein kleines Rechteck in dem Umriss eines Hauses, welchen er mittels einer Brotkrume und etwas vergossenem Bier auf die Tischplatte gezeichnet hatte.

Laruna hatte das Kinn auf ihre auf dem Tisch verschränkten Arme gelegt und schaute Tarkon mit verschleiertem Blick an.

»Ich bin auf einmal furchtbar müde, weißt du, und ich wünschte mir, das Schlafzimmer wäre schon vorhanden«, sagte sie, während sie Mühe hatte, ihrer immer wieder herabgleitenden Lider Herr zu werden.

»Du ... du hast vielleicht etwas zu viel Bier getrunken, hm?«, fragte Tarkon, wobei er versuchte, seinem eigenen Lallen einen festen Klang zu geben.

»Und? Du etwa nicht?«, erwiderte sie und erhob sich leicht schwankend.

»Wo willst du hin?«

»Wir wollen doch morgen früh heiraten, oder? Dafür will ich ausgeschlafen sein, sonst wird man mir mein ›Ja‹ womöglich nicht glauben, da mein Verstand noch vom Bier in Mitleidenschaft gezogen sein könnte.«

»Warte, ich komme mit!«

Tarkon versuchte etwas zu schnell auf die Beine zu kommen, was zur Folge hatte, dass er hinterrücks über die Bank fiel und wie ein Käfer strampelnd auf dem Rücken zu liegen kam.

Alle, die Zeuge dieser komischen Szene wurden, begleiteten sie mit schallendem Gelächter.

»Verdammt, ich habe mir das Rückgrat gebrochen, oder so etwas ...«, jammerte Tarkon.

Laruna kam grinsend zu ihm, packte seine Handgelenke und zog ihn auf die Beine.

»Ich glaube, ich werde dich wohl nach Hause tragen müssen«, sagte sie lachend. »Leg deinen Arm um meine Schultern, ich bringe dich in dein Bett.«

»Nein, lass gut sein«, wehrte Tarkon mit einer wohl aus der Verlegenheit wiedererlangten Nüchternheit ab.

Die beiden verließen den Festplatz und gingen

schweigend Hand in Hand den Bach entlang, bis sie zu dem kleinen Steg gelangten, auf dessen anderer Seite sich der Weg bis zum Haus des Schiffsbaumeisters fortsetzte.

Dieses stand etwas abgelegen außerhalb der Umfriedung des Dorfes, am Fuße der Dünen.

Eine geraume Zeit standen sie noch nebeneinander, die Arme auf das Geländer gestützt, und betrachteten den Fluss, auf dessen Oberfläche sich das Licht der Sterne glitzernd brach.

»Lass uns jetzt zu Bett gehen, Tarkon«, unterbrach Larunas sanfte Stimme schließlich das Schweigen.

Sie nahm seine Hände und legte sie auf ihre Brüste, während sie ihn gleichzeitig umarmte und in sein rechtes Ohr biss.

»Wir wollen doch ausgeruht sein für den Tag unserer Hochzeit – und besonders für danach«, hauchte sie verheißungsvoll.

Im ersten Moment wurde Tarkon von der erotischen Intensität dieser Situation einfach überrumpelt.

Niemals zuvor hatte sich Laruna in solch schierer Weiblichkeit offenbart.

Doch dann, erregt durch den heißen Atem an seinem Hals und der bebenden Üppigkeit in seinen Händen, ließ auch er sich von den roten Wellen davontragen, die seinen Körper jetzt mit Macht durchfluteten und seine Knie nachgeben ließen.

Da waren nurmehr ihr Gesicht, ihre Augen und vor allem ihr Mund, dessen volle, feuchte Lippen sich ihm wie eine reife Frucht fordernd öffneten.

Seine Lenden drängten an ihren Schoß, während er seine Lippen zwischen die ihren wühlte.

Plötzlich spürte er den festen Druck ihrer Hand, die sein Glied massierend umschloss, während sie sich gleichzeitig mit einem girrenden Lachen nach hinten neigte und ihm ihren Hals darbot, den er mit Küssen überdeckte.

Sie stieß einen spitzen Schrei aus und riss seinen Kopf mit beiden Händen zurück.

Schwer atmend starrten sie sich eine Weile an, dann schlang sie ihre Arme um ihn, zog ihn an sich heran und begann ihn unendlich zärtlich zu küssen. Doch jäh schlug die Zärtlichkeit in animalische Wildheit um, und bald hatten sie sich die Lippen blutig gebissen.

Der metallherbe Geschmack ihres Blutes auf ihren Zungen ließ sie allmählich wieder zur Besinnung kommen.

»Ich werde jetzt nach Hause gehen – allein«, sagte sie endlich und löste sich von ihm.

»Sollte ich dich nicht wenigstens bis zu deiner Haustür begleiten?«, fragte er sie unbeeindruckt von dem schroffen Tonfall ihrer Stimme, der eigentlich keinen Widerspruch geduldet hatte.

Sie legte ihm den Zeigefinger ihrer Rechten auf die Lippen und schüttelte energisch ihren Kopf.

»Kannst du nicht bis morgen warten?«

Sie lachte leise, dann wandte sie sich um und lief über den Steg dem elterlichen Hause zu.

Verwirrt schaute Tarkon ihr hinterher, und für einen Moment glaubte er den Schatten einer menschlichen Gestalt zu sehen, der sich aus dem nahe gelegenen Birkenhag schälte und ihr zu folgen schien.

Einer warnenden inneren Eingebung folgend, wollte er ihr schon nacheilen, da besann er sich und wies die flüchtige Wahrnehmung seiner überreizten Fantasie zu, die seinem immer noch umnebelten Gehirn entspross.

Nachdem er so noch eine geraume Weile versonnen das Fließen des Wassers beobachtet hatte, richtete er sich auf und trat seinerseits den Heimweg an.

Zu Hause angekommen, ließ er sich bekleidet aufs Bett fallen und versuchte seinen Schlaf zu finden, was ihm aber nicht gelingen wollte.

Zum einen war er immer noch erregt von dem, was er gerade mit Laruna hatte erleben dürfen, zum anderen aber zeigte der Alkohol nun mit Macht seine Wirkung.

In seinem Kopf begann es zu wirbeln, sodass er bald das Gefühl hatte, über seinem Lager zu schweben und sich dabei immer schneller um sich selbst zu drehen.

Er musste sich schließlich erbrechen, und erst dann fiel er in einen leichten Schlaf, der mit schemenhaft grellen Traumfetzen durchsetzt war, die sich irgendwann zu einem gellenden Schrei verdichteten, welcher schmerzhaft sein Gehirn durchzuckte.

Er bäumte sich auf und war hellwach.

Für einen Moment lauschte er in die dunkle Stille, die ihn umgab, dann erhob er sich und tastete sich stolpernd nach draußen.

Vor der Haustür sog er zunächst die frische Luft des heranbrechenden Morgens mit tiefen Zügen in seine Lungen.

Es begann schon hell zu werden, und leichter Bodennebel waberte über der Bachaue. Alle Müdigkeit war bald von ihm gewichen.

Er fühlte sich frisch und auch zunehmend aufgeregt, war dies doch der Morgen seiner Hochzeit.

Er beschloss an den Strand zu gehen, um dort den Sonnenaufgang zu erleben und sich dabei auf den für ihn so wichtigen Tag vorzubereiten.

Die Flut hatte gerade eingesetzt, und als er den Strand erreicht hatte, zog er sich aus und rannte übermütig in die träge anlaufenden Wellen.

Das eiskalte Wasser, welches prickelnd über ihm zusammenschlug, wusch ihm auch den letzten Rest seiner schalen Trunkenheit aus dem Körper.

Nachdem er ein paar Runden in dem belebenden Nass geschwommen war, strebte er wieder dem Ufer zu, trocknete sich mit seinem Mantel ab und kleidete sich an.

Dann suchte er sich eine windgeschützte Mulde in den Dünen und erwartete, in seinen Mantel gehüllt, den Sonnenaufgang.

Er wollte seine Gedanken auf das bevorstehende Ereignis konzentrieren, aber irgendetwas Dunkles in seinem Geist lenkte ihn ab.

Das beunruhigte ihn zutiefst, und er versuchte eine Lösung dafür zu finden, indem er noch einmal gedanklich in seine Visionen eintauchte, die er auf der heiligen Insel geschaut hatte.

Die Sonne schien schon eine ganze Zeit vom blauen Himmel, aber Tarkon hatte bei seiner Meditation nichts finden können, was ihm diesen störenden Schatten in seinem Herzen hätte erklären können.

Doch dann gewann die Vorfreude auf seine Hochzeit wieder die Oberhand über seine trüben Gedanken.

Er sprang auf und fuhr sich mit beiden Händen über das Gesicht.

»Ach, was«, sagte er laut zu sich, während er in die Sonne blinzelte. »Heute ist mein, nein, unser Tag! Und jetzt mag er beginnen!«

Sprachs und stapfte eilig über die Dünen dem Dorfe zu.

Als er durch das Tor der Palisade geschritten war, bemerkte er sofort, das etwas nicht in Ordnung war.

Eine für die frühe Morgenstunde, gerade nach einem solchen Fest, ungewöhnliche Unruhe beherrschte das Dorf.

Nahezu alle Leute waren auf den Beinen.

Noch im ersten Moment glaubte Tarkon, dass das aufgeregte Treiben der Dorfbewohner mit den Vorbereitungen zu seiner Hochzeit in Zusammenhang stehen würde, doch als er in ihre Gesichter sah, wusste er instinktiv, dass irgendetwas Furchtbares geschehen sein musste, etwas – und diese Ahnung drängte sich ihm jäh auf –, was möglicherweise mit ihm zu tun hatte.

Die Frauen und Männer, die ihm begegneten, gingen ihm aus dem Weg, mieden seinen Blick oder starrten ihn traurig, bisweilen sogar hasserfüllt an.

Völlig irritiert und verständnislos wollte er gerade wieder seinen Weg nach Hause aufnehmen, als sich ihm eine Hand fest auf die Schulter legte.

Er zuckte unter dem Griff zusammen und drehte sich langsam um, wobei ihm das Herz bis zum Halse schlug.

Es war Maeknas, ein Mitglied des Rates, der vor ihm stand und ihn mit seinen seltsam grünen Augen ernst und prüfend musterte.

Jetzt war es ihm Gewissheit, dass er in das offensichtlich Unheilvolle, was sich hier während seiner Abwesenheit abgespielt haben musste, verstrickt war.

Maeknas war ein hoch gewachsener schlanker Mann, der sich trotz seiner fast fünfzig Lenze ein jugendlich straffes Äußeres hatte erhalten können.

Sein üppiges rotlockiges Haar, das von vielen grauen Strähnen durchzogen war, hatte er im Nacken mittels eines dicken Golddrahtes zu einem Zopf gebändigt.

Die schmalrückige, leicht gebogene Nase über dem dünnlippigen Mund erinnerte an einen Raubvogel, was von den schrägen Augenbrauen und den hohen Wangenknochen seines bartlosen Gesichtes noch unterstrichen wurde.

Maeknas war ein wortkarger, erfahrener Mann, dessen selten erhobener Stimme im Rate hohe Achtung gezollt wurde.

Nachdem Lareth, Tarkons Vater, als verschollen galt, wurde er das Haupt der Händlergilde, und seither unterstützte er, wie immer er konnte, die verwaiste Familie.

Tarkon glaubte zudem, dass Maeknas seiner Mutter inzwischen insgeheim mehr als nur freundschaftlich zugetan war, obgleich er sich das niemals anmerken ließ.

»Tarkon«, sagte Maeknas jetzt leise, aber bestimmt. »Du wirst in der Ratshalle erwartet.«

»Was ist …?« Tarkon hielt inne, als er das leichte Kopfschütteln, begleitet von einem längeren Schließen der Augenlider seines Gegenübers wahrnahm.

Maeknas legte ihm vielmehr den Arm um die Schulter und zog ihn sanft mit sich.

Seine Gedanken rasten, suchten nach einer Antwort, und als sie die Halle betraten, bemerkte er kaum die vielen Menschen, die stumm und mit auf den Boden geheftetem Blick scheu vor ihnen auseinanderwichen, um ihnen eine Gasse freizumachen.

Er sah nur die Ratsmitglieder, die mit versteinerten Mienen auf ihren Stühlen saßen.

Und dann wurde er gewahr, dass Larunas Eltern neben Beruns standen. Der alte Schiffsbaumeister wirkte gefasst, während seine Frau sich schluchzend an seine Schulter schmiegte.

Daneben seine Mutter, die mit gesenktem Kopf und auf ihrem Schoss gefalteten Händen auf einem Schemel saß.

Hinter ihr stand aufrecht sein Großvater, der seine Hände wie schützend auf die Schultern seiner Schwiegertochter gelegt hatte.

Tarkons Herz begann wie wahnsinnig zu schlagen, und ein eiskalter Nebel verwirrte seine Sinne, während er wie in Trance vor den Ältestenrat schritt.

Wie aus weiter Entfernung drang plötzlich die Stimme Beruns an sein Ohr.

»Tarkon, wann hast du Laruna das letzte Mal gesehen – und wo bist du gewesen?«

Pelz lag auf seiner Zunge, und seine Kehle war mit einem Male ausgedörrt wie bei einem Verdurstenden.

»Wo …? Wann …? Ich …«, stammelte er hilflos, während ein kleiner, noch wacher Teil seines Verstandes fieberhaft zu arbeiten begann.

»Brücke«, ächzte er nur, »sie ging über die Brücke … und dann …«

Er verstummte. Ihm war übel geworden, und alles um ihn begann zu verschwimmen, bis ihn die Stimme Beruns' mit kristallener Schärfe wieder in die Wirklichkeit zurückriss.

Noch bevor er das, was er nun hören musste, verinnerlicht hatte, wusste Tarkon um die schicksalhaft endgültige Bedeutung der Worte Beruns.

»Tarkon! Laruna ist tot! Ermordet! Erstochen und vergewaltigt! Wir haben sie im Birkenwald gefunden.«

Seltsamerweise blieb er dabei vollkommen ruhig. Die Botschaft schien an ihm abzuprallen, und keine Träne benetzte seine Augen.

Er begann zu frösteln, und unsägliche Mattigkeit betäubte sein Herz.

»Laruna ist tot«, hörte er sich tonlos sagen.

Er nickte mehrmals und verließ dann wie schlafwandelnd die Halle.

Seine Mutter wollte ihm folgen, doch Maeknas hielt sie zurück.

»Er muss sich – und sie – erst wieder finden«, sagte er nur.

Larunas Mutter Ethla war in den frühen Morgenstunden durch einen bedrückenden Albtraum aus ihrem Schlaf gerissen worden.

Sie hatte das totenbleiche Antlitz ihrer Tochter vor

sich gesehen, aus dessen Mundwinkeln helles Blut sickerte.

Der furchtbaren Ahnung folgend, war sie aufgestanden und hatte das Bett ihrer Tochter leer vorgefunden.

Voller Pein hatte sie Truns, ihren Mann, wachgerüttelt und ihm von ihrem Traum erzählt.

Beide waren sodann zu Tarkons Mutter geeilt und hatten sie durch ihr beständiges Klopfen an der Haustür aufgeweckt.

Nachdem sie feststellen mussten, dass auch Tarkon nicht zu Hause war, hatten sie eiligst ein paar Männer, welche noch oder wieder einigermaßen nüchtern waren, zusammengerufen, um sich mit ihnen auf die Suche nach den beiden zu machen.

Mit Fackeln hatten sie als Erstes die nähere Umgebung abgesucht, wobei sich die Suche zunächst auf das lichte Birkenwäldchen konzentrierte, welches sich unweit von des Schiffsmeisters Haus ins Landesinnere erstreckte.

Und dort fanden sie auch alsbald den entstellten Leichnam Larunas.

Die Tote wies mehrere Stichwunden in der Brust auf, und die zerrissenen Kleider, sowie der entblößte Schoß zeugten von der Vergewaltigung, die dem Mord vorangegangen sein musste.

Sie hatten sie in ihr Elternhaus getragen und sie dort aufgebahrt.

Nachdem das ganze Dorf geweckt worden war, hatten sie sich in der Ratshalle versammelt, nicht ohne zuvor ein paar Männer auf die Suche nach Tarkon auszusenden.

Dann aber war Tarkon überraschenderweise von alleine ins Dorf gekommen und von Maeknas in die Halle begleitet worden.

Hatten bis dahin nicht wenige Leute den Verdacht gehegt, dass Tarkon als Mörder Larunas infrage kommen könnte, so hatte sich dieser spätestens mit seinem Erscheinen vor dem Rat in Luft aufgelöst.

Kurz nachdem Tarkon die Ratsversammlung verlassen hatte, kam eine der Frauen, die Larunas Leichnam für die Bestattung vorbereitet hatten, in die Halle und bahnte sich laut rufend ihren Weg durch die dicht beieinander stehenden Dorfbewohner, die über das jüngst Geschehene emotionsgeladen und heftig gestikulierend sprachen.

Als sie endlich keuchend und mit vor Erregung geröteten Wangen vor Beruns zu stehen kam, hielt sie ihm ein kleines, fleckiges Leinenbündel entgegen.

»Ruhe!«, donnerte Beruns in die aufgebrachte Menge.

Augenblicklich verebbte das Stimmengewirr in der Halle, und alle richteten ihr Augenmerk wieder auf den Ältestenrat.

»Was hast du uns mitgebracht?«, fragte Beruns.

Mit zittrigen Händen begann sie das Bündel umständlich auszuwickeln. Den Inhalt, ein schmales und offensichtlich blutverkrustetes Metallstück, reichte sie Beruns.

»Das haben wir aus einer der Stichwunden in ihrer Brust gezogen«, sagte sie, und ihre Stimme bebte in verhaltener Wut.

Es war die abgebrochene Spitze eines Bronzedolches.

Beruns nahm das Artefakt an sich und rieb es mit dem Tuch sauber, um es dann intensiv zu betrachten.

Das Bruchstück war etwa so lang wie der Zeigefinger eines Erwachsenen und wies eine fein geätzte, verschlungene Verzierung längs der Mittellinie auf.

Er reichte die Spitze an den rechts neben ihm Sitzenden weiter.

»Lasst es herumgehen. Jeder soll sich die Klinge genau ansehen. Vielleicht erkennt sie ja einer von euch – und damit auch ihren Besitzer«, forderte er die Dorfbewohner auf.

»Und«, setzte er hinzu, »holt Tarkon hierher zurück! Es ist möglich, dass er uns dazu etwas sagen kann!«

Tarkon war indes wieder zu dem Steg gegangen, auf dem ihrer beider Schicksal eine so brutale Wendung genommen hatte.

Er kauerte sich an das Geländer und starrte ins Wasser.

Es war nicht die Trauer, die seinen Schmerz verursachte, sondern vielmehr seine ohnmächtige Wut auf die perversen Umstände, die zu ihrem Tod geführt hatten.

Vielleicht war das aber alles bloß ein böser Traum, aus dem er bald wieder erwachen würde.

Er dachte an ihren leidenschaftlichen Abschied.

Hatte sie gewusst, dass sie sich niemals wieder sehen sollten?

Noch einmal erlebte er diese hässliche Szene an der Klippe auf der heiligen Insel.

Hatte sie in der Vision ihren baldigen Tod geschaut und daraufhin versucht, sich von ihm zu lösen?

Das allein könnte die Erklärung ihres für ihn damals

so unverständlichen Verhaltens gewesen sein, mit dem sie ihn so ruppig und fast hasserfüllt von sich gewiesen hatte.

Dass es einem Menschen bestimmt war, irgendwann zu sterben, war ihm bewusst, denn das lag in der Natur des Menschen.

Tarkon glaubte, wie alle anderen auch, dass ein Mensch, hatte er einmal seinen Körper verlassen, ein neues, ewiges und glückliches Leben in der sonnenhellen Anderswelt führen durfte.

Deswegen hätte er sich, wäre sie eines natürlichen Todes gestorben, nach einem kurzen, durch den verzeihlichen menschlichen Egoismus verursachten Trennungsschmerz, mit den anderen Dorfbewohnern am Tage ihrer Beisetzung zu einem fröhlichen Totenfest versammelt, um ihr Glück zu feiern.

So aber war sie einem feigen Mord zum Opfer gefallen, und damit war ihre nunmehr unstete Seele bis zu ihrer Sühne der graukalten Zwischenwelt anheim gefallen.

Eine ihm nur zu bekannte Stimme neben ihm ließ ihn aus seinen dunklen Gedanken aufschrecken.

Kieruns, sein Bruder, hatte ihn nach kurzer Suche am Steg erspäht und war sofort zu ihm gerannt.

»Tarkon«, japste er, »Beruns will, dass du sofort vor dem Rat erscheinst.«

Tarkon stand langsam auf und sah seinen Bruder an, als ob ein Geist vor ihm stünde.

»Die Frauen haben eine abgebrochene Dolchklinge in Larunas Brust gefunden«, erklärte Kieruns atemlos. »Du sollst sie dir anschauen. Vielleicht weißt du etwas über ihre Herkunft.«

Ohne ein Wort zu verlieren, stürmte Tarkon davon.

»Zeigt mir das verdammte Ding«, schrie Tarkon mit überschnappender Stimme, als er in die Halle trat.

»Komm her und sieh«, rief Beruns dem Rasenden entgegen.

Tarkon ging hastig auf Beruns zu, wobei sein Blick wie gebannt auf das glänzende Stück Metall in dessen Händen geheftet war.

Als er vor dem Dorfältesten stand, fuhr er sich zuerst mehrmals fahrig durch sein Haar und leckte seine spröden Lippen.

Erst dann streckte er langsam seine rechte Hand aus und nahm die Klinge vorsichtig mit Daumen und Zeigefinger an sich.

Die Wut hatte seine Augen vernebelt, doch jetzt lichtete sich der Schleier, und die Bronze stach ihm grell in die Pupillen.

Ganz zärtlich glitten seine Finger über das filigrane Muster der Spitze.

Er erkannte die Klinge augenblicklich, und der Schock dieses Wiedererkennens raubte ihm zunächst den Atem und ließ ihn aschfahl im Gesicht werden.

Als ob das Metall glühend heiß wäre, ließ er es mit einem gequälten Stöhnen zu Boden fallen.

Dann richtete er seinen Blick, in dem sich seine angstvolle Hilflosigkeit, seine Trauer, aber auch sein ohnmächtiger Zorn gleichermaßen widerspiegelten, auf Beruns.

Alle, die in der Halle versammelt waren, hielten den Atem an und fieberten dem entgegen, was Tarkon nun aussagen würde.

Nach einer für alle unerträglich langen Zeit senkte Tarkon erneut den Kopf und schloss die Augen.

»Urms!«, murmelte er tonlos.

Als hätte man ein Schwert auf einen Stein geschlagen, zerriss der Name die qualvolle Stille.

»Bist du sicher?«, fragte Beruns verhalten nach.

»Ich habe ihm diesen Dolch doch geschenkt, nachdem er mir das Leben gerettet hatte«, presste Tarkon aus zusammengebissenen Zähnen hervor, wobei er am ganzen Leib zitterte.

»Es ist die Waffe – aber wurde die Tat auch von ihrem Besitzer begangen?«, gab Beruns vorsichtig zu bedenken.

»Wo ist Urms überhaupt? Hat ihn jemand gesehen?«

Jetzt kam Leben in die Reihen der Dorfbewohner, die bis dahin das Geschehen wie gelähmt verfolgt hatten.

Die aufgestaute Spannung entlud sich in einem tumultartigen Stimmengewirr, welches nur den Verbleib Urms' zum Thema hatte.

Dann trat wieder Ruhe ein, und ein Mann, Lukne, das Haupt der Fischergilde, trat vor.

»Urms ist das letzte Mal um Mitternacht auf dem Festplatz gesehen worden«, verkündete er das Ergebnis der lautstarken Beratung.

»Und jetzt werden wir uns auf die Suche nach ihm machen.«

Alle verließen daraufhin geschlossen die Halle.

Zurück blieben die Ratsmitglieder, Tarkon und seine Mutter – und die Eltern Urms'.

Erschüttert und verständnislos hatten sie die für sie

tragische Wendung der Ereignisse verfolgt und standen nun eng umschlungen und völlig verstört vor dem Rat.

Mitleidsvoll ging Beruns zu ihnen und begann beruhigend auf sie einzureden.

»Geht jetzt nach Hause«, sagte er ihnen schließlich. »Niemand von uns kann – und will euch ob der Tat eures Sohnes, wenn er sie denn wirklich begangen hat, verurteilen! Seid unser aller Mitgefühl in dieser auch für euch so schlimmen Zeit versichert.«

Er sah ihnen nach, während sie, bedrückt und gebeugt, langsam aus der Halle schritten.

Dann wandte er sich zu Tarkon und betrachtete ihn, wie er, in fassungsloser Lethargie verharrend, neben seiner Mutter stand und ins Leere starrte.

Beruns wusste sehr wohl um die unsägliche Pein, die Tarkon gerade durchleben musste.

So, wie die Dinge sich zur Zeit darstellten, hatte der beste Freund Tarkons sich an Laruna vergangen und sie hernach gemeuchelt.

Derselbe Urms, der vor einigen Jahren während einer Waljagd das Leben Tarkons gerettet hatte und den Tarkon wiederum während des Aufenthaltes auf der heiligen Insel vor einem tödlichen Absturz an der Steilwand bewahrt hatte, war jetzt aus Neid und blinder Triebgier offenbar zum Mörder geworden.

Sollte Urms wirklich aufgegriffen und des Mordes überführt werden, dann wäre Tarkon durch ein uraltes Gesetz gezwungen, ein Urteil zu vollstrecken, welches an Grausamkeit für den Delinquenten wie auch für Tarkon selbst nicht zu überbieten war:

Tarkon wäre verpflichtet, Urms lebendig unter dem Baumsarg Larunas zu beerdigen.

Das Gesetz sah es so vor, doch seit undenklichen Zeiten war ein solcher Spruch nicht mehr ergangen.

Beruns wusste, dass Tarkon sich dessen auch bewusst war, und so litt er mit ihm und hoffte, dass die Tat von einem anderen begangen worden war.

Dann handelte es sich einfach nur um einen perfiden Mord, und der Täter würde im Moor sterben. Tarkon aber wäre nicht gezwungen, die Exekution eigenhändig durchzuführen, da er in diesem Falle nur indirekt betroffen wäre.

Es war Abend geworden, und nach und nach trafen die Männer wieder ein, die nach Urms gesucht hatten.

Sie waren müde und niedergeschlagen, denn ihre Suche war erfolglos geblieben.

Es schien, als ob der Erdboden Urms verschlungen hätte.

Nachdem die Feuer neuerlich entzündet worden waren, versammelten sie sich alle wieder auf dem Dorfplatz, um zu beratschlagen, was nun noch getan werden könnte.

Die Stimmung der Leute war geprägt durch die Wut auf Urms, die natürlich durch das entmutigende Ergebnis ihrer fieberhaften Suche nach ihm gesteigert wurde.

Dass Urms der Täter sein musste, war nach dessen Verschwinden auch dem letzten Zweifler klar geworden.

»Wir werden unsere Suche im Morgengrauen wieder aufnehmen«, bestimmte Beruns.

»Und wo sollen wir ihn dann suchen«, fragte Truns,

Larunas Vater, erbittert. »Die Nacht lässt seinen Vorsprung doch nur größer werden! Urms kann sonst wohin geflüchtet sein!«

Nach diesen Worten legte sich ein ratlos bedrückendes Schweigen über die an den Feuern versammelten Menschen.

Dieses wurde aber jäh von einem erregten Wortwechsel unterbrochen, der vom westlichen Tor der Umfriedung herüberschallte.

Wenige Augenblicke später traten zwei Männer in den Feuerkreis.

Der eine war Kieruns. Sein Begleiter war zur großen Überraschung aller Anwesenden Rullo, der Sohn des Dorfältesten der Nachbargemeinde, welcher ja ebenfalls gerade von der heiligen Insel zurückgekehrt war.

»Was führt dich zu so später Zeit in unsere Mitte?«, fragte Beruns ernst, nachdem sich das staunende Geraune auf dem Dorfplatz gelegt hatte.

»Zunächst überbringe ich euch die Grüße unseres Rates. Und vor allem du, Beruns, sollst der Hochachtung meines Vaters Kilnies versichert sein«, sprach er höflich die formellen Grußworte.

Dann räusperte er sich und schaute etwas verlegen in die Runde.

»Nur zu«, ermunterte ihn Beruns, »wir alle hier sind begierig zu erfahren, was euer hoher Rat uns zu übermitteln hat!«

Noch einmal räusperte er sich, dann setzte er seine Rede fort.

»Heute, es war zur Mittagsstunde, brachten unsere Jäger einen Mann in unser Dorf, der es offenbar sehr eilig hatte, sich unerkannt durch unsere Wälder zu schleichen. Sein Verhalten, aber auch seine blutbefleckte Kleidung, erschien unseren Leuten verdächtig, und so nahmen sie ihn nach heftiger Gegenwehr in Gewahrsam und führten ihn vor unseren Rat. Der Mann …« Er unterbrach seine Rede und schaute suchend um sich, bis sein Blick auf Tarkon fiel.

Er las in dessen vor Schmerz verzerrten Gesichtszügen genug, um zu wissen, welche Bedeutung seine nächsten Worte haben würden.

»Der Mann«, fuhr er mit erhobener Stimme fort, »ist euch nur allzu gut bekannt! Es ist Urms, und da er nur wirre Dinge von sich gab, als wir ihn über die fragwürdigen Umstände seiner, sagen wir überhasteten Abreise, verhörten, hielt es unser Rat für angemessen, ihn zu euch zurückzubringen, damit ihr ein Urteil über das fällen werdet, was er, wie ich jetzt annehmen muss, hier verbrochen hat.«

»Wo ist das Tier?«, schrie Tarkon darauf unbeherrscht und mit ihm forderten alle anderen, Urms' derzeitigen Aufenthaltsort zu erfahren.

Vergeblich mahnte Beruns die Umstehenden zur Ruhe.

»Wir wollen den Mörder sehen!«, skandierte es hasserfüllt aus den Reihen der Dorfbewohner.

Beruns erhob sich und breitete seine Arme aus.

»Ihr sollt Ruhe bewahren«, befahl er nochmals. »Versteht doch – noch ist seine Tat nicht bewiesen!«

»Welchen Beweis brauchst du noch, Beruns!«, brüllte Larunas Vater außer sich vor Hass.

Dann ging er zu Rullo, packte ihn an den Schultern und schüttelte ihn grob.

»Wo hast du ihn versteckt«, sagte er gefährlich leise, »raus damit, auf der Stelle, sonst …!«

»Lass ihn sofort los!«, fuhr Beruns dazwischen. »Unser Gast weiß doch überhaupt nicht, was hier passiert ist!«

Seine schneidende Stimme beendete die peinliche Szene und ließ die Umstehenden wieder zur Besinnung kommen.

Beruns legte seinen Arm begütigend um Rullos Schultern.

»Hör zu, mein junger Freund! Urms steht im Verdacht, Laruna vergewaltigt und anschließend ermordet zu haben«, erklärte er sanft. »Sieh uns also bitte unseren Mangel an Gastfreundschaft in diesem besonderen Falle nach, wenn du kannst!«

Rullo stand da, wie vom Donner gerührt.

Um seine Mundwinkel zuckte es, während er ungläubigen Blickes in die wutverzerrten Gesichter der Menschen schaute, die um ihn herum standen.

Gewiss, als Urms gegen Mittag ins Dorf gebracht wurde, hatte auch Rullo den Verdacht gehegt, dass Urms irgendeine Untat begangen haben musste, die ihn zur eiligen Flucht aus seiner Heimat veranlasst hatte.

Denn dass er auf der Flucht war, bezeugten die blutbefleckte, zerrissene Kleidung und sein auch ansonsten verwahrlostes Äußeres.

Rullos Vater und die anderen Ratsmitglieder hatten ihn verhört, aber Urms zeigte sich verstockt und wollte nichts sagen.

Die Jäger, die ihn gefunden hatten, berichteten von unzusammenhängenden, sinnlosen Worten, die er vor sich hin gebrabbelt hatte, als sie ihn ins Dorf brachten.

Seit seinem Verhör aber war er gänzlich verstummt.

Nur einmal, als der Rat schließlich beschlossen hatte, ihn an seine Heimatgemeinde auszuliefern, hatte er leise aufgestöhnt und angefangen, am ganzen Leib zu zittern.

Doch dann, auf dem Schiff, war er wieder in jene Starre verfallen, die Menschen zeigen, deren Herz zwar noch schlägt, deren Seele aber schon nicht mehr im Körper wohnt.

Das, was Rullo nun hier erfahren musste, wandelte seinen Verdacht in schreckliche Gewissheit.

Rullo hatte vorhin seine Worte deshalb so rücksichtsvoll formuliert, da er um die tiefe Freundschaft Tarkons und Urms wusste.

Jetzt aber erkannte er, dass Urms Tat mehr als nur eine Freundschaft zerstört hatte.

Wieder suchte sein Blick Tarkon, und er empfand unsagbares Mitleid für ihn.

Er wandte sich an Beruns.

»Er ist auf dem Schiff«, sagte er mit brüchiger Stimme.

»Meine Leute bewachen ihn. Wir hätten ihn hierher tragen müssen, und außerdem klammert er sich derart an der Reling fest, dass wir gezwungen wären, seine Hände abzuhacken.«

Er berichtete kurz über den jämmerlichen Zustand Urms'.

»In seinen Augen ist Wahnsinn, und er riecht nach Tod«, beendete er seine Ausführungen.

»Ich werde ihn holen, und wenn ich die Reling in

Stücke hauen müsste!«, schrie Truns. »Kommt, Leute, helft mir!«

»Nein, Truns! Ich werde ihn holen! Ich ganz alleine«, meldete sich da unerwartet Tarkon zu Wort.

Was er sagte, klang gefasst und bestimmt.

»Du? Du wirst ihn töten!«, knurrte Truns. »Du wirst ihn töten, bevor er vor seinen Richtern steht!«

»Oh, ich glaube, er ist schon tot«, entgegnete Tarkon mit ruhiger Stimme. »Aber ich werde die Worte finden, die ihn so lange wieder zum Leben erwecken, bis er sein Urteil gehört haben wird.«

»Worte …«, höhnte Truns.

»Bleib hier, Junge, und lass Männer ihre Arbeit tun!«

Truns zog ostentativ seine Axt aus dem Gürtel und wollte die Halle verlassen, als Beruns ihm warnend Einhalt gebot.

»Truns«, sagte er, »wir verstehen deinen Zorn. Aber ich bin dennoch überzeugt, dass es Tarkons Aufgabe ist, Urms seinen Richtern zu überstellen.«

Er schaute Tarkon nachdenklich in die Augen.

»Geh jetzt, Tarkon! Ich weiß, dass von uns allen nur dir es gelingen wird, sich ihm zu nähern und ihn zu uns zu bringen.«

Tarkon nickte kurz, um sich dann, gefolgt von Rullo, auf seinen Weg zum Strand zu machen.

»Warum schickst du den Jungen? Ich bin immerhin ihr Vater!«, ereiferte sich Truns, und nicht wenige der Männer, die sich um ihn geschart hatten, pflichteten seinem Protest bei.

Beruns sah Truns eine Weile ernst an, dann wies er auf Larunas Mutter.

»Ethla, sprich du zu uns, und erkläre deinem Mann, was er offenbar nicht verstehen will«, forderte er sie auf.

Ethla trat dicht vor ihren Mann, wobei sie ihn nur mit einem kurzen, abfälligen Blick bedachte.

»Du hast deine Tochter verloren – genau wie ich, die ich sie unter Schmerzen gebar«, begann sie leise und eindringlich zu sprechen.

»Du bist gerade dabei, den Baumstamm auszuhöhlen, der bald ihren Körper im Grabe bergen wird. Wir beerdigen unsere Tochter!«

»Doch Tarkon«, fuhr sie mit erhobener Stimme fort, »Tarkon muss zwei Menschen, die er liebte, beerdigen. Die Frau, die er heute heiraten wollte, und ihren Mörder, der bis heute sein bester Freund war.

Keinem unter uns ist es jemals widerfahren, sich einem solchen Schicksal unterwerfen zu müssen!

Urms hat einst das Leben Tarkons gerettet, und, wer weiß, vielleicht hätte auch Tarkon zu einer anderen Zeit und bei einer anderen Gelegenhcit als auf der heiligen Insel die Möglichkeit bekommen, seine Lebensschuld an Urms zu begleichen.

Aber auf der Insel, während der Zeremonie der Initiation, bei der Urms dem in seinen Visionen ohne Zweifel geschauten vorherbestimmten Schicksal begegnet ist, hätte sich keiner seiner Bestimmung entgegenstellen dürfen.

Urms war es bestimmt, einen frühen Tod zu finden, und Tarkon wie auch Laruna hätten ihn in dieser besonderen Situation nicht verhindern dürfen!

Das müssen sie jetzt büßen. Und das ist auch der Grund, warum wir uns nicht einmischen dürfen, und wäre Moruns hier, würde er meine Worte bestätigen.

Nein, ich beneide Tarkon nicht um seinen einsamen und schweren Weg, den er nun gezwungen ist zu gehen!«

Ihre Worte verfehlten ihre Wirkung nicht, und alle, die sie gehört hatten, verharrten stumm. Ernste Betroffenheit war in ihren Mienen zu lesen.

Seit alters her lebten sie in dem unerschütterlichen Glauben an die Allmacht des Schicksals, die ihnen ihren Platz und ihre Aufgaben in dem unergründlichen Wirken der Natur zuwies.

Unterwarf man sich dem Schicksal, führte es den Menschen mit sanfter Hand. Versuchte man jedoch, sich dagegen aufzulehnen, riss es einen gewaltsam mit sich fort.

Unterdessen waren Tarkon und Rullo am Strand angekommen.

Das Schiff lag in einiger Entfernung im seichten Ebbewasser und dümpelte träge in der leichten Dünung.

Mond und Sterne gaben ausreichend Licht, sodass sie auf ihre mitgebrachten Fackeln verzichten konnten.

Rullo pfiff scharf und rief seiner Mannschaft zu, dass sie jetzt an Bord kommen würden.

Dann wateten sie zum Schiff. Als sie dort angelangt waren – das Wasser reichte ihnen nun bis zum Kinn – beugten sich zwei von Rullos Leuten über die Reling und halfen ihnen, an Bord zu klettern.

Tarkon schaute sich nach Urms um, konnte ihn aber zunächst nicht entdecken. Rullo wies mit dem Kopf nach achtern, wo Urms unter demEcksteven kauerte, die Arme wie ein Frierender um den Körper geschlungen.

Er wiegte sich unmerklich hin und her, wobei er die Melodie eines Kinderliedes summte.

Tarkon trat vor ihn hin und berührte seine Schulter.

»Urms«, sagte er sanft, »komm, steh auf! Wir gehen nach Hause.«

Zuerst schien Urms ihn nicht zu bemerken, und seine glanzlosen Augen blickten wie durch ihn hindurch.

Tarkon hockte sich vor ihn.

»Urms! Lass uns gehen, deine Eltern erwarten dich«, beschwor er ihn eindringlich.

Jetzt erst kam Leben in seine bis dahin teilnahmslosen Züge.

Urms' Augen verengten sich, seine Hände fuhren ruckartig seitwärts nach oben und krampften sich um das Holz des Stevens.

Er begann leise zu kichern. Es klang irre.

»So, mein Freund. Meine Eltern erwarten mich, sagst du?«, flüsterte er. »Hm, wahrscheinlich auch mein Grab, hm? Mein Grab ...«

Tarkon wie auch Rullo und seine Mannschaft erschauerten bei diesen Worten bis ins Mark.

Jäh ließ Urms den Steven fahren und war mit einem Satz auf den Beinen.

Das geschah so plötzlich, dass einige Männer der Besatzung instinktiv zu ihren Dolchen griffen.

Als er dies sah, stieß Urms ein heiseres Lachen hervor.

»Na los! Ich bin unbewaffnet! Streckt mich nieder, dann habe ich es hinter mir! Oder noch besser, ihr gebt Tarkon eine Waffe, dann macht ihr euch eure Hände nicht schmutzig!« Wieder das irre Lachen.

Schließlich wandte er sich direkt an Tarkon. Seine Gesichtszüge entspannten sich und nahmen einen fast liebevollen Ausdruck an, wären da nicht seine kalten, starr blickenden Augen gewesen.

»Komm, Tarkon, nimm dir einen Dolch und genieße deine Rache!«, ermunterte er ihn, und seine Stimme klang dabei so sanft und heiter, als ob er ihm die letzten Bedenken nehmen würde, zu einem Fest zu gehen, von dessen Teilnahme sich Tarkon nicht gänzlich überzeugt zeigte.

»Oh«, fuhr er im selben Tonfall weiter fort, »ich habe dir wohl deine Hochzeit vereitelt, fürchte ich. Und deine Braut ermordet, glaube ich.«

Dann brach er in ein schrilles Gelächter aus.

Wenn Tarkon bis dahin noch einen Funken Hoffnung in sich getragen hatte, dass Urms vielleicht doch zu Unrecht des Mordes verdächtigt worden war, so war dieser Funken nun brutal zum Erlöschen gebracht worden.

Seine aufgestaute Wut auf den Mörder entlud sich in seinem Kopf, und vor seinen Augen loderte nur noch die grelle Waberlohe seines Hasses.

Mit einem heiseren, unmenschlichen Aufschrei riss er Rullo den Dolch aus dem Gürtel und stürzte sich auf Urms, der immer noch lachend und mit weit ausgebreiteten Armen vor ihm stand.

Doch bevor er sein todbringendes Vorhaben vollenden konnte, hatte Rullo geistesgegenwärtig den bereits zum Stoß erhobenen Arm gepackt und mit aller Kraft nach hinten gerissen, sodass Tarkon sein Gleichgewicht verlor und aufs Deck stürzte.

Im gleichen Moment war Rullo über ihm, kniete sich auf seine Arme und entwand ihm mühsam die Klinge, die er dann achtlos von sich schleuderte.

Unablässig bäumte sich Tarkon gegen die ihn zu Boden drückende Schwere von Rullos Körper auf, doch es war vergeblich.

Wie ein waidwunder Wolf heulte er daraufhin auf und versuchte, Rullo in die Arme zu beißen.

Doch der kam ihm zuvor und versetzte ihm einen heftigen Faustschlag auf die Schläfe, welcher ihn augenblicklich betäubt zusammensacken ließ.

Als er wenig später wieder zu sich kam, spürte er immer noch das Gewicht Rullos auf seinem Leib.

»Wirst du jetzt Ruhe geben, oder muss ich dir auch Fesseln anlegen«, knurrte Rullo.

Noch immer benommen, blickte Tarkon um sich und sah, dass Urms an Händen und Füßen gefesselt an Deck lag.

»Du … du kannst mich jetzt loslassen«, presste Tarkon kurzatmig hervor.

Rullo lockerte behutsam seinen Griff und stand dann auf, wobei er Tarkon immer im Auge behielt.

Doch der betäubende Hieb hatte seine Wirkung getan und Tarkon wieder zu Verstand gebracht.

»Na los! Komm, ich helfe dir hoch«, sagte Rullo gutmütig und streckte ihm seine Hand hin.

Tarkon ergriff sie und rappelte sich auf. Er schüttelte sich kurz.

»Was … was ist … was habe ich … ?«

»Eine große Dummheit hättest du beinahe gemacht«, fiel ihm Rullo gelassen ins Wort.

»Wenn es dir gelungen wäre, ihn jetzt schon zu töten, hättest du ihm einen Gefallen getan – und dich selbst zum Schuldigen gemacht, denn nur euer Rat darf seinen Tod bestimmen. Erst dann darfst du ihn richten.«

»Danke, Rullo! Und verzeih mir! Ich … ich habe mich wohl gehen lassen«, sagte Tarkon kleinlaut.

Rullos Lippen verzogen sich zu einem verlegenen Grinsen.

»Schon gut, mein Freund«, brummte er. »Wäre ich an deiner Stelle, wüsste ich nicht, wie ich mich verhalten hätte. Wahrscheinlich schlimmer!«

Dann wandte er sich Urms zu.

»Wirst du jetzt freiwillig mit uns kommen, oder müssen wir dich in dein Dorf schleifen?«

Urms ignorierte ihn und schaute ostentativ in eine andere Richtung.

»Auch gut«, sagte Rullo schulterzuckend. »Komm, Tarkon, wir werden im Dorf erwartet!«

Nacheinander sprangen sie über die Reling.

»So! Hievt das Stück Dreck von meinem sauberen Schiff! Ich werde ihn tragen«, rief Rullo seinen Gefährten zu, als sie wieder im Wasser standen.

Etwas unsanft ließen die Männer Urms an der Bordwand hinuntergleiten, was dieser widerstandslos über sich ergehen ließ.

Rullo packte ihn am Gürtel und zog ihn sich über die rechte Schulter.

»Schon gut! Ich kann das besser alleine«, schlug er knapp Tarkons Anerbieten aus, ihm zur Hand zu gehen.

Am Strand wurden sie von einigen Männern aus dem Dorf erwartet, die ihnen mit Fackeln den Weg gewiesen hatten.

Rullo ließ seine Last wie einen Sack in den Sand fallen.

»So«, atmete er sichtlich erleichtert auf, »meine Aufgabe ist erfüllt. Wir segeln nach Hause.«

»Wollt ihr nicht lieber die Nacht bei uns im Dorf verbringen«, bot Tarkon ihm an.

»Die Flut kommt, die Sterne leuchten – gutes Wetter für eine gute Fahrt!«, erwiderte Rullo. »Außerdem ist es ja nicht allzu weit!«

»Dann danke ich dir und deinen Männern für die Mühen, die ihr unseretwegen auf euch nehmen musstet! Ich hoffe, dass ich euch das bald einmal vergelten kann«, sagte Tarkon bewegt und umfasste Rullos rechte Hand.

»Ganz sicher – in besseren Zeiten! Jetzt aber wünsche ich dir Stärke auf deinem schweren Weg, der noch vor dir liegt. Und vergiss nie, dass du immer auf mich zählen kannst.«

Noch einmal schüttelten sie sich die Hände, dann – und ohne sich noch einmal umzudrehen – warf Rullo sich in die mittlerweile immer höher anlaufenden Wellen und kraulte zügig zu seinem Schiff zurück.

Sie sahen ihm noch eine Weile hinterher, dann machten sie sich auf den Weg zurück ins Dorf.

Sie hatten Urms zwar von seiner Fußfessel befreit, doch da er keine Anstalten machte, mit ihnen zu gehen, hatten ihn zwei Männer unter die Achseln gegriffen und schleppten ihn zwischen sich mit.

Die Dorfbewohner hatten unterdessen mit Fackeln in ihren Händen eine Gasse gebildet, die vom Tor der westlichen Umfriedung bis zur Ratshalle führte.

Als Tarkon und die anderen mit ihrem Gefangenen am Tor angelangt waren, wurden sie von Maeknas in Empfang genommen. Gleichzeitig erschallte von der Halle her der lang anhaltende, durchdringende Zweiklang der Luren.

Wortlos setzte sich Maeknas an die Spitze des kleinen Trupps, während Tarkon den Schluss bildete.

Kein Wort der Entrüstung oder des Abscheus drang aus dem bedrohlich eng stehenden Spalier der Menschen, welches sie nun durchschritten.

Außer dem fauchenden Zischen und Knistern der Kienspäne war nichts zu hören. Tarkon spürte diese brütende Stille körperlich. Seine Kehle war wie zugeschnürt, und in seinem Magen rumorte es.

Hinter ihm schloss sich die Gasse, und die Leute folgten ihnen in achtbarem Abstand.

Vor dem Ältestenrat blieben sie stehen.

Die zwei Männer, die Urms mit sich geführt hatten, ließen ihn los, worauf er in die Knie sank. Maeknas nahm seinen Platz im Rat ein, während Tarkon und die anderen ein paar Schritte zurücktraten.

Beruns wartete, bis sich alle Dorfbewohner in der Halle eingefunden hatten, dann erhob er sich.

Was nun geschah, nahm Tarkon nur noch wie im Traum wahr.

Kaum konnte er Beruns emotionsloser Rede zur Aufnahme des Verfahrens folgen, noch der sich anschließenden, flammenden Anklage Truns'.

Während der ganzen Verhandlung blieb sein Blick

vielmehr auf die Gesichter von Urms' Eltern fixiert, die aufrecht, Hand in Hand hinter ihrem Sohn standen und das Geschehen gefasst, aber mit ängstlichen Mienen verfolgten.

Dann kam der Moment, in dem Beruns die abgebrochene Dolchspitze emporhielt, um sie darauf dicht vor Urms' Augen zu halten.

Urms wich so hastig davor zurück, dass er haltlos zur Seite fiel. Ein gequältes Stöhnen kam über seine Lippen.

Er zog die Knie an die Brust und begann wieder mit dem wimmernden Singsang des Kinderliedes.

Seinem plötzlich wieder aufkeimenden Mitleid folgend, wollte Tarkon dem einstigen Freund in seiner Pein Beistand leisten, doch da erschien vor ihm das blutleere Gesicht Larunas, welches ihn aus traurig hohlen Augen betrachtete.

Wie aus unendlicher Ferne drang ihre Stimme zu ihm.

»Willst du mir keine Ruhe gönnen …?«

»Laruna«, hörte er sich rufen. »Warte, ich komme!«

Er drehte sich um und suchte wie traumwandelnd einen Weg zum Hallenausgang, als ihn eine Stimme, die wiederholt laut und deutlich seinen Namen rief, in die Wirklichkeit zurückriss.

Es war die Stimme Beruns'.

»Tarkon, du darfst die Versammlung nicht vor dem Richtspruch verlassen«, belehrte er ihn ernst.

Beruns ließ seinen Blick eine Weile über die Versammlung schweifen, dann erhob er seinen Amtsstab und stieß ihn dreimal kräftig auf die hölzernen Bodenplanken des Ratspodestes.

»Hört nun alle den Spruch eures Rates«, ließ er daraufhin seinen volltönenden Bass erklingen.

»Heute wurde in diesem Dorf ein scheußlicher Mord begangen. Eine Frau aus unserer Gemeinschaft, Laruna, die Tochter Truns', des Schiffsbaumeisters, wurde von Urms, ebenfalls ein Mitglied unserer Gemeinschaft, an ihrem Hochzeitstag auf bestialische Weise vergewaltigt und anschließend getötet! Der Beweis für die Schuld des Urms wurde unwiderlegbar erbracht.

Somit ergeht folgendes Urteil: Urms wird zur Sühne seines Opfers am Tag der Beisetzung Larunas lebendig unter ihrem Sarg begraben. Sein Name und Andenken sei für immer ausgelöscht in unserer Mitte!«

Er unterbrach sich, und seine Augen suchten Tarkon.

»Was ich nun als Ergänzung zu unserem einstimmig ergangenen Urteil zu sagen habe, fällt mir außerordentlich schwer«, setzte Beruns dann seine Rede leiser und etwas stockend fort.

»Es hat in der Vergangenheit immer wieder einmal Verbrechen gegeben, die von Menschen, die in unserer Gemeinschaft gelebt haben, aus welchen Gründen auch immer verübt worden sind. Zumeist hat es sich dabei glücklicherweise um lässliche Delikte gehandelt, die einer materiellen oder zeitlich begrenzten Ahndung unterworfen waren. Nur sehr selten geschah es bisher, dass ein Delinquent der lebenslangen Ächtung oder gar dem Tod überantwortet wurde. In diesem Falle aber fordern die besonderen Umstände, die dieser abscheulichen Tat zugrunde liegen, eine Urteilsvollstreckung, die demjenigen, der sie durchzuführen hat, etwas abverlangt, was weit über das menschlich Erträgliche herausragt. Du, Tarkon«, und jetzt begann seine Stimme zu zittern, »musst Urms mit deinen eigenen Händen lebendig in sein Grab legen!«

Allen, die in der Halle versammelt waren, stockte nach diesen Worten schier der Atem.

Tarkon selbst blieb ruhig.

»Ich werde das tun, was das Gesetz von mir verlangt«, hörte er sich zu seiner eigenen Verwunderung gelassen sagen.

Zwei Tage nach der Urteilsverkündung war die Beisetzung Larunas anberaumt worden.

Es war Vormittag, und die Sonne, die von einem wolkenlosen Himmel schien, gab dem Leichenzug, der sich nun aus dem Dorf bewegte, ihr helles Geleit.

Das Gräberfeld des Dorfes erstreckte sich auf der anderen Seite des Birkenhages, in dem Laruna ermordet worden war.

Als ihre Ahnen vor sehr langer Zeit mit ihren Herden aus dem Osten hergezogen waren, fanden sie an der Stelle, wo sie schließlich das Dorf errichteten, die verfallenen Reste einer längst verlassenen Siedlung vor, deren unbekannte Bewohner ihre Toten in mächtigen, steinernen Grabkammern beigesetzt hatten, die dann mit Erde zu großen Hügeln aufgetürmt worden waren. Diese Totenstatt befand sich vor der westlichen Palisade am Fuße der Dünen in der Nähe des Schiffsanlegeplatzes.

Aus Respekt vor den Toten der ursprünglichen Bevölkerung dieser Gegend hatten die Ahnen beschlossen, ihren Begräbnisplatz weit entfernt davon und in ostwärtiger Richtung anzulegen, vielleicht auch, um an ihre verlorene Heimat im Osten zu erinnern.

Doch sie übernahmen den Brauch, Sand und Erde über den Toten zu einem kreisförmigen Hügel aufzuhäufen, um an sein Gedenken zu mahnen. Nur errichteten sie zuvor keine Kammern aus Steinen, sondern setzten die Verstorbenen mit ihren Beigaben in ausgehöhlten Baumstämmen bei.

Der Leichenzug war jetzt auf dem Gräberfeld eingetroffen.

Die Spitze des Zuges bildete Beruns, der vor den Eltern Larunas einherschritt.

Ihnen folgten sechs Frauen und Männer aus dem engsten Freundeskreis Larunas, die ihren auf eine Bahre gebetteten Körper auf den Schultern trugen.

Dahinter hatten sich alle übrigen Dorfbewohner angeschlossen, um Laruna auf ihrem letzten Weg zu begleiten.

Am Schluss und in einigem Abstand von den anderen ging Urms, der mit auf dem Rücken gefesselten Händen von zwei Männern mitgeführt wurde.

Alle hatten helle Festkleidung angelegt, und das Gold und die Bronze ihres Schmuckes und ihrer Waffen erglänzte gleißend in den Strahlen der Sonne über ihnen.

Während des ganzen Weges sangen sie.

Sie sangen von den Ahnen, von der Erde und von der Sonne.

Tarkon war nicht mit dem Leichenzug gegangen.

Er hatte sich seit Anbruch des Tages ganz allein zwischen den Hügeln des Gräberfeldes aufgehalten, um sich auf die Begräbniszeremonie und seine damit verbundene, düstere Aufgabe vorzubereiten.

Als der Zug auf dem Feld eintraf, stand er neben dem Kreis aus Feldsteinen, der das zukünftige Grab Larunas umgrenzte.

Innerhalb des Rundes war eine flache Grube ausgehoben worden, neben welcher der Sarg Larunas aufgestellt worden war.

Der Sarg selbst war aus einem mannshohen Baumstammteil gefertigt, das zunächst der Länge nach auseinandergesägt worden war. Danach hatte man die beiden Hälften sorgfältig ausgehöhlt und ihre Innenseiten mit Rindshäuten ausgekleidet.

Beruns betrat den Steinkreis und stellte sich an das Kopfende der unteren Sarghälfte.

Dann winkte er Tarkon an seine Seite.

Als sich alle um den Steinkreis versammelt hatten, gebot er den Bahrenträgern, Larunas Körper in den Sarg zu legen.

Man hatte ihre Leiche gewaschen und sie dann mit ihrer schönsten Festtracht bekleidet. An ihren Hand- und Fußgelenken, sowie an ihren Armen und um ihren Hals funkelte all ihr kostbares Geschmeide aus Gold, Bronze und Bernstein.

Tarkon, der von diesem Anblick zutiefst berührt und auch überwältigt war, betrachtete sie fasziniert und versonnen zugleich. Ein ruhiger, friedvoller Ausdruck lag in ihren Zügen, und ihre Lippen schienen zu lächeln. Hätte ihre Haut nicht diese fahle, blutleere

Blässe aufgewiesen, hätte ein Unbeteiligter leicht den Eindruck gewonnen, auf eine Schlafende zu blicken, die gerade einen süßen Traum erlebt.

Jäh wurde Tarkon aus seiner Betrachtung gerissen, als Beruns mit lauter Stimme befahl, Urms vor ihn zu bringen.

Mit aller Macht drang ihm nun wieder ins Bewusstsein, welcher unsäglichen Pflicht er sich jetzt zu unterziehen hatte.

Sein Herz schlug ihm bis zum Halse, und seine Knie drohten nachzugeben.

Dann hatten sie Urms vor Beruns geschleppt.

Tarkon richtete den Blick auf seinen einstigen Freund, der nun apathisch und mit gesenktem Kopf vor Beruns kniete.

Kurz schaute er, wie um Kraft zu schöpfen, noch einmal zu Laruna, um sich dann wieder dem zuzuwenden, was nun geschehen sollte.

Beruns hatte unterdessen die Anklage und das Urteil über Urms neuerlich formuliert.

Am Ende seiner Rede zog er einen einfachen hölzernen Stab aus seinem Gürtel und hielt ihn mit beiden Händen über Urms' Kopf.

»Die Gemeinschaft unseres Dorfes, die ihr Vertrauen in die Hände ihres Ältestenrates, zu dessen Haupt und Sprecher ich erwählt wurde, gelegt hat, hat aufgrund deines unfasslichen Vergehens an Laruna, der Tochter unseres Schiffsmeisters, beschlossen, dich hier den richtenden Händen des Todes auszuliefern. Das Gewicht des Sarges, der den Körper deines Opfers umhüllt, wird auf dir lasten wie deine mörderische Tat, der du dich schuldig gemacht hast.«

Beruns hielt einen Moment inne und holte tief Luft.

»Dies ist der Stab deines Lebens, der dir in die Wiege gelegt wurde«, fuhr er dann mit zitternder Stimme weiter fort, »und diesen Stab werde ich jetzt über dir brechen, auf dass dein Leben beendet und dein Andenken für alle Zeiten ausgelöscht sein werde.«

Das hohle Knacken, mit dem der Stab zerbrach, unterstrich die Endgültigkeit dieses Urteils und ließ alle Anwesenden dumpf aufstöhnen.

»Es ist nun an dir, Tarkon, das Urteil zu vollstrecken!«

Tarkon hörte es, und mit einem Male war alle Scheu vor dem, was er jetzt tun musste, von ihm gewichen. Keine hindernden Emotionen bewegten ihn mehr.

Er fühlte sich einfach nur noch leer und wunderbar leicht.

Alles, was um ihn war, schien verschwunden, und er glaubte, an einem kalten, klaren Wintermorgen auf einem weiten, weiß schimmernden Schneefeld zu stehen, auf das eine rote Sonne von einem blassblauen Himmel schien. Er roch förmlich die metallwürzige Luft, die der Schnee um ihn verbreitete.

Und dann sah er ein unförmiges schwarzes Bündel, welches die kristallreine Schneedecke wie ein hässliches Geschwür verunstaltete.

Er ging darauf zu und warf es in einen gähnenden, feuchtdunklen Abgrund, der sich plötzlich daneben auftat.

Augenblicklich schloss sich der Abgrund wieder, und es blieb ein dunkler Flecken Erde, den er darauf sorgsam mit Schnee bedeckte.

Als er sich wieder aufrichtete, sah er, dass das

Schneefeld sich nun wieder rein und makellos vor ihm erstreckte.

Eine tiefe Ruhe erfüllte seine Seele.

Er blickte nach vorne und setzte seinen Weg über die weiße Unendlichkeit fort.

Es war alles sehr schnell gegangen. Tarkon hatte Urms, der die ganze Zeit über starr und stumm auf dem Boden gekniet hatte, in die Grube gestoßen, wo er auf seine rechte Seite zu liegen kam.

Dann hatte Tarkon damit begonnen, ihn mit der Erde, die neben der Grube aufgehäuft war, zu bedecken.

Mit einem Male und ohne sein Werk zu vollenden, war er plötzlich aufgestanden, um traumverloren durch die Reihen der Dorfbewohner zu wandeln, die ihm staunend und ehrfürchtig den Weg freimachten.

Dabei lag in seinen Augen ein seltsam entrückter Glanz, und um seine Lippen spielte ein unmerkliches Lächeln.

Niemand wollte ihn zurückhalten, und auch Beruns hob hinter ihm grüßend die Hand.

Nachdem Tarkon den Begräbnisplatz verlassen hatte, widmeten sich die Übrigen wieder andächtig dem Fortgang der Zeremonie.

Zunächst schaufelten ein paar junge Männer die Grube, in der Urms immer noch bewegungs- und teilnahmslos lag, vollends zu, doch erst als der letzte Rest Erde über ihm verteilt worden war, drang ein leises, ersticktes Röcheln hohl aus dem lockeren Erdreich.

Darauf stellten sie zum Schluss noch die untere

Sarghälfte, in der Larunas Körper ruhte, und traten dann ehrfurchtsvoll zurück.

»Jetzt, nachdem wir den Tod Larunas gesühnt haben, wollen wir Abschied nehmen von ihrem Körper«, sprach Beruns bewegt. »Kommt alle, und bringt eure guten Wünsche und Gebete!«

Larunas Eltern stellten sich daraufhin am Kopfende des Sarges auf und legten ihre rechte Hand auf das Holz des Stammes, während Beruns als Erster vor sie hintrat und, ebenfalls das Holz berührend, sich tief vor der Toten und ihren Eltern verneigte. Dann legte er eine bronzene Armspange zu Füßen Larunas in den Sarg, sprach leise ein kurzes Gebet und trat dann zur Seite.

Seinem Beispiel folgend, schritten die übrigen Dorfbewohner, einzeln oder als Paar zum Sarg und nahmen auf ähnliche Weise Abschied von Laruna. Jeder brachte ihr eine kleine, letzte Gabe dar, Haar- und Gewandnadeln aus Bronze, Armspiralen, Fußspangen und Ketten aus Bernstein oder Bronze. Auch Ringe und Armbänder aus Gold wurden ihr mitgegeben, und ihr Körper war bedeckt von vielen bunten Sträußen aus duftenden Feldblumen.

Ganz zum Schluss näherten sich auch Urms' Eltern dem Sarg, wagten es aber nicht, bis ganz an ihn heranzutreten, sondern blieben in einiger Entfernung sichtlich beschämt und verunsichert stehen.

»Niemand von uns macht euch für die Tat eures Sohnes verantwortlich. Vor allem nicht, nachdem er dafür gebüßt hat«, sagte Beruns ruhig. »Kommt und sprecht euer Gebet!«

Die beiden waren in all ihrem Schmuck erschienen und traten nun Hand in Hand vor den Sarg.

Sie verneigten sich stumm und begannen dann, sich ihrer Armreifen, Ringe, und was sie sonst noch an Schmuck an ihrem Körper trugen, zu entledigen und sie vor dem Fußende des Sarges abzulegen.

Kaies, Urms' Vater, legte zudem noch seine kostbaren Waffen, sein Schwert, seinen Dolch und seine Axt dazu, was für ihn ein besonderes Opfer war, galt er doch als einer der besten Kämpfer im Dorf.

»Das ist alles, was wir haben«, sagte er schließlich und blickte unbeholfen zu Boden.

»Nur noch dies, wenn ich darf«, meldete sich Rhea, seine Frau, mit leiser, vom Kummer heiser gewordener Stimme zu Wort.

Umständlich nestelte sie einen kleinen Bund Kornblumen unter ihrem Obergewand hervor und hielt ihn mit zitternden Händen flehentlich Larunas Eltern entgegen.

Ethla konnte sich ob dieser Geste ihrer Tränen nicht länger erwehren und schaute ihren Mann an, der in diesem Moment ebenfalls um seine Fassung rang.

»Das muss doch einmal ein Ende haben«, rief Ethla gequält.

Sie lief mit ausgebreiteten Armen zu Rhea und umarmte sie innig.

»Wir haben doch beide unsere Kinder verloren«, schluchzte sie, »ist das nicht genug? Urms hat seine Tat gesühnt. Lasst uns nun unseren Frieden auf ihrem Grab machen!«

Unterdessen war auch Truns zu Kaies gegangen und bot ihm die Hand.

»Nimm deine Waffen wieder auf, Kaies!«, sagte er beherrscht und mitleidsvoll zugleich. »Unsere Frauen haben Recht! Es gibt keinen Grund, dass Feindschaft zwischen uns sei. Ihr habt euren gesamten Besitz hierher gebracht – nehmt ihn wieder zurück und gebt ihr meinethalben eine Spange ins Grab. Es ist, wie Beruns sagte: Die Tat eures Sohnes ist nicht die eure! Lasst uns also versöhnt den Grabhügel über unsere Kinder errichten.«

Kaies bückte sich verlegen und griff nach seinem Schwert.

»Nimm dies als Dank für deine Güte«, murmelte er und wagte nicht, in Truns' Gesicht zu sehen.

»Behalte deine Waffe, Kaies! Dir steht sie besser als einem Schiffsbaumeister!«, wehrte Truns sein Anerbieten ab.

Kaies erhob sich und umfasste linkisch Truns' rechte Hand.

»Ich danke dir und Ethla für das Mitgefühl, dass ihr uns hier habt zuteil werden lassen. Wir stehen tief in eurer Schuld, das wissen wir! Aber wir wissen auch, dass wir die Toten durch nichts mehr zum Leben erwecken können. Wollen wir also zusammen die Erde über die Körper unserer Kinder schichten.«

Gemeinsam schauten sie nun zu Beruns, der bis dahin dem Geschehen abwartend beigewohnt hatte.

»So sei es«, gebot Beruns darauf mit lauter Stimme. »Die Toten sind gesühnt, und auch wenn wir Urms' Namen seiner Tat wegen aus unserer Erinnerung gestrichen haben, sollten wir nicht vergessen, dass auch er nur das Werkzeug eines unabwendbaren Schicksals gewesen war. Schließt nun den Sarg und lasst die Toten ruhen!«

Auf sein Geheiß traten wieder die jungen Männer an

den Sarg, die ihn zuvor an dieser Stelle abgesetzt hatten.

Sie legten die über den Sargrand hängenden Rindshäute über den Körper Larunas und hoben hernach die als Deckel gedachte zweite Stammhälfte auf das Unterteil.

Mit bronzenen Nägeln verschlossen sie am Ende den Sarg, um dann ehrfurchtsvoll zurückzutreten.

Noch einmal ergriff Beruns das Wort.

»Wir haben uns im Rat darüber Gedanken gemacht, wer noch außer den nächsten Verwandten der Toten die Ehre haben darf, diesen Hügel zu errichten, und wir sind einhellig zu der Überzeugung gelangt, dass es die jungen Frauen und Männer sein sollen, die mit ihr auf der Insel waren. Mögen sie daher gleich mit ihrer Arbeit beginnen!«

»Dann bin ich ja zur rechten Zeit gekommen«, ließ sich da Tarkons Stimme vernehmen, der, von allen unbemerkt, zum Begräbnisplatz zurückgekehrt war.

Er betrat den Steinkreis und kniete kurz vor dem Sarg nieder.

Danach erhob er sich und ergriff einen der hölzernen Spaten, die am Rande des Rundes abgelegt worden waren.

»Jetzt lasst uns unsere Arbeit tun«, rief er und warf als Erster die sandige Erde über den Sarg.

Kapitel 10

Zwölf Tage waren vergangen, seit Tarkon von zu Hause Abschied genommen hatte, um mit den Händlern auf dem Seeweg in das Land Khemet zu fahren. Das war nicht immer so gewesen, waren die Kaufleute doch noch vor wenigen Generationen mit ihren ungefügen Fuhrwerken ausschließlich zu Lande auf dem alten Handelsweg gereist, der weit nach Süden bis über die östlichen Ausläufer des großen Gebirges führte, welches sich vor der Küste des südlichen Meeres auftürmte und bei einem großen, direkt am Meer gelegenen Handelsstützpunkt sein Ende nahm.

Dort warteten die Schiffe der Seehändler, deren Heimat eine ausgedehnte, inmitten des Südmeeres gelegene Insel war, die Keftu genannt wurde.

Die Kaufleute tauschten ihre Güter, und während die einen danach ihren langen und beschwerlichen Weg zurück in ihre nördliche Heimat antraten, segelten die Seehändler mit ihren schnellen Schiffen zu den reichen Ländern, die das Meer weit im Süden und Osten anrainten.

Irgendwann waren dann die Nordleute zu der Einsicht gelangt, dass es doch viel einträglicher wäre, gerade den heiß begehrten Bernstein direkt mit den Endabnehmern zu verhandeln, und so wurden die nächsten Expeditionen von kundigen Schiffsbaumeistern begleitet, die sich die großen, mit Segeln bestückten Fahrzeuge der Seehändler genau ansahen.

Bislang hatten sie robuste, nur von Rudern getriebene Boote gebaut, die mit ihren hohen Steven hervorragend für die küstennahe Fahrt in der oft rauen Nordsee geeignet waren.

Nun aber halfen ihnen die Erkenntnisse, die sie sich im Süden erworben hatten, Schiffe zu bauen, die die guten Eigenschaften sowohl des eigenen, althergebrachten Bootstyps wie auch die der fremden Schiffe vorzüglich in sich vereinten und so in der Lage waren, lange Strecken auf hoher See viel schneller als bisher zurückzulegen.

Ein solches Schiff war auch die *Albatros*, das größte Schiff und Stolz der Händlergilde, auf dem Tarkon nunmehr seine Pflichten als Mitglied der Besatzung zu erfüllen hatte.

Von Vorder- zu Achtersteven maß es über sechzig Ellen und an der breitesten Stelle über vierzehn Ellen.

Die beiden Steven, die jeweils mit einem kunstvoll geschnitzten Albatroskopf – der eine nach vorn, der andere nach achtern schauend – gekrönt waren, ragten senkrecht sechs Ellen über Bug und Heck.

Vier Ellen Höhe maßen die Bordwände über der Wasserfläche, und an dem mittschiffs im Kiel befestigten Mast, der sich mit sechs Manneslängen in den Himmel reckte, war das große Segel angeschlagen, welches sich gerade in dem kräftigen Wind bauschte, der seit einigen Tagen beständig aus Nordwest wehte.

Für die Herstellung des Segels hatten die Frauen des

Dorfes auf ihren Webstühlen zehn Tuchfahnen von vier Ellen Breite und sechzehn Ellen Länge gewirkt, die dann, paarig aufeinandergelegt und mit den Seiten vernäht, ein Rechteck von zwanzig mal sechzehn Ellen bildeten.

Die Umrandung des Segels, wie auch die Nähte, waren mit Lederstreifen verstärkt worden und der Stoff selbst, der aus einem dichten Gewebe aus Wolle und Leinen bestand, war zudem noch mit geschmolzenem Walfett getränkt worden, um ihn windundurchlässig zu machen.

Zum Schutz gegen das salzige Meerwasser waren die eichenen Planken des Rumpfes innen und außen mit Bienenwachs behandelt worden.

Ein wenig wehmütig musste Tarkon, der gerade an der Reling neben dem Vordersteven lehnte und versonnen das stetig schäumende Quirlen der Bugwellen betrachtete, daran denken, dass die *Albatros* vor zwei Jahren von Truns auf Kiel gelegt worden war, und dass Laruna sich an den Arbeiten tatkräftig beteiligt hatte. So hatte sie beispielsweise die beiden stilisierten Vogelköpfe geschnitzt, mit denen die Steven am oberen Ende abschlossen, oder auch die kunstvoll ineinander verflochtenen Ornamente, die die Dollbords über ihre ganze Länge an Back- und Steuerbord zierten.

Während er so gedankenverloren mit seinen Fingern zärtlich über diese Verzierungen fuhr, tauchte vor ihm das vertraute Bild des heimatlichen Dorfes auf.

Es war ihm nicht sonderlich schwer gefallen, Abschied von zu Hause zu nehmen.

Nach allem, was geschehen war, hatte ihn dort nichts mehr zurückgehalten.

In den intensiven Gesprächen, die er in den Tagen nach Larunas Beerdigung mit seiner Mutter, seinem Großvater und Maeknas geführt hatte, war ihm zudem klar geworden, dass er sich, wenn auch ungewollt, gegen sein ihm zugedachtes Schicksal aufgelehnt hatte, was ihn somit mitschuldig hatte werden lassen an den widrigen Umständen, die letztendlich zum Tode Larunas und Urms' geführt hatten.

Mit dieser schmerzlich gewonnenen Einsicht verlangte es ihn nur noch, sich nunmehr auf den Weg zu machen, um seinen »Geistbruder«, den er in seiner letzten Vision auf der heiligen Insel gesehen hatte, zu suchen.

So hatte er sich, als die Händler die *Albatros* für die Fahrt ins goldene Khemet ausrüsteten, kurzerhand um einen Platz an Bord beworben und war angenommen worden.

Er erhoffte sich von dieser Reise aber nicht nur, seinem visionären Rätsel näher zu kommen, sondern auch durch all die neuen Eindrücke und Abenteuer, die ihm zweifellos in der Fremde begegnen würden, den für ihn so notwendigen, nicht nur räumlichen Abstand zu den traumatischen Ereignissen zu gewinnen, die mit dem Tod Larunas verknüpft waren.

Er reckte sich und schaute nach achtern.

Sein Blick fiel auf Luknies, der breitbeinig, die Daumen in den Gürtel gehakt, neben dem Rudergänger stand und ein Liedchen vor sich hin pfiff.

Luknies galt als der erfahrenste Schiffsführer der Gilde, und deshalb hatte man ihm auch für diese Fahrt das Kommando über Schiff und Besatzung übertragen.

Er hatte diesen Winter seinen vierzigsten Geburtstag gefeiert, und dies war seine zehnte Reise in das goldene Land.

Der Schiffsführer war von mittelgroßer, kräftiger Statur.

Sein weißblondes, schulterlanges Haar bildete einen auffälligen Kontrast zu der rotbraunen Hautfarbe, die von seinen Aufenthalten unter der südlichen Sonne zeugte.

Die wachen, wasserblauen Augen, um die unzählige Lachfältchen tanzten, wie auch seine einstmals gerade, dickflügelige Nase, die aber nun, verursacht durch einen Schwerthieb, der ihn unterhalb des Nasenbeins getroffen hatte, etwas abgeknickt nach oben wies, verliehen seinem bartlosen Gesicht einen fröhlich verwegenen Ausdruck.

Und Luknies war in der Tat von fröhlicher und offener Natur.

Angst war für ihn ein Fremdwort.

»Der Tod«, pflegte er immer zu sagen, »verliert seinen Schrecken, wenn du ihn dir zum Freunde machst.«

Mit dieser Lebenseinstellung und seinem hervorragenden seemännischen Können hatte er die Mannschaft und das ihm anvertraute Schiff mit seiner kostbaren Ladung schon so manches Mal vor den unberechenbaren Gefahren bewahrt, die auf dem Meere lauerten.

Luknies wusste nicht mehr, durch wie viele furchtbare Stürme er sein Schiff mit sicherer Hand geführt hatte, und die Narben, die sein Körper mannigfaltig aufwies, waren ein beredtes Zeugnis für all die heftigen und oft grausamen Scharmützel, die er sich mit den beutelüsternen Piraten, die wie eine Plage das südliche Meer durchkreuzten, geliefert hatte.

Tarkon, der ja zum ersten Male zu einer so langen Reise auf hoher See aufgebrochen war, erhielt, schon wenige Tage, nachdem sie abgelegt hatten, eine Kostprobe von Luknies' bereits zur Legende gewordenen Seefahrertalentes.

Sie hatten gerade die Enge zwischen den Zinninseln und dem Festland durchfahren, als sich am frühen Nachmittag dunkle Wolken am Himmel auftürmten, die alsbald ihre nasse Last über ihnen ausschütteten.

Zugleich hatte sich der schlagartig auffrischende Wind gedreht, sodass er nun kräftig aus Fahrtrichtung blies.

Daraufhin hatte Luknies das Segel dwars stellen lassen, um so luvgierig unter die Küste des an Backbord gelegenen Festlandes gelangen zu können, wo sie Zuflucht hätten finden können.

Doch schneller als erwartet, hatte sich der Wind zu einem ausgewachsenen Orkan entwickelt, der die See zum Kochen brachte und haushohe Wogen über ihre in Luv gebotene Breitseite herabbrechen ließ.

Anfänglich hatte Luknies noch das Segel reffen und die Riemen zur Stabilisierung des Bootes ausbringen lassen, doch auch diese Maßnahme erwies sich sehr bald als vergebliche Mühe.

Brecher auf Brecher fegte über das Deck der *Albatros*, die jetzt hilflos der entfesselten Natur preisgegeben war.

Das war der Moment, als Luknies selbst das Ruder übernahm.

Mit seinem gewaltigen Stimmorgan, das selbst das Heulen des Orkans übertönte, befahl er, die Riemen einzuholen und hieß die Männer, sich mittels der unter den Duchten angebrachten Tampenschlaufen so gut es ging zu sichern.

Unter diesen widrigen Umständen war nicht mehr daran zu denken, das Schiff landwärts zu halten, und so drehte Luknies den Bug in den Sturm, sodass das Boot nur noch einen geringen Widerstand gegen die heranrasenden Wellen bot.

Während die *Albatros* nunmehr mit scheinbarer Leichtigkeit über die brodelnden Wogenkämme ritt, lachte Luknies aus vollem Hals und stimmte wilde Seemannslieder an, die von der ganzen Mannschaft mit Begeisterung mitgesungen wurden.

Tarkon hingegen, der von dem kräftezehrenden Rudern völlig erschöpft über seiner Ducht gebeugt saß, wurde es von dem steten Auf und Ab mit einem Male so übel, dass er sich unentwegt übergeben musste.

Erst nachdem er auch den letzten Rest Galle aus seinem Magen gespieen hatte, verfiel er allmählich in einen traumlosen Dämmerschlaf, der ihn die Nässe und Kälte, die in und um ihn war, nicht mehr spüren ließ.

Irgendwann wachte er wieder auf, als es in sein Bewusstsein gedrungen war, dass ihm jemand mehrmals mit der flachen Hand auf die Schulter geschlagen hatte.

Als er daraufhin immer noch ganz benommen die Augen öffnen wollte, musste er sie sofort wieder schließen, denn grelles Sonnenlicht hatte ihn geblendet.

Blinzelnd schaute er zur Seite und nahm den Schemen eines Gesichtes wahr.

Er erkannte Turuns, den Sohn Luknies', der mit ihm auf der Ducht saß, wenn es zu rudern galt.

»Na, haben wir ausgeschlafen?«, hörte er ihn gutmütig spotten.

Turuns war acht Jahre älter als er und gehörte seit seiner Initiation zur Seefahrergilde.

Von seinem Vater hatte er die albinoartigen Haare geerbt, er überragte Luknies jedoch um Haupteslänge.

Sein Gesicht ähnelte dem seiner Mutter.

Seine großen, mandelförmigen Augen und sein volllippiger Mund unter der schmalen, geraden Nase ließen seine Züge melancholisch erscheinen, was aber seinem Naturell in keinster Weise entsprach.

Es war Turuns' vierte Fernfahrt mit seinem Vater, und dieser hatte ihn für die Reise wohlüberlegt an Tarkons Seite gestellt.

»Wie lange ... äh ... habe, habe ich geschlafen?«, krächzte Tarkon, wobei er mühsam versuchte, sich aufzurichten, was ihm aber mit seinen klammen und teilweise eingeschlafenen Gliedmaßen nicht recht gelingen wollte.

Er fühlte sich zerschlagen, und außerdem hatte er furchtbaren Durst.

Er fuhr mit seiner pelzigen Zunge über die spröden Lippen, die wie sein Rachen mit einer rauen Salzkruste überzogen zu sein schienen.

»Na ja, einen Tag und eine Nacht«, sagte Turuns bedächtig, während er Tarkon einen hölzernen Becher mit Wasser darbot.

»Warum habt ihr mich nicht geweckt?«, fragte Tarkon, nachdem er den Becher in einem tiefen Zug geleert hatte.

»Weshalb dich wecken? Um was zu tun?«, erwiderte Turuns sarkastisch. »Wir alle konnten diesen Sturm sowieso nur untätig über uns ergehen lassen und beten, dass der Kahn heil bleibt!«

Tarkon schaute sich um und stellte zu seinem Erstaunen fest, dass der Mast noch stand, das Segel sich im Wind blähte und auch sonst alles an seinem Platze war.

»Wo ist dein Vater?«, fragte er, als sein Blick auf den Rudergänger fiel, der alleine auf dem Achterdeck stand.

»Der hat sich heute in aller Frühe im Laderaum zum Schlafen hingelegt. Willst du noch Wasser?«

»Ja, gerne!«

»Dann steh auf und hols dir!«, erwiderte Turuns lachend und half Tarkon auf die Beine.

Tarkon war der einzige Neuling an Bord, und während er steifbeinig zum Wasserfass stakste, welches mittschiffs am Mastbaum angeflanscht war, wagte er es kaum, seinen Blick zu den anderen Besatzungsmitgliedern zu erheben, so sehr schämte er sich, das Unwetter, oder wie Turuns sich nachträglich ausgedrückt hatte, »die lächerliche Mütze voll Wind«, einfach verschlafen zu haben.

Doch die freundlich derben Zurufe aus der Mannschaft und das kühle frische Wasser, das seine Lebensgeister wieder wachrief, hatten ihn schon bald zu seiner guten Laune zurückfinden lassen.

Dazu trugen auch die veränderten Wetterverhältnisse bei, die sich während der nächsten Tage nicht mehr wesentlich verändern sollten.

Die Sonne strahlte von einem nahezu wolkenlosen blauen Himmel, und eine kräftige, warme Brise ließ das Schiff schnell vorankommen.

Sie waren seit dem Sturm fünf Tage lang immer in Sichtweite des an Backbord gelegenen Festlandes in südlicher Richtung gesegelt, bis gestern Nachmittag ein schmaler Landstreifen am Horizont aufgetaucht war, der sich weit nach Westen erstreckte.

Als der Toppsgast das Land ausgerufen hatte, ließ Luknies nach Backbord beidrehen und nahm Kurs auf die nahe Festlandsküste.

Zielsicher steuerte er eine kleine, geschützte Bucht an, in der sie wenig später vor Anker gingen, um ihre Vorräte zu ergänzen.

»Dieses Land dort am Horizont wird Iberune genannt«, hatte Turuns Tarkon erklärt. »Wir müssen es ganz umsegeln, um in das Südmeer zu gelangen. Das wird mindestens weitere zehn bis zwölf Tage dauern, und wir können während dieser Zeit nicht an Land gehen, außer ein Notfall zwänge uns dazu. Die Eingeborenen dieser Küsten sind nämlich wilde, räuberische Menschen«, hatte Turuns noch bedeutungsschwanger hinzugefügt.

Nahe der Bucht befand sich eine kleine Siedlung, deren Bewohner sie schon am Strand erwarteten und gastfreundlich begrüßten.

Anfangs fiel es Tarkon schwer, ihre Sprache zu verstehen, doch bald hatte er sich an den singenden Tonfall ihres Dialektes gewöhnt und konnte den Gesprächen, die später am Abend an den Lagerfeuern geführt wurden, einigermaßen folgen.

Luknies und die meisten Männer der Besatzung waren den Dorfbewohnern wohl bekannt, und diese hatten zu Ehren ihrer Gäste ein Paar Lämmer und Zicklein geschlachtet, die nun über den Feuern am Spieß gedreht wurden.

Als Tarkon später davon kostete, war es ihm, als ob er niemals zuvor etwas ähnlich Köstliches gegessen hätte.

Die Fleischstücke wurden in einer Soße dargereicht, deren herbes und intensiv würziges Aroma ihm angenehm in die Nase stieg.

Auch das warme, weiße Brot, das ihm als Beilage geboten wurde, verströmte einen betörenden Duft von unbekannten Kräutern, die dem Teig offenbar zugemischt worden waren.

Nachdem er sich satt gegessen hatte, streckte er sich der Länge nach am Feuer aus, verschränkte die Hände hinter dem Kopf und schaute in den von Sternen übersäten Himmel. Nie zuvor hatte er ununterbrochen so viele Tage und Nächte auf See verbracht, und so lag er einfach nur da und genoss die feste, ruhende Erde unter seinem Rücken.

Eine lange Weile lauschte er noch den Liedern, die die Dorfbewohner sangen.

Die Weisen, die ihm im gleichen Maße fremd, aber auch irgendwie vertraut vorkamen, ließen ihn die hinter ihm liegenden Strapazen vergessen und lullten ihn schließlich in einen friedvollen Schlaf ein, wie er ihm seit jenen unseligen Geschehnissen in der Heimat nicht mehr vergönnt gewesen war.

Früh am nächsten Morgen schafften sie gemeinsam mit den Einheimischen die Lebensmittel an Bord, darunter auch jene gelben Früchte, die Tarkon schon von zu Hause kannte, da die Seefahrer sie bisweilen von ihren Fahrten in den Süden mitgebracht hatten.

Sie schmeckten fürchterlich sauer, doch ihr Fruchtfleisch zu essen oder ihren Saft zu trinken war der Gesundheit förderlich.

Gegen Mittag war es dann soweit, Abschied voneinander zu nehmen.

Luknies überreichte dem Dorfältesten mehrere Bernsteinketten sowie etliche bronzene Sicheln zum Dank für die reichlich erfahrene Gastfreundschaft.

Dann ruderten sie aus der Bucht, und noch lange nachdem sie das Segel gesetzt hatten, sahen sie die Dorfbewohner, wie sie ihnen vom Strand aus hinterherwinkten.

Das Wetter blieb ihnen günstig gesonnen, und so segelten sie mit gutem Wind und westlichem Kurs entlang der Küste des Landes, das Iberune genannt wurde.

Nach knapp drei Tagen umrundeten sie das Kap, welches das Ende dieses Landes nach Westen hin bildete, und Luknies ließ das Schiff wieder nach Süden steuern.

Zehn Tage hielten sie diesen Kurs bei, bis sie zu einer Landmarke gelangten, an der die Küste hart nach Südosten abknickte.

Dann, nach zwei weiteren Tagen und Nächten, befahl Luknies am Morgen des dritten Tages beizudrehen, das Segel zu reffen und die Riemen auszubringen.

Während sie auf die Küste zuhielten, erkannte Tarkon eine große Flussmündung, in die sie kurze Zeit später hineinruderten.

Sie mussten noch eine geraume Zeit flussaufwärts rudern, bis endlich die ersten Häuser einer großen Siedlung auszumachen waren, die sich entlang dem an Steuerbord gelegenen Flussufer erstreckte.

Zwischen dem zum Schutz aufgeschütteten Ringwall mit seiner spitzpfähligen Palisade, der die Siedlung landwärts umgab, war das Ufer mittels Steinblöcken und mächtigen Holzpfeilern begradigt, erhöht und befestigt worden.

An dieser künstlich geschaffenen Anlegestelle, an der noch zwei weitere Schiffe fremder Bauart vertäut waren, machten sie alsbald fest.

Tarkon kannte diesen Ort schon seit seiner Kindheit aus den Erzählungen seines Vaters und seines Großvaters.

Die Händlergilde hatte diesen Stützpunkt vor zwei Generationen eingerichtet, um einen Vertrag mit den Kaufleuten der Insel Kefta, die das südliche Meer beherrschten, zu erfüllen.

Für die freie Fahrt der Gildeschiffe nach dem Lande Khemet hatten sich diese einen Hafen außerhalb der Pforte, die zum südlichen Meer führte, sowie Handelslizenzen für ihre Reisen nach Norden ausbedungen.

So erhielt die Siedlung von den Nordleuten den Namen Tar'eses, »Hafen nach Osten«.

Luknies hatte der Besatzung mitgeteilt, dass sie hier allenfalls zwei Tage Aufenthalt hätten. Er wollte mit den hiesigen Händlern, die das Binnenland bereisten,

Waren und Erfahrungen austauschen, um dann und unter den günstigen Wetterbedingungen, die voraussichtlich nur noch wenige Tage anhalten würden, so schnell wie möglich die gefährliche Meerenge, die die Pforte zum Südmeer genannt wurde, zu passieren.

Turuns hatte sich erboten, Tarkon die Siedlung zu zeigen, was dieser auch – von Neugier angestachelt und um jede Abwechslung dankbar – freudig akzeptierte.

Es war am frühen Nachmittag, als sich die beiden auf den Weg machten, die Handelsniederlassung zu erkunden.

Tarkon, der immer ein wenig skeptisch den abenteuerlichen Berichten der heimkehrenden Seeleute gelauscht hatte, konnte sich nun mit eigenen Augen überzeugen, dass das, was man ihm über diesen Ort erzählt hatte, keineswegs übertrieben war.

Das Areal, was sich innerhalb des Halbrunds des Schutzwalles erstreckte, war zwar nicht wesentlich größer als die Flächen, auf denen die Dörfer und Weiler seiner Heimat errichtet worden waren, nur dass in Tar'eses die bauliche Ausnutzung dieser Fläche ungleich anders gehandhabt wurde, als er es von daheim gewohnt war.

Während es nämlich im Norden üblich war, einen reichlichen Abstand zwischen den Häusern und Gehöften der Nachbarn zu halten, schmiegten sich hier die Häuser Wand an Wand, nur von einigen schmalen Gassen durchzogen, eng aneinander.

Folglich lebten hier auch viel mehr Menschen zusammen, was nicht nur zu sehen und zu hören, sondern letztlich auch zu riechen war.

Schon als sie angelegt hatten, war Tarkon dieser süßlich faulige Gestank, den die Siedlung über den Hafen hinweg ausdünstete, unangenehm in die Nase gestiegen.

Obgleich es noch Frühling war, herrschte hier zur Zeit eine schweißtreibende sommerliche Hitze, die die Luft über dem Ort förmlich stehen ließ und so den üblen Geruch, der wohl von Exkrementen, Abfall und brackigem Wasser herrührte, nur noch verstärkte, was bei Tarkon zunächst eine leichte Übelkeit auslöste.

Doch das hielt zum Glück nicht lange an, und als sie später ihren Rundgang begannen, hatte seine Nase sich an diese widrige Begleiterscheinung weitgehend gewöhnt, sodass er sich nun ganz unbeschwert dem Neuen und Unbekannten, was ihn hier zweifellos erwartete, zuwenden konnte.

Das Erste, was ihm auffiel, war die hektische Betriebsamkeit, die allerorten am Hafen und in der Siedlung herrschte.

Im Vergleich zu der eher beschaulichen Ruhe und Bedächtigkeit, mit denen die Menschen im Norden ihren täglichen Verrichtungen nachgingen, schoben sich hier die Menschen lärmend und scheinbar ziellos durch die Gassen oder umringten schreiend und gestikulierend die vielen kleinen Verkaufsstände, die überall auf dem großen, freien Platz am Hafen aufgebaut waren.

So verschieden hier die Menschen in ihrem Äußeren und in ihrer Herkunft waren, so unterschiedlich war auch die Bauweise der Häuser, die sie bewohnten.

Neben den hochgiebligen Blockhäusern, die Tarkon von seiner Heimat her vertraut waren, gab es auch solche, die rund aus behauenen Steinen errichtet und mit einem kappenförmige Dach aus Strohgarben bedeckt waren.

Ziemlich am Ende ihres Rundganges gelangten sie dann noch zu einer in sich geschlossenen Häusergruppe, die offenbar ein gesondertes Viertel innerhalb der Siedlung darstellte und direkt an den ostwärtigen Teil des Hafens anschloss.

Diese Häuser waren von einer Architektur, deren fremdartige Eleganz Tarkon sofort in Bann schlug.

Auf einem großzügig angelegten rechteckigen Fundament erhoben sich um einen lichten Innenhof die aus gebrannten Tonziegeln gemauerten Wände, die bei einigen Häusern zwei Stockwerke hoch waren.

Das flache Dach, das die darunter liegenden Wohnräume bedeckte, ragte über die innere Wand in den Lichthof hinein und ruhte dort auf bunt bemalten hölzernen Pfeilern, die in gleichmäßigen Abständen entlang des Hofgevierts in den Boden eingelassen waren.

Doch auch das Dach wurde offensichtlich von den Hausbewohnern als Garten genutzt, denn über der etwa hüfthohen Brüstung, mit welcher die Außenmauern nach oben hin abschlossen, waren die Spitzen verschiedener kleiner Bäume und Sträucher zu sehen, und dazwischen hingen üppig blühende Pflanzen, wohlriechenden und schillernden Kaskaden gleich, von der Brüstung herab.

Die weiß verputzten Außenwände wiesen große, rechteckige Öffnungen auf, durch die so viel Tageslicht ins Innere gelangte, dass die dort befindlichen Räume bis in die Abendstunden immer angenehm hell blieben. Nur des Nachts und bei schlechtem Wetter wurden von innen hölzerne Läden angebracht, die vor Kälte, Wind und Nässe schützten.

»Diese Häuser gehören den Händlern aus Keftu«, erklärte Turuns, dem das bewundernde Staunen seines Gefährten nicht entgangen war.

»Sie halten sich für etwas Besseres und verwehren deshalb den anderen Bewohnern der Siedlung den Zugang zu diesem Viertel, das sie zudem mit Hunden und Sklaven Tag und Nacht eifersüchtig bewachen lassen. Ich wundere mich übrigens, dass man uns noch nicht davongejagt hat«, setzte er sarkastisch hinzu.

Tarkon sah sich um und bemerkte erst jetzt, dass sich hier in der Tat und mit ihrer Ausnahme niemand aufhielt.

»Aber warte nur, bis wir in Keftu sind«, sagte Turuns. »Gegenüber den Häusern, die du da zu sehen bekommst, nehmen sich diese hier eher wie armselige Katen aus. Komm, lass uns zurück zum Hafen gehen, ich habe Durst!«

Wieder am Hafen angelangt, ging Turuns zielstrebig zu einer der vielen kleinen Hütten, die den Platz vor der eigentlichen Siedlung in bunter Vielfalt säumten.

Es waren einfache, aus Lehmziegeln gebaute, schilfgedeckte Hütten, die nach vorne hin offen waren.

Nur ein breites, massives Holzbrett, welches in die beiden Seitenwände eingelassen war, hinderte den Besucher, das Innere zu betreten.

Der Lehmverputz einer jeden dieser Hütten war in einer anderen, zumeist auffallend grellen Farbe gestrichen worden.

So hatte die Hütte, die Turuns sich ausgesucht hatte, einen hellblauen Anstrich erhalten.

»Was gibt es hier zu sehen?«, fragte Tarkon misstrauisch, während sie sich noch ihren Weg durch die unüberschaubare Menschenmenge bahnten.

»Nun, zu sehen gibt es hier vor allem die vielen interessanten Leute, die sich auf diesem Platz tummeln«, gab ihm Turuns trocken zur Antwort. »Aber sollte sich deine Frage auf das Geheimnis, welches diese elende Bude da birgt, beziehen, so kann ich dir verraten, dass du dort alles finden wirst, was du für die Befriedigung deiner leiblichen Bedürfnisse benötigst, die du sicherlich nach diesem langen Ausflug in Magen und Kehle verspüren magst.«

»Du meinst, es gibt hier etwas zu essen und zu trinken?« Tarkon schaute sich ungläubig um.

Vor der Hütte waren wirklich ein paar hohe, einbeinige Holztische aufgestellt, um die sich nicht wenige Leute geschart hatten, die von den appetitlich aussehenden Speisen aßen, welche, auf kleinen Holztellern angerichtet, auf den Tischen verteilt waren. Auch dem Inhalt der großen tönernen Becher, die ein jeder vor sich abgestellt hatte, wurde eifrig zugesprochen, wobei sich zum Teil recht lautstark, aber augenscheinlich fröhlich miteinander unterhalten wurde.

Als er sich Turuns wieder zuwandte, sah er, wie sich gerade die Gestalt eines unglaublich hageren Mannes aus dem Halbdunkel des hinteren Teiles der Hütte schälte und nach vorne schlurfte.

Das schmale, triefäugige Gesicht wurde von einem enormen Schnauzbart beherrscht, der reusenartig über den Lippen hing.

Sein leicht gebeugter Oberkörper war dicht behaart, ebenso die Beine, die unterhalb des ehemals weißen Leinentuchs, welches ihm viel zu weit um die Hüften geschlungen war, zu sehen waren.

Wortlos und ohne eine Miene zu verziehen, stellte er zwei randvoll gefüllte Becher vor den beiden ab, um sich mit dem gleichen mürrischen Gesichtsausdruck einem Neuankömmling zu widmen, der sich unterdessen neben Tarkon gestellt hatte.

Turuns beobachtete amüsiert, wie Tarkon dieser Szene mit zunehmender Verdutztheit folgte.

Als Tarkon ihn dann hilflos fragend ansah, brach er vollends in schallendes Gelächter aus.

»Mach dir nichts draus! Der alte Griesgram hat, soviel ich weiß, noch nie ein Wort an seine Gäste verloren. Schon mein Vater hat mir von ihm erzählt, und auch er hat ihn noch nie sprechen hören. Aber er hat gutes Essen, und vor allem hat er den besten Wein, den es an diesem stinkenden Ort gibt!«

»Wein?«, entfuhr es Tarkon fast andächtig, denn er hatte schon viel von diesem heilsamen, aber auch berauschenden Getränk gehört, doch noch nie davon gekostet. Die Händler brachten zwar immer einige tönerne Gefäße mit Wein von ihren Reisen mit, aber sie verkauften ihn nicht, sondern behielten ihn für ihren eigenen Bedarf.

Turuns sah Tarkon belustigt von der Seite an.

»Ja, Wein«, sagte er. »Der gegorene Saft von kleinen, runden Früchten, die die Kefter in ihrer Heimat anbauen. Schmeckt einfach köstlich. Probier doch mal!«

Während er selbst einen kräftigen Schluck aus seinem Becher nahm, nippte Tarkon erst vorsichtig daran.

Es war überraschend kühl, schmeckte fruchtig herb und auch ein wenig nach Erde.

Turuns goss eine kleine Lache auf das Brett.

»Schau, dieser Wein ist weiß«, erklärte er, »aber es gibt auch roten Wein. Den kannst du danach auch einmal kosten. Er hat zumeist mehr Süße als der Weiße, aber er ist auch kräftiger und steigt schnell in den Kopf!«

»Sag mal, ich nehme ja nicht an, dass der Alte uns den Wein schenkt. Das wird doch sicher ein teurer Spaß?«, gab Tarkon argwöhnisch zu bedenken.

»Ach, keineswegs!«, entgegnete Turuns heiter. »Der Wein ist hierzulande genauso alltäglich wie bei uns das Bier. Du wirst sehen, ein, zwei Bernsteinperlen, und unser triefäugiger Freund ist zufrieden. Nimm übrigens von dem Käse und den Fleischbällchen, sie passen wunderbar zu dem Wein.«

Jetzt nahm auch Tarkon einen tiefen Zug aus seinem Becher, durch dessen tönerne Wand die Kühle des Weins transpirierte, was in der Hitze, die sie umgab, zudem noch erfrischend wirkte.

Turuns hatte sich derweil umgedreht und lehnte nun mit dem Rücken an dem Schankbrett.

»Jetzt schau dir nur die Leute an. So verrückt, wie die sich hier gebärden, wirst du es kein zweites Mal erleben, weder in Keftu noch später in Khemet. Ich war ja nun schon einige Male hier, aber es ist immer wieder interessant«, sagte er und schob sich genüsslich ein Fleischbällchen in den Mund.

Tarkon wandte sich nun auch um und ließ seinen Blick über den Platz schweifen.

Es war ein ständiges Kommen und Gehen.

Männer, Frauen mit ihren Kindern – alle kamen irgendwann auf diesen Platz am Hafen, sei es, um hier wichtige Geschäftsabschlüsse zu tätigen, oder einfach nur, um etwas zu essen und zu trinken und dabei mit Bekannten ein Schwätzchen zu halten.

Als Tarkon vorhin durch die Gassen der Siedlung gegangen war, schienen ihm alle Menschen in dem dort herrschenden Gedränge auf den ersten Blick ziemlich gleich auszusehen.

Nun aber, und je länger er das bunte, laute Treiben vor ihm in Muße beobachten konnte, lernte er die Menschen an ihrem Äußeren und damit auch nach ihrer Herkunft zu unterscheiden, wobei ihm Turuns mit seiner Erfahrung äußerst hilfreich war.

Neben seinen Landsleuten, die sich hier während der vergangenen Jahre in nicht geringer Anzahl niedergelassen hatten und an ihrer landesüblichen Tracht leicht zu erkennen waren, gab es offensichtlich noch zwei weitere große Bevölkerungsgruppen, auf die ihn Turuns nunmehr aufmerksam zu machen begann.

»Siehst du die drei finster dreinblickenden Halunken, die da mit ihren Weibern um den letzten Tisch links von dir stehen?«, sagte er halblaut, während er unmerklich mit seinem Kopf in die Richtung wies.

Tarkon folgte dem Hinweis und musterte daraufhin die Fremden eingehend, die ihm in der Tat nicht sehr Vertrauen erweckend erschienen.

Die drei Männer waren von kleiner, untersetzter Statur, und ihre Haut hatte die Farbe schmutzigen Kupfers.

Die Oberkörper waren nackt, und um die Hüften

trugen sie breite Gürtel, die ihre knielangen Hosen aus scheckigem Ziegenfell festhielten.

Jeder von ihnen hatte mehrere Dolche im Gürtel stecken, was auf den Betrachter an sich schon bedrohlich wirkte.

Aus Ziegenfell war auch die unförmige Kappe, die sie über ihre langen schwarzen Haare gestülpt hatten, die ihnen in fettigen Strähnen in die wieselspitzen Gesichter fielen.

Über der Oberlippe wucherte ihnen ein mächtiger Schnurrbart, dessen geflochtene Enden bis weit unter das Kinn reichten, was ihren ohnehin schon verschlagenen Gesichtszügen noch eine Spur Verwegenheit verlieh.

»Hör auf, sie so offensichtlich anzustarren«, zischte Turuns, »sonst hast du, schneller als du denken kannst, ein Messer im Bauch!«

Tarkon schaute ihn verständnislos an.

»Tja, diese reizenden Zeitgenossen verstehen nämlich keinen Spaß, musst du wissen«, erklärte Turuns ihm mit einem verächtlichen Lächeln. »Diese Kerle kommen aus Sherdana, einer der vielen Inseln des Südmeeres. Du hast ihre Häuser gesehen, diese schmutzigen Bienenkörbe! Sie geben vor, Handel zu treiben, aber in Wahrheit sind es allesamt Piraten, die sich wie Zecken über unsere Schiffe und die der Keftier hermachen. Während der letzten Reise nach Khemet, es war auf dem Rückweg, haben sie uns aufgelauert. Wollten uns des Nachts überfallen. Keiner von denen hat die Auseinandersetzung überlebt. Ein übles Pack, sage ich dir, und dazu auch noch feige!«

»Was ist mit den Frauen, die bei ihnen stehen?«,

wollte Tarkon nun wissen. »Ich habe den Eindruck, dass die wenig gemein mit diesem schmierigen Gesindel haben.«

In der Tat unterschieden sich die drei Frauen in ihrem Äußeren ganz erheblich von ihren Begleitern.

Es waren hoch gewachsene, hellhäutige und auf den ersten Blick sehr anmutige Frauen, wären da nicht die grellen Farben in ihren Gesichtern gewesen – feuriges Rot auf Wangen und Lippen, Blau auf den Lidern und schwarze Linien um die Augen –, die ihre Züge kalt und wesenlos erscheinen ließen.

Die eine war blond, die beiden anderen dunkelhaarig.

Sie trugen weiße, bis zu den Knöcheln reichende Leinenroben, die die gold bereiften Arme freiließen, und an den Seiten bis zu den Oberschenkeln geschlitzt waren.

Auch war das Gewand unterhalb des Halsansatzes sehr freizügig ausgeschnitten, sodass die vollen Brüste bis fast zu ihren Spitzen zu sehen waren.

Turuns leerte seinen Becher mit einem einzigen tiefen Schluck.

»Dein Gefühl hat dich nicht getäuscht«, sagte er befreit ausatmend, während er sich den Mund mit dem Handrücken abwischte.

»He, Triefauge! Bring uns noch einen Becher!«, rief er dem Wirt kurz über die Schulter zu, um sich dann wieder ganz seinem Gegenüber zu widmen.

»Also, die Frauen da, das sind … na ja, das sind … Huren!«

»Huren? Von diesem Volk hörte ich bisher nie etwas.«

Turuns, der gerade seinen Becher zu einem neuerlichen Zug an seine Lippen geführt hatte, verschluckte sich ob dieser nüchtern wie treuherzig vorgebrachten Bemerkung seines Schützlings.

Der Wein in seiner Luftröhre verursachte ihm zunächst ein krampfhaftes Husten, welches sich kurz darauf in einem prustenden Gelächter löste.

»Entschuldige bitte! Ich verfüge zwar nicht über den reichen Schatz deiner Erfahrungen, den du dir während deiner Reisen ohne Zweifel erworben hast, aber ist das ein Grund, sich über meine zugegeben mangelnden Kenntnisse um die vielen fremden Völker, die diese Welt bewohnen, hier auf diese Art und Weise lustig zu machen?«

In Tarkons Stimme schwang unverhohlener Unmut.

Turuns hatte sich derweil wieder einigermaßen gefasst und sah ihm gerade in die Augen.

»Tarkon, mein Freund – erlaube mir, dich so zu nennen, denn ich schätze dich sehr, und nichts liegt mir ferner, als dich zu beleidigen«, sagte er begütigend. »Aber wenn ich dir erklärt haben werde, was Huren sind, dann wirst auch du lachen. Also, bei Huren handelt es sich keineswegs um einen Volksstamm, sondern um die Bezeichnung des Gewerbes, welchem diese Frauen nachgehen. Die Frauen haben sich nämlich von Jugend an in den raffiniertesten Spielarten der körperlichen Liebe geübt und bieten ihre kunstfertigen Dienste jedem Mann an, der dafür bezahlen kann!«

»Willst du damit sagen, ich gebe einer solchen Frau ein, zwei Bernsteinperlen und erkaufe mir so ihre körperliche Gunst?«, unterbrach ihn Tarkon ungläubig.

»Genau«, entgegnete Turuns grinsend. »Nur dass

dafür ein, zwei Perlen nicht ausreichend sind. Da musst du schon mindestens ein, zwei Ketten hinlegen, um auf deine Kosten zu kommen.«

»Hast du etwa ... ?«

Tarkon vollendete seine Frage nicht, da er die Antwort bereits in dem genüsslich verklärten Blick seines Begleiters lesen konnte.

»Natürlich«, kam es auch prompt über Turuns' Lippen. »Wenn auch nicht in diesem Drecksnest, sondern in Keftu und vor allem in Khemet. Gegenüber den Huren, die du dort finden wirst, sind die Weiber hier eher Anfängerinnen ihrer Zunft.«

Tarkon ließ seinen Blick noch einmal verstohlen zu den drei Frauen wandern, die eng an ihre Freier geschmiegt dastanden und ihnen mit spitzen Fingern immer wieder Leckereien in die Münder steckten, wobei sie stets obszön kicherten.

»Die zwei Schwarzhaarigen sind übrigens aus Khemet, falls es dich interessiert«, sagte Turuns beiläufig. »Aber im Vergleich zu ihren Schwestern dort sind die hier allenfalls dritte Wahl.«

Tarkon, der gerade fasziniert die beiden feingliedrigen Frauengestalten mit ihren unglaublich schmalen Taillen betrachtet hatte, fuhr verblüfft herum.

»Was? Wieso dritte Wahl? Für mich sehen die beiden aber recht attraktiv aus, muss ich sagen«, entgegnete Tarkon errötend.

»Weil ihre Haare echt sind«, sagte Turuns verschmitzt. »Die reichen Frauen in Khemet, wie eben auch die besseren Huren, tragen Perücken, falsche Haare also, über ihren kahl geschorenen Schädeln! Diese abstruse Sitte, der im Übrigen auch die wohlbestallten Männer folgen, unterscheidet sie von den Unfreien und den niederen, arbeitenden Ständen ihrer Gesellschaft.«

Turuns setzte darauf wieder eine ernste Miene auf und schaute Tarkon eine Weile nachdenklich über den Rand seines Bechers an.

Dann nahm er einen herzhaften Schluck, schloss kurz die Augen und legte seinen Arm um Tarkons Schulter.

»Komm, mein Freund, nimm deinen Becher und genieße den Wein, während ich versuchen werde, dir ein paar grundlegende Eigenheiten von der Welt da draußen zu erläutern, von denen du während des weiteren Verlaufs dieser Reise gewisslich profitieren wirst.«

Mit humorvollem Sarkasmus entführte Turuns Tarkon nun in die von körperlicher Sinnenlust geprägte Alltagswelt der Völker des Südens und schilderte all die pikanten Einzelheiten, die die Händler und Seeleute in ihren Berichten über die fremden Sitten und Gebräuche am heimischen Herd geflissentlich unberührt ließen.

Staunend erfuhr er, dass die Damen in Keftu über ihren farbenfrohen, langen Reifröcken knapp sitzende Miederjäckchen trugen, die jedoch die nackten Brüste vollständig aussparten.

In Khemet wiederum pflegten sich die Frauen in hautenge, knöchellange und ärmellose Gewänder zu kleiden, die ihre weiblichen Formen besonders betonten, und deren Stoff so dünn und fein gewebt wurde, dass er nahezu durchsichtig war.

»Du meinst, die Frauen dort finden nichts dabei, sich auf diese Weise in aller Öffentlichkeit zu zeigen oder ihre Körper ohne jede Scham an jeden Fremden gegen ein Entgelt zu veräußern?«, fragte Tarkon, dem seine Missbilligung über das meiste von dem bis dahin Gehörten nur zu deutlich anzusehen war.

»Was denkst du nur«, entgegnete Turuns ihm kopfschüttelnd. »Du hast bisher deine Heimat nie verlassen und kennst die Fremde nur vom Hörensagen. Du bist vertraut mit unserer Lebensart, in die du nun einmal hineingeboren wurdest, und hast gelernt, nach unseren Gesetzen zu leben und unsere Vorstellungen von Sitte und Anstand gutzuheißen. Aber das heißt doch noch lange nicht, dass das, was bei uns für gut und richtig erachtet wird, auch bei anderen Völkern in diesem Maße Geltung haben muss! Hier im Süden brennt die Sonne hell und heiß vom Himmel, und zwar das ganze Jahr über! Die Menschen in Keftu oder Khemet kennen keinen Wechsel der Jahreszeiten wie bei uns im Norden. Sie wissen nichts von der Dunkelheit und der trüben Kälte des Winters, noch gibt es bei ihnen ein Wort für Schnee!

Bedenke auch, dass die Leute im Süden viel dichter zusammenleben, als wir es gewohnt sind! Wir leben in überschaubaren, kleinen dörflichen Gemeinschaften mit genügend Abstand zu den Häusern unserer Nachbarn. In Keftu und Khemet hingegen haben sie ungleich größere Siedlungen – sie nennen sie Städte – errichtet, in denen, wie du es hier in Tar'eses andeutungsweise erfahren konntest, Haus an Haus steht und somit ein weitaus engerer Kontakt zwischen den Menschen gepflegt wird, als es bei uns gemeinhin üblich ist.

Dies beides zusammengenommen, das lichte, warme Klima und die intensive menschliche Nähe, bewirkt, dass die Leute im Süden, auch wenn sie arm sind, ihren Alltag viel unbeschwerter erleben.

Und jetzt wirst du auch verstehen, dass sie sich den Freuden der körperlichen Lust genauso selbstverständlich und zwanglos hingeben wie dem Genuss ihres täglichen Essens und Trinkens.

Während bei uns der Austausch von Zärtlichkeiten ausschließlich im Verborgenen stattfinden darf und dazu noch einem strengen moralischen Regelwerk unterworfen ist, finden die Leute in Keftu und Khemet nichts Anstößiges daran, wenn verliebte Paare, ob verheiratet oder nicht, ihre Zuneigung auch in der Öffentlichkeit zeigen.

Außerdem erklärt dir diese, von der unsrigen grundsätzlich verschiedenen Lebenseinstellung nun hoffentlich auch, warum sie sich so freizügig kleiden oder sich die kunstfertigen Dienste von Huren, von denen es übrigens auch männliche gibt, erkaufen, um ihren Geschlechtstrieb zu befriedigen.«

Eine Weile blieb Tarkon stumm, dann nickte er leicht mit dem Kopf.

»Das, was du mir da eben gesagt hast, leuchtet mir ein, und ich danke dir dafür, dass du mir meine Unwissenheit vor Augen geführt hast«, sagte Tarkon ernst. Plötzlich aber verzogen sich seine Lippen zu einem breiten Grinsen, und er schaute Turuns tief in die Augen.

»Deine Worte haben mich tief beeindruckt, Turuns, mein Freund«, fuhr er mit verschwörerischem Unterton weiter fort. »Mir ist nun klar geworden, dass ich noch viel über die Menschen in Keftu und Khemet zu lernen habe. Nach allem, was ich bisher von dir gehört habe, scheint ihre Kultur wahrhaftig feiner und fortschrittlicher zu sein als die unsrige, und ihre komplizierten Sitten und Gebräuche verwirren meinen unerfahrenen Geist. Ich bitte dich, der du doch so gut bewandert in all diesen Dingen bist, mich, der ich von Natur aus allem Neuen aufgeschlossen und lernbegierig bin, weiterhin darin geduldig zu unterweisen und mir all die guten Umgangsformen zu vermitteln, die es mir erlauben werden, mich dort in einigermaßen geziemender Form einzuführen, vor allem bei den Frauen!«

Turuns sah ihn einen Moment überrascht an, suchte vielleicht eine Spur Spott in seinen Worten, doch dann verstand er.

»Ich danke dir für dein Vertrauen«, sagte er, gleichermaßen eine Verschwörermiene aufsetzend. »Ich fühle mich geschmeichelt, und ich werde dich nicht enttäuschen. Doch kann ich dir nur aus meinen Erfahrungen berichten, die sehr persönlicher Natur sind. Ich bin mir aber sicher, dass du, sollten meine Bemühungen Früchte tragen, dort selbst einheimische Lehrmeister finden wirst, die dich, besser als ich, der ich selbst ein Fremder in diesen Ländern bin, mit den praktischen Inhalten ihrer hoch entwickelten Lebensart vertraut machen werden.«

Tarkon nahm darauf seinen Becher und leerte ihn, wie um diesen Pakt zu besiegeln, mutig in einem Zug, was er jedoch viel zu hastig tat, sodass er sich verschluckte und heftig husten musste.

»So soll es sein«, sagte er übermütig, nachdem er wieder zu Atem gekommen war und sich den Mund abgewischt hatte. »Ich verspreche dir, dass ich dir bis dahin ein gelehriger Schüler sein werde. Nun aber setze deine Lektion an der Stelle weiter fort, an der ich dich unhöflicherweise unterbrochen habe.«

Turuns bestellte daraufhin noch zwei Becher Wein und begann dann schwärmerisch von ausschweifenden nächtlichen Gelagen zu erzählen, denen er in Khemet wohl des Öfteren beigewohnt haben musste.

Paare, aber auch einzelne Frauen und Männer fanden sich demnach am frühen Abend bei dem jeweiligen Gastgeber ein und erquickten sich zunächst an den erlesenen Speisen und Getränken, die ihnen von eilfertigen Dienern unablässig dargeboten wurden.

Später dann, zu vorgerückter Stunde, wenn alle schon vom Wein und anderen Rauschmitteln in eine glückselige Traumwelt versetzt worden waren, erschienen nackte Tänzerinnen, die ihre jugendlich biegsamen Körper zu den dumpf klirrenden Rythmen, welche die Musiker ihren exotischen Instrumenten entlockten, in lasziver Verzückung den Zuschauenden darboten.

»So etwas entfacht dir das Feuer in den Lenden, weißt du«, schwelgte Turuns in seiner Erinnerung. »In den Kohlebecken ist nur noch rote Glut, und in dem von süßlichen Rauchschwaden geschwängerten Halbdunkel siehst du auf einmal die üppigen Brüste einer Frau dicht vor deinen Augen, fühlst ihre Hände, die sich in deine Haare wühlen, und dann ihre Zunge, die sich fordernd zwischen deine Lippen schlängelt, während ihr heißer Körper sanft auf dich herabgleitet … oh, verflucht!«

Turuns unterbrach sich, als er bemerkte, dass Tarkon, bei dem der ungewohnte Weingenuss offenbar seine Wirkung zu zeigen begann, sich an seinem Becher festhaltend, leicht schwankend dastand, während sein Blick, in dem unverhohlene Lüsternheit zu lesen war, starr auf die reizvollen Dekolletees der drei Huren geheftet war.

Gleichzeitig musste er erkennen, dass zwei der drei Sherdanu ihre langen Dolche gezogen hatten und sich in bedrohlicher Langsamkeit geradewegs auf sie zu bewegten, während der dritte sichernd seine Hände um die Griffe seiner Waffen gelegt hatte.

»Tarkon, schau mal die beiden da! Ich glaube, wir kriegen … Ärger«, sagte Turuns und verfluchte sich insgeheim, dass er es unterlassen hatte, sein Schwert mitzunehmen.

»Wie denn … was denn? Glaubst du, d… die kommen unseretwegen?«, lallte Tarkon unsicher. »Wir haben denen doch nichts getan!«

»Mann! Es braucht keine beleidigenden Äußerungen oder Handgreiflichkeiten, um diese Kerle missmutig zu stimmen! Es genügt, wie ich dir schon gesagt habe, ihnen direkt in ihre schmutzigen Gesichter zu sehen … oder eben, wie du es gerade die ganze Zeit über gemacht hast, einen begehrlichen Blick auf ihre Spielzeuge zu werfen«, zischte Turuns, während er fieberhaft nach einer Lösung suchte, die sie beide möglichst unbeschadet aus dieser äußerst prekären Situation befreien würde.

»Bleib hinter mir und halte deinen Mund, auch wenn es dir schwer fällt! Das Reden überlasse jetzt um deiner Gesundheit willen mir«, konnte er gerade noch sagen, dann waren die zwei Sherdanu herangekommen. Provozierend bauten sie sich vor den beiden

Nordleuten breitbeinig auf und fixierten sie hasserfüllt und mordlüstern aus zusammengekniffenen Augen, wobei sie die Klingen ihrer Dolche, die sie mit ihrer Rechten hielten, abwehrbereit auf ihre linke Schulter gelegt hatten.

Zunächst tat Turuns so, als ob er ihre Gegenwart ignorieren würde.

»Tarkon, mein Freund, jetzt sieh dir diese geschniegelten Gecken an«, rief er übertrieben laut und wies auf eine Gruppe junger Männer, die sich zum Teil gegenseitig die Arme um die Schultern gelegt hatten und sich gerade lachend und singend der Schänke näherten.

Auf den ersten Blick schienen die fünf Brüder zu sein, so sehr ähnelten sie sich in ihrem Äußeren. Sie waren ausnahmslos schlank und hoch gewachsen und bewegten sich mit einer tänzerisch anmutenden Geschmeidigkeit, wie sie eher ranken jungen Mädchen zu Eigen ist. Zu diesem Eindruck des Femininen trugen auch die schmalen Taillen und die durchweg als hübsch zu bezeichnenden, bartlosen Gesichter bei, aus deren ebenmäßigen Zügen sich die großen, dunklen, mandelförmigen Augen sowie die vollen, sinnlichen Lippenpaare, zwischen denen blendend weiße Zähne blitzten, besonders hervorhoben.

Auch ihre augenfällige Haartracht schien einer Frau eher angemessen zu sein. Das dichte, glatte, blauschwarze Haar floss ihnen bis auf zwei ondulierte Strähnen, die, ihre Gesichter umrahmend, von der Schläfe auf die Brust fielen, ungebändigt über den Rücken bis zur Taille.

Doch die breiten Schultern, die gewölbten Brustkörbe sowie die wohlproportionierten sehnigen Muskelpartien, die unter der glatten, ölig glänzenden samtbraunen Haut der Ober- und Unterschenkel und der Arme spielten, zeigten, dass die Männer, die alle etwa Turuns Alter hatten, durchtrainiert waren.

Bekleidet waren sie nur mit einem Leinentuch, welches sie sich zu einem knapp sitzenden Schurz um die Lenden geschlungen hatten.

Tarkon war von dem Anblick der fünf Fremden derart fasziniert, dass er für den Moment die massive Gegenwart der zwei Shardanu vor ihnen völlig vergaß.

Die Fremden hatten sich derweil unweit der beiden Nordleute um einen der Tische gestellt, und einer von ihnen kam an den Tresen, wohl um Wein zu bestellen. Dabei kam er so dicht neben den beiden zu stehen, dass Tarkon sofort der würzig herbe Duft, den der Körper des Fremden verströmte, angenehm in die Nase stieg.

Mit seiner wohlklingenden, vokalreichen Sprache gab er, als der alte Griesgram endlich herbeigeschlurft war, seine Bestellung auf. Dann wandte er sich wieder, während er lässig am Tresen lehnend wartete, dem Geschehen um ihn herum zu. Denn auch er, wie auch die übrigen Gäste vor der Schänke, hatte mittlerweile bemerkt, dass sich hier offenbar ein blutiger Händel anbahnte.

»Was sind das für Leute?«, flüsterte Tarkon, der immer noch ganz gebannt zu den Fremden schaute und dabei gar nicht wahrnahm, dass die Gespräche der Umstehenden unterdessen zum Erliegen gekommen und die Augen aller gespannt auf die beiden Nordleute und ihre grimmigen Gegner gerichtet waren.

»Das sind Männer aus Keftu«, klärte ihn Turuns auf, wobei er jedoch, im Gegensatz zu Tarkon, die Sherdanu nicht für einen Moment aus seinem Blickfeld ließ.

»Wollen die Herren merken, dass auch wir sind da«, begann einer der Sherdanu mit rauer, abgehackter Stimme zu radebrechen.

»Hat da was gesprochen?«, wandte Turuns sich mit gespieltem Erstaunen an Tarkon.

Turuns' Hohn bewirkte, dass Tarkons Aufmerksamkeit endlich wieder auf die beiden streitsüchtigen Männer vor ihm gelenkt wurde, die, angesichts ihrer unbewaffneten Opfer, in provozierend leidenschaftsloser Überheblichkeit mit den Klingen ihrer Dolche spielerisch auf ihre linken Handflächen schlugen.

Erst jetzt wurde es Tarkon vollends gewahr, in welch brenzliger Situation sie sich gerade befanden.

»Turuns«, raunte er, nun doch unruhig geworden, »könnte ich mich nicht einfach bei denen entschuldigen, indem ich ihnen erkläre, dass ich zum ersten Male in diesem Lande bin und deshalb noch nichts über die guten Umgangsformen, die hier üblich sind, weiß?«

»Das kannst du dir schenken«, erwiderte Turuns kalt und spie vor seine Füße. »Erstens würden sie das nicht begreifen, und zweitens wollen die Blut sehen! Die wissen nämlich, dass sie nicht nur von ihren Hürchen, denen sie imponieren wollen, beobachtet werden, sondern auch von allen anderen hier auf dem Platz! Nein, nein, mein Freund! Für Worte ist es jetzt zu spät! Sehen wir also zu, dass wir unsere Haut so teuer als möglich verkaufen!«

»Und wenn wir einfach weglaufen?«

Turuns lachte ob dieser naiven Äußerung kurz und bitter auf.

»Denk gar nicht erst daran, Tarkon«, sagte er dann ganz ruhig, während er seinen Blick angespannt auf die Sherdanu gerichtet hielt. »Wenn du auch nur den Versuch dazu machen und ihnen dabei den Rücken zuwenden würdest, hättest du im nächsten Augenblick ihre Klinge zwischen den Schulterblättern! Vielleicht habe ich es bei der Aufzählung all ihrer unangenehmen Eigenschaften versäumt, dir mitzuteilen, dass diese Kerle unnachahmlich gute Messerwerfer sind!«

Mit zunehmender Ungeduld hatten die Sherdanu die Unterredung der zwei Nordleute verfolgt.

Jetzt zogen sie jeweils eine weitere Waffe aus ihren Gürteln und schleuderten sie verächtlich vor Tarkons und Turuns' Füße.

»Wollt ihr sein Frauen, die plappern, oder Männer, die können kämpfen mit Männern?«, höhnte der Mann, der auch vorher schon das Wort ergriffen hatte.

Ganz ohne Hast ging Turuns darauf in die Hocke und nahm, immer in Blickkontakt zu seinen Gegnern, vorsichtig einen der Dolche auf, um sich dann ebenso bedächtig wieder zu erheben.

Behutsam strich er mit seinen Fingern über die Schneide der Klinge.

»Die sind ja richtig scharf«, sagte er und pfiff anerkennend, wie als ob er ehrlich überrascht wäre.

Die Sherdanu begannen daraufhin, ihre Dolche von einer Hand in die andere fliegen zu lassen.

»Wir wissen, dass ihr könnt ansehen Weiber! Ihr

auch könnt ansehen Männer?«, schrie der Sherdanu, dessen Frettchengesicht vor Wut verzerrt war.

»Warum regst du dich bloß so auf?«, fragte Turuns unschuldig. »Das ist ungesund und macht dicke Backen! Wusstest du das etwa nicht? Na, ich seh schon, besonders schlau scheinst du mir ja nicht zu sein! Aber ich habe heute gute Laune, und deshalb werde ich dir das gleich einmal erklären.«

»Tot du gleich bist, Weißhaar! Kämpfe jetzt!«, heulte der Sherdanu nun aus seinem ungezügelten Hass auf und ging gleichzeitig leicht gebeugt, die kreisende Dolchspitze in der ausgestreckten Rechten, auf Turuns los.

»Hu! Jetzt machst du mir ja wirklich Angst!«, rief Turuns unbekümmert, während er sich geistesgegenwärtig vor Tarkon stellte und seinerseits eine Abwehrstellung einnahm.

»Aufgepasst, mein Freund! Wenn du mich pfeifen hörst, nimmst du deine Beine in die Hand und rennst zum Schiff«, konnte er Tarkon gerade noch über die rechte Schulter zuflüstern, dann prallten die Klingen gegeneinander.

Doch Tarkon, der bis dahin mit vor lauter Fassungslosigkeit weit aufgerissenenem Mund und Augen das für ihn schwer verständliche Tun seines Freundes verfolgt hatte, schien es nicht gehört zu haben. Stattdessen bückte er sich, taub gegen die Weisung seines Freundes, mit der verzweifelten Hast, Turuns beizustehen, so schnell zu der vor ihm liegenden Waffe hinunter, dass er das Gleichgewicht verlor und lang hinschlug.

Es gelang ihm zwar noch, den Dolch zu fassen und

auf die Knie zu kommen, als er zu seinem Entsetzen feststellen musste, dass der zweite Sherdanu, der die günstige Gelegenheit genutzt hatte, sich mit einem einzigen Sprung direkt neben ihn gebracht und ihm, nachdem er Tarkons Oberkörper mittels einer blitzartig ausgeführten Wendung zwischen seine Beine gezwungen hatte, seinen Dolch mit einem hämischen Grinsen an die Kehle gesetzt hatte.

Ein erfahrenerer Kämpfer hätte in dieser Situation vielleicht noch einen rettenden Ausweg gefunden, indem er seine Waffe während der kurzen Blöße, die ihm der Gegner bei seiner Körperdrehung bot, nach oben zückend in dessen Weichteile hätte bohren können.

Tarkon indes ergab sich seinem Schicksal und ließ seine Waffe fallen.

An das, was dann geschah, konnte sich Tarkon später nur noch bruchstückhaft erinnern.

Er sah, dass der Sherdanu, der Turuns angegriffen hatte, mit einem blubbernden Stöhnen zu Boden ging, nachdem er einen tödlichen Stoß in die Brust erhalten hatte.

Dann bohrte sich plötzlich ein brennender Schmerz vom Halsansatz in seinen Brustkorb, und sein eigenes, warmes Blut spritzte ihm ins Gesicht.

Während er langsam über seine linke Seite nach vorne kippte, bemerkte er noch, dass sein Gegner mit seltsam verrenktem Hals am Boden lag, wohl überwältigt von dem Mann aus Keftu, der immer noch mit seinem linken Unterschenkel auf der Wirbelsäule seines Opfers kniete.

Das letzte, was er wahrnahm, bevor sein Geist von

den immer dichter werdenden schwarzroten Schleiern der Bewusstlosigkeit gnädig eingehüllt wurde, waren zwei Gesichter, die sich über ihn beugten: In dem einen erkannte er die vertrauten, jetzt aber besorgten Züge Turuns, das andere war das geheimnisvoll lächelnde Antlitz des Fremden aus Keftu.

Kapitel 11

Tarkons Verwundung erwies sich im Nachhinein als so schwer, dass er fast während der ganzen Weiterreise nach Khemet im fiebrigen Koma darniederlag.

Dass er dem sicheren Tod entronnen war, verdankte er nur der unerwarteten und geistesgegenwärtigen Hilfe des jungen Mannes aus Keftu, der sich in dem Moment, als sich die Klinge des Sherdanu gerade in seinen Hals bohrte, mit einem gewaltigen Sprung aus dem Stand in dessen Rücken geworfen hatte, und dem so hilflos bäuchlings am Boden Liegenden im gleichen Augenblick mit einem Ruck den Kopf zur Seite riss und ihm das Genick brach.

Später erfuhr Tarkon, dass die Männer, wie auch die Frauen in Keftu, mit dieser eigentümlichen Sprungtechnik von Kindesbeinen an vertraut gemacht wurden. In Keftu wurde nämlich der Stier als heiliges Tier verehrt, und einmal im Jahr wurden zu Ehren der Stiergottheit festliche Spiele veranstaltet, deren Höhepunkt der »Tanz der Jugend mit dem Stier« war. Dabei wurden junge wilde Stiere in einem von Mauern umgebenen Rund losgelassen, und die Jungen und Mädchen des keftischen Adels tanzten um die Tiere herum, wobei sie immer wieder versuchten, den Stier von vorne anzuspringen, im Sprung seine beiden langen, spitzen Hörner zu packen und sich mit einem Purzelbaum über den Stierrücken hinweg hinter das Tier zu bringen. Das erforderte ein hohes Maß an Kraft und Geschicklichkeit, und nicht selten bezahlten die Springer ihren Mut mit gebrochenen Gliedmaßen oder gar mit ihrem Leben.

Jedenfalls rettete dieses Können des Keftu Tarkon vor dem sicheren Tod.

Turuns hatte darauf das Anerbieten des Keftu angenommen, Tarkon, der bewusstlos war und zudem stark blutete, in das Haus seines Retters zu schaffen, um dort die Wunde zu versorgen.

Dort angelangt, war es ihnen zwar gelungen, die Blutung zu stillen und festzustellen, dass keine lebenswichtigen Organe verletzt worden waren, aber Tarkon hatte schon so viel Blut verloren, dass er zu schwach war, um auf eigenen Füßen stehen zu können, nachdem er sein Bewusstsein wiedererlangt hatte.

Der junge Keftu als auch dessen Eltern beschworen Turuns deshalb auch, Tarkon in ihrer Obhut zu belassen, da sie überzeugt waren, dass der Patient in diesem Zustand schwerlich die bevorstehende lange Reise auf See überleben würde.

Turuns musste ihnen zwar unumwunden Recht geben, doch wollte und konnte er nichts entscheiden, ohne zuvor Luknies über diesen traurigen Sachverhalt informiert zu haben.

So hatte er sich, Tarkon fürs Erste den sorgenden Händen seiner Gastgeber überlassend, auf den schweren Gang zurück zum Schiff gemacht, um seinem Vater und den anderen die Unglücksbotschaft zu übermitteln.

Es war ihm dabei gar nicht wohl in seiner Haut, wusste er doch, dass sein Vater ihn mit Sicherheit zur Verantwortung ziehen und ihm letztlich die alleinige Schuld an dem unseligen Zwischenfall zumessen würde.

Doch Luknies, der bereits von anderer Seite von der Sache erfahren hatte, blieb seltsamerweise ruhig und gelassen.

Für ihn war es einfach nur wichtig zu wissen, dass Tarkon am Leben war.

»Männer, die zur See fahren und in fremde Länder reisen«, hatte er gesagt, »können gar nicht früh genug damit anfangen, sich ihrer Haut zu wehren. Für Tarkon war das, falls er es überlebt, eine lehrreiche Erfahrung.«

Dann hatte er sich ausführlich den Streithergang schildern lassen und sich danach doch sichtlich besorgt nach dem Zustand Tarkons erkundigt.

Nachdem Turuns ihm alles berichtet hatte, hatte Luknies eine geraume Weile stumm dagestanden und überlegt.

»In spätestens drei Tagen müssen wir los«, entschied er schließlich. »Bis dahin warten wir ab, wie es sich entwickelt!«

Tatsächlich schien Tarkon, dank der guten Pflege, die ihm seine Gastfamilie hatte angedeihen lassen, bei Ablauf der Frist wieder auf dem Weg der Besserung zu sein, sodass er selbst den Wunsch äußerte, wieder an Bord zu gehen.

Zwar hatte Kenos – so hieß sein Lebensretter – wie

auch dessen Eltern vehement versucht, Tarkon von seinem Entschluss abzubringen, da sie ihm zu Bedenken gaben, dass er in seinem immer noch stark geschwächten Zustand wohl kaum den zu erwartenden Strapazen einer so langen Seereise gewachsen sei.

Doch Tarkons Wunsch, endlich das sagenhafte Khemet mit eigenen Augen zu erleben, war so stark, dass er sich durch nichts in seinem Vorhaben, die Reise unter allen Umständen mitzumachen, beirren ließ.

So verabschiedete er sich am Ende herzlich von seinen Gastgebern und bedankte sich innig für all das Gute, was sie ihm, dem Fremden in ihrem Haus, entgegengebracht hatten. Nachdem er ihnen noch fest versprochen hatte, sie bei seiner Rückkehr zu besuchen, ging er, begleitet von Kenos, zurück zum Schiff.

Dort angekommen, bat er Kenos einen Moment zu warten und ging an Bord, wo er von der Besatzung, die gerade dabei war, die *Albatros* wieder seeklar zu machen, mit freudigem Gejohle begrüßt wurde.

An seinem Ruderplatz zog er den Lederbeutel, der seine Habseligkeiten barg, unter der Ducht hervor, wühlte kurz darin herum und nahm schließlich einen in ein trangetränktes Tuch eingehüllten, länglichen Gegenstand an sich, mit dem er sich eiligen Schrittes wieder zurück zu dem wartenden Kenos begab.

Als er wieder vor Kenos stand, merkte er, dass er seine Kräfte offenbar überschätzt hatte. Die letzten Tage hatte er umsorgt in den kühlenden Mauern des keftischen Hauses verbracht, was ihm letztendlich das trügerische Gefühl gegeben hatte, wieder einigermaßen genesen zu sein.

Doch jetzt, unter der heißen Sonne, wurde ihm jede

Bewegung zur Qual. Er spürte, wie seine Wunde pochte und ihm das Blut aus dem Gehirn zu weichen drohte.

Schwer atmend und mit Schweiß auf der kalten Stirn, enthüllte er mit fahrigen Fingern das längliche Bündel.

Zum Vorschein kam ein langer Dolch, der in einer Lederscheide steckte. Tarkon bot Kenos die Waffe mit zittrigen Händen dar.

»Ich schulde dir mein Leben«, murmelte er verlegen, wobei er sich bemühte, seiner offensichtlichen körperlichen Schwäche Herr zu werden. »Und dies kann nur ein kleines Zeichen meiner Dankbarkeit sein.«

In diesem Moment wurde ihm siedend heiß bewusst, dass er schon einmal einem Menschen aus dem gleichen Grund ein ähnlich geartetes Geschenk gemacht hatte, und in einem ersten Reflex wollte er den Dolch nun doch nicht aus den Händen geben.

Kenos indes hatte den Dolch bereits an sich genommen und aus der Scheide gezogen. Die Waffe war vor langer Zeit in einem Stück aus Bronze gegossen worden, und in dem wulstigen Griff glänzten etliche dicke Bernsteinperlen. Tarkon hatte sie vor seiner Abfahrt von seinem Großvater bekommen, und der wiederum hatte sie, als er jung war und seine erste Fahrt in die Fremde antrat, von seinem Vater erhalten.

Kenos ließ seine sehnigen Finger in prüfender Bewunderung über die beidseitig scharf geschliffene, zu einem sattem Mattgold blank polierte Klinge streichen, wobei er sein Gegenüber unverwandt und nachdenklich ansah.

»Das ist«, so sagte er schließlich, »eine hochherzige Gabe für einen Mann, der nichts anderes getan hat, als einem zu Unrecht in Todesnot geratenen Mitmenschen beizustehen. Unsere beiden Lebenswege haben sich hier schicksalhaft gekreuzt, und in der kurzen Zeit bist du mir wie ein Bruder ans Herz gewachsen. Der Dolch, den ich ab heute immer an meiner Seite tragen werde, wird mich stets an dich erinnern und mir vielleicht auch einmal das Leben retten, so, als ob du selbst es getan hättest!«

Darauf steckte er die Waffe in seinen Gürtel und zog sich dann seine breite goldene Kette, die er um den Hals trug, über den Kopf und legte sie Tarkon um. An der Kette war ein schweres, rundes, in Silber gefasstes Medaillon befestigt, in dessen massivem Gold erhaben ein sehr realistisch getroffener Stierkopf mit mächtigen Hörnern getrieben war.

»Nimm dies als Zeichen meiner brüderlichen Verbundenheit zu dir«, begleitete er diese Geste mit brüchiger Stimme und Tränen in den Augen. »Du gehörst jetzt zu meiner Familie und jeder, der zu meinem Volk gehört, wird dir, wenn du Hilfe bedarfst und du ihm dieses Medaillon vorweist, seinen Beistand nicht verweigern. Mögen die Götter dich auf all deinen Wegen schützen und dich dereinst wieder in mein Haus führen, was dir auf immer offen stehen wird!«

Jetzt konnte sich auch Tarkon seiner Tränen nicht länger erwehren, und einer spontanen Regung folgend, schloss er Kenos fest in seine Arme.

»Ich will ja euer trautes Beisammensein nur ungern stören«, ließ sich da Turuns Stimme vernehmen, »doch möchte ich darauf hinweisen, dass wir dabei sind, abzulegen und diesen ungemein gastlichen Ort zu verlassen!«

Die beiden lösten sich daraufhin aus ihrer Umarmung und schauten leicht verlegen zu Turuns, der grinsend an der Reling lehnte und ihnen die ganze Zeit über zugeschaut hatte.

»Turuns!«, rief Kenos dann freudig. »Es ist gut, dass ich dich doch noch treffen kann, denn auch für dich habe ich etwas dabei!«

Dabei klopfte er mit der Hand auf eine weiße, wollene Tasche, die ihm mit ihren langen Schlaufen über der rechten Schulter herabhing.

Neugierig geworden, sprang Turuns kurzerhand über die Reling und gesellte sich zu ihnen.

»Von meiner Mutter!«, sagte Kenos geheimnisvoll. »Damit du ihre Küche nicht ganz vergisst!«

Er nahm sich die Tasche von der Schulter und übergab sie Turuns, der sie sogleich öffnete um ihren Inhalt zu begutachten.

Darin war eine bemalte tönerne Flasche, ein Brot und zwei mit einem Band verschlossene Binsenkörbchen.

Turuns sah zu Kenos auf und runzelte fragend die Stirn. »Was ist das?«

»Nun, das ist unser Hauswein, Brot, Käse und ...« Weiter kam Kenos nicht, da er in diesem Moment von Turuns prustendem Gelächter unterbrochen wurde.

»Lass mich raten ... Und in Weinblättern gebrühte Fleischbällchen!«, vollendete Turuns, der sich vor Lachen schier ausschütten wollte, den Satz.

»Was ist daran so erheiternd?«, erkundigte sich Tarkon verständnislos bei Kenos.

»Nun, Turuns ist dir, während du bewusstlos bei uns zu Hause gelegen hast, nicht von der Seite gewichen und hat fast zwei Tage und eine Nacht an deinem Bett gewacht. Damit er sich zwischendurch stärken konnte, hat ihm meine Mutter die besagten Dinge zubereiten lassen und sie ihm auf einem Teller gebracht, da er durch nichts zu bewegen war, seinen Platz zu verlassen.

Wir hatten uns gerade zum Nachtessen niedergelassen, als Turuns unvermittelt in den Speiseraum gestürmt kam und sich überschwänglich für das Essen bedankte, wobei er meiner Mutter immer wieder versicherte, wie köstlich ihm diese Fleischbällchen in Weinblättern geschmeckt hätten.

Da auch auf unserem Tisch eine große Schale stand, welche reichlich mit dieser Spezialität gefüllt war, hieß meine Mutter geschmeichelt unseren Gast frisch zuzulangen, was dieser auch tat – und zwar mit dem Ergebnis, dass er die Schale in kürzester Zeit leerte und wir so das Nachsehen hatten. Aber wir waren ihm deshalb nicht böse, im Gegenteil! Es war für uns einfach herrlich amüsant, mit welch genussvollem Mienenspiel er sich ein Fleischbällchen nach dem anderen, stets begleitet von einem Schluck Wein, in den Mund schob.«

Tarkon, der versuchte, sich diese Szene vorzustellen, während Kenos sie so bildhaft beschrieb, musste am Ende ebenfalls lachen, was aber schnell in ein krampfendes Husten umschlug, da sich seine Halswunde schmerzhaft in Erinnerung brachte.

Auch spürte er in der Hitze, wie ihm das Blut in die Beine sackte und es ihm allmählich schwarz vor Augen wurde.

Turuns, der dies rechtzeitig erkannt hatte, packte ihn augenblicklich unter den Achseln und hielt ihn aufrecht.

»Ich bringe ihn jetzt besser an Bord«, sagte er zu Kenos. »Er muss sich eine Weile niederlegen. Verabschiedet habt ihr euch ja schon. Wenn du nur deinen Eltern meinen herzlichsten Dank für ihre aufopfernde Hilfe übermitteln würdest! Und sage deiner Mutter, dass ich sie nie vergessen werde!«

Doch Kenos ließ es sich nicht nehmen, Turuns zur Hand zu gehen, und so brachten sie Tarkon gemeinsam zum Achterdeck, wo sie ihn unter den Decksplanken niederlegten.

Die ganze Besatzung hatte sich derweil um sie geschart, und jeder der Männer schüttelte Kenos dankbar die Hand.

Zum Schluss trat Luknies vor den Keftu, legte ihm die Hände auf die Schultern und schaute ihn aus seinen strahlenden blauen Augen, in denen ehrliche Hochachtung zu lesen war, an.

»Ich danke dir für deinen Mut«, brachte er mit rauer Stimme hervor. »Ohne deine Hilfe wäre dieser junge Mann jetzt tot! Mein Dank und der meiner Leute sei dir auf immer gewiss. Wenn du einen Wunsch hast, den ich dir erfüllen kann, so zögere nicht, ihn jetzt zu äußern!«

Alle starrten Kenos daraufhin erwartungsvoll an und harrten seiner nächsten Worte.

Kenos blickte kurz zu Tarkon, der sich wieder erholt hatte und aufgerichtet auf seinem Lager saß. Dann drehte er sich zu Turuns um und reichte ihm die Hand.

»Sind wir in diesem Kampf Waffengefährten geworden?«, fragte er ihn leise.

Turuns ergriff die ihm dargebotene Hand mit beiden Händen.

»Was für eine Frage! Mit einem so prachtvollen Kämpfer, wie du es bist, an meiner Seite, würde ich mich sorglos jedem Feind stellen!«

»Tarkon war deinem Schutz anempfohlen, nicht wahr?«, stellte Kenos sanft fest.

»Ja … nun … du weißt ja, wie schnell es ging …«

Plötzlich spielte wieder dieses geheimnisvolle, unergründliche Lächeln um Kenos' Mundwinkel.

»Mein Vater und ich haben die Priester befragt. Nicht zufällig ist Tarkon in unser Haus gekommen. Diesem Mann wurde vom Schicksal offenbar eine besondere Aufgabe zugedacht, die er allerdings, ohne wahrhafte Freunde zu haben, kaum bewältigen kann. Du, Turuns, der du mir selbst ein guter Freund geworden bist, bist einer davon. Und ich, so glaube ich, bin der zweite.«

Er schloss kurz die Augen und wandte sich wieder Luknies zu.

»Ich habe den Wunsch, ab jetzt deiner Besatzung anzugehören! Ich werde die Arbeiten Tarkons an Bord übernehmen, solange er zu schwach dafür ist. Im Übrigen bin ich von Kindesbeinen an mit der Kunst des Seefahrens vertraut gemacht worden, und ich kenne das südliche Meer so gut wie mein eigenes Zimmer. Außerdem war ich schon oft in Khemet, weiß um ihre komplizierten Sitten und spreche und schreibe ihre Sprache fließend, was sicherlich ganz hilfreich sein kann! Und letztlich war ich schon immer begierig gewesen, auf einem eurer wundervollen Schiffe zu segeln!«

Das selbstbewusste Auftreten Kenos, mit dem er seine ungewöhnliche Bitte vorgebracht hatte, beeindruckte Luknies sehr. Er drehte sich zu seiner Mannschaft um und kratzte sich hinter dem linken Ohr.

»Also, ihr habt es gehört!«, sagte er. »Was ist, soll dieser Keftu mit uns fahren?«

Die Antwort war ein beifälliges, vielstimmiges Gejohle.

»Nun gut«, wandte Luknies sich wieder an Kenos. »Es ist entschieden. Ich hatte mich zwar schon entschlossen, diesen Unglücksraben hier deiner Obhut bis zu unserer Rückkehr anzuempfehlen, da ich immer noch der Meinung bin, dass er aufgrund seiner Verwundung die vor uns liegenden Strapazen auf See schwerlich überstehen wird. Aber sei's drum. Wir werden schon sehen!«

Während Kenos danach nach Hause geeilt war, um sich bei seinen Eltern und Freunden zu verabschieden und seine Habseligkeiten zusammenzusuchen, wurden an Bord der *Albatros* die letzten Vorbereitungen zum Auslaufen getroffen.

Kurz nachdem das Schiff schließlich seeklar gemeldet wurde, fand sich Kenos tatsächlich wieder an Bord ein und nahm ganz selbstverständlich Tarkons Platz am Dollbord ein, der ihm zuvor von Turuns zugewiesen worden war.

Sie waren schon vier Tage bei gutem Wind gesegelt und hatten bereits die zu beiden Seiten von aufragenden Felsmassiven gesäumte Meerenge, welche das »Tor der beiden Meere« genannt wurde, passiert, als

Luknies' düstere Vorahnung, Tarkons Gesundheitszustand betreffend, bittere Wirklichkeit wurde.

Vielleicht verursacht durch die Hitze und die karge Ernährung an Bord, begann die Halswunde Tarkons trotz der heilenden Salbe, die Kenos ihm täglich mehrmals auftrug, eitrig zu schwären.

Diese Besorgnis erregende Entwicklung wurde zudem noch von einem heftigen Fieber begleitet, welches Tarkon fest in seinen feurigen Klauen hielt und ihn auf seinem Lager unter dem Achterdeck fesselte.

Unter diesen Umständen hatte sich Luknies schweren Herzens dazu entschlossen, auf dem südlichen Seeweg entlang der Küste des schwarzen Landes direkt nach Khemet zu segeln, anstatt, wie er es ursprünglich geplant hatte, zuvor noch Keftu anzusteuern, um dort noch einige Waren umzuschlagen.

Fast die ganze restliche Fahrt über dauerte dieser Zustand an, und sowohl Turuns als auch Kenos, die, wann immer es ihnen ihre Zeit erlaubte, an der Seite des Kranken, der sich in Fieberschauern auf seinem Lager hin und her warf, wachten, hatten nicht selten den Eindruck, dass Tarkon den nächsten Tag nicht mehr erleben würde.

Er nahm so gut wie keine Nahrung zu sich und auch nur wenig Wasser, sodass er zunehmend körperlich verfiel und bald nur noch ein Schatten seiner selbst war.

Doch dann geschah ein Wunder.

In den frühen Morgenstunden, nach einer kühlen, windigen Nacht – es waren nur noch wenige Tagereisen, bis die ersten Landmarken, die die Grenze des Landes Khemet anzeigten, in Sicht kommen würden –

wurde Turuns, der, nachdem er die ganze Nacht an Tarkons Lager verbracht hatte, zu einem kurzen Schlaf eingenickt war, von der leisen und ein wenig zittrigen Stimme seines Freundes geweckt.

Irritiert fuhr er hoch und schaute zu Tarkon, der ihn seinerseits aus nunmehr klaren Augen ansah.

»Ich habe Durst! Hunger und Durst!«, kam es rau und mühsam über seine aufgesprungenen Lippen.

Turuns hatte ihm ungläubig die Hand auf die Stirn gelegt, doch die Haut fühlte sich kühl und schweißfrei an. Dann hatte er vorsichtig die Wundränder abgetastet, aber auch diese waren nicht mehr heiß und pochten auch nicht mehr.

So plötzlich das Fieber gekommen war, so plötzlich hatte es ihn jetzt wohl auch wieder verlassen.

»Und dir geht es wirklich wieder besser?«, fragte Turuns verblüfft, während er im grauen Licht des frühen Morgens die eingefallenen Züge seines Freundes betrachtete.

»Na ja, ich fühle mich ungeheuer matt, und in meiner Kehle habe ich einen Geschmack, als hätte ich Kuhpisse getrunken, aber sonst ist, glaube ich, alles wieder in Ordnung«, sagte er und versuchte zu lächeln, aber es sah eher so aus, als ob ein Totenschädel grinste.

Turuns, der es immer noch nicht fassen konnte, dass Tarkon die Krankheit offenbar überstanden hatte, war vor Freude so hastig aufgestanden, dass er sich den Kopf heftig an dem Stützbalken des Achterdecks stieß.

»Au, verdammt!«, raunzte er. »Ich werde dir erst mal was zu essen und zu trinken holen.«

Leicht benommen stolperte er über das Deck nach

achtern, wo er zunächst seinen Vater, der wie üblich wachend neben dem Ruder stand, über die glückliche Wendung, die Tarkons Gesundheitszustand genommen hatte, unterrichtete. Kenos und die anderen Männer, die zu diesem Zeitpunkt zumeist noch schliefen oder an Deck vor sich hin dösten, ließ er erst einmal ungestört weiterruhen.

Erst dann hatte er sich einen Krug Wasser und ein paar Stücke trockenen Brotes besorgt und sich damit wieder zu Tarkon begeben, der mittlerweile mit dem Rücken an der Bordwand lehnte und seine Nase schnuppernd in die milde, feuchte Seeluft hielt.

»Wo sind wir eigentlich?«, fragte er genüsslich kauend, nachdem er von seinem Brot abgebissen und ein, zwei Schluck Wasser getrunken hatte.

»Nun, wir haben die Grenze Khemets fast erreicht und werden wohl in zwei Tagen in das vielarmige Mündungsgebiet des großen, heiligen Stromes einfahren, den sie Hapi nennen und der ihr Land in seiner ganzen ungeheuren Länge von Süd nach Nord durchfließt. Dort werden wir zunächst den Grenzhafen Requot anlaufen, um uns dort für die Weiterreise auf dem Fluss in ihre Hauptstadt Uaset anzumelden.«

Tarkon verschluckte sich daraufhin und ließ vor Schreck das Stück Brot aus der Hand fallen, an dem er gerade geknabbert hatte.

»Ja, ja, mein Freund«, sagte Turuns und klopfte ihm beruhigend auf den Rücken. »Du bist eben ziemlich lange krank gewesen! Aber tröste dich! Bis auf zwei oder drei mittelmäßige Unwetter und einem misslungenen Angriff von Sherdanu-Piraten hast du nichts Wesentliches verpasst!«

»Sherdanu haben uns angegriffen?«, hustete Tarkon und schaute sich ungläubig prüfend an Deck um.

»Sie wollten es, Tarkon, sie wollten es nur! Vielleicht waren es Freunde unserer drei Zechkumpane in Tar'eses! Auf jeden Fall hat uns eins ihrer Schiffe seit unserem Auslaufen ständig verfolgt. Zuerst hat uns das wenig gestört, hielten sie doch immer schön Abstand zu uns. Aber dann, genau in der Meerenge zwischen ihrer verfluchten Insel und der Küste des großen Südlandes, an der wir übrigens immer noch entlangfahren, holten sie mit einem Male mächtig auf. Gleichzeitig tauchten backbord voraus zwei weitere Segel auf, die genau auf uns zuhielten. Wir waren ihnen in die Falle gegangen. Da schlug von einem Moment auf den anderen das Wetter um, und ein mächtiger Orkan raste von Nordwest heran. Mein Vater ließ das Rudern einstellen und drehte in den Wind. Na, um es kurz zu machen, der Sturm hat uns so kräftig in das Segel geblasen, dass wir so schnell wie der Vogel, dessen Name unser Schiff trägt, durch die Meerenge geflogen sind. Dabei dürften die Sherdanu allerdings nicht so glimpflich davongekommen zu sein, denn plötzlich waren ihre Segel in der tosenden See verschwunden und blieben es auch, als sich der Orkan nach kurzer Zeit wieder gelegt hatte. Von da an ging es ohne weitere Störungen bis heute gut voran.«

»Ich … ich habe davon überhaupt nichts mitbekommen«, sagte Tarkon, der dem Bericht Turuns' mit offenem Mund gelauscht hatte.

»Kein Wunder! Du hast eben während der ganzen Zeit auf deine Art um dein Leben gekämpft. So, jetzt iss und trink und sei froh, wieder unter den Lebenden zu sein«, erwiderte Turuns lachend und begab sich wieder auf seinen Platz, um noch ein wenig zu schlafen.

Wie Turuns es vorausgesagt hatte, erreichten sie nach zwei Tagen die ersten Ausläufer des Mündungsgebietes des Hapi. Seitdem sie das Tor zwischen den Meeren passiert hatten, waren sie fast immer in Sichtweite der sich schier endlos dahinziehenden Küste des südlichen Landes gesegelt.

Es war ein unwirtliches Land, geprägt von vegetationslosen Stein- oder Sandwüsten, die unter der am Tage erbarmungslos von einem wolkenlosen Himmel herabbrennenden Sonne wie in einem Glutofen erhitzt wurden. Bis auf wenige, kleine, kärgliche Strandsiedlungen, an denen sie, wenn es nötig war, anlegten, um ihre Vorräte zu ergänzen, war der ganze Küstenstreifen unbewohnt.

So wirkte es wie befreiend auf die Besatzung der *Albatros*, dass sie jetzt, anstatt der eintönig schmutzig gelben Ödnis, die sie während der ganzen langen Zeit über an Steuerbord begleitet hatte, auf ein sattgrün wogendes Schilfmeer blickten, welches sich, so weit das Auge reichte, in das Landesinnere erstreckte.

Wenig später tauchte dazwischen die Mündung eines breiten Flussarmes auf, dessen lehmiges Wasser träge in das dunkle Blau des Meeres quoll.

Der Wind hatte mittlerweile merklich abgenommen, sodass Luknies das Segel reffen und die Riemen ausbringen ließ.

Sie waren noch nicht lange gerudert, als hinter der

ersten Flussbiegung ein leuchtend weiß getünchter, auf einem rechteckigen Grundriss gemauerter und sich an den Seiten nach oben hin verjüngender Turm in Sicht kam.

»Was ist das denn?«, fragte Tarkon verwundert, der gerade neben Avle am Ruder stand.

»Oh, das ist die Grenzfestung Roquet«, belehrte ihn Avle. »Jedes Schiff, dass nach Khemet ein- oder ausreisen will, hat sich hier zu melden und eine Gebühr für die Weiterreise zu entrichten.«

Jetzt konnte Tarkon auch erkennen, dass sich Menschen auf dem Turm aufhielten, die offenbar bewaffnet waren, denn die Sonne ließ die Spitzen ihrer Speere aufblitzen.

Auf dem leicht abschüssigen Gelände zu Füßen des Turms standen ein paar flache, würfelförmige Häuser, zwischen denen sich ebenfalls Menschen bewegten.

Das Flussufer davor war mit einer einfachen steinernen Mauer befestigt, an der mehrere Schiffe vertäut lagen.

Zwei davon waren zweifelsfrei keftischer Bauart, die anderen aber waren Tarkon gänzlich unbekannt.

Es waren lange, schmale, in ihrer Form an Mondsicheln erinnernde Schiffe, die sowohl über Ruder als auch über ein einrahiges Segel verfügten.

Ihre elegant geschwungenen Rümpfe waren bunt bemalt, wobei die Farben weiß, rot und blau vorherrschten.

Avle musste schmunzeln, als er die offenkundige Faszination in Tarkons Blicken las.

»Das sind Khemet-Schiffe«, erklärte er. »Nicht besonders hochseetüchtig, aber auf diesem Fluss in ihren Fahreigenschaften den unseren weit überlegen.«

Wenig später machten sie zwischen zwei dieser Boote an der Kaimauer fest.

Noch während die *Albatros* festmachte, bemerkte Tarkon zwei Männer, die auf der Mauer standen und ihnen während des Anlegens zuschauten.

Der eine von ihnen schien, seinem Äußeren nach zu urteilen, im Range höher zu stehen als der andere.

Der Mann trug einen weißen, plissierten Leinenschurz um die Hüften, der ihm bis zu den Knien reichte.

Der gebräunte Oberkörper war nackt, nur um seine Schultern lag ein rot gefärbter Kragen aus weichem Leder, der mit einer Reihe glänzender blauer Steine verziert war.

Sein Kopf war mit einem weißen Tuch bedeckt, welches ihm, von einem schmalen bronzenen Stirnreif gehalten, in einer Art Dreieck hinter den Ohren auf die Schultern fiel.

Er mochte um die vierzig Jahre zählen und war von untersetzter, muskulöser Statur.

Seine dunklen, mandelförmigen Augen wurden von zwei dicken schwarzen Lidstrichen umrahmt, die sich am äußeren Augenwinkel zu einer Linie vereinten.

Unter der leicht gebogenen Nase, deren fleischige Flügel in einem merkwürdigen Kontrast zu dem extrem schmalen Rücken standen, warf sich ein breiter Mund auf, um dessen wulstige Lippen ein Zug von Arroganz spielte.

An beiden Handgelenken trug er breite goldene Armreife, und mit seiner Rechten stützte er sich auf einen schwarz glänzenden Holzstab, dessen oberes Ende eine weiße Kugel bildete.

Seine Füße ruhten auf zwei an der Spitze leicht nach oben gebogenen Ledersohlen, die mit ein paar Lederriemen über seinem Rist befestigt waren.

Der zweite Mann wirkte weit weniger imposant.

Er war von kleinem Wuchs, seine Haltung war gebückt, und er schien auch älter als der andere zu sein.

Bekleidet war er mit einem ähnlich weißen Lendenschurz, nur dass dieser mit dunklen Flecken übersät war.

Aus seinem faltenreichen, braun gegerbten Gesicht blickten wache, von dunklen Tränensäcken unterlegte Augen, die wie sein unter einer lächerlich kleinen Stupsnase angesiedelter Mund ziemlich verkniffen wirkten.

In seinen mageren Händen hielt er einen schmalen, länglichen Kasten, an dessen Seite ein paar Stäbchen befestigt waren.

Turuns, der bislang wie die übrigen Besatzungsmitglieder damit beschäftigt gewesen war, das Schiff zu vertäuen und Ordnung zu schaffen, hatte seine Arbeit beendet und lehnte nun neben Tarkon an der Reling.

»Jetzt möchtest du wohl gerne wissen, was es mit diesen zwei Gestalten auf sich hat, hm?«, fragte er heiter.

»In der Tat«, erwiderte Tarkon. »Sie scheinen mir irgendwie wichtig zu sein.«

»Sind sie auch«, meldete sich da Kenos zu Wort, der sich ebenfalls zu den beiden gesellt hatte.

»Der da ist der Befehlshaber von Requot«, sagte er und wies auf den Stabträger. »Er hat die Aufgabe, alle

Schiffe, die hier einlaufen, zu kontrollieren. Und dann setzt er den Preis für unsere Weiterreise fest, sofern er uns überhaupt fahren lässt!«

»Du meinst, er kann entscheiden, ob wir hier einreisen können oder nicht?«, fragte Tarkon.

»Sagen wir mal so«, begann Turuns zu erläutern, »er agiert als Stellvertreter seines Königs, des Per-Hau, wie sie ihn hier nennen. Na ja, und dieser Per-Hau entlohnt seine Diener nicht gerade freigebig. Da sie aber auch gut leben möchten, fordern sie für ihren guten Willen ein wenig mehr, als es die Gebühr für den König verlangt. Natürlich ganz inoffiziell. Aber bedenkst du sie nicht mit dieser kleinen Sonderabgabe, kommst du hier nicht rein!«

Dabei wies er bedeutungsvoll auf die vielen Bewaffneten, die am Hafen und auf den Schiffen zu sehen waren.

»Und wer ist der kleine Mann neben ihm?«, wollte Tarkon wissen.

»Nun, das ist ein Sesh, ein Mann, der schreiben kann«, antwortete Kenos und unterbrach sich sofort, als er Tarkons verständnislosen Blick auffing.

»In diesem Land«, so begann er darauf umständlich zu erklären, »haben die Menschen eine Möglichkeit gefunden, das gesprochene Wort in gemalten Zeichen wiederzugeben. Diese Zeichen nennt man Schrift, und genau wie du Worte zu einem Satz aneinander reihen kannst, so vermag man mithilfe der Schriftzeichen dasselbe, nur dass man dabei nicht sprechen muss. Du siehst also, wenn dir jemand etwas mitteilen will, aber du hörst es nicht, nennt man das lesen. Viele Völker hier im Süden haben eine Schrift, auch wir Kefter, nur dass jedes Volk seine eigene Schriftform entwickelt hat, sodass ich zum Beispiel die Schriften in Khemet nicht lesen könnte, hätte ich es nicht irgendwann gelernt.

Wie du noch sehen wirst, benutzen sie in Khemet eine Unzahl von komplizierten Bildzeichen, um ihre Sprache schriftlich wiederzugeben, und um sie alle zu erlernen, bedarf es ein hohes Maß an künstlerischem Talent und Auffassungsgabe, welches nur wenigen beschert ist. Diejenigen aber, denen dieses Talent gegeben worden ist, gelten als besonders privilegiert und werden von Kindheit an von Priestern und erfahrenen Schreibern für ihre späteren Aufgaben, die sie im Dienste der Verwaltung dieses großen Landes zu erfüllen haben, in dieser Kunst geschult. Nicht wenige Schreiber haben sich so mit ihren Fähigkeiten die höchsten Ämter errungen, die der Per-Hau, der König dieses Landes, zu vergeben hat.«

»Dieser dort scheint das aber nicht geschafft zu haben!«, bemerkte Turuns trocken, was Kenos nur mit einem leichten Schulterzucken quittierte.

Inzwischen war eine breite Planke vom Heck der *Albatros* auf die Kaimauer ausgebracht worden.

Luknies hatte sich davor auf das Achterdeck gestellt und verbeugte sich gerade mit gekreuzten Armen vor dem Beamten, um ihn dann mit ein paar höflichen Floskeln an Bord zu bitten.

Auch der Beamte deutete eine leichte Verbeugung an und ging dann gemessenen Schrittes ... den Schreiber im Gefolge, an Deck.

Avle, der Steuermann, hatte unterdessen einen Krug Wein und zwei Becher zu seinem Schiffsführer gebracht. Er füllte die Becher und reichte den ersten dem Beamten und den zweiten Luknies.

Luknies begrüßte den Mann in der harten, guttural klingenden Sprache Khemets, worauf der Gast ganz unerwartet und höflich in der Sprache der Nordleute antwortete und sich als Muntmose, Befehlshaber der Grenzstation Requot auswies.

Nachdem sie beide getrunken hatten, gab der Beamte seinem Schreiber einen Wink, auf den hin er sich mit gekreuzten Beinen auf das Deck niedersetzte und aus seiner Gürteltasche eine zwei Hand breite weiße Rolle entnahm, die wie ein aufgewickelter Stoffstreifen aussah. Er befestigte die Rolle an seinem Brett, rollte sie auf und strich sie glatt. Dann zog er ein Stäbchen heraus, tauchte dessen Spitze in eins der beiden Töpfchen, die in seinem Brett eingelassen waren, und schaute seinen Herrn erwartungsvoll an.

Muntmose bat Luknies nun, ihm mitzuteilen, welche Fracht das Schiff geladen hätte.

Während Luknies darauf Posten für Posten seiner Ladung aufzuzählen begann, konnte Tarkon beobachten, wie der Schreiber seine Hand mit dem Stäbchen flink von rechts nach links über das seltsame Material auf seinem Brett fliegen ließ.

»Was macht er da?«, fragte Tarkon fasziniert.

»Er schreibt alles auf, was Luknies gerade aufzählt«, sagte Turuns.

»Und was ist das für ein Zeug, auf dem er schreibt?«, wollte Tarkon weiter wissen.

»Das ist ein Shefdew, eine Schriftrolle«, erklärte ihm Kenos. »Das Material dazu gewinnen sie von dem Schilf, der in diesem Land reichlich wächst. Sie sammeln die Schilfblätter und lassen sie eine Zeit lang im Wasser quellen. Dann legen sie die Blätter kreuzweise dicht übereinander und pressen sie in langen Bahnen, bis alle Feuchtigkeit entwichen ist. Danach werden diese Bahnen dann weich geklopft und zu einer handlichen Passform zusammengeschnitten.«

»Wie gerne würde ich schreiben können«, seufzte Tarkon. »Meint ihr, wir haben hier genug Zeit, dass ich es lernen könnte?«

»Wie Kenos dir schon gesagt hat, erfordert das Erlernen dieser Schriftform eine Reihe von Jahren«, entmutigte ihn Turuns. »Aber soviel ich weiß, beherrscht Maeknes diese Kunst ganz leidlich. Wer weiß, vielleicht unterweist er dich in ihr.«

Es dauerte noch eine geraume Weile, bis Luknies alles detailliert aufgeführt hatte und Muntmose sich, nachdem er die Ladung stichprobenartig überprüft hatte, zufrieden gestellt zeigte.

Der Beamte hob nun seine linke Hand und zeigte vier Finger auf.

»Die Maut beträgt vier Barren Zinn«, entschied er, wobei er sich bemühte, die für ihn fremden Worte korrekt auszusprechen.

»Das ist ein guter Preis, Neb Muntmose«, erwiderte Luknies zustimmend.

»Ich muss dich nur bitten, noch ein paar Tage hier zu verweilen, bis alle Formalitäten – dazu gehört vor allem meine schriftliche Einreiseerlaubnis – erledigt sind!«, fügte Muntmose seinem Bescheid gewichtig hinzu, wobei seine Miene einen leicht verschlagenen Ausdruck annahm.

Luknies wandte sich daraufhin an Avle.

»Bringe die Barren und dazu noch Wein! Ich denke mir, dass unser Gast jetzt, genauso wie ich, eine Erfrischung nötig haben wird.«

Nachdem die beiden getrunken hatten, nestelte Luknies umständlich einen Lederbeutel von seinem Gürtel, den er Muntmose mit einer übertrieben ernsten Miene überreichte.

»Wir haben euch, Neb Muntmose, durch unsere Ankunft in eurer Ruhe gestört. Nehmt deshalb diesen Beutel, der gefüllt ist mit Bernstein, als kleine, dankbare Gabe für eure Bemühungen, uns unwürdige Fremde in eurem Land willkommen geheißen zu haben.«

Mit ausdrucksloser Miene nahm der Beamte den Beutel an sich, wog ihn kurz in seiner Hand und ließ ihn dann flugs unter seinem Schurz verschwinden.

Danach allerdings verzog sich sein Mund zu einem breiten Lächeln.

»Das war doch nicht notwendig«, sagte er salbungsvoll. »Mein Herr Imenhotep, er möge ewig leben, hat mich vertrauensvoll an diesen Platz gestellt, und so tue ich, der ich sein niedrigster Diener bin, nur meine Pflicht! Ich bin nunmehr doch zu der Überzeugung gelangt, dass, aufgrund eurer wertvollen Fracht, eure Weiterreise keinen weiteren Aufschub duldet, und so werde ich euch das Schriftstück, welches euch die Einreise nach Khemet genehmigt, besser gleich jetzt aushändigen!«

Nachdem er darauf seinen Becher geleert hatte, wurden seine Züge wieder streng, und er gab einen knappen, rauen Befehl an seinen Schreiber, welcher augenblicklich eine weitere Schriftrolle hervorzog und sie eiligst beschrieb.

Als er damit fertig war, reichte er sie seinem Herrn, der sie kommentarlos an Luknies weitergab.

»Das war's also«, feixte Turuns hämisch und schlug mit der Rechten auf die Reling. »Wir können passieren! So einfach geht das!«

»Wie weit ist es bis Uaset?«, fragte ihn Tarkon.

»So etwa zehn bis elf Tagereisen den Fluss aufwärts!«

Kapitel 12

Die Fahrt auf dem Fluss Hapi gestaltete sich für Tarkon zu einem unvergesslichen Erlebnis. Er hatte sich schnell an die extremen Temperaturunterschiede, die in diesem Land herrschten, gewöhnt.

Tagsüber herrschte über Land eine stechende, trockene Hitze, die selbst auf dem Wasser noch intensiv zu spüren war. Gegen Abend kühlte es sich zwar angenehm ab, doch in der Nacht wurde es dann empfindlich kalt.

Das waren auch die Zeiten, wo ein mäßiger Wind aufkam, welchen sie, wenn er nicht direkt aus Süden wehte, leidlich ausnutzen konnten. Ansonsten blieb nur das Rudern, was insofern mühselig war, da sie ja entgegengesetzt zur Strömung des Flusses fuhren. Während der heißen Mittagszeit allerdings machten sie am Ufer fest, um sich auszuruhen und sich zu stärken, und nahmen ihre Fahrt erst wieder am späten Nachmittag auf, um ihre Reise dann, die Nacht hindurch, bis zum nächsten Morgen fortzusetzen.

Tarkon, der aufgrund seines immer noch labilen Gesundheitszustandes vom Rudern befreit war, hatte daher alle Muße, sich die fremde Landschaft, die an ihnen vorüberglitt, auf das Genaueste zu betrachten.

Nichts, was er von zu Hause kannte, war hier auch nur ansatzweise wieder zu erkennen.

Hinter dem ewigen Schilf, welches die Ufer säumte, wuchsen seltsame Bäume, deren faserige, astlose Stämme in einem Wedel aus langen, grün gefiederten Blättern endeten, die in ihrer Form an Löwenzahn erinnerten. Im Schilf nisteten Gänse und Enten, die sich aber in der Farbe ihres Gefieders erheblich von den ihm vertrauten Arten unterschieden.

Auch gab es Tiere, die Tarkon zwar in Erzählungen beschrieben worden waren, die ihm aber jetzt, wo er sie leibhaftig zu Gesicht bekam, besonders unheimlich erschienen.

Da war zunächst ein unglaublich dickes, an ein übergroßes Schwein erinnerndes Tier, welches sich zumeist mit seinen Artgenossen im ufernahen Gewässer schwimmend aufhielt, sodass nur seine knubbeligen Nüstern und die kleinen runden Ohren an der Wasseroberfläche zu sehen waren. Manchmal öffnete es sein riesiges, mit langen gebogenen Eckzähnen bewehrtes Maul, sodass es aussah, als würde es gähnen. Von Kenos erfuhr er, dass man das Tier, welches in der Landessprache Debe genannt wurde, als heilig betrachtete, obwohl es, so behäbig es zu Lande erschien, im Wasser durchaus in der Lage war, ein kleineres Boot behände anzugreifen und seiner Besatzung den Garaus zu machen.

Weitaus Furcht erregender waren aber jene grünlich braun geschuppten Ungeheuer, die dösend den sandigen Ufersaum zu beiden Seiten des Flusses bevölkerten. Der wulstige, flache, zu den Nüstern spitz zulaufende Kopf bestand eigentlich nur aus einem langen, mit einer Vielzahl von unterschiedlich großen Reißzähnen bewehrten Maul, hinter dem sich zwei gelbliche Echsenaugen hervorwölbten. Dem kurzen Hals folgte ein breiter, massiger, mit einem zweifachen Schuppenkamm versehener Körper, der von vier Stummelbeinen getragen wurde und in einem langen, viereckigen, sich zur Spitze verjüngenden Schwanz auslief.

Manchmal glitten sie unglaublich schnell ins Wasser und sahen dann aus wie treibende, borkige Baumstämme.

»Gelten die etwa auch als heilige Tiere?«, fragte Tarkon.

»Gewiss doch!«, klärte ihn Turuns auf. »Sie werden Sobek genannt, genau wie eine der vielen anderen Tiergottheiten, die sie hier verehren. Wenn du jemals das zweifelhafte Vergnügen haben solltest, von einem dieser netten Tiere gefressen zu werden, so sparst du dir nach dem hiesigen Glauben die teuren Begräbniskosten und gehst so geläutert in das Reich des ewigen Lebens ein. Glaube mir, mein Freund, das sind Bestien, die alles angreifen und fressen, was ihnen vor ihre abscheulich stinkenden Mäuler gerät.«

»Nicht zu vergessen, die heiligen Schlangen!«, meldete sich Kenos darauf zu Wort. »Sie sind so giftig, dass du keine Zeit mehr hast, darüber nachzudenken, dass du gleich tot bist, wenn sie dich gebissen haben.«

»Gibt es hier vielleicht auch ungefährlichere Tiere?«, fragte Tarkon kleinlaut.

»Oh ja!«, antwortete Turuns fröhlich. »Rinder, Schweine, Schafe, Hühner und Gänse! Aber ansonsten … Puh!«

»Was heißt Puh?«, insistierte Tarkon.

»Es bedeutet, dass es in diesem Land nicht wenige Tiere gibt, die uns Menschen zum Fressen gern haben. Aber das wirst du alles noch kennen lernen, schätze ich!«

Tarkon ließ es hierauf erst einmal dabei bewenden und richtete sein Augenmerk stattdessen wieder auf die an ihnen vorüberziehende Landschaft.

Immer wieder tauchten entlang der beiden Ufer kleinere oder größere Siedlungen auf, die aus mit Lehmziegeln gebauten, würfelförmigen, flachdachigen Häusern bestanden, die sich dicht aneinander schmiegten. Um die Dörfer herum waren weitläufig Felder angelegt, die die Bauern dem fruchtbaren Schlamm, den ihnen der Fluss in jährlicher Regelmäßigkeit anschwemmte, abgerungen hatten. Darauf hatten sie Getreide angebaut, welches jetzt, zur bevorstehenden Erntezeit, zu sattgelber Üppigkeit herangereift war. An den Ufern standen allenthalben große, hölzerne Räder, an denen Tonkrüge befestigt waren, mit denen die Bauern das Flusswasser in die Kanäle schöpften, mit denen sie ihre Felder bewässerten.

Nach fast jeder Flussbiegung gab es für Tarkon etwas Neues, Bestaunenswertes zu entdecken, was ihm immer mehr bewusst machte, dass er sich nicht nur in einem anderen Land, sondern auch in einer anderen, mit ihrer Flora und Fauna so gänzlich anders gestalteten Welt befand.

Doch dann, es war am frühen Morgen des vierten Tages, schälte sich aus dem über dem Wasser liegenden Dunst etwas hervor, was Tarkon schier den Atem verschlug.

Im Hinterland des an Steuerbord gelegenen Ufers erhoben sich drei gewaltige weiße Berge, welche aber, so unglaublich es Tarkon erschien, ganz offensichtlich von Menschenhand aufgetürmt worden waren.

Jedes dieser Bauwerke wies jeweils vier glatte Seitenflächen in der Form eines vollendeten gleichschenkligen Dreiecks auf, die in leichter Schräglage zum Zentrum ihres ungeheuren quadratisch angelegten Fundamentes hoch in den Himmel ragten, wo sich ihre Spitzen schließlich vereinten.

Die Spitze des größten dieser Bauwerke war zudem noch vergoldet und erglänzte gerade im ersten Licht der roten Morgensonne.

Riesige Schriftzeichen prangten golden an dem weiß schimmernden Verputz der Seitenwände.

Davor konnte man jetzt auch noch drei weitere, ähnlich errichtete Bauwerke erkennen, die aber sehr viel kleiner waren und sich gegenüber ihren riesigen Nachbarn eher wie Zwerge ausnahmen.

Tarkon rieb sich mehrmals die Augen, als vermeinte er ein Trugbild zu sehen.

Turuns, der Tarkon die ganze Zeit über amüsiert beobachtet hatte, legte ihm jetzt die Hand auf die Schulter.

»Tja, mein Freund«, sagte er leise, »da hast du deine märchenhaften Grabberge, über die du bislang nur Gerüchte gehört hast! Das ist was anderes als die Grabhügel, die wir zu Hause haben. Über viele, viele Jahre haben unzählige Menschen unter unsäglichen Mühen daran gearbeitet, und das alles nur, um ihrem König ein würdiges Grab zu bauen. Ob du es glaubst oder nicht: Jedes dieser Wunderwerke, die in der Landessprache Mér genannt werden, birgt nur den Körper eines einzigen Menschen!«

Er zeigte auf das Grabmal mit der vergoldeten Spitze.

»In diesem Grab zum Beispiel liegt König Chufu, der vor mehr als tausend Wintern gestorben ist. Das mittlere Mér gehört Men-kau-re und das dritte Chefu-re. Das ganze Gräberfeld wird von diesem riesenhaften steinernen Ungeheuer mit Menschenkopf, das du dort hinten, etwas abseits der großen Mér sehen kannst, bewacht.«

Tarkon, der bis dahin nur Augen für die Grabmäler hatte, blickte zögernd in die ihm gewiesene Richtung, worauf ihm der Unterkiefer ein weiteres Mal vor Erstaunen nach unten klappte.

Da ruhte wirklich, die Pfoten lang vor sich ausgestreckt, ein riesenhaftes Wesen, welches zwar den Körper eines Tieres hatte, dessen Kopf aber zweifellos menschlich war, zumal es ein ähnliches Kopftuch trug, wie es ihm schon bei Muntmose in Requot aufgefallen war.

»Der Körper dieses Wesens ist einem großen Raubtier nachempfunden, welches hierzulande sein Unwesen treibt. Sie nennen es Mae-i, und es ist wirklich Furcht einflößend, wenn du es zu sehen oder auch nur aus der Ferne zu hören bekommst, denn es brüllt so grauenvoll, dass dir die Ohren dröhnen und dein Herz zu rasen beginnt. Ich habe es selbst schon zu Gesicht bekommen«, erklärte Turuns.

In langsamer Fahrt glitt die *Albatros* nun weiter an den Grabmälern vorbei, doch schon nach der nächsten

Flussbiegung erwartete Tarkon die nächste Überraschung für diesen Tag.

Am Ufer, welches dem Gräberfeld gegenüberlag, erstreckte sich eine großflächig angelegte Siedlung, viel größer als alle, die er je gesehen hatte. Eine verwirrende Ansammlung von größeren und kleineren Häusern, deren Bewohner in unüberschaubarer Anzahl ihren Geschäften nachgingen. Der Lärm und das Geschrei, dass sie dabei veranstalteten, war weithin über den Fluss zu vernehmen. Das für sich allein gesehen wirkte schon ziemlich beeindruckend, doch gab es noch etwas anderes, was Tarkon sofort in Bann schlug.

Über den flachen Dächern der Häuser ragten in einigem Abstand zueinander die hohen Mauern zweier lang gestreckter Gebäude auf. Jeweils zwei rechteckige, massiv gemauerte Türme mit nach innen geneigten Wänden, die mit ihrer Höhe die sich dahinter anschließenden Mauern noch um einiges überragten, bildeten die Tore. Beide Bauwerke waren weiß getüncht und über und über mit farbigen, in starrer Geometrie gemalten Figuren und Schriftzeichen übersät. An der Frontseite der Tore waren in Nischen lange Stangen befestigt, an deren oberen Enden sich schmale bunte Tücher träge im lauen Wind bewegten.

Hilfesuchend wandte Tarkon sich wieder an Turuns.

»Ich … ich kann das alles nicht mehr fassen!«, stammelte er und wies immer wieder erregt fuchtelnd zu der Siedlung hinüber.

»Also, das ist die Stadt Men-nefer«, gab ihm Turuns geduldig Auskunft. »Eine Stadt ist nichts anderes als ein zu groß geratenes Dorf. In den südlichen Ländern gibt es viele solcher Städte, da, wie ich dir schon einmal erklärt hatte, hier auch sehr viel mehr Menschen wohnen als etwa bei uns im Norden. Die zwei Gebäude dort, sind Hut-neteret, Gotteshäuser. Sie dienen dem gleichen Zweck wie unser Sonnenhaus auf der heiligen Insel, nur dass sie eben aus Stein gebaut sind und um ein Vielfaches größer.«

»Und was gibt es in diesen Häusern zu sehen?«

»Dort haben die Bewohner dieses Landes Bildnisse der Gottheit aufgestellt, der diese Häuser geweiht sind, und hier werden zahlreiche kleine und große Götter verehrt, wie dir ja bekannt ist. Warte nur, bis wir in Uaset sind, dann werde ich dich in ein solches Haus führen.«

Während der ganzen restlichen Fahrt tauchten an den Ufern des Flusses immer wieder solche Städte mit ähnlich prachtvollen Gotteshäusern auf, sodass sich Tarkon zwar allmählich daran gewöhnt hatte, den Anblick aber mit nicht nachlassender Bewunderung genoss.

Sie hatten während ihrer Reise viermal vor kleineren Siedlungen festgemacht, um sich mit Wasser und Lebensmitteln zu versorgen. Dabei überraschte Tarkon vor allem, mit welcher liebenswürdigen Gastfreundschaft sie von den einfachen Menschen, die doch unter sehr ärmlichen Bedingungen ihr Land bebauten, empfangen wurden. Aber er bemerkte auch, dass man ihnen mit einer Art respektvoller Scheu gegenübertrat, und als Tarkon Turuns auf dieses Verhalten ansprach, erhielt er eine verblüffende Antwort.

»Es liegt an unseren Haaren und der Körpergröße!«, hatte er ihm lachend entgegnet. »Die meisten von uns haben ja helles Haar, und das ist hier etwas Ungewöhnliches. Außerdem wirst du wohl festgestellt haben, dass wir zumeist um eine Kopfeslänge größer sind als sie!«

Trotz dieser notwendigen Unterbrechungen kamen sie gut voran, wobei sie vor allem die kühlen Nächte nutzten.

Des Nachts zu fahren war insofern problemlos, da Mond und Sterne genug Licht spendeten, welches vom Wasser des Flusses reflektiert wurde.

Niemals zuvor hatte Tarkon einen Sternenhimmel beobachten können, wie er sich hier im Süden in gleißend funkelnder Pracht über das Firmament spannte. Mond und Sterne schienen außerdem der Erde viel näher zu stehen als in ihrer nordischen Heimat. Luknies machte ihn auch auf Sternbilder aufmerksam, die nur im Süden zu sehen waren.

Dann aber näherte sich das Ende ihrer Reise, denn am späten Vormittag des zwölften Tages kamen am linken Flussufer endlich die weißen Mauern Uasets in Sicht.

Dieser Anblick spornte die Männer der *Albatros* mächtig an, darunter auch Tarkon, der während der vergangenen Tage seine Pflichten an Bord wieder übernommen hatte und am frühen Morgen Kenos beim Rudern abgelöst hatte. Daher legten sie sich trotz der unerträglichen Hitze noch einmal kräftig in die Riemen, sodass das Schiff die verbleibende Strecke förmlich über das Wasser flog.

Trotz der Anstrengung konnte Tarkon beobachten, dass die ganze große Stadt, so weit das Auge auch schweifen mochte, von Getreidefeldern umgeben war.

Etwas abseits vor den Mauern der Stadt erhob sich machtvoll inmitten der Felder ein besonders großes, prächtig verziertes Hut-neteret. Das Gotteshaus bestand eigentlich aus zwei Gebäudeteilen, die im rechten Winkel zueinander standen und sich an den Tortürmen berührten. Die Längsachse des Haupthauses war auf Nordost ausgerichtet, die des Nebengebäudes verlief von Ost nach West.

»Falls es dich interessiert«, keuchte Turuns, der schwitzend neben Tarkon auf der Ducht saß, »dies ist der Ipet-suut, das größte Gotteshaus dieses Landes, welches ihrem Hauptgott Amon geweiht ist. Man sagt, die Priester des Gottes hätten darin ungeheure Schätze an Gold und Silber angehäuft.«

Nur wenig später passierten sie die Stelle, an der die gewaltige, vieltorige Stadtmauer, die die gesamte Stadt am Ufer des Hapi halbmondförmig umschloss, mit einem mächtigen Turm ihren nördlichen Anfang nahm.

Auf der Mauer, wie auch hinter der Brüstung des Turmes, waren Bewaffnete auszumachen, die den regen Verkehr auf dem Fluss wachsam zu verfolgen schienen, denn die *Albatros* war beileibe nicht das einzige Schiff, welches nach Uaset fuhr. Meist waren es die kleinen, sichelförmigen Barken einheimischer Bauart, die sich auf dem Fluss tummelten. Zu Füßen des Wachturms allerdings lagen drei lang gestreckte, schmalrümpfige Boote mit nach innen hochgebogenen Steven vertäut, die offenbar von der Wachmannschaft benutzt wurden, um gegebenenfalls die Sicherheit auf dem Wasser zu gewährleisten oder unliebsame Besucher von der Stadt fernzuhalten.

»Halt ein bei Riemen!«, gellte in diesem Moment die Stimme Avles über Deck, und augenblicklich fuhren die Riemenblätter zu beiden Seiten ins Wasser und bremsten die Fahrt.

»Die Riemen … streicht!«, rief Avle, nachdem das Schiff jetzt ohne Fahrt im Wasser dümpelte.

Irritiert schaute Tarkon hoch.

»Was ist denn nur los?«, schnaufte er.

»Sieh nur! Ich denke, man will uns einen Besuch abstatten«, raunte Turuns und wies mit dem Kopf zu einem elegant geschnittenen, prunkvoll bemalten Boot, welches, von zwölf Ruderern getrieben, schnell an Backbord aufkam. Vor der mittschiffs aufgebauten halbrunden Hütte stand ein einzelner Mann, der mit verschränkten Armen und einem Gesichtsausdruck, der seine Absichten nicht erkennen ließ, genau in ihre Richtung blickte.

Kurz darauf kam das Boot längsseits, und der Mann enterte über die Reling an Deck.

Er war schlank und hoch gewachsen, von hellbrauner Hautfarbe und mochte vielleicht dreißig Lenze zählen. Die geschminkten dunklen Augen standen etwas weiter auseinander und bildeten mit der kleinen, feinflügeligen Nase ein harmonisches Dreieck, was seine Züge ausgesprochen hübsch und sympathisch erscheinen ließ. Auf der Oberlippe seines vollen geschwungenen Mundes wuchs ihm ein schmaler Bart.

Seine Bewegungen waren geschmeidig, und seine Körperhaltung drückte natürlichen Stolz und Selbstbewusstsein aus, ohne indes arrogant zu wirken. Er trug eine saubere, ölig schwarz glänzende, bis zur Halsmitte reichende Perücke, die aus unzähligen kleinen Zöpfchen bestand, welche kunstvoll miteinander verknüpft worden waren. Bekleidet war er mit einem knielangen, blendend weißen und sorgsam um die Hüften gerafften Leinenschurz, über den, vom Bauchnabel bis zu den Knien, ein trapezförmiges Lederstück herabhing, welches über die ganze Fläche mit gold umrandeten Rhomben verziert war.

Über den Schultern trug er ein aus drei goldenen Ketten gewirktes Pektoral, in das in regelmäßigen Abständen blaue und rote Schmucksteine eingearbeitet waren. In der Rechten hielt er einen fingerdicken, armlangen Stab, dessen spatelförmige Spitze vergoldet war.

Als er an Deck stand, blieb er für einen Moment stehen und sah sich prüfend um, wobei es ihm sicherlich nicht entging, dass er von der Mannschaft mit gespannter Neugier gemustert wurde. Dann erst verbeugte er sich leicht vor Luknies, der erwartungsvoll neben Avle stand und den Fremden aus zusammengekniffenen Lidern ansah.

Nachdem Luknies die Verbeugung kurz erwidert hatte, breitete der Mann die Arme aus und begann zu sprechen.

»Herzlich willkommen in Uaset, Freunde!«, begrüßte er sie in fast akzentfreiem Nordisch, fuhr dann aber in seiner eigenen Sprache weiter fort.

»Mein Name ist Chonsuyu, und ich bin der Hafenmeister seiner Majestät, des Horus im Nest, Imenhotep, möge er ewig leben. Eure Anreise hierher wurde uns vor zwei Tagen gemeldet, und ich habe Befehl von höchster Stelle, euch einen Liegeplatz im alten Hafen zuzuweisen. Außerdem habe ich dafür zu sorgen, dass ihr während eures Aufenthaltes hier mit allen erdenklichen Annehmlichkeiten bedacht werden sollt, die diese Stadt euch bieten kann. So bitte ich euch, mich als euren Diener zu betrachten.«

Turuns, der alles übersetzt hatte, runzelte darauf die Stirn und schaute Tarkon fassungslos an.

»Du meine Güte!«, sagte er heiser. »Was ist denn jetzt los? So etwas ist vorher noch nie passiert! Normalerweise lotsen die uns in den großen neuen Hafen, der sich weiter südlich, an der Stadt vorbei, am gegenüber liegenden Flussufer befindet, wo sich dann ein paar kleine Beamte um unsere Fracht kümmern. Jetzt aber erscheint hier ein großer, feiner Herr und bietet uns höchst selbst seine Dienste an!«

»Wie, hoher Herr? Er ist doch nur der Hafenmeister und tut seine Arbeit, denke ich!«, entgegnete Tarkon verwundert.

»Das ist nur der Hafenmeister!«, äffte Turuns ihn nach. »He! Der Bursche da gehört zu den höchsten Beamten des Königs. Ihm unterstehen alle Häfen und alle Schiffe in diesem verdammten Land! Für solche Leute waren wir bisher einfache Wilde, die man hier nur geduldet hat, solange sie wertvolle Ware mitbrachten. Und heute nun kommt ein hochrangiger Edelmann aus Khemet zu uns an Bord und trägt uns an, uns zu Diensten zu stehen! Was sagt man dazu!«

Luknies hatte inzwischen Wein besorgen lassen und reichte seinem Gast gerade einen Becher.

Bevor er seinen Becher jedoch an die Lippen setzte, sah er sein Gegenüber scharf an, wobei er seine Stirn in Falten legte.

»Eine Frage hätte ich zuvor noch, wenn ihr erlaubt

Neb Chonsuyu!«, sagte er und räusperte sich dabei vernehmlich. »Ihr stelltet euch vorhin als Hafenmeister seiner Majestät, des Horus im Nest, vor, nicht wahr? Nun, soweit ich weiß, ist das der Titel des Kronprinzen und nicht der des regierenden Herrschers, dem die Anrede Per-hau gebührt!«

Chonsuyu schaute daraufhin einen Moment verlegen in seinen Becher, bevor er sich wieder, diesmal mit ernster Miene, an Luknies wandte.

»Sehr fein beobachtet, Luknies!«, sagte er dann mit belegter Stimme. Er nippte kurz an seinem Becher und holte danach tief Luft. »Also schön! Es war mir zwar nicht gestattet worden, euch über die tragischen Ereignisse der letzten Tage zu informieren, aber da ihr offenbar ahnt, was sich ereignet hat, kann ich es euch auch hier und jetzt berichten. Seit vier Tagen herrscht Trauer im Lande Khemet, denn unser Herr Imenhotep hat seine einsame Reise nach Westen angetreten. Sein Nachfolger, der Horus im Nest Imenhotep, der vierte dieses Namens, wird demnach erst nach vierzig Tagen die Regierungsgeschäfte übernehmen. Bis dahin wird die Regentschaft von Teje, der ersten Gemahlin des Osiris Imenhotep, ausgeübt.«

»Das ist ja wirklich alles sehr überraschend und zugleich bedauerlich«, erwiderte Luknies, seine Worte vorsichtig und respektvoll wählend. »Aber ich verstehe immer noch nicht, weshalb man uns gerade heute, unter diesen bedrückenden Umständen, mit einer solch großzügigen Aufmerksamkeit willkommen heißt, wie sie all meinen Landsleuten, die dieses Land jemals bereist hatten, noch nie entgegengebracht worden ist.«

Chonsuyu entgegnete darauf zunächst nichts, sondern schaute eine Weile versonnen hinüber zu den mächtigen Mauern des Ipet-suut.

Dann schlug er plötzlich mit seinem Stab gegen seinen Oberschenkel und wandte sich abrupt wieder Luknies zu.

»Es fällt mir nicht leicht, über diese Dinge zu reden, zumal es mir, aufgrund meines Ranges und der mir erteilten Befehle auch gar nicht ansteht«, begann er mit barscher Stimme zu sprechen. »Aber«, so setzte er seine Rede fort, »da ich euch jetzt Auge in Auge gegenüberstehe und in euch einen ehrlichen Mann erkenne, dem nichts vorzugaukeln ist, möchte ich euch, Luknies, wenigstens die hauptsächlichen Gründe für diese Aufmerksamkeiten mitteilen. Für mich selbst ist es auch schwer nachvollziehbar, aber urteilt selbst! Unser Horus im Nest ist bei seiner Geburt von den Göttern mit einer besonderen Auszeichnung gesegnet worden, denn sie treten von Zeit zu Zeit direkt mit ihm in Verbindung, ohne sich dazu ihrer Priester zu bedienen. Dies geschieht in Traumbildern,Visionen, die der Prinz nicht nur im nächtlichen Schlafe erhält, sondern auch am hellen Tag. Dann verfällt er in eine seltsame Starre und bleibt da, wo er gerade ist, mit weit geöffneten Augen stehen oder sitzen und ist für eine Weile nicht mehr ansprechbar noch nimmt er irgendetwas in seiner Umgebung wahr. Wenn dieser Zustand vorbei ist, zieht er sich schweigend und mit verklärten Zügen zurück, um sich seiner Mutter anzuvertrauen. Normalerweise erfährt außer seinen Eltern und ein paar ausgesuchter Priester niemand etwas von dem, was die Götter ihn dabei haben schauen lassen. Doch manchmal lässt man auch uns wissen, was die Götter dem Prinzen mitgeteilt haben, so wie in diesem Falle.

Das Ganze hat wohl seinen ursächlichen Zusammenhang mit einem Mann eures Volkes, der vor einigen Jahren als Gefangener hierher gebracht wurde. Aufgrund seines ausgezeichneten seemännischen Talentes wurde seine Majestät bald auf ihn aufmerksam gemacht, worauf seine Majestät dem Gefangenen die seltene Gnade zuteil werden ließ, vor ihr Angesicht treten zu dürfen.

Nachdem sich Osiris Imenhotep persönlich von den Fähigkeiten des Fremden befriedigend überzeugt hatte, ließ er ihn nicht nur frei, sondern schenkte ihm obendrein noch eine goldene Kette und übertrug ihm den Befehl über vier Schiffe, mit denen er fürderhin auf dem im Südosten unseres Landes beginnenden Meeres, die Küste entlang bis zu dem tief im Süden gelegenen Land Punt fahren sollte, um dann mit dem Gold, was dort in unseren Minen geschürft wird, wieder nach Uaset zurückzukehren.

Aber auch der Kronprinz war von dem Fremden äußerst angetan und verbrachte mit ihm viel Zeit in Gesprächen, während denen er sich in seiner ihm angeborenen Wissbegierde ausführlich von den fremden Ländern und Völkern des fernen Nordens berichten ließ.

Einige Zeit bevor Osiris Imenhotep seinen Weg nach Westen antrat, geschah es wieder, dass die Götter sich dem Prinzen offenbarten und ihm wohl unter anderem eure Ankunft hier kundtaten. Hierauf erhielten alle nördlichen Grenzposten den Befehl, nach einem Schiff aus dem Nordland Ausschau zu halten.

Als dann bald darauf die Botschaft des Muntmose eintraf, dass tatsächlich ein solches Schiff in Requot festgemacht hätte und sich nunmehr auf der Weiterfahrt nach Uaset befände, erhielt ich von Königin Teje persönlich den Befehl, dass ich euch, sobald ihr hier eintreffen würdet, mit allen Ehren willkommen heißen sollte und euch unverzüglich in den Palast zu geleiten hätte. Das ist alles, was ich weiß. Die näheren Hintergründe werdet ihr dann bei Hofe erfahren, denke ich.«

Luknies, der wie alle anderen an Bord, die dieser Sprache mächtig waren, dem Bericht des Beamten mit großer Aufmerksamkeit gefolgt war, warf, nachdem Chonsuyu geendet hatte, einen raschen Seitenblick zu Tarkon, dem Turuns gerade die letzten Worte übersetzt hatte. Wie er es sich gedacht hatte, zeigte sich Tarkon sichtlich erregt und starrte seinerseits gespannt zu ihm hinüber.

Dann wandte er sich wieder Chonsuyu zu und schaute ihn aus zusammengekniffenen Lidern scharf an.

»Hat dieser Mann, der zu unserem Volk gehört und der sich auf so schicksalhafte Weise die Gunst des großen Imenhotep erworben hat, vielleicht auch einen Namen?«, fragte er lauernd.

Chonsuyu, der gerade von seinem Wein genippt hatte, blickte seinem Gegenüber in die Augen.

»Aber natürlich!«, erwiderte er arglos. »Er ist mir ein guter Freund geworden und vielleicht kennt ihr ihn ja! Ihr werdet ihn ohnehin bald zu Gesicht bekommen, denn er ist mit seinen Schiffen vor acht Tagen erfolgreich von seiner letzten Reise zurückgekehrt und wird wohl mit der Karawane, die das Gold über Land vom östlichen Hafen nach Uaset befördert, in ein oder zwei Tagen hier eintreffen. Sein Name ist Lareth!«

Kaum war der Name ausgesprochen, als Tarkon mit einem Aufschrei von seiner Ducht sprang und sich mit drei gewaltigen Sätzen direkt vor Chonsuyu brachte, welcher ihn daraufhin entgeistert ansah und seine Rechte mit dem Stab in einem ersten Abwehrreflex schützend vor die Augen erhob.

Geistesgegenwärtig schob sich Luknies zwischen die Beiden und drängte Tarkon sanft zur Seite.

»Verzeiht bitte das Verhalten dieses jungen Mannes«, beruhigte er den Beamten lächelnd. »Er ist in seiner Freude nur etwas ungestüm, hat er doch eben von euch erfahren, dass sein Vater, den wir alle schon tot geglaubt hatten, noch lebt und er ihn schon so bald in die Arme schließen kann!«

Chonsuyu entspannte sich und musterte Tarkon daraufhin eine Zeit lang mit staunendem Interesse.

»Das ist freilich eine seltsame Fügung des Schicksals!«, sagte er dann nachdenklich und legte Tarkon die Hände auf die Schultern. »Ich sehe den Sohn und erkenne den Vater. Das wäre wahrhaftig ein Grund zum Feiern, wenn es uns die vierzig Tage währende Trauer um unseren Herrscher nicht verbieten würde.« Er wandte sich wieder Luknies zu und setzte seine Rede mit einer ausholenden Geste, die die ganze Mannschaft einschloss, weiter fort.

»Seid aber dennoch für diesen Abend meine Gäste, bevor ihr morgen bei Hofe empfangen werdet. Folgt jetzt meinem Boot, welches euch in den Hafen zu eurem Liegeplatz lotsen wird.«

Als die *Albatros* an der Kaimauer des alten Hafens festgemacht hatte, standen dort schon mehr als zwei Dutzend Männer bereit, die, von mehreren Bewaffneten mit Peitschen bewacht, das Löschen der Ladung auf Chonsuyus Befehl zu übernehmen hatten. Zu Tarkons nicht geringer Überraschung waren die meisten von ihnen schwarzhäutig. Er wusste zwar aus Erzählungen, dass es in diesem Land Menschen mit dieser Hautfarbe gab, war aber trotzdem sehr erstaunt, als er diese Menschen nun leibhaftig vor sich sah. Als er Turuns befragte, woher diese Schwarzen denn stammten, erklärte dieser ihm, dass es sich dabei um Angehörige wilder Volksstämme handelte, die tief im Süden von Khemet hausten und von den Soldaten des Per-hau immer wieder gefangen wurden, um als Sklaven zu dienen. Als er sich darauf erkundigte, was denn Sklaven seien, erfuhr er, dass es unfreie Menschen wären, die als Ware angesehen und auch so behandelt würden. Er wollte das zunächst nicht glauben, aber als er dann mit eigenen Augen beobachten konnte, mit welcher Brutalität die Aufseher die Sklaven mit Peitschen zur Arbeit antrieben, hatte Turuns Mühe, Tarkon davon abzuhalten, mit dem Schwert auf die Aufseher loszugehen.

»Was soll das?«, herrschte Turuns ihn an. »Warum ziehst du dein Schwert? Was bezweckst du damit? Weder die Sklaven noch ihre Aufseher würden verstehen, wenn du jetzt dazwischengehen würdest. Die einen deshalb nicht, weil sie sich längst in ihr Los gefügt haben, da sie keine andere Alternative als den Tod hätten, die anderen, weil sie in einem Land groß geworden sind, in welchem seit Menschengedenken den Kindern gelehrt wird, dass Sklaven nichts anderes als Nutztiere sind, die man auch so zu halten hat!«

»Ich würde lieber tot sein, als mich rechtlos der Willkür dieser Menschen hier auszuliefern!«, schrie Tarkon ihn unbeherrscht an.

»Oh ja! Das würdest du, mein Tapferer!«, fauchte ihn Turuns nun seinerseits zornig an. »Du kannst mir glauben, dass die, die so wie du gedacht haben, jetzt ebenfalls tot sind! Wie oft soll ich dir eigentlich noch sagen, dass sich deine, oder von mir aus auch unsere Denkweise nur sehr schwer mit den Vorstellungen der Menschen anderer Völker vergleichen lässt! Diese Sklaven sind zumeist Kriegsgefangene. Khemet führt Krieg gegen ein anderes Volk. Khemet siegt, unterwirft es und macht es tributpflichtig! Damit das auch in Zukunft so bleibt und sich dieses Volk nicht so schnell darauf besinnt, sich seiner Unterdrücker in einem erneuten Krieg zu entledigen, führt Khemet einen großen Teil der arbeitsfähigen Bevölkerung in die Sklaverei. Wer sich dagegen auflehnt, wird erschlagen. Genauso würde es Khemet ergehen, wenn es den Krieg verlieren würde. In den Augen der Südvölker haben die Besiegten durch ihre Niederlage bewiesen, dass sie nicht mehr als gleichberechtigte Menschen angesehen werden können. Sie gehören zur Beute des Siegers, wie Schmuck, Waffen oder anderes. So einfach ist das!«

Nur sehr widerwillig fügte Tarkon sich daraufhin den Argumenten seines Freundes.

Reich, Stadt, König, Soldaten, Krieg – all diese Begriffe waren neu und verwirrend für ihn, da es sie in der ihm vertrauten Welt des Nordens nicht gab.

Gewiss entstand immer mal wieder ein kriegerischer Zwist zwischen den einzelnen, weit verstreuten Dorfgemeinschaften des Nordlandes, bei denen es auch Tote und Verwundete zu beklagen gab. Aber danach wurde in aller Regel wieder ein für alle Beteiligte annehmbarer Frieden geschlossen, wonach man sich wieder hinter die Palisaden seines Heimatdorfes zurückzog, ohne dabei aber etwa Ansprüche auf das Gemeindeland des besiegten Gegners anzumelden oder die Unterlegenen gar in die Sklaverei zu führen. Beides wäre schon deswegen undenkbar, da es einen fluchwürdigen Verstoß gegen die uralten Gesetze darstellen würde, die in der ewigen Harmonie zwischen dem Schöpfergeist und der großen Mutter Erde verankert waren.

Wie hatte Moruns gesagt?

»Kein Mensch, ein Kind aus Geist und Erde, kann das Land und das, was in und auf ihm lebt, wirklich besitzen, geschweige denn, einen anderen Menschen. Das Leben wie auch der Körper sind ja nur Leihgaben des Schöpfers, ebenso das Land, dass der Mensch bebauen und dessen Früchte er ernten darf.«

All diese Gedanken kamen Tarkon jetzt in den Sinn, während er ingrimmig die schwitzenden, schmutzigen und gequälten Gesichter der Sklaven betrachtete.

So beschloss er am Ende für sich, diese für ihn fremde Lebensauffassung zwar zu akzeptieren, solange er sich in diesem Land aufhalten würde, sie aber fürderhin auf das Tiefste zu verachten.

Bestärkt in diesem Entschluss wurde er dann vollends, als er am frühen Abend zusammen mit Luknies, Turuns, Kenos und dem Großteil der übrigen Besatzung der *Albatros* von einer mit Knüppeln bewehrten Eskorte zum Hause des Chonsuyu geleitet wurde. Nur Avle und eine Hand voll der restlichen Mannschaft hatten sich nicht dazu bewegen lassen, das Schiff zu verlassen, da sie sich, wie sie behaupteten, unter freiem Himmel und auf den Planken der *Albatros* sicherer fühlten als unter dem Dach eines Südländers.

Um zu ihrem Gastgeber zu gelangen, der in einem abseits der Stadt gelegenen Viertel wohnte, welches den im Nordosten zwischen dem Ipet-Suut und der Stadtmauer angelegten königlichen Palast umgab, mussten sie zunächst die Innenstadt Uasets durchqueren. Mithilfe ihrer schlagkräftigen Begleiter bahnten sie sich ihren Weg durch das dichte Gewühl der Menschen, welche lärmend und schwitzend die engen, winkligen Gassen bevölkerten, die das unübersehbare Meer der kleinen, würfelförmigen Lehmhäuser labyrinthartig durchzogen.

Ähnlich wie in Tar'eses, nur noch intensiver, erhob sich aus den Schmutz starrenden Gassen ein Übelkeit erregender Gestank, welcher sich über der Stadt, begünstigt durch die schwülheiße stehende Luft, im Schein der Abendsonne zu einer eiterfarbenen, wabernden Dunstglocke verdichtete.

Tarkon versuchte so wenig als möglich zu atmen und taumelte zwischen seinen Kameraden einher, denen es allem Anschein nach ebenso erging.

Endlich aber erreichten sie die Stadtmauer und gelangten durch ein Tor in das ebenfalls von einer Mauer umgebene Regierungsviertel.

Es war, als würden sie eine andere Welt betreten.

Vor den im Hintergrund aufragenden Tortürmen

der Hut-neter, inmitten einer blühenden Gartenlandschaft mit sattgrünen Wiesen, fantasievoll angelegten Blumenrabatten und Schatten spendenden Palmenhainen, erstreckte sich der aus einer Vielzahl ineinander fluchtender, schimmernd weiß verputzter Gebäudeteile bestehende Palast des Herrschers über Khemet.

Um ihn herum gruppierten sich weiträumig die prächtigen Häuser der Würdenträger des Reiches, jedes von ihnen ein kleines Abbild des Palastes.

Tarkon, wie auch seinen Landsleute, die ja dieses Viertel noch nie zuvor zu Gesicht bekommen hatten, verschlug es angesichts dieser zu Stein gewordenen Darstellung aus Macht und Prunk die Sprache.

Doch dann tauchten vor Tarkons innerem Auge wieder all die grellen und bedrückenden Szenen von Armut und unsäglichem Leid auf, die er im Hafen und während seines Weges durch die Stadt hatte erleben müssen, und schoben sich wie ein übel riechender Schatten vor diesen Anblick vollendeter Harmonie.

Die Erkenntnis, die ihn nach diesem unwillkürlich gezogenen Vergleich jäh durchfuhr, ließ ihn erschauern: Es gab wirklich zwei verschiedene Welten in diesem Land, getrennt nicht nur durch steinerne, sondern auch mentale Mauern.

Als sie damals an den Mére und Men-nefer vorbeigefahren waren, hatten ihn Turuns und Kenos ausgiebig über die in diesem Lande herrschenden Sitten und Gebräuche aufgeklärt.

Alles Land, einschließlich der Menschen, die es bewohnten, gehörte dem Per-hau. Er war den Göttern gleichgestellt, und sein Wort war Gesetz. Doch die Durchsetzung seiner Befehle übertrug er üblicherweise zwei Ständen, die in ihrem Ansehen und ihren Privilegien nur wenig unterhalb der Machtfülle des Perhau angesiedelt waren. Es waren dies zum einen der Adel, in dessen Händen die Ausübung der Regierungsgeschäfte und der Verwaltung des Reiches lag, und zum anderen die Priester, denen seit alters her die geistige Führung des Volkes anvertraut wurde.

Beide Stände aber nutzten die ihnen verliehene Gewalt nur dafür aus, sich am Volk zu bereichern.

Die einen, indem sie nach Belieben immer neue Steuern erfanden, die angeblich dem Allgemeinwohl dienten, die anderen, indem sie den Gläubigen, die in den unzähligen Gotteshäusern dieses Landes ihr Seelenheil für das Leben nach dem Tod suchten, für ihre bisweilen äußerst zweifelhaften Dienste völlig überhöhte Abgaben abpressten.

Für diese wenigen Auserwählten, die sich in der von der Außenwelt völlig abgeriegelten Umgebung Uasets um ihren Gottkönig scharten, nahm die Masse der Bevölkerung offenbar keinen höheren Stellenwert ein als die ohnehin schon entrechteten Sklaven.

Natürlich gab es auch in der Heimat Arme und Reiche, aber in den kleinen dörflichen Gemeinschaften des Nordens, in denen jeder irgendeiner Arbeit nachging, die ihn ernährte, pflegte man anders damit umzugehen, da man sich untereinander kannte und den wie auch immer in Not Geratenen durch die Gemeinde Hilfe und Zuwendung zuteil wurde.

Aber hier in Khemet lebten so unendlich viel mehr Menschen als im Nordland. Und es gab die großen

Städte, in denen sich die Menschen in herdenartiger Anonymität zusammendrängten und so leicht von wenigen beherrscht werden konnten.

Inzwischen war die Sonne untergegangen, und nach einer kurzen Dämmerung war es schnell Nacht geworden.

Sie waren endlich am Hause Chonsuyus angelangt, welches wie auch der Palast und die übrigen Häuser hier im hellen Licht der Fackeln und Öllampen erstrahlte, die man an den Außenwänden und im Inneren der Gebäude entzündet hatte.

Der Hausherr wartete schon Arm in Arm mit seiner Frau Imeretnebes vor der Eingangspforte und hieß sie herzlich willkommen. Beide waren festlich gekleidet und beim Anblick Imeretnebes' stockte Tarkon erst einmal der Atem.

Noch nie zuvor hatte er eine so schöne Frau gesehen.

Sie war von hohem, schlankem Wuchs, und das schneeweiße, nahezu durchsichtig gewebte Leinenkleid, welches ihren grazilen Körper unterhalb ihrer runden, festen Brüste über die enge Taille bis zu den schmalen Fesseln ihrer langen, wohl geformten Beine hauteng umfloss, hob die ästhetischen Proportionen ihrer ranken Figur auf eine subtil erotische Weise hervor. Über den Schultern lag ihr ein dreieckiges, feinmaschiges Netz aus mit Goldfäden verbundenen Perlen, welches ihre nackten Brüste nur sehr unzureichend bedeckte, und dessen Spitze über ihren sanft gewölbten Schoß fiel.

Über den hoch angesetzten Jochbögen ihres rundlich ovalen Antlitzes strahlten ihre großen, mandelförmigen Augen, welche nach der hiesigen Mode mit schwarzen Lidstrichen umschminkt waren und deren geheimnisvoll grünviolett glimmender Farbton in apartem Kontrast zu ihrer samtbraunen Hautfarbe stand.

Unter der schmalen geraden Nase lächelte ein volles, in tiefem Rot feucht glänzendes Lippenpaar, zwischen dem ihre Zahnreihen in makellosem Weiß hervorblitzten. Eine schwarz glänzende Perücke, deren üppig gewirkte Lockenpracht ihr bis über die Schultern fiel, umrahmte ihr Gesicht und wurde über der Stirn von einem goldenen Diadem gekrönt.

Verwirrt und verlegen zugleich schaute Tarkon sich nach seinen Kameraden um und konnte mit einer gewissen Erleichterung feststellen, dass sie von dieser wunderschönen Frau ebenso in Bann geschlagen worden waren.

Sein Blick fiel auf Chonsuyu, der diese Szene mit einem wissenden Lächeln beobachtete.

Nun sagte der Beamte etwas, was Tarkon zwar nicht verstand, aber er deutete dessen Geste dahingehend, dass er sie nunmehr aufforderte, in sein Haus zu kommen.

Dem war auch so, und als er mit den anderen, dem Gastgeber folgend, durch die Pforte das Innere des Hauses betreten hatte, waren sie auf einmal von Dienern umgeben, die sie freundlich, aber bestimmt in einen seitlich neben dem Eingang befindlichen großen Raum geleiteten, in dem sich ein in den Boden eingelassenes, rechteckiges Becken befand.

Das Becken selbst war mit heißem Wasser gefüllt, dessen aufsteigende Dampfschwaden mit einem süßlich betörenden Duft geschwängert waren.

Der Boden des Raumes war mit polierten, rot gesprenkelten Fliesen ausgelegt, und um das Becken herum standen einige lehnenlose steinerne Bänke, auf denen große linnene Tücher lagen.

In den vier Ecken standen auf bronzenen Dreibeinen flache, offenbar mit Öl gefüllte Schalen, in denen goldrote Flammen züngelten, die den Raum mit ihrem diffusen Licht erhellten.

Trotz des Wasserdampfes, der den ganzen Raum einnebelte, vermochte Tarkon zu erkennen, dass die Wände mit einer farbenfrohen Folge von Bildmotiven bemalt waren, die auf eine recht naturalistische Art und Weise das vielfältige Leben in einer Flusslandschaft darstellten.

Während er noch die Bilder betrachtete, drang mit einem Male das Gezwitscher heller Stimmen von der gegenüberliegenden Seite des Raumes in sein Ohr, und wenige Augenblicke später schälte sich eine girrende Schar junger nackter Mädchen aus dem duftenden Dunstschleier. Sie zählten offenbar zur Dienerschaft, denn auf ihren Köpfen wuchs ihr eigenes, dichtes schwarzes Haar.

Alle waren hübsch und anmutig anzusehen, und ihre schlanken braunen Körper wiesen durchweg sehr anziehend wirkende weibliche Formen auf, die ein wenig an ihre Herrin erinnern ließen. Dazu bewegten sie sich mit einer lasziven Leichtigkeit, sodass es aussah, als würden sie eher tanzen statt gehen.

Eines der Mädchen war derweil bis dicht vor Tarkon herangeschwebt und begann, als sei es das Natürlichste auf der Welt, mit ihren feinen schmalen Fingern, deren lange gepflegte Nägel feuerrot bemalt waren, ihm den breiten Gürtel aufzunesteln. Dabei sah sie ihn unverwandt aus ihren großen dunklen Augen an, über denen ein verträumter Schleier lag, während sie ihre kleine Zunge provozierend langsam über ihre geschürzten roten Lippen spielen ließ.

Hilflos schaute Tarkon sich nach seinen Freunden um, die aber, soweit er es in dem feuchtheißen Dunst erkennen konnte, nicht nur die gleiche Behandlung erfuhren, sondern diese auch noch sichtlich zu genießen schienen.

Er erspähte Turuns, der gerade nackt, mit zwei Mädchen an seiner Seite, in das Becken stieg. Als ihre Blicke sich trafen, verzog Turuns nur seinen Mund zu einem wölfischen Grinsen, wonach er mit den Schultern zuckte und seine beiden Begleiterinnen nacheinander demonstrativ auf die Lippen küsste.

Ein leises Klirren zu seinen Füßen ließ Tarkon an sich herunterschauen, und er sah, dass ihm sein Rock samt Gürtel bereits um die Knöchel gefallen war. Verwirrt musste er feststellen, dass sein Glied bereits halb erigiert war, doch als er seine Blöße instinktiv bedecken wollte, hatte das Mädchen schon seine Hand ergriffen und führte ihn, sanft hinter sich herziehend, zum Beckenrand, wo er sich nach ihr in das angenehm heiße Wasser gleiten ließ. Jetzt erst bemerkte er, dass auf dem Wasser unzählige große, weiße Blüten schwammen, die diesen betäubenden Duft verströmten, der den ganzen Raum erfüllte.

Er schloss die Augen und überließ seinen Körper nunmehr den kundigen Händen seiner neuen Freundin.

Der Wasserdampf war mittlerweile so dicht geworden, dass die Feuer in den Ölschalen nur noch als blaurot flackernde Schemen wahrzunehmen waren, und auch das übermütige Juchzen seiner Kameraden und das helle Lachen der Mädchen drang bald nur noch wie aus weiter Ferne zu ihm.

Nur sie war da. Überall.

Er hörte sie, wie sie ihm in ihrer kehligen Sprache Worte, die er zwar nicht verstand, wohl aber spürte, in sein Ohr flüsterte, während sie dabei seine Lenden, die sie zwischen ihren festen Schenkeln umfangen hielt, mit sachten, kreisenden Bewegungen ihres Schoßes massierte.

Und dann, ganz unvermittelt, fühlte er, wie sein pochendes Glied von etwas umschlossen wurde, was viel heißer und feuchter war als das Wasser, das seinen Körper umschmeichelte.

Aus halb geöffneten Lidern schaute er in ihr Gesicht und verlor sich in den vor Erregung geweiteten Pupillen ihrer großen dunklen Augen, während ihr Schoss sich ständig schneller und fordernder um sein Glied drehte.

Es war ihm, als würde er eine Leiter hinaufsteigen, deren oberes Ende sich irgendwo zwischen rot glühenden Wolken verlor. Er begann immer heftiger zu atmen und hörte sie stöhnen, wobei sie die unzusammenhängenden Worte, die sie dazwischen hervorstieß, immer heller skandierte, bis sie plötzlich ihren Kopf mit einem leisen, gutturalen Schrei nach hinten warf, während er bei ihren letzten konvulsivischen Bewegungen endlich die Wolkendecke durchstieß und von gleißendem, heißen Sonnenlicht geblendet, die Augen schließen musste.

Er wusste nicht, wie viel Zeit danach vergangen war, aber als er wieder einigermaßen zu sich gekommen war und die Augen geöffnet hatte, war das Mädchen verschwunden. Stattdessen knieten Turuns und Kenos, beide wieder angezogen, über ihm am Beckenrand und schauten ihn amüsiert an.

»Hat der junge Herr sich nach dieser kräftezehrenden Tätigkeit jetzt ausreichend erholt?«, erkundigte sich Turuns mit heiterem Spott. »Der junge Herr hat schwer gearbeitet, der junge Herr beliebt jetzt sicher zu speisen. Na, komm schon! Der Hausherr hat uns bereits vor geraumer Zeit zum Essen gebeten, und außer uns haben sich schon alle anderen im Speisesaal versammelt. Aber wir konnten dich ja schlecht hier alleine zurücklassen.«

»Wie meinst du das, er hätte schwer gearbeitet«, feixte Kenos anzüglich. »Soweit ich das beobachten konnte, hat er arbeiten lassen, hm?«

»Auch wieder wahr!«, pflichtete Turuns ihm mit gespieltem Ernst bei. »Aber das kann bisweilen auch ganz schön anstrengend sein. Ich spreche da aus Erfahrung!«

Tarkon war vor Scham rot geworden und blickte unsicher von einem zum anderen, worauf die beiden Freunde in schallendes Gelächter ausbrachen.

»Lass es gut sein, Tarkon! War nur ein kleiner Scherz! Da hinten liegt ein Handtuch und daneben deine Sachen«, sagte Turuns und wies auf eine der Bänke am Beckenrand. »Wir warten auf dich, und wenn du fertig bist, gehen wir gemeinsam zum Essen.«

Wenig später betraten sie, von einer Dienerin geführt, den Speisesaal.

Zuvor hatten sie die hohe Eingangshalle durchquert, deren farbenprächtige Blütenfresken, mit denen die weiß getünchten Wände bemalt waren, Tarkon in ein nicht geringes Staunen versetzte.

Sechs schwellende, rot lackierte Holzsäulen trugen die schwarz glänzenden Deckenbalken, die um ihre Auflageflächen mit vergoldeten Schnitzereien verziert waren. Die Mitte der Halle bezeichnete ein aus einem milchigweißen Stein gearbeitetes Wasserbecken, welches auf einem achteckigen Sockel lag, der aus dem gleichen Material bestand und inwendig ausgehöhlt worden war. Becken wie Sockel waren zudem so dünn ausgeschliffen worden, dass das Licht der Kienspäne, die an den Wänden und Säulen angebracht waren, mit mattem Glanz hindurchschimmerte.

Dies für sich genommen hatte Tarkon schon tiefe Bewunderung abgerungen, aber nun, da sie im Speiseraum standen und dessen prunkvolles Mobiliar und lebensnah ausgeführten Wandmalereien zu Gesicht bekamen, hatte selbst der reiseerfahrene und hartgesottene Turuns Mühe, seine Fassung zu wahren. Nur Kenos, dem so ein Anblick vertraut schien, zeigte sich nicht sonderlich beeindruckt. Wie Tarkon später von ihm erfuhr, pflegten sich auch die reichen Leute in Keftu mit derartigem Luxus zu umgeben, da die beiden Völker schon seit Generationen Handel miteinander trieben und dabei, neben ihren Gütern, auch Kulturelles austauschten.

Der Raum wurde durch das Licht der Fackeln an den Wänden und von großen Feuerschalen ausreichend hell erleuchtet. Eine der vier Wände wies einen fast über ihre ganze Breite reichenden torähnlichen

Durchgang auf, der zu dem sich daran anschließenden, ebenfalls hell ausgeleuchteten Garten führte. Die üppigen Fresken, mit denen die übrigen Wände über ihre ganze Länge und Breite verziert waren, stellten all die kurzweiligen und bisweilen auch erotischen Szenen dar, wie sie wohl während eines ausgelassenen Gastmahles hierzulande durchaus erlebt werden konnten. Nackte Tänzerinnen bewegten sich zur Musik, Männer und Frauen saßen fröhlich nebeneinander, tranken und aßen und liebten sich auch ganz ungeniert.

Für Tarkon wirkten diese Darstellungen so wirklichkeitsgetreu, dass er meinte, er brauchte sich nur der Wand zu nähern, um an dem Gastmahl teilzunehmen.

Während er sich so umschaute, wurde ihm mit einem Male bewusst, dass sein letzter Eindruck gar nicht so verkehrt gewesen war, denn als er jetzt all die Leute sah, die in diesem Raum um die mit erlesenen Speisen gedeckten Tische saßen, und die leise Musik vernahm, die unaufdringlich durch den Saal klang, hatte er es für einen Moment wirklich schwer, die Bilder von der Wirklichkeit zu unterscheiden, was vielleicht auch daran lag, dass die Fresken vom flackernden Licht der Fackeln berührt wurden und so zum Leben erweckt schienen.

Etwas erhöht saßen an der Stirnseite des Saales Chonsuyu und seine Frau auf ihren aus poliertem, schwarzen Holz gefertigten Sesseln, die an den Lehnen und an den Enden der leicht nach außen geschwungenen Beine mit gepunztem Goldblech verziert waren. Neben ihnen, offenbar auf dem

Ehrenplatz, saß Luknies, der sich gerade angeregt mit seinen Gastgebern unterhielt. Chonsuyu hatte wohl noch einige seiner Freunde und Bekannten eingeladen, denn Tarkon sah nicht wenige Männer und Frauen aus Uaset, die zwischen seinen Gefährten verteilt saßen. Eine Anzahl halb nackter Mädchen, die gleichen, die ihnen vorhin das Baden versüßt hatten, liefen eilfertig herum und bedienten die Gäste, indem sie vor ihnen die Speisen anrichteten oder Wein nachschenkten.

Die Dienerin führte sie jetzt zu ihren Stühlen, und nachdem sie Platz genommen hatten, presste sie ihnen einen spannengroßen, bienenkorbförmigen Gegenstand ins Haar, von dem ein süßlicher Geruch ausging, der sofort angenehm in die Nase stieg.

»Sie hassen üblen Körpergeruch!«, erklärte Kenos ihnen. »Und diese kleinen Dinger bestehen aus einer wachsähnlichen, duftenden Würzmischung, die durch die Körperwärme zu schmelzen beginnt und den Leib herabrinnt.«

Mit jähem Erröten sah Tarkon, wie sich ihnen in diesem Augenblick mit aufreizendem Hüftschwung jenes Mädchen näherte, welches ihm so unendlich zärtlich und einfühlsam zu der im höchsten Maße lustvollen Erfahrung verholfen hatte, die ihm bislang verwehrt geblieben war.

Sie trug einen Krug bei sich, und während sie sich vorbeugte, um ihre Becher zu füllen, streifte sie wie zufällig Tarkons Wange mit den harten Spitzen ihrer Brüste, was von seinen Freunden mit anzüglichem Grinsen beobachtet wurde.

Als sich das Mädchen, dessen Name Tarkon immer

noch nicht wusste, mit einem letzten verheißungsvollen Augenaufschlag wieder entfernt hatte, erhob Turuns seinen Becher.

»Auf die Frauen Khemets!«, sagte er lachend. »Und ihre unnachahmliche Kunst, uns Männern den Kopf zu verdrehen!«

»Nun lasst uns aber essen«, forderte Kenos, nachdem sie ihre Becher geleert hatten. »Ich wette, dass ihr Nordländer euch selbst in euren kühnsten Träumen kaum vorstellen konntet, dass es solche Köstlichkeiten, wie sie hier vor uns aufgetischt sind, wirklich gibt!«

In der Tat waren Turuns und Tarkon ganz fasziniert von der reichen Auswahl an Speisen, die man ihnen vorgesetzt hatte. Auf verschiedene Weise zubereitetes Geflügel lag neben würzig gebratener Kalbskeule und gesottenem Fisch. Dazu gab es knuspriges Fladenbrot und jede Menge Gemüse und Früchte, von deren Wohlgeschmack sich Tarkon aber schon während der Herreise hatte überzeugen können.

Als er schließlich seinen Hunger gestillt und dazu allzu hastig von dem süßen Wein getrunken hatte, den die Dienerinnen ihnen immer wieder bereitwillig nachschenkten, fühlte er nach all den mannigfaltigen und aufregenden Eindrücken und Erlebnissen dieses ereignisreichen Tages, wie eine bleierne Müdigkeit in ihm aufzusteigen begann.

Das raunende Gemurmel um ihn her, die leise, melancholische Musik und die süßlich duftenden Rauchschwaden, die schwer und betäubend in der Luft des Raumes hingen, lullten ihn allmählich ein. Auch der übermäßige Weingenuss machte sich jetzt bemerkbar, und er sah, wie seine Umgebung hinter einem immer dichter werdenden Nebel versank, der sich unendlich langsam um ihn zu drehen schien und sich schließlich auf seine Lider senkte, sodass er unvermittelt in einen traumlosen Schlaf fiel.

Kapitel 13

Irgendwann wurde Tarkon ziemlich unsanft wachgerüttelt, während gleichzeitig lautes Stimmengewirr an sein Ohr drang.

Als er noch immer schlaftrunken die Augen öffnete, bemerkte er, dass alle Gäste im Saale von ihren Plätzen aufgestanden waren und ihre Blicke auf Chonsuyu gerichtet hielten, welcher sich ebenfalls von seinem Sessel erhoben hatte und gerade dem erregten Getuschel im Raum mit erhobener Hand Einhalt gebot. Vor ihm, mit dem Rücken zu Tarkon, stand, angetan mit einem blütenweißen, plissierten Lendenschurz und einem gestärkten, blauweiß gestreiften Kopftuch, ein breitschultriger, muskulös gebauter Mann, der sich lässig auf einen langen, vergoldeten Stab stützte, dessen oberes Ende eine handtellergroße Scheibe aus massivem Gold bildete. Aus dem gleichen Material waren auch die beiden Stulpen, die die Hälfte seiner kräftigen Unterarme umhüllten.

Tarkon konnte zwar das Gesicht des Mannes nicht sehen, doch dessen selbstbewusstes Auftreten Chonsuyu gegenüber legte ihm die Vermutung nahe, dass es sich um jemanden handeln musste, der zumindest den gleichen Rang wie Chonsuyu innehatte, wenn nicht gar einen höheren.

»Wer ist das?«, fragte Tarkon verstört und vielleicht etwas zu laut.

»Halt den Mund und verhalte dich ganz ruhig!«, zischte Kenos und wies mit dem Kopf auf eine Reihe mit sichelförmigen Schwertern bewaffneten Männern, die vor dem Eingang des Saales Aufstellung genommen hatten.

Die nun folgende Unterredung, an der sich auch Luknies beteiligte, dauerte eine Weile an, und Tarkon, der natürlich kein Wort davon verstand, versuchte wenigstens aus der Mimik seiner Freunde zu erraten, um was es eigentlich ging.

Plötzlich klopfte Kenos ihm auf die Schulter, und als Tarkon sich ihm zuwandte, sah er zu seiner Erleichterung, dass dessen Züge sich entspannt hatten und ein süffisant wissendes Lächeln seine Lippen umspielte.

»So, so!«, sagte er dann leise, wie zu sich selbst. »Ich wusste gar nicht, in welch illustrer Gesellschaft ich in dieses Land gereist bin. Du wirst es kaum glauben! Dieser freundliche Herr, der unserem Gastgeber mit seiner nicht ganz ungefährlichen Begleitung zu dieser späten Stunde seine unverhoffte Aufwartung macht, heißt Djehudnacht und ist der Befehlshaber der Palastwache in höchsteigener Person. Er ist hierher gekommen, um uns höflichst zu ersuchen, ihn unverzüglich zu seinem Auftraggeber zu begleiten, und das ist niemand Geringeres als Königin Teje, die Regentin Khemets und die Mutter des Horus im Nest! Offenbar verspürt die Dame die dringende Sehnsucht, uns ihrer Gastfreundschaft teilhaftig werden zu lassen.«

Im ersten Moment wollte Tarkon das soeben Gehörte tatsächlich nicht glauben, als er aber in die überrascht staunenden Mienen seiner Gefährten und der übrigen Gäste schaute, wurde ihm klar, dass Kenos wohl die Wahrheit gesagt haben musste.

»Und wenn das nur eine Finte ist, um uns herauszulocken und uns dann zu töten?«, wandte Tarkon, einem letzten inneren Zweifel nachgebend, ein.

»Wenn sie vorgehabt hätten, uns zu töten, dann wären wir bereits tot!«, meldete sich jetzt Turuns zu Wort. »Nein, da steckt etwas anderes dahinter, zumal es kein Befehl war, sondern ein höfliches Ersuchen, was zwar vom formalen Inhalt her dasselbe bedeutet, uns aber nicht als Gefangene betrachtet, sondern als willkommenen Gäste. In jedem Fall haben wir dem unter allen Umständen Folge zu leisten.«

»Also, ich weiß nicht«, gab Tarkon noch einmal eigensinnig zu bedenken. »Ist das nicht ein etwas ungewöhnlicher Zeitpunkt? Es muss doch mitten in der Nacht sein?«

Turuns sah ihn darauf, plötzlich todernst geworden, aus schmalen Lidern an.

»Ich frage mich gerade, ob du wirklich so blöde bist oder nur so tust!«, sagte er in einem bedrohlich sanften Tonfall. »Du müsstest doch mittlerweile gelernt haben, dass in diesem Land wesentlich andere Auffassungen über Herrschaft und Gesetz bestehen, als wir sie haben. Der Per-hau ist ein Gott, und Gottes Wille geschieht. Wenn dieser Gott nur die Hand hebt, setzen sich seine Heerscharen in Marsch, um ganze Völkerschaften zu unterjochen und ihre Städte in Schutt und Asche zu legen. Und wenn es dem Per-hau gefällt, dass der Himmel ab morgen grün ist statt blau, dann ist das Gesetz. Nun ist der König zwar tot, doch an seiner

Stelle regiert jetzt Königin Teje, bis ihr Sohn offiziell die Regierungsgewalt übernimmt. Wenn es also Königin Teje heute gefällt, eine Schar ungehobelter Nordleute mitten in der Nacht vor ihrem Angesicht erscheinen zu lassen, dann wird das auch so geschehen. Und aus diesem einfachen Grunde ist es für uns gesünder, diesem Ersuchen augenblicklich Folge zu leisten, denn wenn nicht, das kannst du mir glauben, bist du wirklich tot!«

Etwas eingeschüchtert durch diese unvermutet harsche Zurechtweisung seines Freundes, beschloss Tarkon, sich in das Unvermeidliche zu fügen und sich seinen Gefährten anzuschließen, die sich alsbald unter der Führung Djehudnachts und in einigem Abstand gefolgt von seinen Soldaten auf den Weg zum Palast machten.

Die Außenbeleuchtung des Palastes – wie auch die der übrigen Häuser dieses Viertels – war unterdessen weitgehend gelöscht worden, sodass nun die weißen Mauern im fahlen Licht des prächtigen Sternenhimmels bläulich schimmernd vor ihnen lagen und sie deshalb keine Fackeln benötigten, um ihren Weg dorthin zu finden.

Sie betraten den Palast durch die schmale Pforte eines Nebengebäudes, vor der zwei schläfrige Wachen ihren Dienst verrichteten, die, als sie so unvermittelt Djehudnacht vor sich sahen, erschreckt hochfuhren, Haltung annahmen und ihnen die Türe öffneten.

In dem sich dahinter anschließenden Raum, welcher von hohen, schlanken Säulen getragen wurde, umfing sie nahezu vollständige Dunkelheit, die nur spärlich vom rot glühenden Schein der in den wenigen bronzenen Feuerschalen verglühenden Holzkohle erhellt wurde, sodass die übrigen Einrichtungsgegenstände den nächtlichen Besuchern gänzlich verborgen blieben oder nur als Schattenrisse zu erkennen waren.

Nachdem zwei Fackeln entzündet worden waren, setzten sie schweigend ihre Wanderung durch die endlos erscheinenden, menschenleeren Fluchten des Palastes fort. Das Einzige, was sie dabei zu hören bekamen, waren das Knistern der Fackeln und der Widerhall ihrer Schritte auf den mit großen, blank polierten Fliesen ausgelegten Böden.

Endlich gelangten sie durch einen breiten Durchgang ins Freie und fanden sich in einem Innenhof wieder, der zu einem duftenden Garten umgestaltet worden war.

Auf der ihnen gegenüber gelegenen Seite befand sich ein einzelnes, flaches Gebäude, aus dessen Fenstern warmes Licht nach außen fiel und ihnen verriet, dass die Bewohner noch wach waren.

Vor der zweiflügeligen Eingangstür waren zwei weitere Wachen postiert, die ihnen auch sofort auf Geheiß ihres Befehlshabers öffneten.

Sie betraten einen großen, aber relativ niedrigen Raum, dessen Boden mit schwarzen und weißen Fliesen ausgelegt war.

Die gegenüberliegende Wand wies seitlich zwei offene Durchgänge auf, und dazwischen spannte sich ein an der Decke befestigter Baldachin aus durchsichtigem weißem Stoff aus.

Darunter saß auf einem breiten, flachen, hochlehnigen Sessel eine dunkelhäutige ältere Frau, die ihre späten Besucher mit ihren unter halb geschlossenen, schweren Lidern leicht hervorquellenden Augen unverwandt musterte. Unter ihrer schmalrückigen, aber breitflügeligen Nase, deren Spitze ein wenig nach oben wies, war ein breiter Mund, dessen Winkel stark nach unten gezogen waren und von zwei tiefen Furchen, die an den Nasenflügeln ansetzten, umrahmt wurde.

Bekleidet war sie mit einem luftigen weißen Leinenkleid, und ihren Kopf bedeckte eine dichte, schwarze Perücke, welche mit einem schmalen, goldenen Reif gekrönt war.

Dies also war ohne Zweifel Teje, und die Intensität der Macht, die sie umgab, als auch die ungeheure Willensstärke, die aus ihren Zügen sprach, ließ Tarkon und seine Gefährten, dem Vorbild Djehudnachts folgend, ohne zu Zögern vor ihr auf die Knie fallen und mit der Stirn den Boden berühren.

Erst als er sich auf ein Zeichen von ihr wieder aufgerichtet hatte, bemerkte Tarkon, dass ein kahlköpfiger, etwas zur Fülle neigender Mann mittleren Alters neben ihr stand, dessen harte Gesichtszüge eine nicht zu leugnende Verwandtschaft mit den ihren aufwies.

Er war in ein weißes, gefälteltes, die rechte Schulter freilassendes Gewand gehüllt, und um Schulter und Brust fiel ihm lose das Fell eines gelbschwarz gefleckten Tieres.

Sie begann nun zu sprechen, und von Kenos, der ihm leise ihre Worte übersetzte, erfuhr Tarkon, dass dieser Mann ihr Bruder Eje sei, ein Priester im Heiligtum des Gottes Imen-Re.

Sie hielt inne und neigte leicht den Kopf, worauf ein

zweiter Mann durch einen der hinteren Durchgänge den Raum betrat und sich ehrfürchtig vor ihr zu Boden warf.

Das Einzige, was Tarkon zunächst von ihm erkennen konnte, war, dass er die Tracht der Nordleute trug. Doch als der Fremde sich darauf erhob und sich ihnen zuwandte, stockte Tarkon schier das Blut in den Adern, denn es war niemand anderes als Lareth, sein tot geglaubter Vater.

Sein ursprünglich rabenschwarzes Haar war zwar in all den Jahren ergraut, und in seinem Gesicht zeigten sich auch mehr Falten als damals, aber es war ganz ohne Zweifel sein Vater.

Einer ersten spontanen Regung folgend, wollte er aufspringen und sich ihm zu erkennen geben, aber Turuns und Kenos hatten ihn bereits an den Schultern gepackt und hielten ihn zurück.

Doch Lareth, der Luknies gerade die Hand schüttelte, war die Bewegung wohl nicht entgangen, denn er sah irritiert in Tarkons Richtung und wandte sich dann, nachdem er ein paar Worte mit Luknies gewechselt hatte, wieder seiner Herrin zu.

Gestenreich begann er ihr wohl zu erklären, dass sich sein Sohn unter seinen Landsleuten befinden würde, denn er zeigte mehrfach mit der Hand auf ihn.

Teje hob darauf die Hand und richtete das Wort an Djehudnacht, wonach dieser sich umdrehte und mit steinerner Miene auf Tarkon zusteuerte.

Breitbeinig baute er sich vor ihm auf und sah ihn mit kalten, befehlenden Augen an.

»Mýe, Tarkon, h'ae chmet, imi reches rouek!«, kam es hart über seine Lippen.

»Er sagt: ›Komm, Tarkon, zu Ihrer Majestät und nenne vor Ihr deinen Namen!‹«, übersetzte ihm Kenos zeitgleich.

»Geh jetzt mit ihm und vermeide hastige Bewegungen«, flüsterte Turuns ihm noch zu.

Sehr widersprüchliche Gefühle rangen in ihm, während er hinter Djehudnachts breitem Rücken traumwandlerisch nach vorne schritt.

Zum einen war er unendlich glücklich, seinen Vater nach so langer Zeit wieder in die Arme schließen zu dürfen, zum anderen versuchte er sich trotz der vagen Andeutungen Chonsuyus immer noch zu erklären, warum man sie seit ihrer Ankunft in Uaset so zuvorkommend behandelt hatte und die Regentin ihnen so schnell und zu so ungewöhnlicher Zeit die Gunst erwies, vor sie hintreten zu dürfen. Selbst wenn Lareth die Vermutung gehabt hätte, dass sein Sohn irgendwann mit irgendeinem Schiff in dieses Land kommen würde, konnte doch niemand gewusst haben, dass er sich ausgerechnet auf *diesem* Schiff befinden würde, wo doch vorher schon etliche andere hier festgemacht hatten, denen man jedoch offenbar in keinster Weise die Aufmerksamkeit geschenkt hatte, mit der sie bedacht worden waren.

Vor Teje ließ er sich erneut auf die Knie fallen und beugte seine Stirn.

Er hörte ihre raue Altstimme einige Worte sprechen und spürte dann die Hand seines Vaters auf seiner Schulter, der ihm stumm bedeutete, dass er nun wieder aufstehen dürfte.

Er wagte es immer noch nicht, sich seinem Vater zuzuwenden, sondern stand nur mit gesenktem Kopf da und harrte der Dinge, die nun geschehen würden.

Wieder begann Teje zu sprechen, worauf sein Vater ihm übersetzte, dass sie sein Gesicht zu sehen wünschte.

Folgsam hob er seinen Blick und schaute freimütig in ihre unergründlichen schwarzen Augen.

Sie beugte sich vor und begann ihn nachdenklich und prüfend zu betrachten, wobei sie immer wieder ihren Becher an die Lippen führte und in tiefen Zügen daraus trank.

Schließlich aber nickte sie unmerklich, schloss ihre Lider und lehnte sich aufseufzend zurück, während sie gleichzeitig mit ihrer erhobenen Rechten ein müdes Winken andeutete.

Daraufhin löste sich jetzt die bislang hinter dem Baldachin verborgen gebliebene Gestalt eines hageren Jünglings, der sich mit hängenden Schultern und unsicheren Schritten Tarkon näherte und sich direkt vor ihn hinstellte.

Als Tarkon in das schmale, hochwangige Gesicht blickte, das von zwei schmalen, sehr schräg stehenden dunklen Augen beherrscht wurde, durchzuckte ihn die jähe Erkenntnis, dass er dieses Gesicht nur allzu gut kannte.

Seit er es auf der heiligen Insel zum ersten Male geschaut hatte, war es ihm in so mancher Nacht wieder erschienen, sodass es ihm mittlerweile mehr als vertraut geworden war.

Fassungslos rieb er sich über die Augen, als wollte er ein Trugbild verscheuchen, doch da schloss ihn der unbekannte junge Mann schon in seine Arme und küsste ihn auf die Wangen.

Überwältigt von seinen Gefühlen, ließ er seinen Tränen freien Lauf und umarmte den Fremden nun seinerseits fest und innig.

Er hatte tatsächlich seinen Geistbruder gefunden!

Erst als sie sich wieder voneinander gelöst hatten und Tarkon seine Umgebung wieder bewusst wahrzunehmen begann, bemerkte er, dass alle, die in diesem Raum versammelt waren, von ehrfürchtigem Staunen ergriffen waren.

Bis auf Eje, dessen wulstiger Mund sich zu einem grausamen Lächeln verzogen hatte.

Teje sagte etwas zu dem jungen Mann, worauf dieser sich kurz verneigte und sich dann wortlos, aber mit einem selig verklärten Ausdruck im Gesicht, zurückzog. Erst da wurde es Tarkon bewusst, dass er bislang kein Wort mit dem Fremden gewechselt hatte noch sonst seine Stimme vernommen hätte.

Und doch hatte er das Gefühl, sich ausgiebig mit ihm ausgetauscht zu haben.

Nachdem der Fremde, dessen Identität ihm weiterhin verborgen blieb, gegangen war, richtete Teje das Wort wieder an Lareth.

»Wir sind für jetzt entlassen«, übersetzte er. »Sie sagte, sie hätte sich nur davon überzeugen wollen, dass es Wunder gibt.«

Lareths Beispiel folgend, fielen alle nochmals vor ihr auf die Knie, um dann, wieder geführt von Djehudnacht, den Raum zu verlassen.

Er geleitete sie darauf zu ihren Unterkünften, die sich in einem auf der anderen Seite des Palastes gelegenen kleineren Wirtschaftsgebäude befanden.

Nachdem Lareth sich davon überzeugt hatte, dass seine Landsleute für die Nacht mit allem Notwendigen versorgt waren, schlug er Tarkon vor, den Rest der Nacht bei ihm, in seiner eigenen Wohnung zu verbringen, die ganz in der Nähe dieser Unterkünfte gelegen sei.

Als sie sich dann endlich alleine und unbeobachtet gegenüberstanden, legte Lareth seine Hände auf die Schulter seines Sohnes, musterte ihn eine Weile aus tränenfeuchten Augen und zog ihn dann fest an seine Brust.

Tarkon, der noch gar keine Zeit gefunden hatte, die vielen überwältigenden Eindrücke, die er an diesem einen Tag in zumeist schneller Abfolge gewonnen hatte, zu verarbeiten, schmiegte sich dankbar an seinen Vater und genoss es, in diesem Moment einfach nur Sohn zu sein.

Nachher setzten sie sich um einen kleinen runden Tisch, und Lareth schenkte Tarkon Wein ein.

»Wirst du mit uns nach Hause fahren?«, war das Erste, was er von seinem Vater wissen wollte.

»Nun, der König ist gerade verstorben, und da du dich offenbar der hohen Gunst seines Nachfolgers erfreust, der mir im Übrigen ebenfalls wohl gesonnen ist, wird meiner Rückkehr wohl kaum noch etwas im Wege stehen.«

Verblüfft sah Tarkon seinen Vater an. »Du willst sagen, der junge Mann vorhin …«

»… war der Imenhotep, der Sohn Tejes und zukünftige Per-hau über Khemet, ganz richtig. Ich kann es mir zwar noch nicht ganz zusammenreimen, wie dieses Wunder zustande gekommen ist, jedenfalls musste er wohl schon länger gewusst haben, dass du kommst und wann du kommst. Das ist insofern nichts Ungewöhnliches, da er mit der Gabe des zweiten Gesichts gesegnet ist und schon des öfteren Dinge vorausgesagt hat, die dann auch wirklich eingetroffen sind. Merkwürdig daran ist nur, dass er ausgerechnet dich gesehen hat und dich seiner Mutter wohl auch ausführlich beschrieben haben muss! Wir haben uns ein wenig angefreundet und ich erzählte ihm auch, dass ich zwei Söhne habe, aber er hat danach mir gegenüber nie eine Andeutung gemacht, dass er einen davon zu kennen glaubt oder ihm sonstwie geistig nahe stehen würde.

Ich selbst hatte bis vorhin übrigens keine Ahnung gehabt, dass ein nordisches Handelsschiff in Uaset eingetroffen sei, welches überdies auch noch meinen Sohn hierher gebracht hätte, denn auch ich bin heute erst von einer langen Reise in den Süden zurückgekehrt. Doch kaum dass ich mich, müde, wie ich war, für die Nacht vorbereiten konnte, kam eine Dienerin Tejes, die den Befehl hatte, mich sofort zu ihr zu führen. Alles Weitere weißt du.«

Tarkon senkte nachdenklich den Kopf.

»Ich habe ihn auch gesehen«, sagte er leise. »Es war eine Vision, die ich während meiner Initiation auf der heiligen Insel hatte. Auch ich hätte ihn genau beschreiben können, wenn ich mich jemandem anvertraut hätte.«

Lareth bedachte ihn darauf mit einem langen, seltsamen Blick, den Tarkon aber nicht zu deuten vermochte.

Mittlerweile begann es draußen langsam hell zu

werden, und weder Vater noch Sohn hatten jetzt noch das Bedürfnis, ihre Betten aufzusuchen. Alle Müdigkeit war gewichen, denn zu viele Fragen brannten in ihnen, die einer Beantwortung bedurften.

Bis in den späten Vormittag saßen sie so beieinander und erzählten sich ausführlich ihre Erlebnisse und Abenteuer, die ihnen seit ihrer Trennung vor vielen Jahren begegnet waren.

Erst die Hitze des Mittages bewog die beiden, sich auf ihren Betten auszustrecken und ein wenig Schlaf zu finden.

Am späten Nachmittag fanden sich Luknies und die anderen Gefährten bei Lareth und Tarkon ein, um mit ihnen am Abend gemeinsam zu essen.

Lareths Wohnung bestand aus sechs Zimmern, einem Bad und einem kleinen Garten. Man hatte sie ihm seinerzeit zugewiesen, als der König ihn zu seinen Diensten verpflichtet hatte.

Um sein leibliches Wohl sorgten sich ein paar wohlgestaltete Dienerinnen, die ihnen gerade kühles Bier und Wein kredenzten. Alle waren bester Laune und freuten sich auf den gemeinsamen Abend, als plötzlich ein Mann in ihre Mitte geführt wurde, der nur wenig älter als Tarkon war und offenbar der Palastwache angehörte, in der er wohl einen höheren Rang innehatte, glich seine Kleidung doch im Wesentlichen der Djehudnachts, nur dass er statt des langen Stabes einen kurzen Kommandostock in der Rechten hielt.

Er verbeugte sich höflich vor ihnen und trug dann Lareth sein Anliegen vor, worauf dieser, wie auch alle

Übrigen, die diese Sprache beherrschten, erstaunt zu Tarkon schaute.

»Dies ist Haremhab!«, erklärte ihm sein Vater. »Er befehligt die Leibwache des Horus im Nest. Er hat den Befehl erhalten, dich zu den Gemächern des Kronprinzen zu geleiten, da Imenhotep deine Gesellschaft für diesen Abend wünscht.«

Tarkon sprang daraufhin freudig und überrascht auf und ging eilig zu Haremhab.

»Komm, Vater, lass uns gehen! Wir können ihn doch unmöglich warten lassen!«

»Der Kronprinz meinte dich alleine, mein Sohn«, entgegnete ihm Lareth ernst. »Also wirst du auch alleine zu ihm gehen. Im Übrigen wirst du mich kaum brauchen, denn Imenhotep spricht unsere Sprache. Ich selbst habe sie ihn auf sein Drängen hin gelehrt.«

Also winkte Tarkon seinen Gefährten fröhlich zu und folgte Haremhab zu den persönlichen Räumen des Prinzen, die sich ganz am Ende des Palastkomplexes befanden und direkt an die nunmehr abgeschlossenen Privatgemächer seines verstorbenen Vaters angrenzten.

Dort angelangt, trafen sie auf ein trapezförmiges Tor, welches zu der Wohnung Imenhoteps führte und nur von einem dichten blauen Vorhang, der dahinter angebracht war, verschlossen war.

Mit seinem Stock raffte Haremhab den Vorhang zur Seite und bedeutete Tarkon mit einem kurzen Nicken des Kopfes, dass er nun eintreten möge. Als Tarkon hineingegangen war, ließ er den Vorhang wieder zurückfallen und stellte sich mit verschränkten Armen wachend davor auf.

Tarkon fand sich in einem hohen, lichtdurchfluteten Raum wieder, dessen gegenüberliegende Wand von einer Reihe schlanker Säulen ersetzt worden war, durch die man übergangslos in den dahinter gelegenen, weitläufigen Garten gelangte.

Der Boden war mit großen, mattweißen Fliesen ausgelegt. Weiß waren auch die Säulen, die die Decke des Raumes stützten, nur die Sockel und die blütenförmigen oberen Enden waren vergoldet. Zu seinem Erstaunen sah Tarkon, dass es an den ebenfalls weißen Wänden keinerlei Malereien gab, nur entlang des Bodens und der Decke verlief ein breiter goldener Streifen.

Alles in diesem Raum war in Weiß und Gold gehalten, nur die wenigen, dafür aber sehr kostbaren Möbel waren aus schwarzem, glänzenden Holz gearbeitet, aber auch sie waren mit massivem Gold verziert. Tarkons Augen suchten seinen Gastgeber, aber der war nirgends zu sehen.

Einer inneren Eingebung folgend, lenkte er seine Schritte in den Garten.

Der Garten selbst glich eher einer kleinen Landschaft. Wohin er auch blickte, überall blühten große, duftende Sträucher, und auf den kunstvoll angelegten Beeten, die allenthalben in dem wiesenähnlichen Rasen angelegt worden waren, wuchsen farbenprächtige Blumen, deren Duft sich mit dem der Sträucher zu einer betäubenden Mischung vereinte.

Bis auf das Summen der Bienen, die um die unzähligen Blüten tanzten, lag eine herrliche Stille über dem Garten.

Ein mit feinem, weißen Kies bedeckter Weg führte ihn zu einem im hinteren Teil des Gartens gelegenen großen, rechteckigen und mit weißen Steinplatten umfassten Wasserbecken, welches bis auf den schmalen Zugang von einer mehr als mannshohen, sorgfältig zurechtgeschnittenen Hecke umgeben war.

Als er das Geviert betreten hatte, verspürte er sofort die intensive Gegenwart des Prinzen, der rechts von ihm auf einer der Bänke saß, welche entlang der Hecke aufgestellt worden waren.

»Setz dich hier neben mich, mein Bruder!«, forderte er ihn freundlich in fast akzentfreiem Nordisch auf. Es war das erste Mal, dass Tarkon seine Stimme hörte. Sein Tonfall war hoch, und auch seine Sprechweise ließ an eine Frau erinnern.

Imenhotep war nur mit dem üblichen weißen, gefältelten Leinenrock bekleidet, hatte ansonsten auf jeglichen weiteren Schmuck an seinem Körper verzichtet.

Nachdem Tarkon neben ihm Platz genommen hatte, sahen sie sich eine geraume Zeit nur wortlos an. Dabei nahm Tarkon die Gelegenheit war, das Äußere des Prinzen im hellen Tageslicht zu studieren, hatte er Imenhoteps Züge doch bisher nur im Traum vor sich gesehen oder eben gestern Nacht, im flackernden Licht der Kienspäne.

Was sofort auffiel, war der unnatürlich lang gewachsene Hinterkopf, der gemeinsam mit dem spitzen, nach vorne gebogenen Kinn das Gesicht noch schmaler und länger erscheinen ließ, als es ohnehin schon war. Auch wuchs ihm kein Bart, was zusammen mit den schrägen, langwimprigen Augen und den weichen vollen Lippen den Eindruck vermittelte, dass seine Gestalt von einer ausgeprägt weiblichen Komponente beherrscht wurde. Dieser Eindruck verstärkte sich, als

Tarkon die langen, gepflegten Hände und die fraulichen Rundungen um seine Hüften betrachtete.

Es war Imenhotep, der das Schweigen schließlich brach.

»Als ich dich das erste Mal sah«, sagte er traumverloren, »knietest du auf einem Felsen hoch über einem wogenden Meer, und dein Gesicht leuchtete rot im Glanze der gerade aufgehenden Sonnenscheibe, mit der mein göttlicher Ahnherr Imen-Re seine allmorgendliche Wiederkehr in die Welt der Sterblichen ankündigt. Da flog mein Geist zu dir und rief dich an meine Seite! Und du hast mich gehört, denn du bist wirklich gekommen!«

Mit nicht geringer Bestürzung nahm Tarkon diese Worte auf, denn der Prinz hatte mit seinen Worten nicht nur ihn selbst geschildert, sondern darüber hinaus auch noch die Umgebung, in der er sich damals auf der heiligen Insel aufgehalten hatte. Er selbst hatte immer nur das Antlitz seines Geistbruders zu Gesicht bekommen, während es Imenhotep offensichtlich vergönnt war, dazu noch das jeweilige Umfeld wahrzunehmen.

Imenhotep schloss für einen Moment die Augen und atmete mehrmals tief ein.

Dann öffnete er seine Lider und blickte versonnen auf das spiegelglatte Wasser der Beckens zu seinen Füßen.

»Es ist die Macht des Schicksals, die uns heute zusammengeführt hat, doch vermag ich noch nicht zu deuten, auf welche Weise es sich uns offenbaren wird.«

Über seinen Lippen lag mit einem Male ein verklärtes Lächeln, und in seinen Augen glomm ein schwärmerisches Leuchten.

»Seit mein Vater vor einigen Tagen seinen Weg nach Westen angetreten hat, komme ich jeden Abend hierher, um die göttliche Barke mit der Sonnenscheibe hinter den Gräbern meiner Vorfahren versinken zu sehen. Heute nun sollst du mit mir dieses Erlebnis teilen. Danach wollen wir gemeinsam essen und trinken und uns in Ruhe unseren Gesprächen hingeben.«

Darauf verfiel er wieder in ein tiefes Schweigen, und auch Tarkon, der seltsam berührt war von der heiligen Intensität dieses Momentes, blieb stumm und heftete seine Augen auf das mächtige dunkelrot leuchtende Gestirn, welches gerade den Horizont über den Bergen des jenseitigen Flussufers berührte, hinter denen es dann langsam, aber stetig hinabstieg, um dann mit einem letzten, feurigen Strahlengruß ganz zu verschwinden.

Noch lange saßen sie so einträchtig beieinander und genossen schweigend die warme Ruhe der hereinbrechenden Nacht.

Erst als ein paar Diener kamen und die Fackeln im Garten anzündeten, verließen sie diesen beschaulichen Ort und begaben sich wieder in die Gemächer des Prinzen, wo sie einen reich gedeckten Tisch vorfanden.

Nachdem sie sich daran niedergelassen hatten und ihr Mahl begonnen hatten, hatte sich schon bald eine lebhafte Unterhaltung zwischen den beiden auf den ersten Blick so verschiedenen Menschen entwickelt.

Auch schien Imenhotep auf einmal wie verwandelt. Wirkte er zu Anfang eher zurückhaltend und in seinem träumerischem Schwärmen der Wirklichkeit entrückt zu sein, so zeigte er sich jetzt gelöst und lebensfroh und erzählte recht freimütig und bisweilen auch sehr sarkastisch von seiner Kindheit und Jugend im Gefängnis, wie er den Palast zu nennen pflegte. Dann konnte er unvermittelt wieder ernst werden, vor allem, wenn er mit ungeheucheltem Interesse Tarkon zuhörte, der ihm in aller Ausführlichkeit von seinem Leben und seiner nordischen Heimat berichten musste.

Tarkon gab sich dabei ebenso frei und ungezwungen und verspürte zu keiner Zeit das trennende und hemmende Gefühl, dem zukünftigen Herrscher dieses kulturell so hoch stehenden und mächtigen Reiches gegenüberzusitzen.

Es war so, als ob zwei, wenn auch sehr ungleiche Brüder, die sich vor langer Zeit aus den Augen verloren hatten, endlich wieder zueinander gefunden und sich nun über all die großen und kleinen Fährnisse und Begebenheiten austauschten, die sie währenddessen erlebt hatten.

Es war schon weit nach Mitternacht, als Tarkon, der zuvor von den Inhalten seines Glaubens gesprochen hatte und gerade begann, von seiner Initiation auf der heiligen Insel zu erzählen, von Imenhotep höflich unterbrochen wurde.

»Der Kopf schwirrt mir, und ich fühle mich mit einem Male unsagbar müde, sodass ich deiner Rede nur noch mühsam folgen kann, zudem ich mich einer fremden Sprache bedienen muss, die mir doch nicht so geläufig ist, wie es dir vielleicht vorkommen mag«, sagte er leise.

»Aber das ist es nicht alleine«, fuhr er fort. »Seltsamerweise hat mich all das, was du mir bisher über deinen Glauben erzählt hast, tief berührt, und ich muss gestehen, dass meine eigene Glaubensvorstellung ins Wanken geraten ist.«

»Habe ich mit einem unbedachten Wort deine Gefühle verletzt?«, fragte Tarkon erschrocken.

»Oh nein! Im Gegenteil!«, rief er, wobei seine Augen wieder in jenem entrückten Glanz leuchteten, den Tarkon schon wahrgenommen hatte, als sie im Garten gesessen und den Sonnenuntergang beobachtet hatten. »Deine Ausführungen gleichen einem kühlen Bad, in das ich nun steige, um mir den Staub abzuwaschen, der meinen Körper während eines langen Aufenthaltes in der Unwirtlichkeit der Wüste überkrustet hat.«

Während Tarkon noch über die Bedeutung dieses Bildes nachsann, stand Imenhotep auf und begab sich zwischen die Säulenreihe, durch die man in den Garten gelangte.

Dort blieb er mit hinter dem Rücken verschränkten Armen stehen und blickte lange nachdenklich zum funkelnden Sternenzelt empor.

Dann wandte er sich abrupt um und schaute Tarkon aus traurigen Augen an.

»Ein Teil unseres gemeinsames Schicksals hat sich mir gerade offenbart!«, verkündete er mit hoher, zitternder Stimme. »Doch will ich diese Erkenntnis noch eine Weile für mich behalten, bevor ich sie dir mitteile! Ich bitte dich deshalb, unser Gespräch morgen weiterführen zu dürfen. Haremhab wird dir jetzt ein Zimmer neben dem meinen zuweisen, sodass wir uns morgen früh gleich wieder sehen können!«

Seine Worte waren noch nicht verklungen, als Haremhab schon den Raum betreten hatte und vor seinem Herrn auf die Knie gefallen war.

Nachdem der Prinz ihm seine Befehle erteilt hatte, stand er auf und bedeutete Tarkon, ihm zu folgen. Bevor Tarkon aber den Raum verließ, trat Imenhotep noch einmal vor ihn hin und umarmte ihn innig, wobei es Tarkon aber nicht entging, dass der Prinz ganz offensichtlich mit seinen Tränen rang.

Dann folgte er Haremhab, der ihn zu seinem Zimmer führte, wo ihn ein breites, bequemes Bett und darin, zu seiner nicht geringen Überraschung, auch ein ausgesprochen hübsches Mädchen erwartete.

»Ein Mann braucht nicht nur Schlaf in der Nacht«, hörte er Haremhab in dürftigem Nordisch sagen, worauf er erstaunt herumfuhr und ihn verständnislos anstarrte.

»Du sprichst meine Sprache?«, fragte er entgeistert.

»Ich habe gelernt – von deinem Vater«, klärte ihn Haremhab mit seinem gutturalen Akzent auf.

»Doch ein Mann sollte nicht alles auf der Zunge tragen, was er weiß und was er kann! Das ist klug! Ich wollte sehen, wie du zu meinem Herren stehst. Ich sehe jetzt, dass du ihn liebst – wie er dich! Jetzt werde auch ich dich lieben!«

Er verbeugte sich knapp und verließ dann, ohne ein weiteres Wort zu verlieren, das Zimmer.

So vergingen die folgenden Tage wie im Fluge, und Tarkon genoss die Ruhe und Abgeschiedenheit, in der sie ihre langen und intensiven Gespräche führen konnten und zu denen der Prinz bald auch Turuns und Kenos einlud, nachdem er um deren enge Beziehung zu Tarkon wusste. Auch Haremhab gesellte sich, wann immer es ihm seine Dienstpflichten erlaubten, auf Geheiß seines Herrn zu dieser Runde und entpuppte sich dabei als ein interessanter und geistig reger Gesprächspartner.

Nur Lareth, den Imenhotep natürlich gleichermaßen gebeten hatte, an diesen Gesprächen teilzunehmen, gab immer einen triftigen Grund vor, der sein Fernbleiben in geziemendem Maße entschuldigte.

Dieses Verhalten mutete Tarkon zwar zunächst äußerst befremdlich an, aber er tröstete sich mit dem Gedanken, dass auf der Heimreise noch genügend Zeit bleiben würde, sich einander zu widmen.

Stattdessen ergab es sich, dass unverhofft eine Person zu diesem Kreise stieß, von der Tarkon vom ersten Augenblick an gänzlich in Bann geschlagen wurde.

Es war eine Frau. Eine junge, faszinierende Frau.

Sie hieß Hetep-ibes und war eine Halbschwester Imenhoteps, die dessen Vater mit einer seiner vielen Nebenfrauen gezeugt hatte.

Sie war vielleicht so alt wie ihr Bruder, doch hatte sie kaum Ähnlichkeit mit ihm. Ihre täglich wechselnden, aber stets hochgeschlossenen, eng anliegenden Gewänder, die allenfalls eine Schulter freiließen, betonten ihre schlanke Figur, die von der Natur mit jenen weiblich reizvollen Formen gesegnet worden war, die einem Mann den Atem nehmen konnten. Aus den großen, waagerecht gestellten Augen, die das weich gerundete, ovale Gesicht mit ihrem geheimnisvollen, grünlichen Glanz beherrschten, strahlte eine wache Intelligenz, welche sie in den vielen Gesprächen, bei denen sie sich ihrer mehr als ausreichenden Kenntnisse der nordischen Sprache bediente, auch immer wieder unter Beweis stellte.

Ein nicht zu breiter, herzförmiger Mund mit schwellenden Lippen unter einer feinen, leicht gebogenen Nase, vollendete ihre ästhetische Erscheinung.

Schon in dem Moment, in dem sie das erste Mal zu ihnen kam, fühlte sich Tarkon zu ihr hingezogen, obwohl sie ihn zunächst gar nicht zu beachten schien, sondern sich ganz der Aufmerksamkeit Kenos' hingab, der sie mit seiner Bildung und seiner höfischen Gewandtheit zu betören suchte.

Doch dann, nur drei Tage nachdem Tarkon ihr das erste Mal begegnet war, geschah etwas, was sein Leben nachhaltig verändern sollte.

An diesem Tag hatte sich Tarkon, zusammen mit Turuns und Kenos, schon früh am Morgen bei Imenhotep eingefunden, der sie zur Entenjagd im dicht wuchernden Schilf am Ufer des Flusses eingeladen hatte. Um die Enten zu erlegen, mussten sie sich einer Technik bedienen, die ihnen gänzlich fremd war. In ihrer Heimat benutzte man Pfeil und Bogen oder auch Schlingen, in denen sich das unvorsichtige Wild verfing. Hier aber benutzte man ein flach geschliffenes Stück Holz, welches dem aufsteigenden Tier entgegengeworfen wurde und es, wenn es davon getroffen wurde, tot oder zumindest betäubt zu Boden fallen ließ.

Nachdem sie von diesem nur von sehr mäßigem Erfolg gekrönten Ausflug zurückgekehrt waren, wurde ihnen eine kleine, der Hitze angemessene leichte Speisenfolge, bestehend aus Brot, kaltem Gänsefleisch und frischem Gemüse, aufgetragen, zu der es reichlich kühles Bier gab, was sie sich nach ihrem schweißtreibenden Aufenthalt im trockenen Schilf wie Wasser durch die ausgedörrten Kehlen rinnen ließen.

Danach fühlten sie sich zwar erfrischt, aber zugleich auch, bedingt durch die unerträgliche mittägliche Hitze, ein wenig matt und schläfrig.

So beschlossen sie, ihre Räumlichkeiten aufzusuchen, um ein Bad zu nehmen und danach ein wenig zu ruhen. Am späten Nachmittag wollten sie sich dann alle wieder am Wasserbecken im Garten des Prinzen treffen, um den Tag gemeinsam bei einem guten Essen ausklingen zu lassen.

Tarkon hatte sich gerade auf seinem Bett ausgestreckt und begann schon leicht einzunicken, als ihn ein raschelndes Geräusch neben ihm erschreckt hochfahren ließ. Er wollte seinen Augen nicht trauen, als er im diffusen Licht des von schweren Vorhängen abgedunkelten Raumes die nackte Gestalt Hepet-ibes erkannte, die sich ihres Kleides gerade entledigt hatte und sich anschickte, zu ihm aufs Bett zu steigen. Bevor er noch irgendetwas sagen konnte, war sie schon über ihm und hatte ihm den Finger auf den Mund gelegt. Schweigend bedeutete sie ihm, sich auf den Bauch zu drehen. Dann setzte sie sich rittlings auf seine Oberschenkel und begann, nachdem sie seinen Rücken mit einem herrlich duftenden Öl eingerieben hatte, ihn mit sanften Fingern zärtlich zu massieren, was ihn einerseits entspannte, ihn andererseits aber zunehmend in eine wollüstige Erregung versetzte. Dann unterbrach sie ihr Tun und bedeutete ihm, sich wieder auf den Rücken zu legen, worauf sie flink auf seine Lenden glitt und sein steif gewordenes Glied mit einer fließenden Bewegung in sich aufnahm. Dann setzte sie übergangslos ihre Behandlung an ihm fort, nur dass sie nun, neben ihren Händen, auch die inneren Muskeln ihres Schoßes spielen ließ. Auf diese Weise trieb sie ihn mit einer fast schon quälend ansteigenden Intensität einem lustvoll ekstatischen Höhepunkt entgegen, den sie ihm aber immer wieder vorenthielt, indem sie kurz davor mit ihren Bewegungen innehielt, um wenig später auf ein Neues zu beginnen. Eine ganze Weile gaben sie sich diesem erregenden Spiel hin, doch dann, ganz unvermittelt, gab sie ihre bis dahin erwiesene Beherrschung auf. Mit einem lauten, fast schon aggressiven Schrei warf sie sich zurück, während sie gleichzeitig ihre langen Fingernägel in Tarkons Schulter bohrte und seinen Oberkörper mit einem heftigen Ruck nach oben zog. Dann schlang sie ihre wohlgeformten Beine um seine Hüften, presste seinen Kopf zwischen ihre Brüste und ließ ihren Schoß auf seinen Oberschenkeln in immer schneller aufeinander folgenden Stößen hin und her gleiten, bis sie mit einem leisen Wimmern, in welchem sich ihr tremolierender Höhepunkt entlud, über ihm zusammensackte.

Fast im gleichen Moment wurden auch Tarkons Sinne jäh in jene schwindelerregende, grelle Höhe gerissen, die einer Ohnmacht gleichkam und aus der er erst allmählich wieder sanft herabschweben durfte.

Als er seine Augen öffnete, fand er sie neben sich gekuschelt, den linken Arm über seine Brust gelegt und ihr linkes Bein angewinkelt über seinen Schenkel.

Sie war wach und sah ihn unendlich zärtlich an, während ihre Finger sacht in seinen Haaren spielten. Einen kurzen Moment erschien das Bild Larunas vor ihm. Sie lächelte, und schon verblasste es wieder. Er hatte sie begraben, und er wusste auf einmal, dass sie ihren Frieden gefunden hatte, wie er jetzt den seinen. Die Liebe, die ihn mit Laruna verbunden hatte, gehörte zu einer gemeinsamen Lebensidee, die mit ihrem Tod gegenstandslos geworden war.

Er hatte durch die Erfahrungen, die er danach gemacht hatte, genügend Abstand dazu gewonnen – und war in gewisser Hinsicht daran gereift. So verspürte er kein schlechtes Gewissen, die liebende Zuneigung, die ihm von Hetep-ibes offenkundig entgegengebracht wurde, aus tiefster Seele zu erwidern, selbst wenn es nur für diesen einen Tag wäre.

Sie schien seine Gedanken erraten zu haben, denn sie richtete sich plötzlich auf und sah ihm ernst in die Augen.

»Hör zu, dummer Mann«, sagte sie. »Ich bin die Tochter des Osiris Imenhotep! Ich würde meine Liebe keinem Mann schenken, den ich nicht für mein Leben erwählt hätte. Wenn du in dein Land zurückkehren wirst, werde ich an deiner Seite sein, denn es mag sein, dass mein Leib heute etwas empfangen hat, was unserer beider Liebe bedarf!«

Nachdem ihm die Bedeutung ihrer Worte gänzlich ins Bewusstsein gedrungen war, stiegen ihm mit einem Male heiße Tränen in die Augen, und in dieser heftigen Aufwallung seiner bloßgelegten Gefühle umfasste er sie ungestüm und wühlte seine Lippen zwischen die ihren, während seine wieder erstarkten Lenden neuerlich zwischen ihre Schenkel drängten und sich ihren Weg zu ihrem Schoß bahnten, der sich ihm auch warm und bereitwillig öffnete.

Die Abenddämmerung war schon hereingebrochen, als sie sich erschöpft, aber unsagbar glücklich voneinander lösten. Sie versuchten erst gar nicht, die unübersehbaren Spuren ihrer Lust von ihren Körpern zu waschen, sondern kleideten sich nur rasch an und begaben sich dann eiligst in die Wohnung des Kronprinzen, um wenigstens pünktlich zum Abendessen zu erscheinen.

Als sie eintraten, sahen sie, dass Turuns, Kenos und Haremhab sich schon mit Imenhotep um den Tisch versammelt hatten und sie mit beredten, aber durchaus verständnisvollen Blicken bedachten. Nachdem sie ihre Plätze eingenommen hatten, ergriff Imenhotep die Hand seiner Schwester und sah ihr tief in die Augen.

»Es macht mir Freude, deine strahlenden Augen zu sehen«, sagte er dann. »Zumal der Grund dafür offenbar mein Bruder Tarkon ist! Ich wünsche mir, dass ihr euch für immer an diesem Glück erfreuen möget!«

Im selben Moment spürte Tarkon, wie seine Handgelenke von Turuns und Kenos gleichzeitig hart umschlossen wurden.

»Das ist jetzt kein Spaß mehr, mein Freund«, zischte Turuns und bedachte ihn mit einem warnenden Blick.

»Solltest du in ihr vielleicht nur das Objekt deines übermütig gewordenen Geschlechtstriebes sehen, dann bringe ich dich um, glaub mir das ruhig!«, raunte Kenos und lächelte dazu, als würde er gerade einen Witz erzählen.

Tarkon blickte ernst von einem zum anderen und schüttelte ihre Hände ab.

»Es mag ja sein, dass ich in meinem Leben schon so

manche Dummheit gemacht habe und ihr nun meint, in jeder Lebenslage auf mich aufpassen zu müssen. Aber in dieser Sache, die im Übrigen wirklich nur Hetep-ibes und mich etwas angeht, vermag ich ganz gut ohne eure Ratschläge auszukommen. Aber wenn es euch beruhigt, so sollt ihr wissen, dass das, was sich gerade so zart zu entwickeln beginnt, für uns beide sicherlich mehr bedeutet als das flüchtige Vergnügen eines heißen Nachmittages«, sagte er mit einer wissenden Gelassenheit, die Turuns wie auch Kenos nie zuvor bei ihm erlebt hatten.

Die beiden schauten erst das lächelnde Paar und dann sich gegenseitig an, wobei sie resignierend mit den Achseln zuckten.

»Kann Liebe sein!«, vermutete Turuns.

»Ist Liebe!«, stellte Kenos kategorisch fest.

Kapitel 14

Es war am späten Abend des siebten Tages nach ihrer Ankunft in Uaset, als Tarkon mit Turuns und Kenos im Garten des Prinzen saßen, um sich in der Kühle der Nacht zu erfrischen.

Zuvor hatten sie wie gewöhnlich zusammen mit Haremhab und Imenhotep zu Tisch gesessen und sich unterhalten. Hetep-ibes, die an diesem Abend bei Teje war, hatte versprochen, später zu ihnen zu stoßen.

Imenhotep klagte nach dem Essen mit einem Mal über heftige Kopfschmerzen und zog sich dann auch bald zurück, nicht ohne sie zuvor eindringlich gebeten zu haben, die Annehmlichkeiten seiner Räumlichkeiten ganz ungezwungen weiter zu genießen und auf sein Wohl zu trinken.

Kurz danach musste sich auch Haremhab verabschieden, den seine dienstlichen Pflichten riefen.

So hatten die drei beschlossen, mit einem Krug Wein in den Garten zu gehen und es sich auf der Ruhebank in einer der halbrunden Nischen gemütlich zu machen, welche allenthalben in die Gartenmauer eingelassen worden waren, um als schattige Zuflucht vor der Hitze des Tages zu dienen.

Sie hatten gerade ihr halblaut geführtes Gespräch

unterbrochen, um sich neuen Wein in den Krug füllen zu lassen, als von jenseits der Mauer Schritte zu vernehmen waren.

Wohl einer inneren Eingebung folgend, legte Kenos sofort warnend seinen Zeigefinger an den Mund und deutete mit dem Kopf hinter sich. Den Schritten nach zu urteilen waren es drei Männer, die dort, wohl auf einem Kiesweg, langsam entlanggingen. Just auf der Höhe ihrer Nische, nur eben auf der anderen Seite der Mauer, erstarb das knirschende Geräusch der Schritte. Stattdessen begannen sich die Unbekannten flüsternd, aber für die ungewollten Lauscher dennoch vernehmlich zu unterhalten. Es waren in der Tat drei Männer, die sich der Sprache Khemets bedienten, und obwohl Tarkon kein Wort verstand, wusste er sofort, wer sich hinter einer der Stimmen verbarg.

Es war sein Vater!

Ein ziemlich ungutes Gefühl begann sich in ihm zu regen, zumal er bemerkte, dass Turuns und Kenos, die dem Gespräch mit steigender Anspannung folgten, ihn zwischendurch immer häufiger verwirrt und bestürzt ansahen.

Er verfluchte sich insgeheim, dass er bis auf ein paar Höflichkeitsfloskeln noch nichts von der Landessprache gelernt hatte.

Was führte seinen Vater nächtens in den Garten des Per-hau, der doch wie die übrigen Räumlichkeiten des Verstorbenen während der vierzigtägigen Trauerzeit versiegelt worden war und noch nicht einmal von seiner Witwe oder dem Kronprinzen betreten werden durfte?

Und wer waren die beiden anderen Männer?

Er musste sich Gewissheit verschaffen, da sein Instinkt ihm sagte, dass da etwas Unheilvolles im Gange war.

Turuns schien seine Gedanken erraten zu haben, denn er wies mit dem Kopf nach oben, lehnte sich neben der Nische an die Mauer und kreuzte die Hände vor seinem Schoß.

Jedes verräterische Geräusch vermeidend, setzte Tarkon seinen Fuß auf Turuns Hände und hangelte sich sachte am Mauerwerk hoch, bis er, auf Turuns Schultern stehend, gerade noch über den Sims blicken konnte.

Er konnte die Männer zwar weiter reden hören, doch er konnte sie nicht sehen, da sie sich wohl im toten Winkel unterhalb der Mauer aufhielten.

Doch schließlich, Tarkon hatte schon befürchtet, dass Turuns sein Gewicht nicht länger tragen könnte, wurde die Unterredung beendet, und die drei lösten sich aus dem Schatten und entfernten sich, ohne sich noch einmal umzudrehen, mit eiligen Schritten.

So blieb es Tarkon zwar versagt, in die Gesichter der anderen beiden Männer zu schauen, doch konnte er sehr gut erkennen, dass der eine einen kahl geschorenen Kopf hatte und die Kleidung eines Priesters trug, während die Bekleidung des anderen diesen ganz eindeutig als Keftu auswies. Außerdem hatte Tarkon sich sehr genau die Stimmen der beiden Unbekannten eingeprägt.

Inzwischen waren die drei Männer hinter einer Hecke verschwunden, und wenig später waren auch ihre Schritte in der Nacht verklungen.

Als er sicher war, dass die Männer den königlichen

Garten verlassen hatten, glitt er vorsichtig von Tarkons Schultern und sah seine Freunde in gespannter Erwartung an.

Kenos tippte mit dem Finger an sein rechtes Ohr.

»Sie sind fort«, sagte Tarkon leise. »Einer von denen scheint übrigens ein Landsmann von dir zu sein.«

»Das habe ich auch schon anhand seines Akzentes vermutet«, bestätigte ihm Kenos nachdenklich.

»Wollt ihr mir jetzt bitte erzählen, was ihr gehört habt?«, fragte Tarkon ungeduldig.

»Gemach! Erst mal holen wir unseren Wein, dann setzen wir uns hin und sprechen«, entgegnete Turuns ruhig.

Als sie sich ihren Wein geholt hatten, hockten sie sich wieder eng zusammen.

»Hör jetzt gut zu, Tarkon!«, begann Turuns mit ernster Miene zu sprechen. »Wir müssen jetzt sehr besonnen sein. Dein Vater ist offenbar in schlechte Gesellschaft geraten, denn die drei haben sich zu einem äußerst widerwärtigen und obendrein recht gefährlichen Unterfangen verschworen. Soweit ich das mitbekommen habe, geht es dabei um nichts Geringeres als das Leben unseres Freundes Imenhotep. Sie wollen ihn nämlich schlicht und ergreifend aus dem Weg räumen, oder ermorden, wenn dir das besser gefällt! Hast du übrigens sehen können, wer der Dritte in diesem unseligen Bunde ist?«

»N… nein!«, stotterte Tarkon völlig fassungslos über das, was er gerade hatte hören müssen. »Aber seiner Kleidung nach, muss es ein hiesiger Priester sein.«

»Das hilft uns auch nicht weiter«, erwiderte Turuns

missmutig. »Von der Sorte laufen allein hier im Palast eine Unmenge herum.«

»Wir sollten deinen Vater beobachten«, warf Kenos ein. »Vielleicht, dass sie noch einmal mit ihm zusammen treffen!«

»Nicht schlecht«, pflichtete ihm Turuns bei, und beide schauten Tarkon darauf erwartungsvoll an.

Der hatte sich mittlerweile wieder gefasst und seltsamerweise auch die ungeheure Tatsache verinnerlicht, dass ausgerechnet sein Vater in ein solch verbrecherisches Vorhaben verstrickt war.

»Ich bin einverstanden!«, erklärte er, wobei sein Tonfall merkwürdig sachlich klang. »Habt ihr übrigens hören können, wie und wann es geschehen soll?«

»Wir haben sogar gehört, warum es geschehen soll«, antwortete Kenos. »Es gibt da offensichtlich eine kleine, aber einflussreiche Gruppe im Palast, die mit dem zukünftigen Per-hau überhaupt nicht einverstanden ist. Sie fürchten, er sei krank und schwach und damit unfähig, das machtvolle Erbe seines Vaters anzutreten. Also will man ihn beseitigen und eine andere, starke Persönlichkeit statt seiner zum König machen. Als williges Werkzeug haben sie deinen Vater erwählt, dem sie vorgeheuchelt haben, dass das alles dem Wohle des Reiches dient und er nur den Willen der Götter vollstreckt. Ihnen selbst sei es nicht möglich, die Tat zu begehen, da es als besonders fluchwürdig gelten würde, wenn ein Einheimischer den Mord an der geheiligten Person des Per-hau ausführen würde. Sie verlören damit ihr Recht auf das ewige Leben. Aber er, als Ausländer, unterläge diesen Gesetzen nicht, würde ja auch in absehbarer Zeit das Land mit reichem Lohn verlassen.«

»Das ist doch Blödsinn!«, unterbrach ihn Tarkon heftig. »Die hätten sich doch leicht irgendeinen anderen Fremden aussuchen können. Einen Sherdanu, einen Schwarzen oder, mit Verlaub, einen Keftu! Warum ausgerechnet meinen Vater? Die werden ihn doch in jedem Falle danach umbringen!«

»Genau! Und euch dazu!«, setzte Kenos seine Rede unbekümmert fort. »Du siehst das schon ganz richtig, mein Freund. Das Ganze hat offenbar Methode, was mich nunmehr auf meinen lieben Landsmann kommen lässt, dem es doch eigentlich egal sein könnte, dass der Kronprinz ermordet werden soll. Welche Rolle spielt er bei diesem Komplott? Und vor allem, welcher Nutzen erwächst ihm daraus? Also, ich kann das alles jetzt nur vage vermuten, aber ich sehe das so:

Die Verschwörer um den Usurpator brauchen sehr viel Gold, um sehr viele Augen und Münder zu verschließen. Immerhin bringen sie nicht irgendjemand um, sondern den designierten Thronfolger dieses Reiches und das auch noch innerhalb der streng bewachten Mauern des Palastes. Möglicherweise verfügen diese Leute aber nicht in Gänze über die Mittel, die für ein solches Vorhaben vonnöten sind. Sie müssten folglich weitere zahlungskräftige Mitglieder des einheimischen Adels in ihr Vertrauen ziehen, was aber gleichzeitig das Risiko einer frühzeitigen Entdeckung ihres Anschlages beinhalten würde. Also wenden sie sich an jemand Außenstehenden, der reich genug ist, um ihnen zu dem Gold zu verhelfen, das sie noch brauchen, um ihren infamen Plan durchzuführen.«

»Und dieser Außenstehende ist die ehrenwerte

Kaufmannsgilde in Kefti, nicht wahr?«, vermutete Turuns bissig.

»Du hast es erfasst!«, sagte Kenos ungerührt. »Seit Menschengedenken treiben unsere beiden Völker Handel miteinander, und keinem ist es je eingefallen, sich in die inneren Angelegenheiten des anderen zu mischen. Wir sind eine Seemacht, Khemet eine Landmacht – so kommt sich niemand ins Gehege, und beide profitieren voneinander. Ich kenne meine Landsleute, und unsere Kaufherren sind mit allen Wassern gewaschen! Die fassen nichts an, was ihnen nicht einen kalkulierbar hohen Gewinn einbringt und führen ihre Geschäftsverhandlungen mit der berechnenden Emotionslosigkeit eines Metzgers! Wenn sich also ein – und davon gehe ich aus – hochrangiges Mitglied unserer Gilde an diesem riskanten Unternehmen beteiligt, dann muss man ihm für sein Gold etwas in Aussicht gestellt haben, was nicht nur ihm, sondern der gesamten Kaufmannsgilde langfristig doppelt und dreifach zugute kommt. Vielleicht beantwortet das deine Frage, warum man sich deines Vaters bedient hat, Tarkon!«

Tarkon und Turuns waren gleichermaßen bleich geworden, als ihnen während dieser Ausführungen zunehmend bewusst wurde, zu welchem Preis das perfide Handelsabkommen zwischen den Verschwören und dem Keftu zustande gekommen sein musste.

»Wenn ich dich richtig verstanden habe«, nahm Turuns vorsichtig und immer noch ungläubig den Gedanken auf, »dann sind wir die Gegenleistung für das Gold aus Kefti, oder?«

»Genau das habe ich gemeint, mein Freund!«, erwiderte Kenos kalt.

»Einen Augenblick, bitte«, meldete sich Tarkon erregt zu Wort. »Ich will mich nur davon überzeugen, dass ich das alles richtig begriffen habe. Seitdem unsere Händler weitgehend auf den verlustreichen und langwierigen Transport ihrer Waren auf dem Landweg verzichtet haben und ihre Güter nunmehr ohne den lästigen Zwischenhandel mit den Keftu mit ihren eigenen Schiffen direkt nach Khemet bringen, haben wir damit Kefti in die Suppe gespuckt, oder, wie du es ausgedrückt hast, Kenos, sind den Keftu ins Gehege gekommen. Wenn also ein Angehöriger meines Volkes sich jetzt, hier im Herzen Khemets, eines solch fluchwürdigen Verbrechens schuldig macht, so wird nicht nur er dem Tode überantwortet, sondern zwangsläufig auch all jene von uns, die das Pech haben, sich zur Zeit hier aufzuhalten. Und außerdem ...«

»Und außerdem dürfte danach keines unserer Schiffe jemals wieder in dieses Land einreisen!«, ergänzte Turuns bitter. »Womit das Problem, das Kefti mit unserer Konkurrenz hat, ein für alle Mal aus der Welt geschafft wäre. Eine geniale Lösung und eines durchtriebenen Kaufherren würdig!«, setzte er noch sarkastisch hinzu.

»Ich bewundere euren Scharfsinn, meine Freunde!«, sagte Kenos affektiert, während seine Hände leise Beifall klatschten. »Aber nun sollten wir dringend darüber nachdenken, wie wir dieses drohende Unheil noch abwenden können!«, fuhr er ernst fort. »Uns bleibt leider nicht viel Zeit! Womit wir beim Wann wären. Wie wir gehört haben, ist der Anschlag für die nächste oder übernächste Nacht geplant, so genau hatten sie sich wohl noch nicht festlegen wollen. Jetzt zum Wie. Ein paar gedungene Sklaven, denen man wohl dafür die Freiheit versprochen hat, sollen in die Gemächer des Prinzen eingeschleust werden und dessen Leibwache in ein Handgemenge verwickeln. Zuvor aber soll Lareth dem Prinzen einen Besuch abstatten, was insofern unauffällig ist, da er ja seit langem das Vertrauen Imenhoteps genießt und bei ihm ein- und auszugehen pflegt. Wenn dann der Angriff auf die Männer Haremhabs erfolgt, soll Lareth die allgemeine Aufregung nutzen und unserem Freund den Garaus machen. Nachher wird es dann so aussehen, als wäre er von einem der Sklaven ermordet worden.«

»Aber das ergibt doch wieder keinen Sinn! Du hast mir eben noch lang und breit erklärt, dass es gerade die Absicht der Verschwörer sei, meinen Vater als den Mörder Imenhoteps zu überführen!«, ereiferte sich Tarkon.

»So sprach ich!«, entgegnete Kenos gelassen, »und so wird es zweifellos auch geschehen! Die Verschwörer wissen es und wir wissen es auch! Nur dein Vater weiß es nicht. Hätte er auch nur die leiseste Ahnung von den wahren Beweggründen, aus denen heraus man gerade ihn für diese abscheuliche Tat erwählt hat, würde er sich wohl kaum dafür bereit erklärt haben. Dein Vater mag vielleicht in seiner Gier nach Gold bestechlich geworden sein, aber lebensmüde ist er sicherlich nicht!«

»Und wenn wir ihm den wahren Sachverhalt schildern? Dann hätten wir doch die Pläne der Verschwörer zunichte gemacht!«, schlug Tarkon vor.

»Er würde uns nicht glauben, zumal er schon zu tief in die Sache verstrickt ist!«, nahm Turuns den Faden auf. »Und selbst wenn er uns glauben würde und die Verschwörung aufdeckte, würde man wiederum ihm, dem Ausländer, nicht glauben, zumal die Hintermänner offensichtlich höchst einflussreiche Persönlichkeiten sind, die durchaus die Macht haben, sich gegen solche Verdächtigungen gegen sie, die dazu noch von einem Fremden geäußert werden, erfolgreich zur Wehr zu setzen. Im Ergebnis käme das auf das Gleiche hinaus: Man würde uns und Lareth als Aufrührer töten und über unser Volk die Acht verhängen.«

»Aber der Anschlag auf Imenhotep wäre gescheitert!«, bemerkte Tarkon sachlich.

»In diesem Falle zunächst schon«, gab Kenos zu. »Nur hätten die Verschwörer es nunmehr ungleich leichter, ihr Ziel dennoch zu erreichen! Ihrer Bringschuld, die sie mit der Annahme des Goldes aus Kefti eingegangen waren, wären sie ja nun in jeder Weise ledig geworden, und so könnten sie sich jetzt aus dem lichtscheuen Gesindel, das diese große Stadt in so reicher Anzahl bevölkert, irgendeinen Namenlosen dingen, der ihnen für einen Bruchteil des Lohnes, den sie Lareth versprochen hatten, die schmutzige Arbeit abnimmt. Ein Dolch in der Dunkelheit, ein wenig Gift im Wein oder eine nicht minder giftige Schlange in seinem Bett! Nein, Tarkon, für diese Leute ist der Tod unseres Freundes eine beschlossene Sache, und wir müssen sehen, wie wir das verhindern können!«

Für eine Weile saß Tarkon bekümmert und nachdenklich da, dann wagte er einen erneuten Vorstoß.

»Was wäre, wenn wir uns direkt an Teje wenden würden?«

»Das wäre ein in jeder Hinsicht sinnloses Unterfangen!«, höhnte Kenos. »Sie ist zwar die Mutter des Prinzen und übt während der vierzigtägigen Trauerzeit offiziell die Regentschaft aus, doch die wirkliche Macht liegt im Moment in den Händen derer, die aller Wahrscheinlichkeit nach hinter diesem Komplott stecken! Und von denen ist sie auch in gewisser Hinsicht abhängig, wenigstens so lange, bis der neue Per-hau die Regierung fest übernommen haben wird. Nehmen wir also an, man würde uns tatsächlich zu ihr vorlassen, und wir könnten ihr berichten, was wir heute Nacht belauscht haben, meinst du wirklich, sie würde sich aufgrund einiger vager Vermutungen von ein paar hergelaufenen Ausländern gegen ihre altvertrauten Berater einnehmen lassen? Bis auf Lareth hätten wir auch keine anderen Namen, die wir ihr nennen könnten, und unsere Beobachtung, dass es sich bei den anderen beiden um einen Priester und einen Keftu handelt, halte ich nicht für ausreichend, um unsere Geschichte zu beweisen! Denn, wie ich schon sagte, Priester gibt es hier in Hülle und Fülle, und ich werde auch nicht der einzige Keftu sein, der sich zur Zeit in Uaset aufhält!«

»Im Großen und Ganzen stimme ich mit dir zwar überein«, sagte Turuns bedächtig, »dennoch scheint mir der Vorschlag Tarkons, entgegen deiner ansonsten leider durchaus zutreffenden Ausführungen, nicht ganz so abwegig zu sein, wie er auf den ersten Blick erscheint. Du hast dabei nämlich außer Acht gelassen, dass es Teje doch schon sehr ungewöhnlich anmuten muss, wenn ein Sohn seinen eigenen Vater eines solchen Verbrechens bezichtigt. Allein diese Tatsache müsste meines Erachtens doch genügen, uns in den Augen der Königin sehr glaubwürdig erscheinen zu lassen.«

Kenos' Lippen verzogen sich darauf zu einem feinen, wissenden Lächeln, und er strich sich eine Haarsträhne aus dem Gesicht.

»Mein lieber Freund!«, begann er dann milde, »du bist offenbar mit den gesellschaftlichen Gepflogenheiten dieses Landes doch nicht so gut vertraut, wie ich dachte! Zugegeben, auf den ersten Blick ist dein Argument nicht von der Hand zu weisen, und sowohl in meiner Heimat als vielleicht auch in der deinen würde man in der Tat hellhörig werden, wenn, bei einem ähnlich gelagerten Fall, der Sohn gegen den Vater aussagen würde. In Kefti, das weiß ich, würde mit Sicherheit darüber nachgedacht werden, welche schwer wiegenden Gründe einen Sohn zu einer Anklage bewogen haben mochten, die seinen Vater geradewegs dem Tode überantworten würde.

Die bei uns geltenden Gesetze ziehen einen solchen Fall sogar ausdrücklich in Betracht, wobei ihr wissen müsst, dass die Menschen in Kefti der überall sonst vorherrschenden Auffassung, dass Kinder ihre Eltern naturgemäß zu lieben und zu gehorchen haben, sehr skeptisch gegenüberstehen. Ich selbst habe es schon erlebt, dass ein Freund mit seinen Eltern so nachhaltig gebrochen hat, dass sie sich heute auf der Gasse wie Fremde begegnen. Hier in Khemet jedoch sieht das ganz anders aus! Der Vater ist das unumschränkte Oberhaupt seiner Familie und fordert absoluten Gehorsam, sowohl von seiner Frau wie auch von seinen Kindern. Wagt aus seinem Hausstand jemand auch nur ansatzweise diese Autorität zu untergraben, so kann das für den Betreffenden schmerzhafte Konsequenzen nach sich ziehen. Und wenn gar ein Sohn seine Hand gegen den Vater erheben würde, so käme das einer Gotteslästerung gleich, und der Unglückliche wird ohne jede Anhörung seiner Beweggründe mit dem Tod bestraft, wenn er nicht das zweifelhafte Glück hat, für immer aus Khemet verbannt zu werden. So, und jetzt werdet ihr vielleicht einsehen, dass es schierer Wahnsinn wäre, wenn Tarkon vor Teje treten und seinen Vater als Hochverräter anklagen würde!«

Turuns und Tarkon schauten sich darauf eine Weile sehr betreten an.

»Was ist mit Haremhab?«, fragte Turuns.

»Ehrlich gesagt weiß ich nicht, ob man ihm trauen kann!«, entgegnete Kenos. »Er genießt zwar das Vertrauen Imenhoteps und zeigt sich auch sonst sehr zuverlässig und dienstbeflissen, doch kann es immerhin möglich sein, dass auch er bestochen wurde.«

»Was können wir denn tun?«, seufzte Tarkon verzweifelt.

Kenos stand auf und ging ein paar Schritte auf und ab.

»Die Einzigen, denen wir gänzlich trauen können, sind unsere Schiffsgefährten«, betonte er. »Wir müssen Imenhotep irgendwie davon überzeugen, dass er Luknies, Avle und den Rest der Besatzung für die nächsten Tage in seinen Räumlichkeiten übernachten lässt. Als nächstes müssen wir auf irgendeine unauffällige Weise unsere Waffen und die unserer Gefährten an den Wachen vorbei hierher schaffen, was ich als das größte Problem ansehe, da Haremhabs Männer sehr aufmerksam sind und jeden Fremden, der diesen Teil des Palastes betritt, auf das genaueste durchsuchen.«

»Dieses Problem werde ich lösen!«, kam es da von außerhalb der Nische.

Es war Hetep-ibes, die wohl schon eine ganze Zeit lang neben der Nische gestanden und ihnen zugehört hatte.

»Du hast alles mit angehört?«, fragte Kenos.

»Das meiste, nehme ich an, und ich bin zu Tode erschrocken über das, was ich da hören musste!«, sagte sie leise. Sie setzte sich neben Tarkon und küsste ihn flüchtig auf die Wange.

»Aber wie auch immer«, fuhr sie dann gefasst fort, »ich werde an eurer Seite stehen, um meinen Bruder zu retten.«

»Wie willst du das mit den Waffen anstellen?«, fragte Turuns ungeduldig nach.

»Männer, die zusammensitzen und fröhlich Wein trinken, werden sich doch sicher bisweilen nach weiblicher Gesellschaft sehnen!«, erwiderte sie lächelnd. »Und da komme ich mit meinen Freundinnen ins Spiel! Wie ich weiß, sind eure Schwerter lang und gerade …« Sie unterbrach sich, als sie das anzügliche Grinsen bemerkte, mit welchem Turuns und Kenos in diesem Moment zu Tarkon blickten. Dann aber musste sie selbst lachen und begann, ihren Plan ausführlich darzulegen.

»Wir Frauen tragen lange, körperbetonte Kleider, unter denen man keine Waffe vermutet und die zudem auch noch fast durchsichtig sind. Meine Idee ist es nun, dass meine Mädchen und ich sich jeweils eins eurer Schwerter mit einem schmalen Band so um den Unterleib binden, dass es frei zwischen unseren Oberschenkeln baumeln kann. So würde dann morgen Abend eine lustige und schon ein wenig angetrunkene Schar junger Mädchen girrend und lachend an den hiesigen Wachen vorbeischweben, um euch Gesellschaft zu leisten. Man wird uns schon deswegen nicht aufhalten, da ich die Schwester des Prinzen bin und jederzeit Zutritt zu seinen Gemächern habe. Nun, was meint ihr dazu?«

Die drei Freunde sahen sich einen kurzen Moment verblüfft an, dann nickten sie zustimmend mit dem Kopf, wobei sie an sich halten mussten, um nicht lauthals in Lachen auszubrechen, als sie sich die Gesichter der Wachen vorstellten, die schmachtend einer offenbar schon angeheiterten Schar junger, äußerst hübscher Mädchen nachschauten, welche an ihnen vorbei einem Vergnügen entgegeneilten, an dem selbst teilzuhaben ihnen ihre Dienstpflicht leider verbot.

Nachdem sie in dem Zusammenhang noch einige organisatorische Dinge betreffs der nun für morgen Früh vorgesehenen Waffenübergabe an die Mädchen besprochen hatten, kam Kenos noch einmal auf die Drahtzieher der Verschwörung zu sprechen.

»Wir dürfen Lareth von nun an nicht mehr aus den Augen lassen, denn wir müssen unbedingt vor dem Anschlag herausfinden, wer genau noch hinter dem Komplott steckt! Wir brauchen Namen, und wir brauchen vor allem den Kopf der Verschwörer, denn sonst schwebt Imenhotep weiter in Lebensgefahr, selbst wenn wir für diesmal den Anschlag vereiteln könnten. Vielleicht ...«

»Einen Augenblick mal!«, meldete sich da Hetepibes zu Wort. »Wie ich anfangs schon sagte, habe ich einen großen Teil eures Gesprächs mitgehört, und dabei habt ihr unter anderem einen Priester erwähnt, der sich mit Lareth und dem Keftu im Garten meines Vaters aufgehalten hat. Seid ihr da ganz sicher?«

»Na, ja! Ich alleine habe ihn gesehen«, erklärte Tarkon, »aber er hatte eindeutig den geschorenen Kopf eines Priesters und um die Schulter dieses merkwürdige Fell. Weshalb fragst du?«

»Nun, das ist schon recht seltsam!«, begann sie zögernd und nachdenklich. »Wie ihr wisst, war ich ja heute Abend bei Teje zum Essen eingeladen. Außer mir hatte sie nur noch ein paar enge Freunde dazu gebeten, unter anderem auch Lareth und ihren Bruder Eje …«

»Und Eje ist ein Priester!«, entfuhr es Turuns.

»Und mit Lareth seit langem befreundet!«, ergänzte sie bedeutsam, um dann ihren Faden wieder aufzunehmen. »Die beiden werden gerne zu solchen abendlichen Gesellschaften eingeladen, da es ihnen mit ihrem spritzigen und geistreichen Humor immer wieder gelingt, auch noch die langweiligste Gästerunde in eine heitere und ausgelassene Stimmung zu versetzen. Heute Abend aber war es anders. Sie gaben sich wortkarg und wirkten auch sonst irgendwie geistesabwesend und angespannt. Auch das Essen rührten sie kaum an und nippten nur lustlos an ihren Bechern, während sie sich zwischendurch immer wieder nervöse Blicke zuwarfen. Kurz nach dem Essen erhoben sie sich plötzlich und erklärten, dass sie sich nun verabschieden müssten, da sie für den morgigen Tag noch ein paar dringende Angelegenheiten zu erledigen hätten, die leider keinen Aufschub duldeten. Als Teje ihren Bruder daraufhin erstaunt fragte, was es denn so Wichtiges gäbe, das zu bearbeiten nicht auch noch Zeit bis morgen hätte, erklärte er lapidar, dass er noch einige Schriftstücke für die am Morgen stattfindende Sitzung des Kronrates vorzubereiten hätte.

Darauf bedankten sie sich nochmals höflich bei Teje und verließen dann eiligst die Runde.«

»Um sich dann kurze Zeit später zusammen mit dem Keftu im verbotenen Garten des Per-hau einzufinden, wo sie eigentlich sicher sein konnten, dass sie von keinem Menschen bei ihrer fatalen Unterredung gestört oder belauscht werden konnten!«, vermutete Kenos. »Jetzt haben wir zumindest einen weiteren Namen«, fuhr er dann nachdenklich fort. »Nur ist mir nicht ganz klar, welche Rolle Eje bei der ganzen Sache spielt. Er ist doch immerhin der Onkel unseres unglücklichen Freundes!«

»Das kann ich dir verraten!«, sagte Hetep-ibes und leckte sich mit der Zunge über die Lippen.

»Eje kann Imenhotep auf den Tod nicht ausstehen. Er hält ihn für schwach und kränklich und viel zu verträumt, um einen starken Herrscher abzugeben. Es würde mich deshalb überhaupt nicht wundern, wenn er die ganze Verschwörung angezettelt hat!«

»Verfügt er denn über so viel Macht und Einfluss, um ein solch waghalsiges Unternehmen in die Tat umzusetzen?«, fragte Turuns ungläubig. »Ich meine, er ist zwar der Bruder der Regentin, aber eben doch nur ein Priester.«

Hetep-ibes schloss darauf kurz die Augen und nickte leicht mit dem Kopf.

»Er ist nur ein Priester«, wiederholte sie Turuns' Worte, während sie die drei Männer nacheinander mit skeptischen Blicken musterte.

»Es scheint mir an der Zeit, euch auf einige Feinheiten hinzuweisen, die euch bislang, trotz eurer zweifellos guten Kenntnisse der hiesigen Machtverhältnisse, ganz offensichtlich verborgen geblieben sind«, begann sie ihnen etwas umständlich zu erklären. »Neben dem Adel, der traditionsgemäß die höchsten Beamten für die Verwaltung dieses riesigen Landes stellt, und dem Heer, ist es vor allem auch das Priesterkollegium des Amun, auf das sich die Regierungsgewalt des Per-hau stützt. Sie führen hinter den Mauern des Ipet-Suut ein sehr eigenständiges Leben und verwalten obendrein die unermesslichen Reichtümer an Gold und Edelsteinen, die schon von den vielen vorangegangenen Herrschergenerationen als Tribut oder Kriegsbeute in unser Land gebracht wurden und seither in den weit verzweigten unterirdischen Kavernen des Gotteshauses gelagert werden.

Allein der oberste Priester entscheidet seit jeher über den Zugriff auf diese Schätze, und selbst der Per-hau muss vorher dessen Zustimmung einholen, wenn er die Schätze zu besichtigen gedenkt oder sich gar ihrer bedienen will, da das Gold offiziell Eigentum des Gottes ist. Diese nur ihm zustehende Verfügungsgewalt über den Reichsschatz verleiht dem jeweiligen Inhaber des höchsten Priesteramtes eine Machtfülle, die der des Per-hau fast gleichkommt, und schon so mancher Herrscher, der sich als schwach und unfähig erwiesen, oder sich dazu verstiegen hat, dem obersten Priester dieses Privileg wieder zu entziehen, hat zumeist unter unerklärlichen Umständen viel zu früh seine Reise nach Westen antreten müssen. Eje nun hat einen sehr hohen Rang innerhalb der Priesterhierarchie des Amun inne und wird von nicht wenigen hier am Hofe als einer der möglichen Nachfolger des zur Zeit amtierenden obersten Priesters angesehen. Ich hoffe, ich habe euch damit deutlich machen können, dass Eje nicht nur ein Priester ist!«

Auf den Gesichtern der drei Freunde war nach diesen Worten deutlich deren tiefe Betroffenheit zu lesen, und eine geraume Weile verharrten sie in grübelndem Schweigen.

Es war Tarkon, der als Erster das Wort ergriff.

»Wenn das zutriffst, was du uns gerade erklärt hast – und ich hege daran keinen Zweifel –, dann stellt sich mir die Frage, weshalb Eje das Gold Keftis braucht, um sein Vorhaben zu verwirklichen. Er könnte sich doch in diesem Fall leicht derselben Methode bedienen, die du uns gerade so anschaulich geschildert hast!«

»Das setzt aber das Einverständnis des obersten Priesters voraus«, entgegnete sie knapp. »Und das blieb ihm offensichtlich verwehrt!«

»Wenn ich das richtig verstehe, willst du uns damit andeuten, dass Eje eigenmächtig und damit ohne das Wissen des obersten Priesters handelt, oder?«

»Ach, Kenos!«, sagte sie mit einem verträumten Augenaufschlag. »Wenn meine Liebe nicht Tarkon gehören würde, glaube mir, dein Scharfsinn würde mich geradezu hinschmelzen lassen.«

»Und ich würde es genießen, an dir zu naschen, während du schmilzt!«, entgegnete Kenos galant. »Aber da dem nicht so ist, wäre ich dir sehr dankbar, wenn du uns Unwissenden jetzt mit einfachen Worten darlegst, welches perfide Ziel Eje deiner Meinung nach eigentlich mit seinen eigenwilligen Plänen verfolgt und warum er über den Kopf des obersten Priesters hinweg handelt?«

»Setzen wir bei deiner letzten Frage an«, erwiderte sie sachlich. »Der zur Zeit amtierende oberste Priester, User-het, war ein sehr enger Freund meines jüngst verstorbenen Vaters und ist meinem Bruder seit seiner Geburt von ganzem Herzen zugetan. Er liebt ihn gleichsam wie den Sohn, der ihm versagt geblieben ist, und schon aus diesem Grunde wäre es für Eje nicht ratsam gewesen, sich mit einem solch üblen Ansinnen an ihn zu wenden. Wenn Eje also den Kronprinzen ohne das Einverständnis User-hets, und damit auch ohne das der übrigen Amunspriesterschaft, beseitigen will, dann verfolgt er eigennützige Ziele! Betrachten wir uns diesen Mann genauer. Sein ganzes Leben musste er im Schatten seiner Schwester, der großen königlichen Gemahlin des dritten Imenhotep fristen, und alles, was er heute ist, verdankt er allein dieser Tatsache. Oh, er ist nicht dumm, er ist sogar überaus intelligent, aber gleichermaßen auch durchtrieben und machthungrig, und genau diese Mischung macht ihn so gefährlich und unberechenbar. Seit Teje die Frau meines Vaters ist, hat er stetig daran gearbeitet, seine Stellung am Hofe zu festigen. Mit seinen ohne Zweifel überragenden Fähigkeiten, die er in verschiedenen Ämtern bei der Verwaltung des Reiches unter Beweis stellen konnte, hat er sich nach und nach das Vertrauen des Per-hau versichern können und wurde von ihm mit allen möglichen Ehren und Privilegien überhäuft. Nehmen wir nun einmal an, sein Plan würde gelingen, und mein Bruder wäre tot. Wer würde davon profitieren? Imenhotep ist nämlich der einzige rechtmäßige Sohn des toten Per-hau. Er hat zwar noch zwei Schwestern, die aber, da nur ein Mann Per-hau werden kann, von der direkten Thronfolge ausgeschlossen bleiben, es sei denn, sie würden die Ehe mit einem Manne eingehen, der in sich alle Tugenden und Fähigkeiten vereint, die von einem Herrscher über Khemet erwartet werden. Ein solcher Mann könnte dann, indem er so in die bis zu den ersten Königen dieses Landes ungebrochen zurückreichende Blutlinie eingeheiratet hätte, seinen Anspruch auf den Thron legitimieren und eine neue Herrschergeneration begründen. In der Vergangenheit war das fast immer einer der Söhne, die der jeweilige Per-hau mit seinen Nebenfrauen gezeugt hatte, aber es ist auch schon vorgekommen, dass ein völlig Außenstehender, ein hoher Würdenträger am Hofe oder ein Provinzfürst beispielsweise, auf diese Weise zum Per-hau gekrönt wurde. Muss ich noch weiter reden?«

Turuns, der wie die anderen beiden den Ausführungen Hetep-ibes mit steigender Spannung gefolgt war, lehnte sich daraufhin zurück und stieß einen leisen, anerkennenden Pfiff aus.

»Der Bastard hat es also auf den Thron abgesehen!«, presste er dann zwischen seinen zusammengebissenen Zähnen hervor.

»Weißt du, ob er ein Verhältnis mit einer der Schwestern hat?«, fragte Kenos schnell.

»Weiß ich nicht!«, entgegnete ihm Hetep-ibes schon fast heiter. »Dies ist auch gar nicht vonnöten! Ihr scheint Teje zu vergessen! In den hohen Adelskreisen dieses Landes ist es durchaus üblich, dass Geschwister heiraten, um den Bestand von Macht und Besitz zu erhalten. Aus dieser Ehe zögen beide ihren Vorteil! Eje bekäme die Macht, und Teje würde sie weiter behalten. Teje weiß nämlich sehr genau, was ihr beschieden ist, sollte sich Imenhotep einmal eine große königliche Gemahlin erwählen! Sie würde einfach in der Bedeutungslosigkeit verschwinden und hätte gerade noch die Herrschaft über eine Hand voll Diener und Sklaven, die ihr in ihrem abgeschiedenen Leben, welches sie danach zu führen hätte, aufwarten müssten.«

»Das kann ich nicht glauben!«, brachte sich da Tarkon mühsam beherrscht in das Gespräch ein. »Du willst doch nicht allen Ernstes behaupten, dass Teje an einer Verschwörung beteiligt ist, die es auf das Leben ihres einzigen Sohnes abgesehen hat!«

»Aber nein!«, beruhigte sie ihn. »Sie weiß bestimmt nichts von den bösen Machenschaften ihres Bruders. Im Gegenteil! Sie liebt Imenhotep abgöttisch, und wenn sie auch nur die leiseste Ahnung davon hätte, würde sie alles daransetzen, diesen Plan zu vereiteln. So aber, wenn Ejes Anschlag erfolgreich wäre, würde sie zwar für eine Weile tiefe Trauer und Betroffenheit zeigen, doch dann ...« Sie hielt einen Moment inne und trank von ihrem Wein. »Dann würde sie den Tatsachen ins Auge sehen, sich mit königlicher Selbstbeherrschung in das notwendig Unvermeidliche fügen und sich, nunmehr zusammen mit ihrem Bruder, wieder ganz dem Wohle des Reiches widmen.«

»Wo sich für uns der Hund wieder in den Schwanz beißt, denn wie wir vorhin schon festgestellt haben, ist es uns, die wir all dies herausgefunden haben, unmöglich, Teje davon in Kenntnis zu setzen«, sagte Turuns resigniert.

»Es gibt noch die Möglichkeit, sich an User-het zu wenden«, schlug Tarkon vor.

» Das wird auch geschehen«, sagte Hetep-ibes. »In dem Moment, wo ihr den Anschlag erfolgreich abgewehrt haben werdet, werde ich ihn aufsuchen und ihm alles offenbaren.«

»Warum erst dann und nicht jetzt, oder wenigstens gleich morgen Früh?«, erkundigte sich Tarkon verständnislos.

»Erstens würde er euch weder empfangen noch euch überhaupt als Menschen wahrnehmen, da es weit unter seiner Würde ist, sich mit Normalsterblichen abzugeben, vor allem dann nicht, wenn es sich dabei um Ausländer handelt! Folglich kann allenfalls ich ihn aufsuchen. Zweitens erscheint es mir sinnvoll, ihn erst nach dem Anschlag aufzusuchen, damit unsere Behauptung, dass Eje dahintersteckt, durch eine nicht mehr zu leugnende und damit überprüfbare Tatsache die notwendige Beweiskraft erhält. Wenn ich hingegen jetzt zu ihm ginge, würde der alte Mann natürlich sofort Eje dazu hören wollen, und dieser hätte dann die Gelegenheit, in aller Unschuld zu beteuern, nichts davon zu wissen und seinerseits zu unterstellen, dass die ganze Verschwörungstheorie allein der Fantasie einer hysterischen jungen Frau entsprungen sei. Gleichzeitig wäre er aber auch gewarnt und würde seine Schergen für diesmal zwar zurückpfeifen, aber nur, um den Anschlag auf einen späteren Zeitpunkt festzulegen, welcher uns aller Wahrscheinlichkeit nach unbekannt bleiben wird und deshalb von uns nicht mehr vereitelt werden kann. Ihr seht also hoffentlich ein, dass wir jetzt nicht übereilt handeln dürfen und uns in dieser

Lage nur auf uns und die Hilfe eurer Gefährten verlassen dürfen, um den Anschlag erfolgreich abwehren zu können.«

»Wo sie Recht hat, hat sie Recht!«, bemerkte Kenos trocken und nickte zustimmend. »So wie es aussieht, haben wir unter diesen Umständen wirklich keine andere Wahl, als unseren Plan ganz allein auf uns gestellt zur Durchführung zu bringen!«

»Ja, und dafür brauchen wir all unsere Kräfte und vor allem einen klaren Kopf«, sagte sie energisch und stand vom Tisch auf. »Die Nacht ist weit fortgeschritten und es ist alles gesagt! Wir sollten jetzt zu Bett gehen und noch ein wenig Schlaf finden, damit wir für das, was uns morgen erwartet, einigermaßen ausgeruht sind.«

Kapitel 15

Am nächsten Morgen trafen sie sich noch einmal zu einem kargen Frühstück, welches sie, um keine unnötige Zeit zu verschwenden, in aller Hast hinunterschlangen. Dabei legten sie noch einmal Schritt für Schritt fest, was jeder Einzelne in der ihnen verbleibenden Frist zu tun hatte. Nachdem das hinreichend geklärt worden war, machten sie sich voller Tatendurst daran, ihr kühnes und ehrgeiziges Vorhaben in die Tat umzusetzen.

Während Turuns und Kenos sich zu den Unterkünften Luknies' und seiner Leute begaben, um sie von der Verschwörung zu unterrichten und ihnen ihre Gegenmaßnahmen darzulegen, suchten Tarkon und Hetep-ibes den Kronprinzen in seinen Gemächern auf.

Das schmerzende Kopfweh, welches ihn am vorangegangenen Abend heimgesucht hatte, war offensichtlich gänzlich von ihm gewichen, denn sie fanden ihn in bester Laune bei seinem Frühstück sitzend, zu welchem er sie auch gleich überschwänglich bat, es mit ihm zu teilen.

»Heute ist ein herrlicher Tag«, rief er fröhlich, und dabei sprühten seine Augen vor Unternehmungslust. »Was haltet ihr von einem Ausflug in die Wüste, hm?

Das wäre eine neue Erfahrung für dich, Tarkon, denn wie ich gehört habe, gibt es in deiner wasserreichen, mit üppigen Wäldern und fetten Böden gesegneten Heimat nichts Vergleichbares. Wir könnten uns außerdem da draußen ein Zelt aufstellen lassen, welches uns während der Gluthitze des Mittags Schatten spenden wird, während wir ein paar Erfrischungen zu uns nehmen könnten!«

Tarkon warf Hetep-ibes einen kurzen, erleichterten Blick zu, um mit seinen nächsten Worten die günstige Gelegenheit beim Schopfe zu packen, die sich durch die euphorische Stimmung Imenhoteps so unerwartet ergeben hatte.

»Das ist eine wundervolle Idee«, erwiderte Tarkon mit gespielter Begeisterung. »Ich hätte dir meinerseits nie den Vorschlag zu einer solchen Vergnügung gemacht, da ich davon ausging, dass dir eine derartige Bitte während der Trauer um deinen Vater doch ziemlich respektlos erscheinen würde.«

»Aber nicht doch«, wehrte Imenhotep lächelnd ab. »Wir werden ja kein rauschendes Fest feiern, sondern uns nur ein wenig Ablenkung von der tristen Umgebung dieses Palastes verschaffen!«

»Dann bin ich ja beruhigt«, entgegnete Tarkon wie von einer Last befreit, »denn dann darf ich dir gegenüber wohl doch einen Wunsch äußern, den ich aus dem eben genannten Grund bislang vor dir zurückgehalten habe.«

Imenhotep sah ihn erwartungsvoll an, worauf Tarkon auf seinem Stuhl unruhig hin und her rutschte und so den Anschein erweckte, als suche er nach den richtigen Worten.

»Nur zu, mein Freund!«, forderte Imenhotep ihn in fröhlicher Ungeduld auf. »Sage mir freimütig, was dir am Herzen liegt, und wenn es nichts Unmögliches ist, ist es dir jetzt schon gewährt!«

»Na ja«, druckste Tarkon ein wenig herum. »Wie du weißt, werden wir in ein paar Tagen wieder abreisen, und da habe ich mir … hätte ich mir gewünscht, dass du auch die übrigen Besatzungsmitglieder der *Albatros* einmal kennen lernen würdest. Ich meine, es sind natürlich alles einfache Männer, aber es sind vor allem auch meine Freunde, und ich dachte mir, dass sie dir deshalb vielleicht auch für einen Abend willkommen wären! Natürlich nur, wenn es dir keine Umstände bereitet.«

Imenhotep schaute ihn eine Weile unter hochgezogenen Brauen verblüfft an, sodass Tarkon schon glaubte, zu weit gegangen zu sein.

Dann aber lehnte Imenhotep sich zurück und fing schallend an zu lachen.

»Tarkon, Tarkon«, sagte er dann, nachdem er sich wieder gefasst hatte. »Wenn du jetzt diesen Wunsch nicht geäußert hättest, dann hätte ich es getan! Natürlich sind mir Luknies und all die anderen herzlich willkommen. Wenn du willst, schon heute Abend! Was sagst du?«

Tarkon, der von dieser unerwartet schnellen Wendung der Dinge zu ihren Gunsten völlig überrumpelt worden war, schaute verwirrt zu Hetep-ibes, die ebenfalls Mühe hatte, ihre augenscheinliche Freude und Erleichterung über diese Entwicklung in Maßen zu halten.

»Ist euch das zu schnell anberaumt? Wäre euch

morgen lieber?«, fragte Imenhotep besorgt, da er die Blicke, die die beiden miteinander tauschten, zu ihrem Glück gänzlich fehlinterpretierte.

»Nein, nein! Ganz und gar nicht!«, sagte Tarkon hastig, nachdem ihn ein heftiges Husten übermannt hatte. »Es ist nur … Ich hätte nur nicht zu hoffen gewagt … Ich dachte nur, dass sie dich langweilen würden! Es sind, wie gesagt, nur einfache Seeleute!«

»Es sind aber vor allem deine Freunde und damit auch die meinen«, sagte Imenhotep begütigend. »Also ist es beschlossen! Heute Abend möchte ich deine Gefährten zum Essen einladen. Du wirst ihnen das jetzt sicherlich gleich mitteilen wollen. Wir werden also unseren Ausflug in die Wüste einfach auf morgen verlegen, da es doch noch einiges vorzubereiten gilt, um diesem Abend den Glanz zu verleihen, der ihm gebührt. Aber ich möchte, dass wir uns am Nachmittag wieder hier im Garten treffen, da es da noch etwas gibt, was ich mit dir besprechen möchte!«

Er wandte sich an Hetep-ibes und ließ seinen Blick einen Moment auf ihr ruhen.

»Das gilt übrigens auch für dich!«, fügte er noch mit einem seltsamen Zittern in der Stimme hinzu.

Als er die beiden nach diesen Worten immer noch stumm und in fragender Scheu vor sich sitzen sah, wischte er sich kurz mit beiden Händen über die Augen, um dann wieder zu seiner vorher gezeigten Heiterkeit zurückzufinden.

»Nun geht schon!«, befahl er ihnen darauf augenzwinkernd und übermütig. »Es gibt wahrscheinlich noch so einiges, was ihr vor diesem Abend zu erledigen habt!«

»Meinst du, er ahnt etwas?«, fragte Tarkon Hetepibes, als sie wenig später durch die langen Gänge des Palastes eilten. »Seine letzten Bemerkungen waren schon etwas merkwürdig!«

Sie blieb stehen, nahm ihn in die Arme und küsste ihn kurz auf den Mund.

»Mag schon sein! Du weißt ja, dass er die Gabe hat, Dinge vorauszusehen«, sagte sie ernst.

»Aber wenn er es ahnt, dann hält er sich fabelhaft! So guter Laune wie heute habe ich ihn lange nicht erlebt. So! Wir trennen uns hier, weil ich jetzt meine Mädchen zusammensuchen will. Wir sehen uns danach bei Luknies. Du findest ja den Weg zu den Gästewohnungen alleine, oder?«

Ohne noch eine Antwort abzuwarten, drehte sie sich um und verschwand hinter einem wehenden, dünnen Vorhang, hinter dem ein Innenhof gelegen war, der zum Frauentrakt des Palastes gehörte.

Als Tarkon kurz darauf bei seinen Gefährten eintraf, sah er, dass sich alle in gelöster und optimistischer Stimmung befanden. Einige schliffen und putzten emsig an ihren Dolchen und Schwertern herum und pfiffen sich ein Liedchen dazu, andere saßen bei Turuns und Kenos und sprachen noch einige Einzelheiten mit ihnen durch.

Gerade wollte Tarkon sich nach dem Verbleib von Avle und den anderen, die seinerzeit an Bord zurückgeblieben waren, erkundigen, als er deren freudiges Gejohle schon im Hof hörte, und einen Augenblick später polterte die kleine Schar, angeführt von Luknies, herein.

Luknies musste sie wohl schon auf ihrem Weg vom

Hafen in den Palast kurz über das Vorhaben unterrichtet haben, denn ihre Augen blitzten wagemutig, und sie fieberten förmlich vor Tatendrang. Als sie jetzt auch noch hörten, auf welche Art und Weise sie am Abend wieder zu ihren Waffen kommen würden, waren sie kaum mehr zu bändigen.

»Habt ihr das gehört?«, rief Avle seinen Kameraden zu, die sich gerade anschickten, ihre Waffen vorzubereiten. »Ich denke, ihr braucht eure Klingen nicht zu schärfen, Freunde! Nach ihrem Aufenthalt in einem so lauschigen Versteck werden sie bis heute Abend wahrscheinlich von selbst scharf genug geworden sein!«

»Glaubst du, jeder von uns darf sich die Frau aussuchen, die sich um sein Schwert kümmern wird, Tarkon?«, raunte Manlies ihm mit unschuldigem Blick zu. »Das macht die Sache etwas persönlicher, vor allem für nachher, findest du nicht?«

Solche und ähnliche Bemerkungen flogen unter fröhlichem Gelächter immer wieder durch den Raum, bis mit einem Mal die Tür aufging und Hetep-ibes mit ihrem Gefolge in den Raum schritt.

Wie vom Donner gerührt waren sie jäh verstummt und starrten die Mädchen nur fassungslos mit offenen Mündern an. Besonders Avle und seine Leute, die sich die ganze Zeit über ausschließlich im Hafen und auf dem Schiff aufgehalten hatten und weder die Gastfreundschaft Chonsuyus noch anschließend die des Palastes genossen hatten, standen ehrfürchtig staunend zusammen und stießen sich immer wieder heimlich in die Seiten, wie um sich gegenseitig zu beweisen, dass sie nicht träumten.

Auch die Mädchen schauten verschämt zu Boden, bis die Stimme Hetep-ibes' hell die Stille durchschnitt.

»Was ist, ihr Männer des Nordens? Habt ihr noch nie eine Frau gesehen? Was gafft ihr nur? Meine Freundinnen hier werden sich jeweils einen von euch aussuchen, dessen Waffe sie dann mit sich führen wird. Also prägt euch ihre Gesichter bis zum Abend gut ein!«

Darauf kam wieder Leben in die Männer, und sie stellten sich verschämt grinsend schnell in einer Reihe auf. Die Mädchen, die noch eine Weile eifrig miteinander flüsternd und leise lachend die hübschen Köpfe zusammengesteckt hatten und dabei immer wieder verstohlen nach den Männern geblickt hatten, lösten sich nun voneinander und schritten mit wiegenden Hüften aufregend langsam auf ihren jeweiligen Auserwählten zu. Sie stellten sich dicht vor ihn hin und schauten ihm lange und tief in die Augen, was dazu führte, dass einige Männer abwechselnd rot und weiß wurden und sich nervös mit der Zunge über die spröde gewordenen Lippen fuhren. Dann streckten die Frauen die Hände vor, sodass die Handflächen nach oben wiesen, doch zunächst reagierten die Männer nicht auf diese einladende Geste.

Erst nach einer Weile schien es ihnen plötzlich wieder einzufallen, weshalb die Mädchen eigentlich gekommen waren. Umständlich nestelten sie sich ihre Schwerter vom Gürtel und legten sie vorsichtig in die Hände »ihres« Mädchens.

Danach traten die Frauen dichter an die Männer heran und hauchten ihnen einen Kuss auf die Wange, um sich dann langsam wieder zurückzuziehen.

»Was ist, Tarkon?«, hörte er plötzlich Hetep-ibes neben sich sagen, »Dein Schwert! Du sollst es mir geben!«

Noch ziemlich verwirrt von dem soeben erlebten Schauspiel, reichte er ihr fahrig seine Waffe und erhielt dafür ebenfalls einen Kuss.

»Wir sehen uns nachher im Garten«, wisperte sie ihm rasch noch zu, dann folgte sie eilig den anderen Mädchen, die den Raum gerade wieder verließen, nachdem sie die Waffen vor den Augen ihrer Besitzer in ihren beneidenswerten Verstecken befestigt hatten.

Noch eine Weile standen die Männer stumm und wie angewurzelt da und sogen in tiefen Zügen den betörenden Duft ein, den das Salböl der Mädchen im Raum hinterlassen hatte. Dann aber löste sich der Zauber, und die Männer fanden allmählich wieder zu ihrer alten derben Fröhlichkeit zurück, die zu Anfang jedoch noch sehr hölzern und übertrieben wirkte.

An dem Mittagessen, was ihnen wenig später aufgetischt wurde, nahm Tarkon noch teil, dann aber verabschiedete er sich von ihnen bis zum Abend und machte sich wieder auf den Weg zu Imenhotep.

Der Kronprinz saß wie gewöhnlich zu dieser Zeit auf seiner Lieblingsbank am Wasserbecken seines Gartens und unterhielt sich angeregt mit Hetep-ibes. Als er Tarkon sah, sprang er auf und umarmte ihn herzlich.

»Gut, dass du da bist!«, rief er enthusiastisch. »Wir sprachen gerade von dir, weißt du?«

Nachdem Tarkon sich zu ihnen gesetzt hatte, lehnte sich Imenhotep entspannt zurück, faltete die Hände unter seinem Kinn und schloss die Augen.

»Du wirst dich erinnern«, begann er dann leise zu sprechen, »dass ich dich bei einem unserer ersten Gespräche, die wir miteinander führten, gebeten habe, mir mehr von eurem nordischen Glauben zu erzählen, von dem ich durch deinen Vater bislang nur wenig erfahren konnte. Gegen Ende dieses Gespräches sagte ich dir, dass mich deine Worte tief beeindruckt und auf eine besondere Weise beseelt hatten, doch fand sich danach keine Gelegenheit mehr, dir zu erklären, weshalb. Das will ich nun nachholen.

In deiner Heimat gibt es keine Götter, anders als hier, wo es mehr als genug davon gibt. Ihr glaubt an einen namenlosen Schöpfergeist, der sich bei Tage in seiner weiblichen Daseinsform, der Sonne, zeigt, und des Nachts im Mond seinen männlichen Aspekt leuchten lässt. Aus der Vereinigung dieser beiden Aspekte ist die Erde hervorgegangen, die ihr als eure Mutter betrachtet, da sie alles, was auf ihr lebt, geboren hat und euch in ihrer immer währenden Fruchtbarkeit mit allem versorgt, was ihr für euer Leben nötig habt. Habe ich das richtig verstanden?«

»Durchaus, mein Freund«, bestätigte ihm Tarkon, der allerdings gleichzeitig darüber rätselte, was Imenhotep bewegen mochte, ausgerechnet jetzt mit ihm darüber zu reden.

»Nun, nach allem, was ich bisher von deinem Volk gehört und gesehen habe, lässt euch dieser wundersame Glaube offenbar in Frieden und Harmonie miteinander und mit der euch umgebenden Natur leben.«

Er hielt einen Moment inne und stieß einen kleinen Seufzer aus.

»Hier im Süden herrscht leider eine völlig andere

Glaubensvorstellung!«, fuhr er dann unvermittelt und wie von Hass erfüllt weiter fort.

»In Khemet gibt es neun höhere Götter, die ihrerseits über unzählige niedere Gottheiten herrschen, die sich zumeist in Tiergestalt offenbaren. All diese Göttinnen und Götter sind launisch und herrschsüchtig und schrecken auch vor Mordversuchen an ihresgleichen nicht zurück. Über allen aber thront Re, der Herr der Flammen, zahlreich an Form und Gestalt. Seine Macht verkörpert sich jeden Tag aufs Neue in der goldglühenden Sonnenscheibe. Er zeugte einst mit einer Sterblichen einen Sohn. Und dieser Sohn wurde der erste Per-hau dieses Landes, das zu diesem Zeitpunkt noch aus zwei verfeindeten Teilen bestand. Doch er einte beide Länder Khemets, das obere und das untere, und fügte die Kronen beider Länder zu einer gemeinsamen Krone zusammen. Sein Blut, und damit das Blut seines göttlichen Vaters, wurde über die vielen nachfolgenden Herrschergenerationen hinweg unverfälscht an den jeweiligen Thronfolger vererbt. In meinen Adern fließt also nun das Blut des Sonnengottes. Ich bin sein Sohn!«

Seine Stimme zitterte zwar bei den letzten Worten, aber es klang auch so etwas wie Trotz dabei an. Er atmete schwer, und über seinen nunmehr weit geöffneten Augen lag ein visionärer Schleier. Hetep-ibes und Tarkon hingen förmlich an seinen Lippen und fieberten seinen nächsten Worten entgegen, die ihnen vielleicht erklären würden, weshalb er ihnen das alles erzählte.

Imenhotep beugte sich abrupt vor und fixierte Tarkon, wobei sein Blick jedoch durch ihn hindurch auf ein imaginäres Ziel in der Ferne gerichtet schien.

»Lange habe ich geschlafen, mein Bruder«, sprach er, in einen seltsam singenden Tonfall fallend, weiter. »Doch nun bin ich erwacht. Lange war ich blind, doch nun sehe ich.«

Wieder hielt er inne und fuhr sich mit der Rechten über die Augen, als wollte er sich von lästigen Staubkörnern befreien, die ihm zwischen die Lider geraten waren. Darauf lehnte er sich wieder bequem zurück und setzte seine Rede fort, wobei er aber die Augen geschlossen hielt.

»Eine seltsame Fügung ließ deinen Vater einst an diesen Hof kommen und die Gunst meines Vaters erlangen. Er lehrte mich seine Sprache und erzählte mir viel von seiner Heimat und einige Male auch von seinem Glauben. Es war nicht viel, aber das Wenige, was er darüber sagte, berührte mich damals zutiefst, denn es kam mir bei aller Fremdartigkeit dennoch merkwürdig vertraut vor.

Vor allem faszinierte mich die Vorstellung, dass ihr keine Götter kennt, sondern nur einen gütigen, namenlosen Schöpfergeist, dessen weibliche Erscheinungsform sich in der Sonne offenbart, die mit ihren Strahlen, Händen gleich, ihren fruchtbaren Segen über der Erde verteilt. In Khemet hat die Sonne, als Symbol Res, männlichen Charakter und wird als hart und strafend empfunden. Auch macht sie die Erde hier nicht fruchtbar, sondern dörrt den Boden aus, sodass dieses Land schon viele Hungersnöte erleben musste.

Diese offenkundige Gegensätzlichkeit, mit der die beiden Glaubensauffassungen das Tagesgestirn betrachteten, ließ mir keine Ruhe mehr, zumal ich mich dunkel daran erinnerte, dass ich in meiner Kindheit von meinem Lehrer, dem Oberpriester User-het, einmal gehört hatte, dass unser Volk vor langer Zeit, noch ehe die Mére bei Men-nefer erbaut wurden, einen ähnlichen Glauben wie den euren besaß. So beschloss ich, mich User-het anzuvertrauen und ihn zu bitten, mir die alten Schriften aus den Archiven des Ipet-suut zu leihen, aus denen ich mehr darüber zu erfahren hoffte.

Nun musst du wissen, dass Uaset nicht immer die Hauptstadt dieses Reiches war. Vor Uaset war es nämlich Men-nefer, und davor wiederum die sagenhafte Sonnenstadt Iunu im Mündungsgebiet des Hapi. Jede dieser Städte steht unter dem Schutz einer mächtigen Gottheit, mit der sich Re zu einer Einheit verbunden hat, um so dem Volk deutlich zu machen, wo jeweils der weltliche und geistige Mittelpunkt des Reiches sei.

So wird er in Uaset als Re-Imen, in Men-nefer als Re-Ptah und in Iunu als Re-Aten verehrt.

Während sich aber Imen und Ptah in ihrem Wesen als machthungrig, jähzornig und rachsüchtig erweisen, zeigt sich Aten den Menschen als Inbegriff des liebenden und deshalb verzeihenden Vaters. Von ihm gibt es auch kein Abbild, denn ER ist der Schöpfergeist, der vor Urzeiten mit seinem Samen das erste Götterpaar, Tefnut, die Göttin des Wassers, und Schu, den Gott der Lüfte, gezeugt hat, die wiederum Geb, dem Gott der Erde, und Nut, der Göttin des Himmels, das Leben schenkten. Doch Geb und Nut konnten nicht zueinander finden, da die damals immer währende Nacht mit ihrer Kälte sie daran hinderte. Da erschien Re, und seine Sonne schuf nicht nur den Tag, sondern erwärmte auch den Himmel und machte die Erde fruchtbar, sodass Geb und Nut sich endlich vereinigen konnten. Aus der Verbindung dieser beiden entstammen alle übrigen Götter, wie aber auch die Menschen und alle anderen Geschöpfe, die heute das Land, das Wasser und die Lüfte bevölkern.

Dies alles erfuhr ich von User-het, doch konnte ich immer noch nicht erkennen, welche Bedeutung dieses Wissen für mein Leben haben sollte. Ich erkannte nur, dass mein Glaube an die Götter Khemets ins Wanken geraten war. Ich sah in ihnen nur noch bösartige und missratene Kinder, die sich in ihrer Arroganz einst gegen ihren gütigen Vater aufgelehnt hatten und seither ihren Kampf um die Herrschaft über die Welt untereinander auf dem Rücken der Menschen austrugen. Mithilfe ihrer willfährigen Priester ließen sie die Menschen den Frieden und die Liebe Atens vergessen und säten stattdessen die Samen der Gier und der Macht in ihre Herzen. Hass und Gewalt, Krieg und Unterdrückung sind so in die Welt gekommen!«

Imenhotep unterbrach sich und trank hastig von seinem Wein. Er hatte sich in Zorn geredet und sein Körper bebte vor Erregung.

»Da ich schwerlich solche Gedanken mit User-het besprechen konnte«, fuhr er dann, sich zur Ruhe zwingend, fort, »suchte ich schließlich meinen Vater auf, um sie ihm vorzutragen. Er hörte mir aufmerksam zu und erklärte mir dann zu meiner Überraschung, dass er mich sehr gut verstehen könnte, da er selbst zu einer ähnlichen Sichtweise der Dinge gefunden hätte und schon seit längerer Zeit in seinem Herzen erwägen würde, die Götter zu entthronen und mit seinem Volk wieder zum alten, ursprünglichen Glauben an Aten zurückzukehren. In gewisser Weise hätte er ja auch schon damit begonnen, indem er zum Beispiel dem Ipet-suut, welchen er ja während seiner Regierungszeit in langjähriger Arbeit planen und erbauen ließ, die gleiche lichte Gestaltung verliehen hatte, wie sie den Gotteshäusern, in denen Aten verehrt wurde, zu Eigen war. Gleichzeitig erklärte er mir aber auch, weshalb er seine Absicht bislang noch nicht in die Tat umgesetzt hätte. Ein solches Vorhaben, so sagte er, würde natürlich den erbitterten Widerstand der Priester hervorrufen, die sicher letztendlich nicht davor zurückschrecken würden, mit ihrem Gold und ihrem Einfluss das Volk gegen seinen Per-hau aufzuwiegeln, was unter Umständen sogar in einem blutigen Bürgerkrieg enden könnte. Dies wiederum wäre der Sache Atens gewiss nicht dienlich.

Die Worte meines Vaters erschütterten mich zutiefst, denn diese furchtbare Konsequenz hatte ich in meinen Überlegungen nicht bedacht. Ich hasse jede Form von Gewalt, und allein der Gedanke, dass ausgerechnet Atens Rückkehr vielleicht mit dem Blut unschuldiger Menschen erkauft werden müsste, ließ mich an meinen hoffnungsvollen Visionen arge Zweifel hegen. Zu meiner Verunsicherung trug auch noch bei, dass ich bei meinem Vater, dem großen Kriegsherren und Mächtigsten unter den Söhnen Res, zum ersten Mal so etwas wie Resignation und Müdigkeit bemerken musste. Sieben Monde später starb er.«

Offenbar überwältigt von seiner Erinnerung verstummte er und schenkte sich neuen Wein in den Becher, während Tarkon und Hetep-ibes sich verständnislose Blicke zuwarfen.

Er schien es bemerkt zu haben, denn ein wissendes Lächeln erschien um seine Lippen, und er schaute den beiden liebevoll in die Augen.

»Doch dann geschah das Unfassbare«, sprach er weiter. »Ich sah dich, Tarkon, in meinen Träumen. Damals wusste ich nur, dass mein Leben auf schicksalhafte Weise mit einem namenlosen Fremden aus dem Nordland verknüpft war. Als du dann aber wirklich gekommen warst und mit mir gesprochen hattest, war meine Lähmung von mir gewichen, und ich wurde wieder sehend. Durch deine Worte hatte Aten sich mir endlich offenbart und mir meinen Weg gewiesen. Er, der Eine, der Schöpfer allen Lebens, hat mich als sein Werkzeug erwählt. Er sandte dich zu mir, damit du mir von deiner Heimat erzählst, in welcher der Glaube an ihn seit Urbeginn ungebrochen und rein erhalten, und die deshalb so reich mit Friede und Fruchtbarkeit gesegnet ist. Mich hat er ausersehen, den Glauben an ihn in Khemet zu erneuern und dauerhaft zu festigen!«

Nachdem er geendet hatte, sank er, ermattet von seiner Rede, in sich zusammen, doch seine Augen leuchteten glücklich.

Noch eine Weile saßen sie ohne ein Wort zu reden nachdenklich beisammen, bis es Zeit wurde, sich für den Abend herzurichten.

Kurz nach Sonnenuntergang fanden sich Luknies und die übrigen Männer der *Albatros* in den Gemächern Imenhoteps ein, welcher sie herzlich begrüßte und für jeden ein Gastgeschenk bereithielt.

Tarkon nahm Kenos, Luknies und Turuns danach kurz zur Seite.

»Mir ist eingefallen«, raunte er, »dass die Mörder

vielleicht davon absehen, den Anschlag heute zu verüben, wenn sie neben der Wache auch noch unsere Männer bemerken.«

»Das haben wir auch schon überlegt«, erwiderte Luknies fröhlich, »aber erstens sind wir ja vermeintlich unbewaffnet, und zweitens werden wir alle besoffen in der Ecke liegen, wenn sie kommen!«

Bald darauf kam Hetep-ibes mit ihren Freundinnen hereingeschwebt, und ein jedes der Mädchen legte sich anmutig neben ihren »Auserwählten« auf die weichen Kissen, die zahlreich um die niedrigen Tische geschichtet waren.

»Es ist alles gut gegangen«, flüsterte Hetep-ibes Tarkon zu. »Haremhabs Leute haben uns anstandslos passieren lassen!«

Imenhotep genoss diesen Abend sichtlich und konnte sich kaum satt hören an den vielen Geschichten und Abenteuern, die ihm die Männer nach und nach erzählten. Dabei merkte er gar nicht, dass seine Gäste mehr Wasser als Wein tranken, sich aber so verhielten, als würden sie allmählich betrunken werden.

Der Abend war schon weit fortgeschritten, als tatsächlich zur Freude des Prinzen Lareth in Begleitung Haremhabs erschien und sich zwanglos zu seinen Landsleuten setzte. Bald lachte und scherzte er genauso laut und herzhaft, wie es die anderen auch taten. Nichts an seinem Verhalten verriet seine bösen Absichten.

Mitternacht war schon lange vorüber. Die Fackeln waren schon fast erloschen, das Feuer in den Kohlebecken ebenfalls, und manch einer der Männer lag schnarchend in den Armen seines Mädchens, während diejenigen, die noch wach waren, sich mühsam lallend unterhielten oder alte, unanständige Seemannslieder grölten.

Diesen Eindruck zumindest würde ein Außenstehender gewonnen haben, der zu diesem Zeitpunkt die Räumlichkeiten des Kronprinzen betreten hätte. In Wahrheit jedoch waren alle hellwach und hatten ihre Waffen schon heimlich, ein heißes Liebesspiel vortäuschend, aus ihren delikaten Verstecken geholt und in Greifnähe zwischen die Kissen gleiten lassen. Im Halbdunkel des Raumes blieb verborgen, dass sie alle ihre Augen wachsam auf Imenhotep und Lareth gerichtet hielten. Der Kronprinz war der Einzige, der wirklich eingeschlafen war, weil er in seiner ausgelassenen Fröhlichkeit viel zu viel und viel zu schnell von dem schweren, süßen Wein getrunken hatte, während Lareth sich zwar noch wach gab, aber den Anschein erweckte, ebenfalls völlig betrunken zu sein.

Plötzlich erscholl draußen lautes Rufen, begleitet von dem hellen Klirren aneinander schlagender Klingen.

Die Männer rührten sich nicht, sondern tasteten nur nach den Griffen ihrer Schwerter. Mit einem Mal flogen die Türflügel am Eingang des Saales auseinander, und ein paar vermummte Gestalten, in deren Händen die Bronze ihrer Waffen matt aufblinkte, drängten herein, dicht gefolgt von Haremhab und seinen Männern, die von den Vermummten immer wieder in Zweikämpfe verwickelt wurden, um sie daran zu hindern, rechtzeitig zu ihrem Kronprinzen zu gelangen. Luknies hatte seinen Leuten befohlen, so lange die Betrunkenen zu mimen, bis Lareth sich daran machen würde, seinen finsteren Plan in die Tat umzusetzen.

Da sprang Lareth aber auch schon auf und brachte sich, den Dolch in der erhobenen Rechten, in zwei gewaltigen Sätzen über den immer noch schlafenden Imenhotep. Er hatte sich gerade zu ihm herabgebeugt, um seinen tödlichen Stoß anzubringen, als ihm die Schwerter Luknies und Avles, die links und rechts neben dem Prinzen »geschlafen« hatten, gleichzeitig von unten nach oben in den Leib fuhren. Mit einem leisen Gurgeln und einem ungläubigen Staunen in seinen brechenden Augen, sackte er langsam hintenüber zu Boden.

Im gleichen Moment waren auch die übrigen Männer auf den Beinen und griffen die Eindringlinge von hinten an. Diese setzten sich zwar noch äußerst hartnäckig zur Wehr, aber nachdem etliche ihrer Spießgesellen gefallen waren und sie sich plötzlich von einer Übermacht umzingelt sahen, streckten sie die Waffen und ergaben sich stumm in ihr Schicksal. Tarkon hatte den Kampf wie im Traum erlebt, und er konnte sich auch später nur an wenige unscharfe Einzelheiten erinnern. Er wusste nur, dass er zwei Gegnern, die wohl von dem unerwarteten Auftauchen der Nordleute in ihrem Rücken völlig überrascht waren, hintereinander sein Schwert in die Gedärme gerammt hatte und mit einem dritten längere Zeit die Klinge gekreuzt hatte, bis dieser Mann aus unerfindlichen Gründen zu Boden ging. Dann war es auch schon vorüber. Schnell waren neue Fackeln entzündet worden, und nun, da es wieder ausreichend hell war, konnte Tarkon sich einen ersten Eindruck von der Situation nach dem Kampf verschaffen. Haremhabs Wachen hatten inzwischen die Attentäter gefesselt und ihnen die Tücher von den Gesichtern gerissen, mit denen sie sich verhüllt hatten. Haremhab selbst kniete schwer atmend und aus mehreren Wunden blutend neben Luknies und Hetep-ibes und half ihnen, den glücklicherweise immer noch schlafenden Imenhotep aufzurichten und hernach in sein Bett zu bringen, welches sich in einem der Nebenräume befand. Zu Füßen des Prinzen lag seltsam verkrümmt der Leichnam von Tarkons Vater. Er ging zu ihm hin und betrachtete ihn lange und intensiv.

Er musste sich eingestehen, dass er ihn eigentlich kaum gekannt hatte, denn als Lareth zu seiner Reise aufbrach, während der er dann verscholl, war Tarkon noch keine sechs Jahre alt gewesen. Seltsamerweise empfand er keine Trauer um seinen Vater, und er versuchte sich zu erklären, weshalb er dieses Gefühles jetzt entbehrte.

Plötzlich gewahrte er zwei Schatten vor und neben sich, was ihn instinktiv wieder zur Waffe greifen ließ, doch es waren nur Turuns und Kenos, die sich zu ihm gesellt hatten.

»Du siehst mir nicht so aus, als ob du vor Trauer vergehen würdest, mein Freund!«, sagte Turuns und klopfte ihm auf die Schulter. »Willst du nicht mit uns darüber sprechen?«

Tarkon überlegte einen Moment, dann nickte er sachte mit dem Kopf.

»Ich kann das vielleicht nicht so gut erklären, aber ich will es wenigstens versuchen.

Natürlich war ich anfangs überrascht und glücklich, meinen Vater nach all den Jahren lebend wieder zu sehen. Aber als ich dann mit ihm allein war, kam er mir nicht nur fremd vor, sondern er blieb es auch.«

»Ist doch klar«, erwiderte Kenos. »Du hast ihn ja, wie du gerade sagtest, eine lange Zeit nicht gesehen.«

»Nein, nein!«, erwiderte Tarkon heftig. »Das ist es nicht! Er war nett und freundlich zu mir, natürlich, aber eben auch nur das! Verstehst du? Es fehlte die Herzlichkeit, die Liebe. Und was das Sonderbare dabei war, ich habe das für ihn auch nicht empfunden. Beispielsweise hatte er sich damals überhaupt nicht nach meiner Mutter, meinem Bruder und vor allem nach seinem Vater erkundigt! Als ich ihn darauf ansprach, wehrte er meinen Vorwurf zwar vehement ab, aber seine Augen blieben kalt. Während der ganzen Zeit hier hatte er kaum Zeit für mich, sondern führte immer neue Gründe auf, die sein Fernbleiben entschuldigten. Als ich ihn dann gestern in dem Garten erkannte, wie er kaltblütig die Ermordung meines Geistbruders plante, war das Band endgültig zwischen ihm und mir zerrissen worden.«

»Gut, dass du das so siehst!«, sagte Kenos. » Aber er hat gebüßt, und du solltest ihn so in Erinnerung behalten, wie du ihn vordem als Kind erlebt hast!«

In diesem Moment fühlte er schwer eine Hand auf seiner Schulter.

Er fuhr herum und sah Avle und Luknies hinter sich stehen.

Beide hatten Tränen in den Augen und rangen offensichtlich nach Worten.

Noch bevor sie etwas sagen konnten, nahm Tarkon beide spontan in den Arm und drückte sie an sich.

»Es ging alles so schnell!«, stammelte Luknies. »Wir ... wir hätten ihn anders nicht ... nun ... aufhalten können!«

»Macht euch keine Sorge! Was geschehen ist, musste geschehen!«, entgegnete Tarkon ruhig. »Jeder von uns weiß, dass er dem Schicksal unterworfen ist! Und das wusste er auch! Er hat sein Leben hier gesucht und hat es hier letztlich auch verloren. Euch trifft keine Schuld an seinem Tod!«

Er schaute sich um. »Wo ist Hetep-ibes?«, fragte er.

»Auf dem Weg zu User-het!«, hörte er die Stimme Haremhabs hinter sich.

Tarkon wandte sich um und sah in die unergründlichen Augen, die Haremhabs kantiges Gesicht beherrschten.

»Ihr habt euch gut geschlagen!«, sagte er anerkennend, wobei es ihm anzumerken war, dass er gegen seine Schmerzen ankämpfte. »Aber woher habt ihr es gewusst?«

Tarkon und die anderen beiden berichteten ihm darauf abwechselnd, wie sich alles zugetragen hatte, wobei Luknies ihm zum Schluss noch einschärfte, Teje nachher Meldung zu machen, ihr gegenüber aber zunächst unter keinen Umständen zu erwähnen, dass Eje an all dem beteiligt wäre.

Als sie mit ihrem Bericht zu Ende waren, trat Haremhab einen Schritt zurück und verneigte sich tief. Auch hieß er seine Männer danach vor den Nordleuten das Knie zu beugen.

»Diese Fremden haben das Leben unseres Herrn gerettet!«, schrie er sie dabei an. »Das wäre eigentlich eure Aufgabe gewesen! Ihr Sandflöhe habt in eurer Geilheit noch nicht einmal bemerkt, dass ein paar Frauen Waffen in die Gemächer unseres Herrn geschmuggelt haben! Den Göttern sei dafür zwar Dank, aber ich werde euch noch einiges lehren müssen! So, und jetzt packt euch dieses Mordgesindel und werft es in den Kerker!«

Nachdem er sich vergewissert hatte, dass seine Befehle auch ausgeführt würden, wandte er sich wieder um und trat dicht an die drei heran. Er hatte seine Fäuste geballt und sah ihnen nacheinander unverwandt in die Augen.

»Warum habt ihr mir nicht vertraut?«, fragte er. »Oder besser, warum habt ihr mir misstraut?«

»Hättest du uns getraut?«, begegnete Kenos sarkastisch seinen Fragen.

Haremhab senkte darauf seinen Blick und starrte in das verschlungene Muster des Mosaiks zu seinen Füßen.

»Ich weiß nicht!«, sagte er dann leise. »Das ist doch alles Wahnsinn!«

»Wie geht es Imenhotep?«, wollte Tarkon nun ungeduldig von ihm wissen.

»Er schläft«, antwortete Haremhab. »Und er ist unverletzt! Wir alle sollten jetzt übrigens noch ein wenig Schlaf finden, denn morgen wird ein anstrengender Tag sein!«

Die verängstigten Diener und Sklaven hatten mittlerweile die Toten herausgeschafft, die Böden gesäubert und wohlriechendes Öl in die Feuerschalen gegossen, sodass kaum noch etwas an den nächtlichen

Überfall erinnerte. Nachdem die Mädchen die Wunden ihrer neuen Freunde versorgt hatten, nahmen sie sie bei der Hand und entführten sie für den Rest der Nacht in ihre Schlafzimmer. Und diesmal täuschten sie ihr Liebesspiel nicht vor.

Kapitel 16

Als Tarkon früh am nächsten Morgen wieder zu sich kam und seine Augen öffnete, sah er Hetep-ibes, die, den Kopf auf ihre Hand gestützt, neben ihm auf dem Bett lag.

»Du hast geschlafen wie ein Stein!«, sagte Hetep-ibes lachend, »aber das ist ja auch kein Wunder, nach all dem, was gestern Nacht passiert ist.«

Tarkon fuhr sich über die Stirn, weil er dort plötzlich einen pochenden Schmerz verspürte.

Er fühlte einen Leinenverband unter seinen Fingern und tastete ihn behutsam ab.

»Ich fürchte, die Ereignisse dieser Nacht werden dir für immer auf deiner hübschen Stirn geschrieben stehen!«, sagte Hetep-ibes mitleidig. »Dein Gegner hat dir die Haut bis auf den Knochen aufgeschlitzt.«

»Wieso habe ich das gestern nicht gemerkt?«, fragte Tarkon verblüfft.

»Durch die gewaltige Anstrengung kann es wohl vorkommen, dass das Blut für eine Weile gestockt wird und erst zu fließen beginnt, wenn der Mensch beginnt, sich zu entspannen.«

»Seit wann bist du wieder hier?«, wollte er dann von ihr wissen. »Du warst gestern plötzlich verschwunden, und Haremhab sagte mir, du seist zu User-het gelaufen!«

»Stimmt!«, bestätigte sie. »Ich habe ihn sogar noch wach vorgefunden. Nachdem ich ihm alles berichtet hatte, war er sichtlich bestürzt und äußerst besorgt und ist mit mir sofort zu Teje geeilt. Haremhab musste ihr schon gemeldet haben, was sich zugetragen hatte, denn als wir ihre Gemächer betraten, herrschte dort heillose Aufregung. Teje allein zeigte sich einigermaßen gefasst. Erst als User-het ihr erzählte, dass allem Anschein nach ihr Bruder Eje hinter dem Anschlag stecken würde, verlor sie die Beherrschung. Sie wurde aschfahl und schrie nach Djehudnacht und Haremhab. Es dauerte auch nicht lange, da erschienen die beiden, und Teje befahl ihnen wutentbrannt, ihren Bruder augenblicklich vor ihr Angesicht zu bringen und außerdem in seiner Umgebung nach einem keftischen Handelsherrn zu fahnden, welcher ebenfalls festgenommen werden sollte.

Dann schickte sie mich fort und wartete mit User-het auf ihren Bruder. Alles Weitere werden wir wohl noch erfahren, denn ich kam von dort direkt in dein Bett, was du noch nicht einmal bemerkt hast. Was ist, gehst du zuerst ins Bad, oder ich?«

Tarkon ließ sie zuerst gehen und stopfte sich gierig ein paar Früchte in den Mund. Plötzlich hörte er Schritte, die sich seinen Räumen auf dem Gang vor der Tür näherten. Gleich darauf ging die Tür auf, und Haremhab betrat das Zimmer.

Nachdem sie sich mit einem festen Handschlag begrüßt hatten, kam er gleich zum Grund seines frühen Besuches.

»Die Königin lässt dich bitten, sobald als möglich in den Thronsaal zu kommen. Es wird eine Gerichtsverhandlung stattfinden, zu der du und deine Gefährten als Zeugen gehört werden sollen«, erklärte er knapp.

»Was ist mit Eje? Habt ihr ihn gefasst?«, fragte Tarkon aufgeregt.

Haremhab grinste breit. »Noch besser!«, sagte er lächelnd. »Den Keftu haben wir auch! Du wirst es nicht glauben, aber wir haben die beiden ganz sorglos und nichts ahnend in Ejes Gemächern angetroffen, wo sie gerade einträchtig bei einem Würfelspiel und gutem Wein beisammen saßen. Du kannst dir wohl lebhaft vorstellen, wie maßlos überrascht die beiden Herren waren, als wir sie ›gebeten‹ haben, uns zu begleiten.«

»Was wird man mit ihnen machen?«

»Wenn sie verurteilt werden, müssen sie sterben!«, erwiderte Haremhab barsch. »Auf Hochverrat steht der Tod, und wenn es nach mir und Djehudnacht ginge, wäre es ein möglichst langsamer und schmerzhafter Tod. Aber ich denke, sie werden in diesem Falle so oder so mit dem Leben davonkommen!«

»Imenhotep?«, vermutete Hetep-ibes, die gerade aus dem Bad kam und sich ihrer Nacktheit vor den beiden Männern überhaupt nicht schämte.

»Ganz genau!«, bestätigte Haremhab unwirsch. »Als er heute Morgen aus dem Munde seiner Mutter von der Sache erfuhr und seinen ersten Schrecken überwunden hatte, kam ihm nichts Eiligeres in den Sinn, als unter Tränen um das Leben der beiden zu bitten.«

»Wie kann er das tun?«, fragte Tarkon entgeistert.

»Na, du kennst ihn doch auch ein wenig«, entgegnete Hetep-ibes. »Er lässt sich lieber von einer Mücke stechen, statt sie totzuschlagen, und begründet dies, indem er erklärt, dass das die Art und Weise der Mücken sei, sich zu ernähren, verstehst du?«

»Die zwei sind aber keine lästigen Mücken, die nur drei Tropfen seines Blutes saugen wollten!«, entgegnete Tarkon heftig. »Um ein Haar hätte er gar kein Blut mehr gehabt, und, so ganz nebenbei, uns wäre es dann nicht anders ergangen!«

»Du hast ja Recht!«, beschwichtigte sie ihn. »Das sind feige Mörder, die dem Henker überantwortet werden sollten. Aber für ihn sind es in erster Linie Menschen, und ein Menschenleben gilt ihm so wertvoll, dass er alles tun würde, um es zu erhalten, auch wenn er selbst dabei sterben würde! So und nicht anders legt er die Güte und Liebe seines Atens aus!«

»Wenn er diesen Thron bestiegen haben wird und wirklich seinen Glauben zur Staatsreligion macht, dann brächen für Khemet schlechte Zeiten an!«, bemerkte Haremhab finster.

»Wie kommst du darauf?«, ereiferte sich Tarkon. »Ich meine, wenn ein Herrscher sein Land mit den Idealen der Liebe und des Friedens regiert, dann müsste das Volk sich doch wohl eher glücklich schätzen!«

»Es mag wohl sein, dass die Menschen in Khemet gewisse Vorteile durch eine solch milde Form der Herrschaft hätten, aber andere Völker, vor allem diejenigen, welche uns feindlich gesonnen sind, könnten das als fatale Schwäche auslegen«, entgegnete Haremhab. »Du musst dabei nämlich bedenken, dass die Vorgänger unseres sanften Freundes, einschließlich seines Vaters, so ziemlich alle benachbarten Länder mit Krieg überzogen und ihre Bewohner in die Sklaverei verschleppt oder sie zumindest tributpflichtig gemacht haben, wobei sich unsere Soldaten beileibe nicht zimperlich verhalten haben. Wenn also die Friedfertigkeit des neuen Per-hau ruchbar würde, dann würden diese Völker zweifellos Morgenluft wittern und versuchen, sich gewaltsam des lästigen Jochs, unter welches Khemet sie gezwungen hat, zu entledigen. Aber genug davon! Du solltest dich jetzt frisch machen, und danach müssen wir uns sputen, denn du wirst schon sehnlichst erwartet.«

Wenig später eilten sie durch die hohen Fluchten des Palastes zum Thronsaal, den Tarkon noch nicht gesehen hatte, da er während der Trauerzeit normalerweise weder genutzt noch überhaupt betreten werden durfte.

Vor einer mächtigen, zweiflügeligen Tür, welche aus massiver Bronze gegossen und dann vergoldet worden war, hielten sie an. Davor standen vier Wachen, die bei ihrem Erscheinen salutierten und ihnen dann eilfertig öffneten, wobei Tarkon noch erstaunt zur Kenntnis nahm, mit welcher Leichtigkeit die schwere Tür sich in ihren Angeln drehen ließ.

Es war wirklich ein imposanter Raum, in welchen sie jetzt eintraten. Durch die großen, hoch gelegenen Fenster flutete das helle Sonnenlicht und brach sich gleißend in den reichen Goldornamenten, die überall an den hohen Säulen, den Wänden und an der Decke prangten.

Die bunten Fresken, die sich über die gesamte Länge und Höhe der Hallenwände zogen und von Schriftreihen umrahmt waren, zeigten Schlachtszenen, in denen die darin übergroß abgebildete Gestalt des Perhau bei seinen triumphalen Siegen über seine Feinde verherrlicht wurde. An der dem Eingang gegenüber befindlichen Stirnwand des Saales erhob sich ein gewaltiges, sich zu seiner Höhe verjüngendes rechteckiges Stufenpostament, auf dessen Plattform unter einem goldenen Baldachin ein einzelner, wohl aus massivem Gold bestehender Sessel stand, der aber in seiner einfachen und schmucklosen Formgebung merkwürdig von dem ungeheuren Prunk, der überall sonst in dem Saal zur Schau gestellt wurde, abstach.

Ein paar Stufen unterhalb davon standen zwei lehnenlose, goldene Schemel. Auf dem einen hatte Teje Platz genommen, und ihr zur Linken saß Imenhotep. Neben ihnen stand, auf seinen goldenen Stab gestützt, ein hagerer, kahlköpfiger alter Mann in Priesterkleidung, von dem Tarkon annahm, dass es sich bei ihm um User-het handeln könnte.

Ihnen zu Füßen, vor den Stufen des Postamentes, standen hinter Djehudnacht und flankiert von zwei Bewaffneten zwei Männer, zweifelsohne Eje und der Keftu. Dahinter hatte die kleine braune Schar der Nordleute, angeführt von Luknies, in stolzer, selbstbewusster Haltung Aufstellung genommen.

Um sie herum hatte sich eine große Anzahl Männer und Frauen gruppiert, die, ihrer Kleidung und ihrem reichen Schmuck nach zu urteilen, zum Hofadel gehörten.

Während Haremhab sich nun neben Djehudnacht begab, gesellte sich Tarkon mit Hetep-ibes zu seinen Landsleuten.

Tarkon suchte den Blickkontakt zu Imenhotep, aber der saß mit geschlossenen Augen und in sich zusammengesunken auf seinem Schemel und schien dem Ganzen nur teilnahmslos und geistig völlig abwesend beizuwohnen.

Teje hingegen saß leicht nach vorne gebeugt da und starrte die beiden Gefangenen zu ihren Füßen aus übernächtigten, blutunterlaufenen Augen an.

In diese gefährliche Stille hinein stieß User-het plötzlich mit seinem Stab dreimal auf den Boden.

Dann begann er laut und getragen zu sprechen.

Flüsternd übersetzte Hetep-ibes Tarkon die Worte des Oberpriesters, der noch eine Weile brauchte, bis er seine Anklage zu Ende geführt hatte.

»Was hast du darauf zu sagen, Eje, mein Bruder«, zischte Teje bösartig.

Eje indes zog es vor zu schweigen und stand nur stumm mit trotzig aufgeworfenen Lippen vor seiner Schwester und seinem Neffen.

Dann wurde der Keftu aufgefordert zu reden, doch auch er hüllte sich zunächst in Schweigen.

Da meldete sich unerwartet Kenos zu Wort und erbot sich, mit dem Mann zu verhandeln, da er ihm offenbar bekannt war.

Nachdem ihm dies gestattet worden war, begann ein heftiger Wortwechsel zwischen den beiden Keftu, der damit endete, dass der Gefangene, nachdem ihm mit einem Male ein wahrer Schwall von Worten über die Lippen geflossen war, schluchzend auf die Knie fiel und seine Arme flehend nach vorne streckte, was Eje mit einem hasserfüllten Seitenblick quittierte.

»Dieser Mann heißt Ergeies«, erklärte Kenos Tarkon leise, als er sich kurz darauf wieder neben ihm eingefunden hatte. »Er ist, wie ich vermutet hatte, Mitglied der Kaufmannsgilde in Kefti. Er ist hierher gekommen, ohne mit einer offiziellen Mission betraut worden zu sein. Er gibt nunmehr seine Mittäterschaft zu und bezichtigt Eje, der alleinige Initiator des Attentates zu sein.«

»Was hast du ihm nur gesagt, dass er plötzlich so gesprächig wurde?«, fragte ihn Hetep-ibes darauf mit einem unschuldigen Lächeln.

»Sobek!«, antwortete er ihr kurz und trocken.

»Ich hatte mir so etwas gedacht«, murmelte sie anerkennend.

»Was meinst du mit ›Sobek‹?«, hakte Tarkon nach.

»Später, mein Freund!«, flüsterte Kenos. »Jetzt, denke ich, wird das Urteil verkündet!«

In der Tat hatten sich Teje und User-het nach dem Geständnis des Keftu eine geraume Weile tuschelnd beraten, nun aber richtete sich User-het wieder auf und stieß seinen Stab erneut auf den Boden.

»Die Schuld der Angeklagten ist erwiesen!«, übersetzte Hetep-ibes seine nun folgenden Worte. »Beide werden bei Sonnenuntergang durch das Schwert enthauptet, damit ihnen der Weg nach Westen verwehrt wird!«

In diesem Moment erwachte Imenhotep aus seiner Lethargie und erhob sich von seinem Schemel.

»Nein!«, rief er laut. »Das will ich nicht! Der Fremde soll meinethalben für immer aus Khemet verbannt werden, und meinem Onkel sollte hinter den Mauern des Ipet-suut Gelegenheit gegeben werden, sich von seiner Verblendung zu läutern. Ich werde bald die

Herrschaft in diesem geheiligten Land übernehmen, doch die möchte ich nicht mit Blut beginnen!«

Nach diesen Worten herrschte für einen Moment lang lähmendes Schweigen im Saale, doch dann, ganz allmählich, wurden aus der Menge immer mehr beifällige Rufe für das unerwartet milde Urteil des Prinzen laut.

Auch Eje schien von der Entscheidung seines Neffen völlig überrumpelt worden zu sein, denn er verharrte verstört mit offenem Mund und ließ seinen Blick unentwegt zwischen ihm, User-het und seiner Schwester hin und her schweifen.

Teje, die danach sichtlich erregt mit User-het gesprochen hatte, hatte sich nun ebenfalls erhoben und verneigte sich leicht gegen ihren Sohn, während sie gleichzeitig User-het mit einer winkenden Handbewegung das Wort erteilte.

»Dem Willen des Horus im Nest wird gehorcht!«, verkündete er mit bebender Stimme. »Das Leben der Verräter gegen den Thron Khemets wird geschont. Sinkt alle auf die Knie und preist die gnadenvolle Güte eures zukünftigen Herrschers, möge er ewig leben!«

Während alle, die in dem Saal versammelt waren, noch stumm auf ihren Knien lagen und mit der Stirn den Boden berührten, verließ Teje in Begleitung ihres Sohnes mit schnellen Schritten und stolz erhobenem Haupt den Thronsaal durch einen hinter dem Postament befindlichen Eingang. Nachdem sie fort waren, stieß User-het noch einmal mit seinem Stab auf die Fliesen und sprach ein paar Worte, worauf sich alle wieder erhoben und dem großen Bronzetor zustrebten, welches jetzt weit offen stand.

»War das alles?«, erkundigte sich Tarkon verwundert bei seiner Freundin. »Wir wurden ja noch nicht einmal als Zeugen gehört!«

»Das war auch nicht notwendig«, beruhigte sie ihn. »Bis auf Eje haben die Gefangenen ja alles gestanden und dabei Eje unleugbar belastet, wobei Kenos zweifellos eine Meisterleistung vollbracht hat!«

»Genau! Was also heißt Sobek?«, fragte Tarkon Kenos misstrauisch.

Hetep-ibes, Kenos und alle anderen fingen schallend an zu lachen.

»Komm, Liebster, du sollst nicht unwissend bleiben«, sagte sie dann mit einem schelmischen Lächeln. »Ich werde dir Sobek zeigen! Will sich uns noch jemand anschließen?«

Alle Männer bis auf Kenos und Turuns winkten fröhlich ab und begaben sich wieder in ihre Unterkünfte, während die vier Freunde sich auf den Weg zum östlichen Palastflügel machten.

Dort angekommen, führte Hetep-ibes sie durch die schmale Eingangstür eines mit hohen Mauern versehenen, dachlosen Gebäudes, welches sich direkt an die Außenmauer des Palastes schmiegte.

Noch bevor sie durch die Pforte in das Innere gelangt waren, schlug ihnen der Ekel erregende Gestank von verwesendem Fleisch entgegen. Im Inneren, nur ein paar Schritte hinter dem Zugang, gähnte ein großes, kreisrundes Loch, welches von einem mit Steinplatten befestigten schmalen Weg umrundet wurde. Die dem Loch zugewandte Seite des Weges war mit einem brusthohen hölzernen Gitter versehen worden, an welches die vier jetzt herantraten.

Als Tarkon hinunterschaute, erblickte er zu seinem Schrecken die Antwort auf seine Frage. Am Grunde des Loches befand sich ein schmutziger, stinkender Tümpel und darin wälzten sich jene hässlichen, langschnäuzigen und langschwänzigen Bestien, die er schon während der Herreise des öfteren an den Ufern des Hapi hatte beobachten können.

»Was macht ihr nur mit diesen Biestern hier im Palast?«, fragte Tarkon angewidert und verständnislos.

»Hier entledigen wir uns solch unangenehmer Zeitgenossen, wie sie uns beispielsweise gestern Nacht aufgewartet haben«, erwiderte Hetep-ibes leidenschaftslos. »Wenn du genau hinsiehst, wirst du vielleicht den einen oder anderen von unseren nächtlichen Besuchern wiedererkennen.«

»Etwa ... mein ... mein ... Vater?«, flüsterte Tarkon und hatte sichtlich Mühe, seinen Mageninhalt bei sich zu behalten.

»Nein, nein!«, zerstreute Hetep-ibes seine Befürchtung sofort. »Das wollte dir Teje nicht antun. Außerdem wäre er ja fast mein Schwiegervater geworden. Aber es ist gut, dass du darauf zu sprechen kamst. Dein Vater liegt aufgebahrt im Hause des Todes. Es gibt da eine Frau, die wohl mit deinem Vater mehr als nur befreundet war und die jetzt den Leichnam für sich beansprucht, um ihm ein Begräbnis nach unserem Ritus zu bereiten. Ich wollte dich fragen, ob du dem zustimmst oder ihn nach eurer Sitte beisetzen willst.«

Tarkon schaute darauf kurz zu Turuns, doch dieser schüttelte nachdrücklich den Kopf.

»Gebt den Körper meines Vaters in die Hände dieser Frau«, entschied er dann mit einem kleinen Seufzer. »Offenbar hat mein Vater sich in eurem Land wesentlich heimischer gefühlt als in seiner Heimat. Also soll er auch nach eurem Brauch seine ewige Ruhe finden.«

Sie verließen das grauenvolle Gehege wieder und schlugen den Weg zu den Räumlichkeiten des Kronprinzen ein. Kurz bevor sie dort eintrafen, kam ihnen Haremhab entgegen. Er war augenscheinlich bester Laune und freute sich, sie zu sehen.

» Ich habe euch schon überall suchen lassen«, sagte er beschwingt. »Der Prinz hat ein wundervolles Mittagessen vorbereiten lassen, zu welchem wir geladen sind. Imenhotep ist schon ganz begierig, euch endlich wieder um sich zu haben, und ich, mit Verlaub, teile seine Freude.«

Gemeinsam betraten sie die ihnen nunmehr sehr vertraut gewordenen Gemächer des Kronprinzen, der sie, wie üblich, an seinem Gartenteich erwartete. Nachdem sie sich innig umarmt hatten, wurde Imenhotep plötzlich ernst.

»Luknies hat mir gerade mitgeteilt, dass er spätestens in zwei Tagen abfahren müsste«, sagte er mit brüchiger Stimme und blickte traurig in die Runde. »Ich habe vergeblich versucht, ihm noch ein paar Tage mehr abzuringen, denn ich bin eigentlich davon ausgegangen, dass ihr am Begräbnis meines Vaters teilnehmen würdet. Aber er blieb hart und erzählte mir nur irgendetwas von Herbst- und Winterstürmen, in die hineinzusegeln er unbedingt vermeiden wolle.«

»Da hat mein Vater auch verdammt Recht«, knurrte Turuns. »Ich werde versuchen, euch Landmenschen das einmal vor Augen zu führen. Hier in Khemet gibt es zwar ziemlich heftige Sandstürme, die einem, wenn man das Pech hat, in der Wüste in einen solchen zu geraten, schon arg zu schaffen machen können, vor allem, wenn man sich ohne kundigen Führer dort aufhält. Dennoch ist die Wahrscheinlichkeit, einen Sandsturm zu überleben, ungleich höher als einen ausgewachsenen Sturm auf offener See. Schon die schweren Unwetter, die während dieser beiden Jahreszeiten häufig auf dem südlichen Meer, das in Khemet das nördliche genannt wird, toben, sind wahrhaftig kein Honigschlecken für einen Seemann, was Kenos mir sicher bestätigen wird. Aber wer einmal in einen der Herbst- oder Winterstürme unseres Nordmeeres geraten ist und das unverschämte Glück hatte, eine solche Katastrophe einigermaßen unbeschadet zu überstehen, der wird sich mit Sicherheit davor verwahren, sein Schicksal noch ein weiteres Mal auf diese Art und Weise herauszufordern. Mit einem Mal ist es tiefschwarze Nacht. Schwarz glänzende, haushohe Wellenberge rasen, gepeitscht von ohrenbetäubend heulenden Orkanböen in wilder Jagd auf dich zu und brechen über dem Schiff zusammen. Da hilft kein Rudern und auch kein Segel. Das Boot ist der entfesselten Naturgewalt hilflos ausgeliefert und wird meist unwiederbringlich an den Klippen zermalmt oder von den herabstürzenden Wassermassen in die brüllende Tiefe gerissen.«

Die ganze Zeit über, während er erzählte, hatten Imenhotep, Hetep-ibes und Haremhab mit zunehmendem Schrecken in den Augen und offenen Münder an Turuns Lippen gehangen, wohingegen Tarkon und Kenos dazu nur wissend nickten.

Nachdem er geendet hatte, herrschte zunächst ein betretenes Schweigen, bis Imenhotep sich mit angstvoller Stimme an Hetep-ibes wandte.

»Hast du dir wirklich überlegt, mit ihm zu fahren, Schwester?«, fragte er leise.

Sie räusperte sich, blickte kurz zu Tarkon und richtete dann den Blick wieder auf ihren Bruder.

»Ich habe mich entschieden!«, erwiderte sie bestimmt. »Kein Sturm wird das verhindern können!«

Imenhotep nickte verständnisvoll mit dem Kopf und schaute ihr dann fest in die Augen.

»Tarkon ist mein Bruder geworden«, sagte er ruhig. »Und was könnte ich Schöneres wünschen, als dass meine geliebte Schwester dem Manne folgt, der mir meinen Frieden und mein Glück gebracht und mich dazu noch mit seinen Freunden vor einem wahrhaft mörderischen Sturm bewahrt hat!«

An diesem Tag saßen sie noch bis in die späte Nacht zusammen. Bevor sie aber zu Bett gingen, erhob sich Imenhotep plötzlich und bat sie, ihn für einen Moment zu entschuldigen. Dann suchte er seine Privaträume auf, um sich nur wenig später wieder bei ihnen einzufinden.

In seinen Händen trug er eine kostbar verzierte, hölzerne Kassette, die er vor sich auf dem Tisch abstellte.

Nachdem er sie mit bebenden Fingern geöffnet hatte, schaute er die Freunde einen nach dem anderen intensiv aus seinen schmalen, jetzt tränenumflorten Augen an.

»Was ihr für mich und damit für dieses Land getan habt«, begann er mit erstickter, brüchiger Stimme zu sprechen, »kann weder mit Gold noch sonst einer Würdigung, die dieses Reich zu vergeben hat, aufgewogen werden. Dennoch möchte ich euch etwas schenken! Etwas, was euch an mich erinnert, wenn ihr hoffentlich wieder gesund in eure Heimat zurückgekehrt sein werdet. Etwas, was auch eure Kinder dereinst meiner Person, und dem, was wir zusammen erlebt haben, gedenken lässt, wenn ihr und ich längst den Weg nach Westen angetreten haben.«

Er griff in den Kasten und holte als Erstes zwei Dolche hervor, die er an Kenos und Turuns weiterreichte. Gegenüber den prachtvoll verzierten Griffen und Scheiden, die aus purem Gold gefertigt waren, erschienen die aus einem seltsamen, grau schimmernden Material bestehenden Klingen eher primitiv.

»Das sind Klingen, wie sie seit kurzem die Chatti herstellen«, erklärte Imenhotep eifrig. »Sie sehen unscheinbar aus, doch ...« Er hielt inne und ließ sich den Bronzedolch Haremhabs geben. Dann bat er um eine der Chattiklingen und führte sie über die Schneide der bronzenen Waffe. Wie durch Käse schnitt das merkwürdige graue Metall durch die Klinge Haremhabs, ohne selbst danach irgendwelche Scharten oder sonstige Abnutzungsspuren aufzuweisen.

»Was ist denn das nur für ein Metall?«, fragte Turuns, der wie Kenos bewundernd und entgeistert auf sein Geschenk starrte.

»Ich weiß es nicht«, erwiderte Imenhotep achselzuckend. »Die Chatti machen ein Geheimnis um seine Herstellung. Diese Klingen sind unter lebensgefährlichen Bedingungen aus ihrem Land geschmuggelt worden, mehr kann ich dazu nicht sagen.«

Als Nächstes reichte er Haremhab einen goldenen Ring.

»Djehudnacht hat mich gebeten, ihn aus dem Dienst zu entlassen, wenn ich die Regierung übernommen habe«, sagte er. »Nun, so habe ich beschlossen, dass du sein Nachfolger sein sollst. Außerdem ...«, er unterbrach sich und wies auf die in den Ring eingravierten Zeichen, »außerdem bist du ab sofort Oberbefehlshaber der Streitkräfte Khemets!«

Für einen Augenblick schien Haremhab wie gelähmt, doch dann stand er ungelenk auf und warf sich vor seinem Herrn auf die Knie. Bevor er noch etwas sagen konnte, hatte Imenhotep ihn schon wieder auf die Beine gestellt und ihn umarmt.

»Sei fürderhin mein Schild und meine Stütze!«, rief er euphorisch. »Welcher Herrscher dieses Landes hatte je einen treueren und ergebeneren Feldherrn und Berater als dich, Haremhab?«

Nachdem er den immer noch völlig verstörten Haremhab wieder zu seinem Stuhl geführt hatte, wandte er sich Hetep-ibes zu.

»Ich habe mich lange gefragt, was ich dir schenken könnte!«, sagte er verschmitzt, während er gleichzeitig seiner Schatulle eine handtellergroße, gewölbte Scheibe aus massivem Gold entnahm, in deren Mitte ein rund geschliffener Bernstein eingelassen war.

»Ich hörte«, so fuhr er weiter fort, »dass die Frauen in deiner neuen Heimat dies als Schmuck an ihren Gürteln tragen würden! Gold aus Khemet, verbunden mit dem lebendigen Stein aus dem Nordland. Aten wird diese Verbindung segnen!«

Als Hetep-ibes ihr Geschenk in Händen hielt, stieß

sie unwillkürlich einen spitzen Schrei der Bewunderung aus. Meisterlich hatte es der Schmied verstanden, die einfachen nordischen Ornamente unauffällig mit den alten, überlieferten Symbolen Khemets zu verbinden. So sandte der rotgoldene Bernstein, der die Sonne Re-Atens darstellte, von seiner unteren Hälfte Strahlen, die in segnenden Händen ausliefen, auf die Erde.

Zum Schluss kam er zu Tarkon und überreichte ihm einen Trinkbecher aus massivem Gold. Er war schlicht und unverziert und wog schwer in der Hand.

Imenhotep schaute ihn wortlos und unendlich traurig an.

»Ich hab' den gleichen«, flüsterte er. »Wenn einer von uns aus seinem Becher trinkt, dann wird es so sein, als ob wir beide gleichzeitig an uns denken und auf unser Wohl trinken.«

Auch die letzten beiden Tage vor ihrer Abreise verbrachten sie gemeinsam. Tagsüber blieben sie zwar unter sich, aber gegen Abend stießen dann auch die restlichen Männer der *Albatros* mit ihrem weiblichen Anhang zu ihnen.

Am letzten Tag hatte Teje sie noch alle zu einem kleinen abendlichen Abschiedsessen in ihren Räumen eingeladen. Als sie sich pünktlich zur verabredeten Zeit dort einfanden, stellte Tarkon fest, dass es sich wirklich nur um einen kleinen, ausgewählten Kreis geladener Gäste handelte, denn außer seinen Landsleuten, Imenhotep und Hetep-ibes, waren neben Djehudnacht und Chonsuyu mit ihren Frauen nur noch

User-het und Haremhab eingeladen worden, und die mutigen Freundinnen Hetep-ibes' hatte man natürlich auch nicht vergessen.

Es wurde ein stiller und besinnlicher Abend, was im Übrigen ganz im Sinne aller Beteiligten war, galt es doch voneinander Abschied zu nehmen, um sich in diesem Leben vielleicht niemals mehr wieder zu sehen.

In ihrer kurzen Dankesrede betonte Teje dann auch, dass sie, selbst wenn es ihr nicht durch die Gesetze der Trauerzeit verboten gewesen wäre, ein großes, rauschendes Fest zu ihren Ehren auszurichten, in jedem Falle nur diesen Rahmen gewählt hätte. Denn, so begründete sie ihre Entscheidung, alle, die sich an diesem Abend an ihrem Tisch versammelt hätten, so unterschiedlich und fremd sie in ihrem Stand und ihrer Herkunft anfänglich gewesen sein mögen, seien offenbar vom Schicksal nur zu dem einen Grunde zusammengeführt worden, das Leben ihres über alles geliebten Sohnes zu bewahren. Für sie sei es immer noch unfassbar, erklärte sie weiter, dass es Fremde aus dem Nordland waren, die eine gefährliche Verschwörung nicht nur entdeckt, sondern auch noch mit List und Tapferkeit erfolgreich vereitelt hätten. Ihr Dank für diese Tat würde sich nicht nur in dem Gold zeigen, mit dem sie morgen ihr Schiff beladen lassen würde, sondern vielmehr in der ehrfürchtigen Hochachtung, die sie ihnen und ihren Nachkommen auch im Namen der Menschen Khemets für immer entgegenbringen würde.

Nach ihr bedankte sich Luknies, der nur mühsam seine Rührung verbergen konnte, von ganzem Herzen bei Teje für die gute Aufnahme, die er und seine Leute hier im Palast erfahren hätten. Dann trat er vor und händigte ihr eine Kette aus Bernsteinen aus, in deren großem Bruststein eine Biene eingeschlossen war. Sie hatte etwas Ähnliches wohl nie zuvor zu Gesicht bekommen, denn ihr großes Erstaunen über dieses Wunder war mehr als deutlich aus ihren Zügen und ihren Worten zu lesen. Nachdem sie es an User-het weitergegeben hatte, wollte sie natürlich sofort wissen, wie denn die Biene in den Stein gelangt sein könnte. Und so nahm endlich eine heitere und gelöste Unterhaltung ihren Anfang, an der sich schon wenig später alle Gäste lebhaft beteiligten und die mit später wechselnden Themen über den ganzen Abend bis in die frühen Morgenstunden weitergeführt wurde, sodass Luknies kurzerhand entschied, dass die Besatzung der *Albatros* und jeder, der noch mitfahren wollte, sich von hier aus direkt zum Hafen begeben sollte, nachdem zuvor die noch hier befindlichen persönlichen Habseligkeiten abgeholt worden waren.

Damit war das Zeichen zum Aufbruch gegeben.

Nachdem Teje und User-het sie überschwänglich und mit vielen Segenswünschen verabschiedet und danach entlassen hatten, suchten sie alle noch einmal ihre Unterkünfte auf, um ihre Sachen zu holen.

Zuvor aber hatten sich Djehudnacht, Haremhab und Chonsuyu erboten, sie persönlich mit einer Ehrenwache zum Hafen zu geleiten und schlugen ihnen vor, dass sie mit ihrem Gepäck hernach in die große Eingangshalle des Palastes kommen sollten, wo sie erwartet würden. Imenhotep hatte seine Schwester und Tarkon ein letztes Mal zu sich gebeten. Noch einmal trafen sie sich – auf der Bank an seinem Teich.

Wortlos umarmten sie sich – es bedurfte auch keiner Worte mehr.

Dann legte Imenhotep die Hand seiner Schwester in die Hand seines Freundes und schlug darüber das Zeichen des Lebens.

»Es ist die Liebe Atens, die euch zusammengebracht hat, und jetzt sehe ich, wie seine Liebe aus euren Augen leuchtet. Ich werde euch über meinen Tod hinaus lieben, und meine Gedanken werden immer bei euch und euren Kindern sein. Ihr werdet nämlich Kinder haben! Und sie werden Kinder der Sonne sein!«

Er schloss kurz die Lider, so als würde er angestrengt nachdenken. Dann öffnete er sie, und wieder lag jener seltsam entrückte Glanz in seinen Augen.

»Es ist doch sonderbar«, sagte er leise und wie zu sich selbst. »Meine Schwester, eine Tochter des Südens, folgt ihrem Mann in dessen nordische Heimat. Ich habe gestern Nacht, nachdem ihr alle gegangen wart, einen merkwürdigen Traum gehabt. Eine junge Frau trat plötzlich neben mein Bett und sah mich lange an. Sie sagte, dass ihr Volk im Norden leben würde und dass es ihre Bestimmung sei, meine Frau zu werden. Ich sehe sie immer noch genau vor mir! Glaubt mir, es ist eine Schönheit, die da kommt! Ihr müsst nun gehen! Ich werde hier bleiben und die Sonne erwarten!«

Epilog

Ihre Heimreise stand von Anfang an unter einem günstigen Stern.

Seitdem sie von Requot aus wieder aufs offene Meer gestoßen waren, blähte sich das Segel vor einem kräftigen Ostwind, der ihnen, ohne wesentlich abzuflauen, fast bis Tar'eses gewogen blieb.

Trotzdem sie ihre Fahrt zwischendurch unterbrechen mussten, um Proviant zu nehmen, kamen sie deutlich schneller voran als bei der Herfahrt. Der Proviant musste vor allem deshalb ergänzt werden, da sie ihre Reise in Uaset mehr als vollzählig begonnen hatten. Neben Hetep-ibes hatten nämlich noch fünf andere Frauen gebeten, ihre Männer in deren Heimat begleiten zu dürfen, was ihnen Luknies gerne gestattet hatte.

In Tar'eses blieben sie nur einen Tag, und Kenos nahm natürlich die Gelegenheit wahr, zusammen mit Tarkon, Hetep-ibes und Turuns seine Eltern zu besuchen und um, wie er sagte, sich mit warmer Kleidung für die kalten Winter des Nordens zu versorgen.

Nachdem sie Tar'eses mit westlichem Kurs verlassen hatten, gerieten sie zwar in eine zwei Tage währende Flaute, die aber in dem Moment überwunden war, als sie kursbedingt den Bug nach Norden richteten. Von nun an segelten sie Tag und Nacht mit günstigen Winden aus Süd bis Südwest ihrer Heimat entgegen.

Bald hatten sie die schwarzen Klippen, die das südwestliche Ende der Zinninseln markierten, hinter sich gelassen und segelten nun, fast sechzig Tage und Nächte nachdem sie in Uaset abgelegt hatten, wieder in heimischen Gewässern.

Und keinen Tag zu früh! Denn es war die Zeit, in der der Sommer ging und der Herbst sein Kommen mit den ersten schweren Stürmen auf See ankündigte.

Doch sie hatten Glück, und das Wetter blieb gut. Eine warme Sonne schien tagsüber von einem milchigblauen Himmel, und auch die Nächte waren mild.

Und endlich, ein Tag und eine Nacht nachdem die Zinninseln hinter der achterlichen Kimm versunken waren, tauchte frühmorgens, kurz nach Sonnenaufgang, am Horizont ein kleiner, verschwommener roter Punkt zwischen den sich auflösenden Schleiern des Seenebels auf.

Die heilige Insel!

»Heute Abend essen wir zu Hause!«, sagte Tarkon glücklich und legte Hetep-ibes den Arm um die Schultern. Für die sechs Frauen, aber auch für Kenos stellte sich die Welt, spätestens nachdem sie Tar'eses verlassen hatten, völlig anders dar. Während der wenigen Landaufenthalte, die ihnen seitdem vergönnt gewesen waren, hatten sie nur saftige Wiesen und gewaltige, ausgedehnte Waldlandschaften gesehen, mit Bäumen, Blumen und Tieren, die sie sich in ihren kühnsten Fantasien bisher nicht hatten vorstellen können.

»Mein Bruder hatte Recht!«, hatte Hetep-ibes ihm

nach einem solchen Landausflug jüngst vorgeschwärmt. »In eurer Heimat, die jetzt auch die meine wird, wirkt die Hand Atens! Wie gut es hier riecht! Wie würzig ist die Luft, und wie milde scheint hier die Sonne. Die Schöpfung zeigt sich in deiner Heimat in ihrer ursprünglichen und unverfälschten Reinheit.«

»Aber in Khemet habe ich auch schöne Landschaften gesehen«, wandte Tarkon nachdenklich ein.

»Ja, aber um diese Landschaften ist, so weit das Auge reicht, nur kahle, trostlose Wüste«, entgegnete sie ihm. »Und in der Wüste gibt es außer Sand und Hitze gar nichts! Ich frage dich: Welcher Mensch braucht gar nichts?«

Es war schon eine Weile her, dass sie an der heiligen Insel an Backbord vorbeigesegelt waren, als Luknies zu Tarkon kam, der zusammen mit Turuns auf seiner Ducht saß und wie alle anderen, trotz des gesetzten Segels kräftig mit den Riemen ausholte. Auch die Mädchen, einschließlich Hetep-ibes, die sich schon während der ganzen Reise darum gerissen hatten, selbst für eine Wegstrecke lang die Riemenführung zu übernehmen, weil diese Übung, wie sie behaupteten, für die Erhaltung ihrer Figur sehr förderlich sei, hatten es sich nicht nehmen lassen, für diesen letzten Endspurt selber mit Hand anzulegen.

»Wie wollen wir es nun halten, Tarkon?«, raunzte Luknies. »Wir sind bald daheim, und dann wirst du deiner Mutter gegenüberstehen! Wie ist denn dein Vater nun ums Leben gekommen, hm?«

»Das weißt du doch!«, keuchte Tarkon im Rudertakt schwingend. »Er hat sich auf einer Reise in den Süden zu weit vorgewagt und ist dabei auf Eingeborene gestoßen, die ihn ohne Angabe von Gründen massakriert haben!«

»Dann sind wir uns ja einig, denn ich habe bereits den anderen eingebläut, dass sie zu Hause eine ähnliche Geschichte zu erzählen haben!«, knurrte er und begab sich wieder nach achtern.

Wenig später steuerten sie auf die heimatlichen Dünen zu.

Ihre Ankunft war offensichtlich beobachtet worden, denn am Strand stand nahezu das ganze Dorf versammelt, um sie willkommen zu heißen.

Der Kiel der *Albatros* knirschte im Sand des Ufers.

Die lange Reise war zu Ende. Sie waren wieder zu Hause.

Tarkon half Hetep-ibes zunächst über die Bordwand zu klettern, dann suchten seine Augen nach seiner Mutter. Er fand sie neben Maeknes stehend, und ihr Gesicht strahlte vor Glück.

Nachdem alle Südlandfahrer sich auf dem Strand, um Luknies geschart, versammelt hatten, trat Beruns vor sie hin.

»Lange Fahrt ist vorbei!«, sprach er die alte Formel. »Und langes Hoffen und Warten auch!

Ich sehe, dass alle wohlbehalten zurückgekehrt sind. Aber ich sehe auch neue Gesichter. Gesichter von jungen Menschen, die sich offenbar freuen, uns zu sehen! Da ich annehme, dass sie zukünftig zu unserer Dorfgemeinschaft gehören werden, schlage ich vor, dass wir nun alle ins Dorf gehen und eure Rückkehr mit einem Fest feiern!«

Nach dieser Förmlichkeit gab es kein Halten mehr, und alle Dorfbewohner stürzten sich mit überschäumender Freude auf ihre Angehörigen und Freunde, die sie so lange nicht gesehen hatten.

Auch Tarkon stand bald vor seiner Mutter, seinem Bruder und seinem Großvater, während Maeknes sich im Hintergrund hielt.

»Mutter«, sagte er mit schwerer Stimme. »Dies ist Hetep-ibes, meine Frau – und, wenn du willst, deine Tochter!«

Überwältigt von ihren Gefühlen stand Turna einen Moment hilflos vor Hetep-ibes. Dann aber nahm sie sie fest in ihre Arme und wühlte schluchzend mit den Händen in ihrem dichten krausen Haar, welches ihr während der Fahrt mittlerweile schulterlang gewachsen war.

Dann, Hetep-ibes immer noch im Arm haltend, wandte sie sich zitternd vor Erregung wieder Tarkon zu.

»Hast du … etwas von deinem Vater gehört?«, flüsterte sie heiser.

Tarkon erzählte ihr genau das, was er mit Luknies besprochen hatte.

Mit einer unmerklichen Erleichterung nahm Turna seinen Bericht zur Kenntnis.

»Er ist also wirklich tot!«, stellte sie noch einmal zögerlich fest. »Dann darf ich …«

»Dann brauchst du mir nicht mehr zu erzählen, dass du nunmehr ganz offiziell dein Leben mit Maeknes gestalten wirst, nicht wahr?«, sprach Tarkon unendlich erleichtert.

Maeknes trat nun neben Turna, reichte Tarkon seine Hand und sah ihn mit einem klaren Blick an.

»Du batest gerade deine Mutter, Hetep-ibes wie ihre

eigene Tochter aufzunehmen. Würdest du mein Sohn sein wollen?«

Tarkon zögerte keinen Moment. »Von Herzen gern!«, sagte er nur.

Mit einem letzten feurigen Gruß versank die Sonne hinter den Dünen.

Bald würde die Nacht hereinbrechen.

Nachwort

Die Etrusker.

Wohl kein anderes Kulturvolk der westeuropäischen Antike fordert in seiner Rätselhaftigkeit den Forscherdrang der Archäologen mehr heraus als jenes Volk, das einst, lange bevor Rom in die Geschichte trat, das Licht der Kultur des bis dahin im Dunkel seiner Vorzeit dahindämmernden Italien entzündete.

Wahrscheinlich im zehnten vorchristlichen Jahrhundert erschienen sie, wohl aus Osten kommend, mit ihren Schiffen vor der Nordwestküste Italiens und besiedelten die bis heute fruchtbaren und lieblichen Landstriche der Toskana – der Name erinnert an sie, wurden sie doch von den Italikern Tusci genannt.

Bald glänzten ihre von Tempeln gekrönten Städte, deren wehrhafte Mauern ein wohl organisiertes Gemeinwesen bargen. Mit einer für diese Zeit weit überlegenen Technik kultivierten sie das Land, bauten Straßen und erfanden ausgeklügelte Bewässerungssysteme für eine florierende Landwirtschaft. Sie erwiesen sich als milde Eroberer, denn sie beließen den italischen Völkern, die sie anfänglich unterwarfen, nicht nur ein hohes Maß an Selbstständigkeit und Gleichberechtigung, sondern ließen sie zudem noch an ihrer politischen und kulturellen Ingeniosität teilhaben. So erhielt die bis dahin armselige Ansammlung von Hütten auf den sieben Hügeln am Tiber, nachdem sie unter die Herrschaft eines tuskischen Fürsten – oder Lukomenen – gefallen war, eine Stadtmauer, Tempel und eine gut funktionierende Infrastruktur. Anstelle der Hütten errichteten sie großzügige, gemauerte Häuser mit Walmdächern und lichten Innenhöfen. Auch führten sie das Alphabet ein und lehrten die Römer die Töpferei mit Terrakotta. Ja, selbst der Name Rom ist etruskischen Ursprungs, wie auch die kapitolinische Wölfin, das bronzene Wahrzeichen Roms, und die zwölf Liktoren, die erst dem etruskischen Fürsten und dann später den Konsuln als Ehrenwache voranschritten. Die Römer übernahmen auch vieles von der Religion ihrer Lehrmeister, beispielsweise das Amt des Pontifex Maximus oder die Befragung der Auguren und Haruspizes.

Nachdem die Römer sich im sechsten Jahrhundert vor Christus von dem eher sanften Joch des etruskischen Königtums »befreit« hatten und in den darauf folgenden langen und blutigen Kriegen den etruskischen Städtebund ihrer Herrschaft unterworfen hatten, gingen sie systematisch daran, die Kultur und Sprache der Besiegten der Vergessenheit anheim fallen zu lassen. Sie schufen sich konsequent eine neue Gründungsgeschichte ihres Staates, in der die Etrusker als ruchlose Unterdrücker beschrieben wurden, was sie keineswegs gewesen waren. Durch ein Gesetz wurde den Etruskern verboten, ihre Sprache zu benutzen, was dazu führte, dass diese Sprache spätestens zu Beginn der Kaiserzeit ausgerottet war. Der Letzte, von dem überliefert ist, dass er sie noch beherrschte, war der römische Kaiser Claudius, der übrigens auch ein Buch über die etruskische Geschichte geschrieben hatte, welches aber leider verloren gegangen ist.

Die vielen Inschriften, die man in den Ruinen der etruskischen Städte, vor allem aber in ihren überaus reich ausgestatteten Gräbern gefunden hatte, sind für uns heute zwar lesbar, jedoch nicht zu übersetzen, da das Etruskische nicht zu den indoeuropäischen Sprachen gehört und damit keine Vergleichsmöglichkeiten zulässt.

So werden wohl die Gräber und Ruinen für immer stumm bleiben, wenn nicht irgendwann durch einen Zufall eine Art Rosette-Stein ans Tageslicht gebracht wird, der den Archäologen und Sprachwissenschaftlern helfen könnte, Licht in das Dunkel ihrer Geschichte und vor allem das ihrer Herkunft zu bringen. Bis heute ist nämlich sehr umstritten, woher sie einst gekommen sind.

Einige Wissenschaftler sind zwar der Meinung, dass die Etrusker schon immer in Italien gelebt hätten, doch die Mehrzahl sehen ihre Ursprünge in Kleinasien, in der heutigen Türkei also.

Diese These stützt sich vor allem auf die zahlreichen Bodenfunde, die man in Anatolien bis zu den der Türkei vorgelagerten griechischen Inseln gemacht hat. Die dort zu Tage gebrachten Artefakte, vornehmlich Keramiken, sind denen, die man in der Toskana gefunden hat, sehr ähnlich, nur eben deutlich älter. Auch die in den farbenprächtigen Wandfresken der norditalienischen Gräber dargestellte Bekleidung, wie etwa die eigentümlichen Schnabelschuhe, weisen auf die kleinasiatische Herkunft der Etrusker hin, denn von den dort zeitgleich lebenden Hethitern weiß man, dass sie nahezu die gleiche Tracht trugen. Folgt man dieser These, dann haben die Vorfahren der Etrusker irgendwann um die Wende des ersten vorchristlichen Jahrtausends ihre angestammte bergige anatolische Heimat aus unerfindlichen Gründen verlassen und sind, sich über Lemnos und die anderen Inseln der Ägäis vortastend, bis an die Ostküste Italiens vorgedrungen, von wo aus sie dann die weiten, fruchtbaren Ebenen dieses Landes erobert und besiedelt haben.

Auf den ersten Blick ist diese These äußerst schlüssig, und in einer gewissen Hinsicht teile ich sie auch, nur beinhaltet diese Beweisführung meines Erachtens nach zwei eklatante Widersprüche, die Kleinasien als die Urheimat der Etrusker zumindest zweifelhaft erscheinen lässt.

Da ist zunächst die Sprache. Die Keimzelle der indoeuropäischen Sprachgruppe lag im Mittleren Osten und hat sich dann allmählich nach Westen ausgebreitet. Die alten Kulturvölker des Orients, die Sumerer, Babylonier, Ägypter und auch die Hethiter gehörten dieser Sprachgruppe an. Da mutet es doch sehr erstaunlich an, dass die Ahnen der Etrusker, wenn sie denn ihre Wurzeln wirklich in Kleinasien gehabt und damit im zentralen Einflussgebiet dieser Völker gelebt hätten, sich nicht zwangsläufig auch eines indoeuropäischen Idioms bedient hätten.

Die zweite Ungereimtheit ergab sich mir aus der Fragestellung, wie es denn nur möglich sein konnte, dass ein Volk, welches doch angeblich ursprünglich in einem bergigen Binnenland beheimatet war, mit einem

Male befähigt gewesen sein soll, hochseetüchtige Schiffe zu bauen, mit denen es bald darauf den gesamten westlichen Mittelmeerraum beherrschte. Bei den Griechen beispielsweise galten sie als gefährliche Piraten, und nicht zufällig nannten sie späterhin das Meer zwischen ihnen und den Etruskern das Tyrrhenische, denn die Etrusker, die sich selbst Rasna nannten, hießen bei den Griechen Tyrrhenoi oder Tyrrhsoi.

Es war just diese Namensgebung, die mich endgültig daran zweifeln ließ, dass die Etrusker ursprünglich aus Kleinasien stammen sollten. Die Italiker nannten sie Tusci, was durchaus, wie im heutigen Italienisch, wie Tuschi geklungen haben könnte. Das kam mir allerdings sehr bekannt vor, zumal es ganz offensichtlich eine etymologische Verbindung zwischen Tyrrhsoi- Tuschi und Städtenamen wie Tarsus und Tarschisch (i. e. Tartessos!) geben musste. Tarsus ist an der Südküste der Türkei gelegen, und Tartessos, das biblische Tarschisch, wird gerade an der Mündung des Guadalquivir ausgegraben. Es kam mir deshalb so bekannt vor, da ich mich erinnerte, dass auf dem Seeschlachtrelief von Medinet Habu, mit dem Pharao Ramses der Dritte seinen überwältigenden Sieg über die Seevölker verherrlichte, unter anderem auch der Name eines Volkes erwähnt wurde, welches seinerzeit mit zu jenen Nomaden der Meere zählte, die im zwölften vorchristlichen Jahrhundert über achtzig Jahre lang unausgesetzt über Ägypten hergefallen waren. Die Ägypter nannten sie Turuschu, und es lag für mich nahe, hier eine Verbindung zu den späteren Tuschi zu sehen.

Die Ägypter nun berichteten weiter, dass einige dieser Völker, darunter die Turuschu, von den »Inseln des großen Meeres des Nordens« stammten.

Natürlich hat man deshalb angenommen, dass ihre Heimat das inselreiche Mittelmeer gewesen wäre. Für die in diesem Text ebenso genannten Sherdanu und Shekeli (i. e. Sardinier und Sizilier) trifft das ja auch zu, aber meiner Meinung nach meint die Aussage der hieroglyphischen Schreibweise »großes Meer des Nordens« nicht zwingend das Mittelmeer, welches in der Tat nördlich von Ägypten gelegen ist. Denn gerade weil es das ist und somit geradezu als »Hausmeer« Ägyptens angesehen werden kann, warum bedurfte es dann dieser herausgehobenen, ausdrücklichen Erwähnung, zumal die besagte Schlacht zwischen den Ägyptern und den Seevölkern vor und im Mündungsdelta des Nils und somit auf dem Mittelmeer stattgefunden hat?

Es könnte also durchaus die atlantische Nordsee gemeint sein, die den Ägyptern schon deswegen nicht unbekannt gewesen sein dürfte, da man in den Gräbern der 17. und 18. Dynastie (i. e. 16.–14. Jahrhundert v. Chr.) etwas gefunden hat, was in Europa exklusiv nur dort sein Vorkommen hat.

Den Bernstein!

Jenes versteinerte Baumharz längst versunkener urzeitlicher Wälder, welches man auf diesem Kontinent ausschließlich an der Nord-, vor allem aber Ostseeküste findet. Die Frage drängt sich nun auf, wie der Bernstein seinen Weg nach Ägypten gefunden hat.

Das damalige nordwestliche Europa blühte gerade in der mittleren und späten Bronzezeit. Nun wäre es ein fataler Irrtum, anzunehmen, dass die zu dieser Zeit dort lebenden Menschen dumpf in Fellen gehüllt in ihren Hütten gelebt und dann und wann ein wenig Bronze für den täglichen Bedarf gegossen hätten. Natürlich wissen wir nur sehr wenig über ihr Leben, da es aus dieser Epoche keinerlei Schriftgut gibt. Aber dafür ist der Boden umso gesprächiger. So wissen wir beispielsweise aus Grab- und Moorfunden, dass sie sehr fein gewebte Leinenkleider trugen (und den Pelz allenfalls in den damals sehr milden Wintern). Ihre Toten setzten sie mit reichen Beigaben in Baumsärgen bei, über die sie einen Grabhügel schichteten.

Die unzähligen Funde an Schmuck und Gebrauchsgegenständen aus Bronze zeugen von ihrer hohen Kunstfertigkeit in der Herstellung und Verarbeitung dieses Metalls. Und sie trieben einen ausgedehnten Handel damit. Seit der Jungsteinzeit gab es in Europa regelrechte Handelswege, auf denen die Händler mit ihren Waren von West nach Ost und von der Nordsee bis an die Adria gereist sind.

So wurde es unvermeidlich, dass die bronzezeitlichen Händler Nordeuropas dort irgendwann mit dem Volk in Berührung kam, welches in jener Zeit das Monopol des mittelmeerischen Seehandels innehatte: die Kreter oder Minoer, die von den Ägyptern Kefti genannt wurden.

Die auf Kreta ausgegrabenen Ruinen ihrer Hauptstadt Knosses mit dem gewaltigen Komplex des minoischen Palastes geben beredtes Zeugnis davon, dass sich ihre Zivilisation auf einem ähnlich hohen Niveau wie das ihrer ägyptischen Handelspartner befand.

Zunächst also wird der Bernstein – und mit ihm das Wissen um die Völker des Nordlandes – mit den Segelschiffen der Minoer über Kreta bis nach Ägypten gelangt sein und erfuhr dort eine Wertschätzung, die dem Golde in nichts nachstand.

Umgekehrt haben die nordischen Händler zweifellos von dem wohlhabenden und strahlenden Reiche des Südens erfahren und dieses Wissen mit nach Hause gebracht.

An dieser Stelle möchte ich auf eine weit verbreitete Fehleinschätzung dieser Epoche gegenüber hinweisen, die leider immer noch in den Köpfen selbst anerkannter Vorgeschichtler herumspukt. Gängige Meinung ist es nämlich, dass der ganze europäische Kontinent zu dieser Zeit in einer Art Dornröschenschlaf dahindämmerte, während im Süden und Osten die Hochkulturen, wie eben Ägypten, Sumer und Babylon, wie Spargel aus dem Boden schossen. Man ist außerdem gerne geneigt, jeglichen Handel zwischen den damaligen Völkern auf die Einflusssphäre des jeweiligen Kulturraumes zu begrenzen!

Dass dem mit Skepsis begegnet werden sollte, habe ich vielleicht mit dem Weg des Bernsteins deutlich machen können. Ich halte es darüber hinaus für äußerst bedenklich, dass man eine Kultur als »primitiv« einstuft, nur weil von ihr bisher keine Schrift oder andere Kriterien, die für eine geistig hochstehende Zivilisation als notwendig erachtet werden, bekannt sind. So finde ich zum Beispiel, dass die Errichtung von Stonehenge vergleichsweise eine genauso überragende architektonische Meisterleistung ist wie der Bau der Pyramiden.

Leider gibt es heute unter den Archäologen immer noch zu wenig Vor- und vor allem Querdenker!

Was ich im Folgenden ausführen werde, ist zweifellos nur eine Hypothese und zugegebenermaßen eine ziemlich gewagte, die mich, zumindest in den Augen der meisten meiner Kollegen, zu einem heillosen Ketzer abstempeln wird.

Ausgehend von der Interpretation, dass die Ägypter die ursprüngliche Heimat der Turuschu im Nordatlantik und nicht im Mittelmeerraum sahen, und des Weiteren ausgehend von der Gleichung Turuschu = Tuschi = Tyrrhsoi/Etrusker, möchte ich nun dem Leser eine faszinierende Variante der immer noch im Dunkeln liegenden wahren Herkunft jenes rätselhaften Volkes bieten, welches vor fast dreitausend Jahren den Norden Italiens besiedelt hatte. Dieser kühne Gedankengang ist im Übrigen auch die Grundlage des hier vorliegenden Teils der »Bernsteinsaga«, in der die turbulenten Ereignisse jener »Dunklen Zeitalter«, wie sie von der Wissenschaft genannt werden, über mehrere Jahrhunderte hinweg romanhaft berichtet werden.

Nach einer ungeheuren Flutkatastrophe, die zu Ende des zwölften Jahrhunderts vor Christus nachweislich an der Nordseeküste gewütet und dem Festland ausgedehnte Flächen fruchtbaren Ackerlandes unwiederbringlich entrissen hatte, waren die dort ansässigen Menschen, soweit sie diese Apokalypse überlebt hatten, buchstäblich über Nacht heimatlos geworden. Also beschlossen sie, ihre Schiffe zu bemannen, um sich weit weg von diesem schrecklichen Ort eine neue, sichere Heimat zu suchen. Dass sie hochseetaugliche Schiffe hatten, gilt als unumstritten, denn die etwa aus dieser Zeit datierenden Felszeichnungen von Kylver in Gotland, auf denen derartige Fahrzeuge dargestellt sind, beweisen das hinreichend. Obwohl diese Boote ohne Segel abgebildet worden sind, gehe ich dennoch davon aus, dass das Segel bekannt war, was ich später noch belegen werde. Im Übrigen erscheint es mir ziemlich absurd, dass ausgerechnet ein Küstenvolk die Hochseeschiffahrt nicht beherrschen sollte, denn spätestens das Zusammentreffen mit den Kretern hat mit Sicherheit ihre findigen Schiffsbaumeister dazu inspiriert, die Technik der hoch entwickelten kretischen Segler nachzuahmen. Ich gehe deshalb weiterhin davon aus, dass sie irgendwann damit begonnen haben müssen, mit diesen Schiffen selbst Handelsfahrten ins Mittelmeer zu unternehmen, schon um auf den lästigen Zwischenhandel mit den kretischen Kaufleuten nach und nach verzichten zu können, sodass ihnen die dort lebenden Völker, wie etwa die Ägypter, nicht nur aus Erzählungen bekannt waren. Vielleicht war das sagenhafte Tartessos sogar einer ihrer Handelsstützpunkte auf dem Weg in das südliche Meer.

Wie dem auch sei, sie mochten sich damals dieser reichen Länder erinnert haben und hofften vielleicht, sich dort friedlich ansiedeln zu dürfen, ähnlich, wie es sehr viel später die unglückseligen Kimbern und Teutonen glaubten, als sie sich nach jahrelangem Herumirren schließlich an den römischen Senat mit der hoffnungslosen Bitte wandten, sich doch im Norden Italiens niederlassen zu dürfen.

Zu der Zeit, als unsere heimatlos gewordenen Nordleute nun gen Süden aufgebrochen waren, herrschte in Ägypten der große Pharao Ramses der Zweite, der gerade auf dem Höhepunkt seiner Macht stand und sein Land politisch und kulturell zu einer letzten Blüte geführt hatte. Der Zufall wollte es nun, dass just in dieser Epoche noch einige andere, bis dahin unbedeutende mediterrane Volksstämme von Wander- und Eroberungsgelüsten befallen worden waren und mit ihren Schiffen marodierend kreuz und quer über das Mittelmeer fuhren, um sich zum Beispiel an den fetten Handelsniederlassungen der Kreter gütlich zu tun. Es waren dies vor allem die Sardinier, Sizilier und Mykener, die mit Wonne dem Freibeutertum frönten. Letztlich sogar mit Erfolg, denn der plötzliche Untergang des Minoischen Reiches, wie aber auch die Zerstörung des reichen Trojas, welches, strategisch günstig an den Dardanellen gelegen, den gesamten Handel in und aus dem Schwarzmeerraum kontrollierte, fällt genau in diese Zeit.

Die Turuschu hatten sich womöglich mit jenen Stämmen verbündet und fielen während einer achtzig Jahre währenden Periode immer wieder über Ägypten her, bis sie dann endlich von Ramses dem Dritten, dem Enkel des großen Ramses, in einer alles entscheidenden Seeschlacht vernichtend geschlagen wurden.

Auf dem von mir schon genannten Seeschlachtrelief von Medinet Habu haben die Ägypter zu unserem Glück mit der ihr eigenen Präzision ihre Gegner samt ihren Schiffen und Ausrüstungsgegenständen abgebildet, und zwar so genau, dass die verschiedenen Stämme der Seevölker deutlich unterscheidbar sind.

Dabei fällt nun sofort ins Auge, dass beispielsweise die dargestellten Schiffe der Nordleute eine frappierende Ähnlichkeit mit denen in Kylver aufweisen, nur dass sie eben, im Gegensatz zu den ägyptischen Schiffen, reffbare Segel haben. Die ägyptischen Kampfbarken, die aus den dort üblichen Flussbooten entwickelt wurden, sind dagegen mit zweirahigen Segeln ausgerüstet gewesen. Die Nordleute selbst überragen die Ägypter um Haupteslänge und tragen auf dem Kopf eine Art Kronenhelm, der ebenfalls auf den Zeichnungen von Kylver auftaucht. Auch ihre lanzettförmigen Schwerter sind ziemlich eindeutig als nordisch bronzezeitliche Griffzungenschwerter zu identifizieren.

Nach dieser schweren Niederlage haben die Überlebenden aller Wahrscheinlichkeit nach jedes Interesse an einem weiteren Angriff auf Ägypten verloren und sind bei ihrer Flucht nach Norden ausgewichen.

Während sie so an Palästina vorbeigesegelt sind, hat sich offenbar ein Stamm dazu entschlossen, seine neue Heimat an diesen fruchtbaren Gestaden zu finden. Es waren die Peleset, wie sie von den Ägyptern genannt wurden, die biblischen Philister also, nach denen dieses Land dann auch seinen Namen erhielt. Das weitere Schicksal dieses Stammes ist in der Bibel nachhaltig geschildert worden.

Der Rest der angeschlagenen Armada hat dann schließlich die Südküste Kleinasiens erreicht und sich zunächst an einem Ort niedergelassen, der später Tarsus(!) genannt wurde.

Vielleicht ist dann ein Teil der Turuschu des Seenomadentums überdrüssig geworden und weiter in das Landesinnere vorgedrungen, welches damals zum Herrschaftsgebiet der Hethiter gehörte. Unter den duldenden Augen der Hethiter haben sie sich in den kargen Tälern Anatoliens angesiedelt, um für die nächsten zweihundert Jahre in Ruhe und Frieden ihr Leben als Bauern und Viehzüchter zu fristen. In dieser

Zeit lernten sie natürlich viel von ihren kulturell hoch stehenden hethitischen, später dann assyrischen Nachbarn, doch eines Tages wurde das Heimweh nach der mittlerweile zur Legende gewordenen westlichen Heimat so stark, dass sie ihre Sachen packten, die Bergtäler verließen und zunächst wieder zu ihren Verwandten nach Tarsus zurückkehrten, um ihnen vorzuschlagen, ihre Zelte abzubrechen und sich gemeinsam auf die Suche nach dem verlorenen Land ihrer Väter zu machen. Tarsus hatte sich aber in der Zwischenzeit zu einer weltoffenen Handelsstadt entwickelt, in der man all den sinnlichen Luxus, den der Orient schon damals überreichlich zu bieten hatte, in vollen Zügen genießen konnte. So war es für die meisten Bewohner von Tarsus, die sich an dieses üppige Leben gewöhnt hatten, schierer Unsinn, sich auf das fragwürdige Unternehmen einzulassen, nach so langer Zeit ihre Schiffe flott zu machen, um in die alte Heimat zurückzukehren, von der man nur noch eine recht nebulöse Vorstellung hatte. Aber einige entzündeten sich augenscheinlich doch an dieser Idee, vielleicht, weil sie das langweilige Leben im Überfluss gründlich satt hatten und ihnen die idealistische Unverdorbenheit ihrer Vettern aus den Bergen überaus imponierte. Jedenfalls erwachte noch einmal das alte Abenteuerblut ihrer Seefahrervorfahren, und sie rüsteten ihre Schiffe für die ungewisse Fahrt nach Westen.

Wie lange sie brauchten, um schließlich an der Küste Italiens zu landen, vermag ich nicht zu sagen, doch spätestens zwischen 1000 und 900 vor Christus sind die ersten Zeugnisse für die Existenz der Etrusker in der Toskana belegt. Mit sich brachten sie aber all jene überragenden zivilisatorischen Errungenschaften, die sie sich in ihrer mehrere Generationen währenden Nachbarschaft zu den Hochkulturen des Orients angeeignet hatten.

Aus historischer Zeit gibt es übrigens ein ganz ähnliches Beispiel für solch eine Entwicklung.

Im 9. Jahrhundert nach Christus eroberten die skandinavischen Normannen den Teil Frankreichs, der heute nach ihnen Normandie genannt wird. Binnen kurzer Zeit hatten sich die wilden Wikinger an die feine Lebensart ihrer franko-romanischen Nachbarn angepasst. Sie kleideten sich wie sie und übernahmen in diesem Falle auch deren Sprache. Aber als dann 1066, etwas mehr als hundert Jahre später also, Herzog Wilhelm seinen Thronanspruch in England geltend machte, bauten sie in ungebrochener Tradition genau die gleichen Drachenschiffe, mit denen sie einst die Normandie erobert hatten, und sandten sie nach Hastings.

Zusammenfassend möchte ich noch einmal betonen, dass die von mir im Vorangegangenen dargestellte Gedankenführung wirklich rein hypothetisch ist und es dazu kaum Beweismaterial gibt. Vielleicht führen ja archäologische Grabungen, die in naher Zukunft vielleicht einmal im Wattenmeer durchgeführt werden sollten, zu überraschenden Ergebnissen, die diese meine These untermauern könnten.

Der hier vorliegende Band der Bernsteinsaga behandelt die Zeit vor der großen Flutkatastrophe.

Der Leser wird im ersten Teil des Buches mit dem Alltag der bronzezeitlichen Bewohner eines Dorfes irgendwo an der späteren nordfriesischen Küste vertraut gemacht. Trotz aller schriftstellerischen Freiheiten, die ich mir selbstverständlich genommen habe – und auch nehmen musste –, haben aber dennoch einige Handlungsabläufe sowie die von mir beschriebene Kleidung und der dazugehörige Schmuck einen durch entsprechenden Bodenfunde durchaus belegbaren Hintergrund.

Tatsächlich wurde auch bei einer Grabung auf einem Hügelgräberfeld unweit der dänischen Grenze der Leichnam einer jungen Frau entdeckt, unter deren Baumsarg das Skelett eines Mannes zum Vorschein kam, welcher ganz offensichtlich, der Körperhaltung nach zu urteilen, zur Zeit der Grablegung lebendig begraben wurde.

Auch für den auf der heiligen Insel befindlichen Sonnenwagen gibt es ein reales Vorbild, nämlich den Sonnenwagen von Trundholm.

Wie schon gesagt, gibt es aus dieser Zeit keinerlei schriftliche Überlieferungen, und das macht es unter anderem auch so schwierig, irgendwelche Aussagen über die Glaubensvorstellungen, die die Menschen damals hatten, zu treffen. Doch lassen gewisse Felszeichnungen und Schmuckornamente, die man aus jener Epoche kennt, den vorsichtigen Schluss zu, dass zumindest in der nordischen Bronzezeit ein monotheistischer Sonnenkult vorherrschte, dessen Wurzeln wohl bis in die Jungsteinzeit zurückreichen.

Das von mir gewählte religionsphilosophische Konstrukt, welches diesem Roman als entscheidendes und Kultur überschneidendes Element zugrunde liegt, fußt vor allem auf der Beobachtung, dass es sich bis heute im germanischen Sprachraum erhalten hat, dass die

Sonne in ihrem Artikel weiblich ist und der Mond männlich, während es zum Beispiel schon im Französischen umgekehrt ist (le soleil und la lune). Je weiter man nach Süden kommt, desto lebensfeindlicher wird die Sonne gesehen und erhält damit zunehmend ihren männlich strafenden Charakter, wie er letztlich in der Gestalt des ägyptischen Re-Imen (= Amun) ausgedrückt wird.

Ich habe deshalb nicht zufällig den Protagonisten meines Romans mit dem im Übrigen geschichtlich überlieferten Kronprinzen Ägyptens zusammentreffen lassen, was im Folgenden seine Erklärung finden wird.

Tatsache ist nämlich, dass der in meinem Roman beschriebene Kronprinz Imenhotep, nachdem er Pharao geworden war, die Geschichte Ägyptens während seiner siebzehnjährigen Regierungszeit für eine kurze Dauer revolutionieren sollte. Er brachte nämlich das Lebenswerk seines Vaters zu Ende und entthronte die Götter Ägyptens. Nur der zum Reichsgott erhobene Re-Aten durfte verehrt werden. Er gründete mitten in der Wüste eine neue Hauptstadt Ägyptens, die er Achet-Aten, Horizont Atens, nannte. Seine erste Gemahlin wurde tatsächlich eine Frau aus dem Norden, eine Mitanni mit Namen Nefertiti (= die Schöne, die da kommt).

Doch wie sein Vater vorausgesagt hatte, erhob sich die in Theben zurückgebliebene Priesterschaft des Amun gegen ihn, und schon bald wurde das Land von einem blutigen Religionskrieg überschattet, der erst mit dem Tod Echnatons sein Ende fand.

Nach der kurzen Regierungszeit seines Sohnes Tut-anch-amun übernahm erst Eje, der Bruder von Echnatons Mutter Teje, der inzwischen oberster Priester des Amun geworden war, die Macht, und nach seinem Tod bestieg Haremhab den Thron Ägyptens, nachdem er sich mit der Heirat einer Tochter des Ketzerpharaos dafür legitimiert hatte.

Er ist der Begründer der Ramessiden-Dynastie.

Was also hat Imenhotep letztendlich bewogen, die Absichten seines Vaters gegen alle Widerstände aus der Priesterschaft dennoch hart und kompromisslos durchzusetzen?

Erinnern wir uns! Schon durch die gegenseitig erfahrenen Visionen haben Imenhotep und Tarkon verstanden, dass sie durch das Schicksal miteinander verbunden sein müssen. Als sie sich dann leibhaftig begegnen, tauschen sie ihre Glaubensvorstellungen aus und stellen fest, dass sie fast identisch sind. Imenhotep hat allerdings während dieser Gespräche das Mosaiksteinchen gefunden, was ihm zu der Harmonie seines hehren, monotheistischen Schöpferglaubens noch gefehlt hatte. Es war der weibliche Aspekt der Sonne, welcher, vereint mit dem männlichen Re, erst den Frieden und die Fruchtbarkeit Atens gebären würde.

Als dann die Nordleute auch noch den Anschlag auf sein Leben vereiteln konnten, war er überzeugt davon, dass jetzt, mit dieser Erkenntnis im Herzen, der Zeitpunkt gekommen sein musste, dass Reich Atens auf Erden zu errichten.

Natürlich ist in jener Zeit weder die Präsenz nordischer Händler in Theben verbürgt noch der Anschlag Ejes auf den Kronprinzen. Nachdenklich stimmt nur, dass nach dem rätselhaften Tod Echnatons Eje nun wirklich an die Macht kam, nachdem zuvor auch der noch junge Tut-anch-amun auf sonderbare Weise ums Leben kam.

Aber vielleicht ist der junge Imenhotep doch einmal einem Nordmann begegnet, wer weiß das schon …

Glossar

Wie auch im Handlungsablauf des Textes möchte ich die Erklärung der wichtigsten Namen und Begriffe in zwei Teile untergliedern: A) Im Nordland
B) In Ägypten

A) Im Nordland
Meiner Idee folgend, dass die Vorfahren der Etrusker aus dem Nordseeraum kamen, liegen den meisten Namen, die ich für die hier agierenden Hauptpersonen gewählt habe, bekannte etruskische Namen zugrunde, die ich dann in eine (fiktive!) Urform zurückgeführt habe.

Avle: Steuermann der *Albatros*
Beruns: Dorfältester
Ethla: Mutter Larunas, Frau des Truns
Kieruns: Bruder des Tarkon
Lareth: Vater des Tarkon, Attentäter
Laruna: Verlobte des Tarkon, ermordet von Urms am Tage vor der Hochzeit
Luknies: Kapitän der *Albatros*

Maeknas: Mitglied des Dorfrates, Verehrer von Tarkons Mutter
Moruns: Sonnenpriester auf der heiligen Insel
Rullo: Sohn des Dorfältesten des Nachbardorfes
Tarkon: Verhinderter Bauer, Ägyptenreisender
Truns: Schiffsbaumeister, Vater Larunas
Turna: Mutter Tarkons, Frau des Lareth
Turuns: Sohn des Luknies, Freund des Tarkon
Urms: Ehemaliger Freund des Tarkon, Frauenmörder

Einige seetechnische Ausdrücke:
Achtern: Hinten
Backbord: Links
Brassen: Taue zum Drehen der Rah
Dollbord: Teil der Reling, durch das die Riemen geführt werden
Ducht: Bank, auf der die Ruderer sitzen
Dwars: Quer zu …
Halsen: Das Schiff vor einem schräg von hinten kommenden Wind wegdrehen
Lee: Dem Wind abgekehrte Seite des Schiffs
Luv: Dem Wind zugekehrte Seite des Schiffs
Riemen: Eigentlich die Ruder des Bootes
Ruder: Am Heck befindliches breites Flachholz zum Lenken des Schiffs
Steuerbord: Rechts
Steven: Verlängerung des Bauteils, welches das Schiff an Bug und Heck abschließt

B) In Ägypten
Ich habe mich im Text in die Lage der Nordleute ver-

setzt, die ja um 1400 vor Christus nach Ägypten kommen. Damals gab es die Bezeichnungen wie Nil, Ägypten, Pyramiden nicht, da dies eigentlich griechische Verballhornungen zumeist assyrischer Namensgebungen sind, z. B.: (ass. Niqulu = gr. Neilos – Nil).

Ich habe mich deshalb dazu entschlossen, im Text die altägyptischen Begriffe zu verwenden. Dazu bedarf es aber noch einiger Erklärungen. Normalerweise hätte ich diese Ausdrücke in Hieroglyphen schreiben müssen, um den Begriff nicht zu verfälschen, was in der Transskription leider unvermeidlich ist, wie ich noch darstellen werde.

Da ich aber nicht unterstellen kann, dass jeder, der dieses Buch liest, in der Lage ist, Hieroglyphen zu übersetzen, musste ich diesen Kompromiss eingehen.

Eine der Schwierigkeiten, die Hieroglyphen zu lesen, ist, dass die damaligen Schreiber ausschließlich Konsonanten verwendet haben, sodass wir uns heute, da wir nicht genau wissen, wie das Altägyptische ausgesprochen wurde, damit begnügen müssen, die fehlenden Vokale nach Gutdünken einzufügen. Allerdings hat man sich in der Ägyptologie weitgehend darüber geeinigt, zumeist ein »e« zu verwenden, z.B.: Lesart: sdmf = sedjemef: ich höre. Oder wie im Text: Lesart: Dpt mwt nn = Depet meuwet enen: Das ist der Hauch des Todes.

Nur bei Namen gibt es gewisse Anhaltspunkte, wie sie ausgesprochen wurden, doch dazu später.

Die von mir verwendeten Namen sind alle für die 18. Dynastie belegt, vor allem natürlich die Mitglieder des Königshauses. Ob nun Chonsuyu wirklich oberster Hafenmeister war, ist nicht ersichtlich. Der Titel in seiner Grabkammer weist ihn lediglich als hohen Beamten aus. Hingegen ist die Gestalt und die Position des Obersten Priesters User-het für diesen Zeitraum belegt.

Beginnen wir also mit den Namen:

Amun: (eigentlich Imen): Stadtgott Thebens, in Verbindung mit Re zum Reichsgott erhoben

Aten: uralter Schöpfergott Unterägyptens. Stadtgott der ersten Hauptstadt Ägyptens: Iunu (d. i.: Heliopolis)

Chonsuyu: Oberster Hafenmeister des Pharao

Djehudnacht: Befehlshaber der Palastgarde

Eje: Bruder der Teje, Große Gemahlin Imenhoteps III. Nach dem Tode des Tut-anch-amun bestieg er selber den Thron Ägyptens. Davor war er oberster Priester des Amun.

Haremhab: ägyptischer General am Hofe des Pharao Imenhotep IV., später selbst Pharao. Begründete die Dynastie der Ramessiden.

Hetep-ibes: Halbschwester des Kronprinzen. Heiratet Tarkon

Imenhotep (üblicherweise Amenhotep oder Amenophis! Ich halte mich aber an die Lesart der Hieroglyphen, und da fängt der Name mit I an = Imnhtp!): Imenhotep I.-IV., Pharaonen der 18. Dynastie. Imenhotep IV. nannte sich später Echnaton!

Muntmose: Befehlshaber des Grenzortes Requot im Nildelta

Teje: Große königliche Gemahlin Imenhoteps III. Mutter des vierten Imenhotep/Echnaton

User-het: Oberster Priester des Amun vor Eje

Nefer-titi: Große königliche Gemahlin Echnatons. Sie war keine Ägypterin, sondern eine Mitanni. Die Mitanni lebten in Kleinasien, stammten aber wohl ursprünglich aus Nordwesteuropa. Sie taucht als Nefer-titi im Text zwar nicht auf, wohl aber in der Übersetzung ihres Namens: Eine Schönheit, die da kommt (siehe Abschiedsworte Imenhoteps!)

Orts- und Sachbegriffe:

Debe: Nilpferd

Hapi: ägyptischer Name des Nil

Hut-neteret: Haus Gottes, Tempel

Ipet-suut: Großer Tempel des Amun in Karnak/Theben

Iunu: ägypt. Name für Heliopolis

Keftu: Kreta

Khemet: »Das schwarze Land«; so nannten die Ägypter ihr Land

Men-nefer: ägypt. Name für Memphis

Mére: Pyramide

Neb: Anrede »Herr«

Per-hau: »Hohes Haus«; ägypt. Form für Pharao

Sesch: Schreiber

Shefdew: Papyrusrolle

Sobek: Krokodil

Uaset: ägypt. Name für Theben

Zum Schluss noch zwei Namen und eine Ortsbezeichnung, die für sich zu betrachten sind.

Zunächst die beiden Kefti, also Kreter, die in meiner Geschichte eine Rolle spielen.

Ergeies: monopolistischer Kaufmann, hat Angst vor Krokodilen.

Kenos: Exilkreter und Freund Tarkons; war in seiner Jugend Stierspringer und packt seither jede Gefahr direkt bei den Hörnern.

Diese Namen sind fiktiv, da uns aus minoischer Zeit so gut wie keine Namen überliefert worden sind. Die Kreter waren keine Griechen! Ihre Schrift (i. e. minoisch Linear A&B) ist nur in der Linear B Variante lesbar, aber auch dort gibt es keine Namen. So habe ich zwei Namen gewählt, die zwar griechisch klingen, es aber doch nicht sind …

Von den Kretern wissen wir, dass sie über mehrere hundert Jahre bis in die Zeit, in der dieser Teil der »Bernsteinsaga« spielt, den Mittelmeerhandel monopolistisch ausübten. Nur wenige Generationen später wurde ihre Kultur aller Wahrscheinlichkeit nach von den Mykenern ausgelöscht.

Nun noch die Erklärung für die Ortsbezeichnung: Tar'eses.

Es ist das biblische Tarschisch/Tartessos, das einst an der Mündung des Guadalquivir gelegen hat und seit den Fünfzigerjahren des letzten Jahrhunderts ausgegraben wird.

In meinem Text ist es eine gemeinsam von den Kretern und Nordleuten begründete Siedlung, die als Handelsstützpunkt eingerichtet wurde. Die Tatsache, dass es die Stadt gab, spricht für sich. Nur, wer hat sie gegründet? Da sie an einer Flussmündung liegt, spricht vieles für ein maritimes Volk.

Die Kreter kannten das Mittelmeer so gut wie ihre (nicht vorhandene) Westentasche! Es wäre also töricht, nicht davon auszugehen, dass sie auch, als echte Teerjacken, bis in den Atlantik vorgedrungen sind und dort feststellen konnten, dass hinter den Säulen des Herakles (i. e. Gibraltar!) auch noch Menschen leben, mit denen man Handel treiben kann.

Wenn sie dabei auch noch auf ihre alten Bekannten aus dem Nordmeer getroffen sind, die sich gerade angeschickt hatten, ihre Waren nunmehr auch mit ihren eigenen Schiffen in das Mittelmeer zu verfrachten, dann liegt es doch sehr nahe, dass man sich gemeinsam einen Stützpunkt einrichtet, der zentral zwischen der Nord- und der Südostroute gelegen ist, denn die Kreter, als klug rechnende Kaufleute, würden kein nordisches Schiff in »ihr Meer« einlaufen lassen, wenn sie ihrerseits nicht mit ihren Schiffen in den Norden fahren dürften.

Der Portugiese Ferdinand Magellan nimmt in der Geschichte der Seefahrt einen besonderen Platz ein. Als er im Oktober 1516 König Manuel den Glücklichen in Lissabon um das Kommando auf einer der königlichen Karavellen bittet, lehnt der Regent dieses Ansinnen schroff ab. Magellan kehrt seiner Heimat den Rücken und wendet sich nach Spanien. Bei König Karl I. findet er Gehör: Nicht südöstlich über den Indischen Ozean, sondern südwestlich über den Atlantik will er die sagenhaften Gewürzinseln der Molukken erreichen. 1519 bricht Magellan mit fünf Schiffen von Sevilla auf. Damit nimmt die größte Seereise der Geschichte ihren Anfang.

ISBN 3-404-14441-4

BASTEI LÜBBE